唐诗经典研究系列

唐诗解读

诸葛忆兵 著

北方文艺出版社

图书在版编目（CIP）数据

唐诗解读 / 诸葛忆兵著. -- 哈尔滨 : 北方文艺出版社, 2020.1
ISBN 978-7-5317-4426-9

Ⅰ. ①唐… Ⅱ. ①诸… Ⅲ. ①唐诗－诗歌研究 Ⅳ. ① I207.227.42

中国版本图书馆 CIP 数据核字 (2019) 第 171509 号

唐诗解读
TANGSHI JIEDU

作　者 / 诸葛忆兵
责任编辑 / 路　嵩　张贺然
封面设计 / 琥珀视觉

出版发行 / 北方文艺出版社
邮　编 / 150080
发行电话 / （0451）85951921 85951915
经　销 / 新华书店
地　址 / 哈尔滨市南岗区林兴街 3 号
网　址 / www.bfwy.com

印　刷 / 廊坊市国彩印刷有限公司
开　本 / 710mm × 1000mm　1/ 16
字　数 / 350 千
印　张 / 28.5
版　次 / 2020 年 1 月第 1 版
印　次 / 2020 年 1 月第 1 次印刷

书　号 / ISBN 978-7-5317-4426-9
定　价 / 58.00 元

前　言

唐代是中国古代诗歌发展到黄金时期并走向全面繁荣昌盛的时期。这一时期，近体诗创作最终定型成熟，且达到鼎盛；古体诗创作同样千姿百态，古风、乐府争奇斗艳。清人编纂的《全唐诗》，共收录了二千二百余位作家的诗歌四万八千九百多首。后人陆续又有诸多《全唐诗》补编、拾遗之作。如陈尚君的《全唐诗补编》，再辑集唐代诗人一千余家，唐诗四千三百余首。

唐诗的发展，明人将其分为初唐、盛唐、中唐、晚唐四个时期，比较符合诗歌发展演变的历史。初唐时期，沿袭南朝宫体诗风，诗风浮靡空洞。然而，王绩仰慕阮籍、陶渊明，率性而作，诗风淳朴简练，已经超越齐梁，复归于魏晋；王勃、杨炯、卢照邻、骆宾王等“初唐四杰”，以天纵英才的豪迈气概，开始了对刚劲朴实诗风的执着追求，诗坛风气逐渐转变；陈子昂明确打出“风骨”“兴寄”两大诗歌革新旗帜，而且，以自己的诗歌创作全面实践了所倡导的创作理论，唐诗风貌发生根本性的变化。盛唐时期，迎来了诗歌创作的巅峰阶段。以王维、孟浩然为代表的山水田园诗派，其诗歌描写山水景色、旅途风光、隐逸生活、田家乐趣，诗风单纯明净、清丽幽美；以高适、岑参为代表的边塞诗派，其诗歌表现军旅生活的艰辛、异域风光的奇特、出征将士的豪情，诗风豪迈雄壮、慷慨激昂。唐诗发展史上的双子星座——李白与杜甫，其诗歌成为盛唐诗歌中最优秀的代表。李白生性豪爽，个性张扬，如天马行空，独往独来，身上明显带有外来文化的因子。李白的诗歌创作，就是其豪爽、浪漫、自由个性淋漓尽致的展现。杜甫一生孜孜追求立功立言，始终关注国计民生，以执着的入世精神表现出儒家信徒的道德伦理风范。他的诗歌创作沉郁顿挫、博大精深，号称一代“诗史”。中唐初期，世风颓靡，“安史之乱”给众多诗人心灵上留下了巨大的创伤。刘长卿、韦应物以及“大历十才子”等作家，长期游宦四方，备尝羁旅艰辛和战乱流离之苦，目睹了战争给社会带来的种种灾难。他们厌倦动荡不安的生活，渴求摆脱尘俗牵累，向往隐逸。他们创作了数量众多的山水诗，清丽精致，在工整中不乏淡远的趣味，传达出一种深幽静谧的审美体验。但是，这时期诗人们的心境是凄苦落寞的，其诗歌也都蒙上一层冷落幽寂的色调。中唐后期的诗人，看到了大唐帝国复兴的一丝希望，积极振作。他们满怀政治激情，诗歌创作时时成为他们实现政治目标的手段之一。白居易、元稹等诗人，同气相求，承继汉乐府“感于哀乐、缘事而发”的创作传统，将诗歌作为政治革新的辅助手段，将目光投向现实社会生活，创作出平易浅近、明白晓畅的新乐府诗，且汇集成为声势浩大的“新乐府运动”。这一阶段诗人的振作有为，还表现在对全新诗风的追求方面。他们继承杜甫“语不惊人死不休”的创作精神，刻意雕章凿句，以“苦吟”为乐，形成一时创作新风气。如韩愈、孟郊的奇崛险怪，李贺的诡异瑰丽、幽婉凄艳，都是这种“苦吟”诗风的不同层面表现。其他，刘禹锡的清峻明朗，柳宗元的简洁幽深，贾岛、姚合的萧瑟悲苦，呈现为百花齐放的灿烂局面。晚唐时期，国运衰败，无可挽回。诗人们报国无门，无力回天，追求政治理想的热情衰减，越发放纵个人生活享受。他们的诗歌工巧精丽，气格卑弱，带有沉重的现实隐忧，普遍笼罩着没落危机感和失望颓唐的情绪。诗歌创作成为晚唐诗人宣泄内心愤懑的最佳选择。他们的创作充满着悲苦的哀叹，极少有亮丽的色彩。一种王朝兴替的惶恐不安、颓丧凄凉情调，成为时代创作的主旋律。杜牧的咏史，翻案求新，别出心裁，表现了怀古伤今的人文情怀；李商隐的“无题”，凄艳迷离，委婉表达男女情欲，表现出诗歌题材的突破。唐末诗人，科举、仕途多方受挫，深怨朝廷。他们或者依赖地方军阀立身，或者淡远世事纷争，其诗歌创作已经成为唐诗的末响。皮日休、杜荀鹤、罗隐等诗人针砭时弊，痛斥现实黑暗，表现出与唐王朝离心离德的对立情绪。唐诗发展至此，大致已经告一段落。

从唐代以来，就有过许多唐诗选本和注释、解读。唐人选唐诗，必然会受到时间的限制，选录范围会有所限定。后人选唐诗，根据不同的目的，各有所好，或注重诗歌内容，或突出诗歌某类风格，或偏好诗歌的某种形式，甚至还会受到时代政治观念的影响。即使是为了通俗阅读目的所编选的流传最为广泛的《唐诗三百首》，同样受封建观念意识的限制，选入了唐玄宗《经鲁祭孔子而叹之》之类索然无味的作品。其诗歌注释或解读，同样带上时代或个人的烙印。在众多选本之后推出这一本《唐诗解读》，不拘题材内容、不限风格流派，尽量涉及唐诗创作的方方面面。诗歌注释力求精简扼要，诗歌解读力求综合前人所见且能推陈出新。读者一册在手，可窥一斑而知全豹，大致把握唐代诗歌创作的概貌。

目录

王　绩

王绩（585—644），字无功，自号东皋子，绛州龙门（今山西稷山县）人。隋代著名学者王通的弟弟。隋大业四年（608）举孝悌廉洁，授秘书省正字。不愿在朝为官，求为六合丞，以嗜酒弹劾而去。归家隐居，率奴婢种黍酿酒，或乘牛过酒肆，留数日不返。唐初，待诏门下省，以疾罢。太乐署史焦革家善酿酒，求为丞。再弃官去，述焦革酒法为经。饮酒五斗不乱，著《五斗先生传》，又著《醉乡记》以次刘伶《酒德颂》。存诗五十余首。

野　望

东皋薄暮望，徙倚欲何依[1]？
树树皆秋色，山山唯落晖。
牧人驱犊返，猎马带禽归。
相顾无相识，长歌怀采薇[2]。

【注释】

［1］东皋：王绩故乡隐居处所。徙倚：徘徊低回。

［2］采薇：《史记·伯夷列传》载：周武王灭殷商，伯夷、叔齐隐居首阳山，采薇为食，作歌唱之说："登彼西山兮，采其薇矣。"后以此典故表示避世隐居。

【解读】

生活于隋末动乱之年代，诗人只求淡远尘世，明哲保身，从田野隐逸生活中寻求乐趣。傍晚眺望，所见是一片夕阳下的景色。“徙倚欲何依”，是诗人经常扪心自问的一个问题，自己个人出处究竟何在？王绩在被教育成长的过程中，当然要受到“学而优则仕”思想的影响。他回顾自己年轻时的志向说：“明经思待诏，学剑觅封侯。”然而，从性情的角度出发，却是“风云私所爱，屠博暗为俦”。（均见《晚年叙志示翟处士》）此时，诗人对“欲何依”的自问已经有了明确的回答：归隐。诗人不是直接抽象地诉说自己归隐的意愿，而是描绘了一幅田园牧歌图，其中处处突现了一个“归”字。牧人驱赶着牛羊回来了，猎马也带着一天的收获回家。这一幅日暮归家图，牵引出诗人对归隐的无限向往之情。古人渲染思家思乡之类情感，经常用黄昏的景象作为抒情背景。《诗经·君子于役》云：“日之夕矣，羊牛下来。君子于役，如之何勿思？”写妻子期盼丈夫早早归来，便是用日暮的景象以为烘托。“相顾无相识”的场面，与老子笔下“鸡犬之声相闻，民至死不相往来”的理想生活情景类似。难怪诗人要高歌《采薇》，决心归去了。

秋夜喜遇王处士

北场芸藿罢，东皋刈黍归[1]。
相逢秋月满，更值夜萤飞。

【注释】

[1]芸藿：为豆苗除草。芸，通“耘”；藿，豆叶，这里代指豆苗。刈：割取。黍：黄米。这里泛指粮食。

【解读】

这首诗写出诗人对田园生活发自内心的喜爱之情。“北场”“东皋”，应该是互文。诗人不是在如实地记叙自己居住周边农作物的栽种和其他生产情景，而是以抒情的笔调叙说令自己陶醉的田园生活。乡村田野，处处除草割麦，一派辛劳而朴实的劳作情景，也暗示着丰收的景象。农村丰收，家家户户都洋溢着喜悦的气氛，诗人也会受到感染。在这样的生活环境中，诗人的心情是放松的、愉悦的。秋夜里，明月下，诗人有了闲暇的时间和心情漫步乡间。路上偶逢与自己有同样生活情调的王处士，志趣相投，或交谈，或同游，周围夜萤飞舞，更叫人兴趣盎然。诗人的欣喜之情洋溢于言表。本诗不是直接叙事，而是通过景物的描写达到叙事和抒情相结合的艺术效果，显示出唐诗成熟时的风貌。

王　勃

王勃（650—676），字子安，绛州龙门（今山西稷山县）人。是王绩的侄孙，其父为王通长子。十五岁时上书自陈，太常伯刘祥道以“神童”表荐于上，对策高第，授朝散郎。恃才傲物，为同僚所嫉。又为沛王做《檄英王鸡》而被黜。客剑南，三府交辟，以疾辞。杀官奴曹达，当诛，会赦，除名。往探父，渡海溺水，惊惧而卒，年二十七。有《王子安集》，存诗九十余首。

送杜少府之任蜀川

城阙辅三秦，风烟望五津[1]。
与君离别意，同是宦游人[2]。
海内存知己，天涯若比邻。
无为在歧路，儿女共沾巾。

【注释】

[1] 城阙：代指长安。三秦：地名，今陕西省一带，为古代秦国地域。项羽灭秦，分其地为雍、塞、翟三国，故称“三秦”。

[2] 宦游：为官四方。

【解读】

送别友人，是诗歌中十分常见的题材。但很少有像王勃这样写得意气豪迈、胸襟博大、新颖别致的。首联诗人用地名构成工整的对偶句，“三秦”写送别之所，“五津”写友人宦游的去处，视野开阔。“与君”二句点出惜别的主题，语调略略低沉。然而，“海内存知己，天涯若比邻”这一对句，宽慰友人与自己，歌颂了真正的友情。这两句语浅情深，构思奇特，遂成千古名句。于是，结尾二句就可以摆脱悲凉情调，用开朗壮阔的胸怀将缠绵的儿女私情一笔撇开，别开生面。大唐帝国，气象磅礴，给王勃等年轻才俊以无限美好的前景。诗人年轻有才，志在四方，所以才有如此爽朗开阔的胸襟。诗人超迈的气度和诗歌旷达的格调，都是那个时代氛围的缩影。

山　中

长江悲已滞，万里念将归。
况属高风晚，山山黄叶飞。

【解读】

诗人进入仕途不久，便品尝到了挫折、离别的滋味，有了漂流异乡的切身体验，诗中因此出现了悲秋的情绪和念归的主题。在留滞他乡、迟迟不归的悲苦的诗人眼中，长江水似乎已经停止了流动，所以不能送自己回乡，江水中凝聚着的就是诗人的悲愁意绪。“长江悲已滞”是一种视觉与心理的幻觉，“万里念将归”是幻觉产生的真实原因。“况属高风晚，山山黄叶飞”对秋日枯黄景色的描写，是补足一笔，以萧瑟的秋景烘托愁苦意绪，将思归之情置于悲秋的典型环境中。将“长江”“万里”“山山”等巨大的空间纳入一首短诗，写出思恋之苦之深，也显示出唐诗走向盛唐的博大宏阔。

卢照邻

卢照邻（约635—约685），字升之，号幽忧子，幽州范阳（今北京大兴附近）人。十余岁即博学能文。曾拜都新尉。二十岁为邓王府典签。因染风疾去官，居太白山中。疾甚，足挛，一手又废，不堪其苦，与亲属执别，自投颍水而死。有《幽忧子集》，存诗近一百首。

咏 史

昔有平陵男，姓朱名阿游[1]。
直发上冲冠，壮气横三秋[2]。
愿得斩马剑，先断佞臣头[3]。
天子玉槛折，将军丹血流[4]。
捐生不肯拜，视死其若休[5]。
归来教乡里，童蒙远相求。
弟子数百人，散在十二州。
三公不敢吏，五鹿何能酬[6]？
名与日月悬，义与天壤俦。
何必疲执戟，区区在封侯[7]。
伟哉旷达士，知命固不忧。

【注释】

［1］平陵男：即朱云。据《汉书·朱云传》载：朱云，字游，移居平陵。以耿直著名，曾上书成帝，直斥丞相张禹为奸佞，触怒皇帝，几被处死。平陵，汉昭帝的陵墓，在陕西咸阳东北。

［2］“直发”句：形容朱云的愤慨激昂，怒发冲冠。“壮气”句：用三秋肃杀之气，形容朱云的义正词严。

［3］“愿得”二句：据《汉书·朱云传》载：朱云曾对汉成帝说：“臣愿赐尚方斩马剑，断佞臣一人。”佞臣：指张禹。

［4］“天子”二句：成帝以为朱云乃小臣诽谤大臣，欲诛杀之，御史奉命向前捉拿，朱云攀殿上栏杆，将栏杆拉折。时左将军辛庆忌在殿下救朱云，叩头流血。

［5］捐生：捐弃生命。

［6］“三公”句：朱云曾拒绝作丞相薛宣的属官。三公：汉代以丞相、御史大夫、太尉为三公，是朝廷最高官位。“五鹿”句：汉元帝时，五鹿充宗得皇帝宠信，讲《易经》，学者不敢诘难。朱云与之辩驳，数次难倒五鹿充宗。

［7］执戟：指执戟为皇帝禁卫，是得宠的一条捷径。

【解读】

这是一首咏史诗，诗人通过咏史抒写自己才志不得施展的郁闷愤恨。初唐还是贵族政治，出身中下层的知识分子很难在仕途上脱颖而出，这就使得类似于卢照邻这样的有才华、有抱负而又出身低微的文人有了受压抑的痛苦。汉代朱云，刚直不阿，为国为民奋不顾身，屡遭挫折而心志不改，在朝廷与民间都赢得了很高的声誉。诗人对古人的景仰、赞美，是在描写一种自己理想的从政人格，也是对自己仕途不得志的宽慰，更是自己远大志向的曲折表达。咏史诗到左思手中有了长足的发展，借咏史而抒怀的创作传统得以继承。然而，左思咏史诗的主要笔墨落在己身，往往开篇、结尾和大段文字都是在写己身的痛苦，中间夹杂几句史实，以作比拟。这首诗咏史，诗笔不离开史实的描写和评说，通过史实转折一层层地表达自己的种种复杂情感。这样一来，就对左思创立的咏史传统有了相当大的改变，确立了唐人诗歌咏史的模式。卢照邻现存四首咏史诗，都是咏汉代人物，是《全唐诗》中最早的咏史之作。唐人咏史诗，喜欢借汉代指称现实，这样的比拟法可以从卢照邻的创作中寻找端倪。或者说，卢照邻的咏史诗对唐人的同类创作影响深远。

长安古意

长安大道连狭斜，青牛白马七香车[1]。
玉辇纵横过主第，金鞭络绎向侯家[2]。
龙衔宝盖承朝日，凤吐流苏带晚霞[3]。
百尺游丝争绕树，一群娇鸟共啼花。
啼花戏蝶千门侧，碧树银台万种色。
复道交窗作合欢，双阙连甍垂凤翼[4]。
梁家画阁天中起，汉帝金茎云外直[5]。
楼前相望不相知，陌上相逢讵相识？
借问吹箫向紫烟，曾经学舞度芳年[6]。
得成比目何辞死，愿作鸳鸯不羡仙。
比目鸳鸯真可羡，双去双来君不见。
生憎帐额绣孤鸾，好取门帘帖双燕。
双燕双飞绕画梁，罗纬翠被郁金香。
片片行云著蝉鬓，纤纤初月上鸦黄[7]。
鸦黄粉白车中出，含娇含态情非一。
妖童宝马铁连钱，娼妇盘龙金屈膝[8]。
御史府中乌夜啼，廷尉门前雀欲栖。
隐隐朱城临玉道，遥遥翠幰没金堤[9]。
挟弹飞鹰杜陵北，探丸借客渭桥西[10]。
俱邀侠客芙蓉剑，共宿娼家桃李蹊。
娼家日暮紫罗裙，清歌一啭口氛氲[11]。
北堂夜夜人如月，南陌朝朝骑似云。
南陌北堂连北里，五剧三条控三市[12]。
弱柳青槐拂地垂，佳气红尘暗天起。
汉代金吾千骑来，翡翠屠苏鹦鹉杯[13]。
罗襦宝带为君解，燕歌赵舞为君开。
别有豪华称将相，转日回天不相让。

意气由来排灌夫，专权判不容萧相[14]。
专权意气本豪雄，青虬紫燕坐春风[15]。
自言歌舞长千载，自谓骄奢凌五公[16]。
节物风光不相待，桑田碧海须臾改。
昔时金阶白玉堂，即今唯见青松在。
寂寂寥寥扬子居，年年岁岁一床书。
独有南山桂花发，飞来飞去袭人裾[17]。

【注释】

［1］狭斜：小巷。汉乐府《长安有狭斜行》："长安有狭斜，道狭不容车。"七香车：用多种香木制成的华美小车。

［2］玉辇（niǎn）：帝王乘坐的车。主第：公主的府第。

［3］龙衔宝盖：雕琢成龙形的伞柄衔住车子的华盖。凤吐流苏：绣着凤凰的车帷下垂着彩色的流苏。

［4］复道：连接楼阁之间的空中通道。交窗：合欢花纹交错的窗户。双阙：宫门前的一对望楼。连甍（méng）：排比相连的屋脊。

［5］梁家：东汉外戚梁冀。这里借指豪门贵族。汉帝金茎：汉武帝在建章宫立铜柱，上置铜盘，名仙人掌，以承接天露。金茎：铜柱。

［6］吹箫：用萧史、弄玉故事。汉刘向《列仙传》载：萧史是秦穆公时人，善吹箫。穆公有女字弄玉，喜欢箫史，嫁其为妻。后一同随凤凰仙去。

［7］蝉鬓：鬓发梳理成蝉翼的模式。鸦黄：即额黄。古代妇女在前额涂上鸦黄色，以为装饰。

［8］铁连钱：指马身上的毛色斑驳，如环环相扣的连钱花纹。盘龙：金钗名。屈膝：车门与车窗上的合叶。

［9］翠幰（xiǎn）：翠羽装饰的车幕。

［10］杜陵：地名，在长安城东南。探丸借客：指游侠。据《汉书·尹赏传》载：长安有专门谋杀官吏、为人报仇的少侠，行动前设赤、黑、白三种弹丸，摸得赤丸者杀武吏，摸得黑丸者杀文吏，摸得白丸者负责为同伴料理丧事。渭桥：在长安西北渭水上。

［11］氛氲：歌女演唱时所发出的浓郁的口脂香。

［12］北里：唐代娼妓聚居的地方，在长安城北门内。五剧：道路交错的地方。三条：三面通达的道路。三市：每日多次集市的处所。

［13］金吾：汉代禁卫军军官名。屠苏：美酒名。

［14］排灌夫：指豪门权贵意气相争，互相排挤。灌夫，汉武帝时将军，任侠使酒，得罪丞相田蚡，受陷害族诛。判：绝对。萧相：汉初名相萧何。

［15］青虬、紫燕：都是良马的名字。

［16］五公：汉代著名的五位权贵张汤、杜周、萧望之、冯奉世、史丹。这里泛指豪门权贵。

［17］南山：长安附近的终南山。

【解读】

这首诗托古喻今，描写了京城长安各个阶层的生活，尤其是集中笔墨揭示了达官贵族穷奢极欲的放纵生活。“古意”是六朝以来诗歌的常见标题，意指“拟古”。这里的“古意”还有写汉代之事的用意，依然是借汉写唐，与卢照邻的咏史诗气脉相通。在诗人笔下，京城公主与侯王成群，他们坐骑、车马都非常奢华，成群结队，追逐享乐。所居住的高楼甲第，金碧辉煌，高耸云天。诗歌用铺叙手法，淋漓尽致地敷陈长安富贵人家的生活，展示出走向盛唐的社会繁荣。中间“得成比目何辞死，愿作鸳鸯不羡仙”的一段描写，包含了对真挚异性情爱的向往之情，这也是富贵人家男性追逐生活享受的一个重要内容。于是，便有众多的男性贵族达官出入“北堂”妓院，与“妖童”“娼妇”为伍，沉湎于声色之中。京城的生活异常丰富，社会阶层庞杂。其间，又有持剑侠客、挟弹杀手、皇帝禁卫等等阶层的人士，也纷纷来到青楼，放怀痛饮，夜夜喧闹。其中也不乏朝廷的争权夺利，钩心斗角。这一切组成了长安世俗的繁华富丽，如花团锦簇。诗人正经历着大唐社会走向全面昌盛的历史过程，以富于表现力的诗笔立体地展现了大唐社会生活场景。但是，诗人并不在这繁华喧闹都市生活的中心，只是一种冷眼旁观。既有说不出的艳羡，又有难以扼制的忿忿然。诗歌因此以“节物风光不相待，桑田碧海须臾改”对前文的热闹作冷然一笔归纳，写历史的沧桑巨变，一切繁华终归尘土。最后以隐居者的寂寥、清苦，与长安的豪奢作强烈的对比，含有一定的讽喻之意。其中，更多的是写自己被屏除在这种生活之外的不满，而不是真正地对隐逸生活表示赞赏。七古是唐人非常喜欢写作的一种诗体，初唐卢照邻等人的创作开风气之先。

骆宾王

骆宾王（约640—684），婺州（今浙江金华）义乌人。七岁能诗，被称为“神童”。奔波京洛道上，干谒当道权贵，希望得到荐引重用，屡屡失望，历任小官。落魄无行，好与博徒为伍。武后时坐赃左迁临海丞，不得志，弃官而去。徐敬业起兵扬州，署骆宾王为府属，军中草檄皆出其手。武后读其檄称：“宰相安得失此人？”兵败后不知所终。有《骆宾王文集》。

在狱咏蝉

西陆蝉声唱，南冠客思侵[1]。
那堪玄鬓影，来对白头吟[2]。
露重飞难进，风多响易沉。
无人信高洁，谁为表予心？

【注释】

[1]西陆：指秋天。《隋书·天文志》：“日循黄道东行……行西陆为之秋。”南冠：指囚徒。《左传·成公九年载》：楚人钟仪为晋国所囚，依旧南冠而不忘故国。晋侯曾问：“南冠而絷者谁也？”

[2]玄鬓：这里代指蝉。《古今注》载：魏文帝宫人莫琼树梳理鬓发如蝉翼，故称“蝉鬓”。白头吟：古乐府曲调，声情哀怨。据说是卓文君所制，怨恨司马相如的负心。

【解读】

诗人在朝廷任职时，以言论得罪武则天，被诬陷入狱。这是一首咏蝉诗，诗人借蝉自喻，用比兴手法写出自己入狱后艰难危苦的处境，表明自己始终如一的光明磊落的心胸。表面句句咏蝉，实际处处喻己。首二句用典，将秋蝉的凄切、乡思的难禁，与自己被诬入狱的处境融合在一起，为全诗奠定凄苦悲凉的基调。“那堪玄鬓影，来对白头吟”，以流水对写自己老大不堪，以至沦落为阶下囚的痛苦。“露重飞难进，风多响易沉”，以比兴手法写自己的政治不得志，因多重阻隔而无法向帝王表白自己的心志，无法将自己的意见通达朝廷。诗人被诬入狱，还是必须相信朝廷的圣明，自己乃一时受屈。结句于是借蝉再次表明高洁心胸志向。咏物而寄托高远，不离所咏之物而又不滞于所咏之物，用典得当，且巧用拟人修辞手法，是这首诗的突出成就。后来的咏物诗或咏物词，其创作模式大致不离这四个方面。骆宾王的这首诗开风气之先。

于易水送人一绝[1]

此地别燕丹，壮士发冲冠。
昔时人已没，今日水犹寒。

【注释】

［1］易水：河流名，在今河北省易县。战国时著名刺客荆轲受燕太子丹所托，谋刺秦王。临行，友人送别于易水旁，高渐离击筑，荆轲歌云：“风萧萧兮易水寒，壮士一去兮不复还！”歌罢，坐中人“发尽上指冠”。

【解读】

不畏强暴、一诺千金、不惜杀身报恩的豪侠壮士荆轲，深受后人的推崇。荆轲因此得燕太子丹的赏识，又为后人所艳羡。根据诗题，这首五言绝句应该是在易水旁送别友人之作。然而，诗人没有直接写送别友人的依依不舍之情，而是联想到此地在历史上曾经上演过的一幕送别悲壮情景，送别诗转变为咏史诗。诗咏荆轲告别燕国与友人，慨然赴秦，壮志凌云。寥寥数语，一位慷慨赴难的英雄形象如在眼前。诗人的咏叹中，更有称赞与神往，其中或许还隐含着己身无所作为的悲苦。诗人巧妙地借古人赞颂了今日要送别的友人。结尾两句回到现实，凭吊古人而伤怀眼前，送别友人的感伤情绪也借题发挥。

杜审言

杜审言（约645—708），字必简，襄阳人。杜甫祖父。高宗时进士，曾官洛阳丞，后官至修文馆直学士。唐初与苏味道、李峤、崔融合称“文章四友”。

和晋陵陆丞早春游望[1]

独有宦游人，偏惊物候新。
云霞出海曙，梅柳渡江春。
淑气催黄鸟，晴光转绿蘋[2]。
忽闻歌古调，归思欲沾巾。

【注释】

［1］晋陵：地名，今江苏武进。

［2］淑气：指春日温暖的气候。

【解读】

崔融、李峤、苏味道、杜审言被称为“文章四友”，在初唐极负盛名，但在仕途上却难以脱颖而出，反而要在宦游奔波中耗费时光，消磨壮志。他们内心的苦涩与牢骚时常便要表现出来。诗人离家宦游在外，对季节的变换、景物的改变最为敏感，这些变化都容易引起他们思乡的愁绪与不得意的怨言。中间四句写早春景色，细微具体。海上云霞升腾，梅花与柳枝报道春天到来的消息，在温暖的节候里黄莺也开始了欢快的吟唱，水面则已绿蘋漂浮。处处景色已变，诗人宦游的尴尬处境却依然。牢骚之余，就想到歌古调追古人“归去来兮”了。诗人将宦游的失意、隐逸的向往等诸多复杂情感融入早春景色，自然流畅，这在初唐时期是非常突出的。

杨　炯

杨炯(650—约693),华阴(今陕西华阴)人。幼聪敏博学,善属文。十岁应童子举，高宗显庆五年（660）十一岁，待制弘文馆。上元三年（676）二十七岁，应制举，补校书郎。坐从祖弟神让犯逆，左迁梓州司法参军。秩满，迁盈川令。为官残酷，人吏动不如意辄榜杀之。亦曾著文献媚武后，卒于官。有《盈川集》。

从军行

烽火照西京，心中自不平[1]。
牙璋辞凤阙，铁骑绕龙城[2]。
雪暗凋旗画，风多杂鼓声。
宁为百夫长，胜作一书生[3]。

【注释】

[1] 西京：指长安。

[2] 牙璋：古代兵符，由两块合成，分别由朝廷与主帅所掌，以为号令军中的凭证。凤阙：指帝京。龙城：地名，故址在今蒙古人民共和国境内。此处泛指敌方要塞。

[3] 百夫长：古代军队中率领一百位士兵的低级军官。

【解读】

初盛唐之时，朝廷喜对外扩张，利用军功晋升成为中下层知识分子的又一条仕宦出路。“初唐四杰”的诗歌，已经逐渐从南朝“宫体诗”的作风中摆脱出来，表现了更为开阔的题材内容。这首诗写因听闻边塞外族入侵的警报而思为国有所作为。诗人向往的是军中艰难困苦、危险紧张、龙争虎斗的生活，战士的无畏、诗人的雄心都一一展露。“宁为百夫长，胜作一书生”的心志，非常具有那个时代的特征。就是诗人们的这种豪情，才将诗歌逐渐引向盛唐。改变一个角度思考问题，初盛唐诗人的好战情绪是普遍的，他们是期望通过军功进入仕途。诗歌开篇虽有“烽火照西京”的叙述，但仅仅是一个引子，引出下文的豪情。诸多初盛唐诗人的好战，实际上是不问战争性质的。初盛唐诗人的这种情绪，是时代情绪的典型表现，表现出走向盛唐的对外扩张和侵略意识。这是今天读者阅读这类诗篇时必须警示的问题。

刘希夷

刘希夷，字庭芝（一作延之），汝州（今河南临汝）人。唐高宗上元年间进士。少有才华，喜欢作宫体诗。善写闺阁哀怨之情，与时不合。玄宗开元间孙翌撰《正声集》，推崇刘希夷为集中最杰出的诗人。今存诗三十多首。

代悲白头吟

洛阳城东桃李花，飞来飞去落谁家？
洛阳女儿惜颜色，行逢落花长叹息[1]。
今年花落颜色改，明年花开复谁在？
已见松柏摧为薪，更闻桑田变成海。
古人无复洛城东，今人还对落花风。
年年岁岁花相似，岁岁年年人不同。
寄言全盛红颜子，须怜半死白头翁。
此翁白头真可怜，伊昔红颜美少年[2]。
公子王孙芳树下，清歌妙舞落花前。
光禄池台文锦绣，将军楼阁画神仙[3]。
一朝卧病无人识，三春行乐在谁边？
宛转蛾眉能几时？须臾白发乱如丝[4]。
但看旧来歌舞地，惟有黄昏鸟雀悲。

【注释】

[1] 颜色：鲜花鲜艳的色泽。隐指女子青春美貌。

［2］伊昔：往昔，旧日。伊，文言助词。

［3］光禄：官名。秦汉职官设置中有光禄卿、光禄大夫等官职。这里泛指文官，与下文的“将军”对举。

［4］宛转：柔婉多情。蛾眉：美女。

【解读】

这首诗的另一个题目为《代悲白头翁》，是一首拟古乐府之作。上半首诗歌是从汉乐府《董娇娆》改编而来。《董娇娆》诗云：“洛阳城东路，桃李生路傍。花花自相对，叶叶自相当。春风东北起，花叶正低昂。不知谁家子，提笼行采桑。纤手折其枝，花落何飘飏。请谢彼姝子，何为见损伤？高秋八九月，白露变为霜。终年会飘堕，安得久馨香？秋时自零落，春月复芬芳。何时盛年去，欢爱永相忘！吾欲竟此曲，此曲愁人肠。归来酌美酒，挟瑟上高堂。”刘希夷这首诗歌用通俗流畅、优美婉转的语言，抒发了时光流逝、红颜易老、沧海桑田的感慨。这样的人生感慨，是每一个人都能够体验到的。这首诗对这种人生感受写得既具体又相当有概括性，非常容易引起普遍共鸣，因此在初唐时就广为传颂。

诗歌选择了一个具体地点：“洛阳城东”，选择了一个具体人物：“洛阳女儿”，以此作为抒情的落实点。“洛阳女儿”成为诗人的代言者，她所怀有的愁绪、所体验的人生、所具有的感慨，都是诗人自己的。“洛阳女儿”在春末时节，面对飞来飞去、纷纷飘零的桃李花瓣，不禁生发出无尽的感慨，所隐含的是对自己红颜易老的一份担忧。古代女子最好的人生追求就是觅得一位如意郎君，让自己终身有所依。否则，“过时而不采，将随秋草萎”。“洛阳女儿”的“明年花开复谁在”的长叹息中，是否又隐含了己身青春寂寞的愁情？都值得读者深思。“已见松柏摧为薪”以下，抒情主人公的身份实际上已经发生了悄悄的转移。开篇诗人设置出一位“洛阳女儿”代自己抒情，到此时诗人不由自主地取代“洛阳女儿”，直接抒发情感。松柏为薪，桑田变海，人世沧桑，令人唏嘘。“洛阳女儿”难逃如此厄运，时光流逝将无情地带走她的青春美貌。即使当年的“红颜子”，遭遇也是如此，难逃“半死白头翁”的最终结局。从“美少年”到“白头翁”的人生转变中，诗人已经看到了自己的未来。世人皆如此，所谓“年年岁岁花相似，岁岁年年人不同”。这样的沧桑巨变，即使高官显贵也不能例外。当年富贵的“公子王孙”，可以在落花之前欣赏“清歌妙舞”；朝廷中文武达官，可以在锦绣池台、神仙楼阁间享受生活。一旦岁月消逝，年老体衰，卧病不起，也就无力无心寻欢作乐，无人问津了。“宛转蛾眉能几时？须臾白发乱如丝”，是对上文的总束。诗歌在借景抒情中结尾，借“黄昏鸟雀”来诉说主人公的深长悲慨。

这首诗情调过于悲苦低沉。据说诗人写到“今年花落颜色改，明年花开复谁在”时，自己也感觉到太悲观了，感叹说：“此语谶也。石崇谓‘白首同所归’，复何以异？”诗人担心这样写会预示着自己的命运，就将这两句去掉。写到“年年岁岁花相似，岁岁年年人不同”时，诗人感觉到已经无法改变诗歌的基调，便说：“死生由命，岂由此虚言乎！”干脆将这四句都保存在诗中。又有记载说：宋之问是刘希夷的舅舅，非常喜欢“今年花落颜色改，明年花开复谁在”这一联，要求刘希夷将此送给自己，刘不答应，宋之问就残忍地将刘希夷杀害。这些记载不一定真实，除了表明时人对阿谀奉承小人宋之问的极端厌恶之外，更多的是表示对这首诗和其中名句的喜爱。初唐时节有这样的悲苦诗篇，令人诧异，应该与诗人的个人经历相关。遗憾的是，没有更多的文献资料来说明这一切了。

宋之问

宋之问（约656—712），字延清，汾州（今山西汾阳）人，或云虢州（今河南灵宝）人。高宗上元二年（675）进士及第。供奉内廷。及张易之败，贬泷州（今广东罗定县）参军，未几，逃归。再为鸿胪主簿。中宗时转考功员外郎。后因知贡举贪赃狼藉，贬越州长史，再配钦州，玄宗先天中赐死。存诗一百九十六首。

题大庾岭北驿[1]

阳月南飞雁，传闻至此回[2]。
我行殊未已，何日复归来？
江静潮初落，林昏瘴不开。
明朝望乡处，应见陇头梅[3]。

【注释】

［1］大庾岭：在今江西大庾，岭上多生梅花，又名“梅岭”。

［2］阳月：农历十月。《尔雅·释天》：“十月为阳。”

［3］陇头梅：据《荆州记》载：南朝时陆凯与范晔友情甚笃，陆凯自江南寄梅花给长安范晔，并赠诗说：“折梅逢驿使，寄与陇头人。江南无所有，聊赠一枝春。”

【解读】

宋之问流放途中经大庾岭，在驿馆题写这首五律。古人将此岭作为南北的分界线，传说南归的北雁至此而回，诗人却依然要越岭跋涉。这无休止的行程，使诗人离家乡越来越远，离朝廷越来越远，诗人的心情也就越来越凄苦悲凉。诗人又以眼前景来烘托情感：江潮初落，江面平静，黄昏树林，瘴气缭绕。江水不能载诗人回乡，瘴气提醒诗人的流落。明朝望乡，路远难望，只见大庾岭的“陇头梅”，思乡情绪将随着离乡的路程而与日俱增。宋之问本来仅仅是宫廷御用诗人，贬谪生活使他体验了磨难、开阔了视野，诗歌有了宫廷以外的切实的内容。《旧唐书·宋之问传》称：“之问被窜谪，经途江岭，所有篇咏，传布远近。”这首诗是其中最著名的之一，也是唐诗中思乡名作。

渡汉江

岭外音书断，经冬复历春。

近乡情更怯，不敢问来人。

【解读】

宋之问从泷州贬所逃归，途径汉江，作此诗。诗歌的言语极其平常，贬谪者的心境也叙述得十分寻常，却写出了每一位久别家乡、家人的漂流者的共同的复杂心态。贬谪岭外，与家人音书断绝，经历了许多难熬的春夏秋冬。简练的语言中，涵括了多少思乡的愁绪与贬谪的苦楚。“近乡情更怯，不敢问来人”，离乡者的心境够复杂的，既渴望立即回到家乡亲人身旁，又害怕离家久远而家中发生变故。《汉乐府·十五从军征》说：“十五从军征，八十始得归。道逢乡里人，家中有阿谁？”就是具体描述这种“近乡情更怯”的久别者的心态。

沈佺期

沈佺期（约650—约714），字云卿，相州内黄（今河南内黄）人。高宗上元二年（675）进士及第。由协律郎迁通事舍人，再转给事中，考功员外郎。受赃，劾未究。张易之败，沈佺期长流外州。稍迁至台州录事参军。中宗时再入朝廷，官至中书舍人。开元初卒。存诗一百五十余首。

杂诗

闻道黄龙戍，频年不解兵[1]。
可怜闺里月，长在汉家营。
少妇今春意，良人昨夜情。
谁能将旗鼓，一为取龙城[2]？

【注释】

[1] 黄龙戍：在今辽宁省开原县北。这里泛指边塞。解兵：休兵，休战。

[2]将：率领。旗鼓：代指军队。龙城：这里泛指边境少数民族聚居的地方。

【解读】

闺妇思边是一个传统的题材。中国古典诗歌极少正面描写夫妻情爱，通过闺妇思边写夫妻情感，是古诗的一种主要抒情方式。南朝以来的宫廷诗人，也有这类题材的点缀描写，大多轻描淡写，敷衍了事。沈佺期则擅长写闺妇思边，往往能比较深入地刻画出思妇与将士的深沉痛苦和复杂心态，耐人回味。“闻道黄龙戍，频年不解兵”是隔离夫妻双方的原因，开门见山，直切主题。

以下用照应之笔写双方，写双方两地不尽的思念。“可怜闺里月，长在汉家营”，诗人的构思别出心裁。结句自然推出对名将的渴望，有了英勇善战的名将能够平定外患，征战的将士就可以回家，思妇的心愿也就能了却。初盛唐诗人写边塞战争，很少有反战情绪，更多的是期待一位名将，早日赢得战争胜利。这是好战情绪的另一个角度表现。

古　意

卢家少妇郁金堂，海燕双栖玳瑁梁[1]。
九月寒砧催木叶，十年征戍忆辽阳[2]。
白浪河北音书断，丹凤城南秋夜长[3]。
谁为含愁独不见，更教明月照流黄[4]。

【注释】

［1］卢家少妇：泛指青春少妇。郁金堂：以郁金香和泥涂壁的堂屋。玳瑁（dài mào）梁：以玳瑁装饰的屋梁。玳瑁：龟属海产动物，甲壳坚硬，有文彩，可制成装饰品。

［2］砧（zhēn）：捣衣石。辽阳：今辽宁省辽河以东地区。这里泛指东北边塞。

［3］白浪河：今辽宁大凌河。丹凤城：指长安。长安大明宫有丹凤门。

［4］流黄：黄紫相间的丝织品。指屋内的帷帐。

【解读】

这首闺妇思边诗场景描述得更加详尽。诗人用萧瑟的秋景来烘托离人的思念。诗中所用精美的名物，如“郁金堂”“玳瑁梁”“流黄”等等，还保留有宫体诗的作风，但所抒发的情感基本上已经从宫体诗中摆脱出来。女主人公居住环境华丽，却无法解脱愁苦的缠绕，尤其是到了寒砧捣衣、树叶凋零的秋夜，这种思愁翻腾上来，叫思妇难以忍受。可以想见，今夜，又将是一个无眠的难以煎熬的夜晚。诗歌中间两联对仗工整，显示出唐诗成熟的风貌。

邙　山

北邙山上列坟茔，万古千秋对洛城[1]。
城中日夕歌钟起，山上惟闻松柏声。

【注释】

［1］北邙山：在洛阳城北。因为洛阳一直是古代名都名城，城旁的北邙山上也多有古代名人墓冢。《太平寰宇记》卷三《河南府河南县》载："芒山，一名邙山，在县地北十里……伊尹、苏秦、张仪、扁鹊、田横、刘宽、杨修、孔融、吴后主、蜀后主、张华、嵇康、石崇、何晏、陆倕、阮籍、羊祜，皆有冢在此山。"

【解读】

以邙山坟茔为题，包含了诉说不尽的繁华盛衰之人生感慨。诗歌用对比手法，将两种不同的画面排列在一起，其中的韵味读者可以充分发挥自己的想象能力品味。北邙山上的坟茔跨越时空，"万古千秋"，是永恒的存在。宋之问《北邙古墓》诗说："君不见邙山苑外上宫坟，相接累累萦蔓草。"古今有多少名人埋葬其间，终归尘土。洛阳城里，每个朝代都有新贵，他们歌舞寻乐，繁华一时。尤其到"日夕"黄昏，寻欢作乐更是进入了一个高峰时段。诗人将洛阳城中的"歌钟"声与北邙山上的"松柏声"放到一起，一喧嚣热闹，一寂寞冷清。冷然一笔结尾，余音绕梁。

张若虚

张若虚，扬州人，曾官兖州兵曹。唐中宗神龙年间，与贺知章等吴越人士驰名京城。存诗二首。

春江花月夜

春江潮水连海平，海上明月共潮生。
滟滟随波千万里，何处春江无月明[1]。
江流宛转绕芳甸，月照花林皆似霰[2]。
空里流霜不觉飞，汀上白沙看不见。
江天一色无纤尘，皎皎空中孤月轮。
江畔何人初见月，江月何年初照人。
人生代代无穷已，江月年年望相似。
不知江月待何人，但见长江送流水。
白云一片去悠悠，青枫浦上不胜愁[3]。
谁家今夜扁舟子，何处相思明月楼。
可怜楼上月徘徊，应照离人妆镜台[4]。
玉户帘中卷不去，捣衣砧上拂还来。
此时相望不相闻，愿逐月华流照君[5]。
鸿雁长飞光不度，鱼龙潜跃水成文。
昨夜闲潭梦落花，可怜春半不还家。
江水流春去欲尽，江潭落月复西斜。
斜月沉沉藏海雾，碣石潇湘无限路[6]。
不知乘月几人归，落月摇情满江树。

【注释】

[1] 滟滟：波光荡漾的样子。

[2] 芳甸：长满花草的原野。霰（xiàn）：雪珠子。

[3] 青枫浦：泛指荒远的水边。

[4] 可怜：可爱。徘徊：指月影转动。

[5] 月华：月光。

[6] 碣石：山名，在今河北昌黎县北。潇湘：指潇水与湘水，在今湖南零陵县合流后称“潇湘”。这里以碣石、潇湘泛指天南地北。

【解读】

这首诗抒写月夜面对春江和花草的种种情思。诗歌脉络遵循明月升起、月在中天、落月西沉的时间顺序，逐次描写，一一抒情。前八句写月升。古人认为：太阳和月亮都是从海中升起。曹操《步出夏门行》说：“日月之行，若出其里。”“春江潮水连海平”，是明月升起的浩瀚广阔的背景。今夜春江，静谧安宁，波浪不惊；银色月辉，洒落江面，千里万里，波光滟滟。原野花草茂盛，江水宛转绕行，所有景物都笼罩在月光之中，清明淡约，宁静中略带神秘，叫人向往。“江天一色”以下二十二句，是诗歌抒情的主体部分，写月在中天的景象。皎皎月轮，空中高挂，江畔见月，引人遐思。遐思内容有两点：其一，江月悠悠，时间流逝没有尽头，宇宙浩渺无穷，令人感慨。其二，月下相思，两地牵挂。“明月楼”之居者和“扁舟”中之行者，皆在今夜明月普照之下，皆有一样的情思。诗人这一段都是想象之词，因平日有过诸多体验，抒情具体而细腻。“江水流春”以下六句写月落。斜月西沉，终藏海雾。江水流逝，即将带走明月，也即将带走春天，只剩下两地思念之人，依然忍受离情的折磨，也将对时空永恒的思索，留给世人。春江、花、月夜，诗人将这些充满诗情画意的意象完美地组合在一起，构成一幅无限优美的场景，语言清丽纯净，环境幽美恬静，虽然是宫体诗的题材，却没有丝毫的敷衍做作。所以，闻一多先生称这首诗是“宫体诗的自赎”，是“诗中之诗，顶峰上的顶峰”。诗人在春江花月夜的美好的背景中，融入了情人离别的思念，对时间久远、空间无限、个体渺小的无奈。悠悠情思，在明月之夜，绵绵不尽。诗歌的意蕴丰富，乃至能给人们一种哲理的启迪。

陈子昂

陈子昂（661—702），字伯玉，梓州射洪（今四川射洪附近）人。出身富家。年十八未知书，后悔悟，入乡学，勤苦读书，尤善诗文。二十一岁始东入京师，游太学，渐得声名，二十四岁时以进士对策高第。武后时积极上书朝廷，讨论国家大事，如吐蕃、生羌等问题，得武后赏识。武则天称帝，上《受命颂》取媚。母丧去官服终之后，授右拾遗。跟随武攸宜出征契丹，意见不合，由参谋降为军曹。曾坐谋反冤案入狱。三十八岁时以父老为借口，“表乞归侍”，挂拾遗官空衔回乡。父为县令段简所辱，死，陈子昂寻亦入狱死。存诗近一百三十首，有《陈伯玉集》。

登幽州台歌[1]

前不见古人，后不见来者。
念天地之悠悠，独怆然而涕下[2]。

【注释】

［1］幽州台：又称“燕台”，即蓟北楼，在今北京市近郊。相传燕昭王筑此台，置千金于其上，招揽天下贤才。

［2］怆然：悲伤的样子。

【解读】

这是一首千古佳作。全诗既不押韵，诗句也不整齐，读来却是错落铿锵，韵味悠扬。诗人随武攸宜出征，才华横溢而遭受迫害打击，心情格外郁闷。

当登上幽州台时，缅怀古人，面对高台悲风、茫茫四野，诉说不尽的孤独悲凉之感涌上心头，脱口而出。“前不见古人，后不见来者”，写时间的永恒，不见尽头；“念天地之悠悠”，写空间的广袤，不见边际。置身于如此时空背景中的个体，显得异常渺小。人生短暂，瞬间即逝，不能被人所赏识，趁时建功立业，有为之年还剩多少？诗人不能不为之焦灼、愤慨。其沉重的感慨，是心灵深处爆发出来的痛苦呐喊。这首诗形式上借鉴的是自由的骚体。《楚辞·远游》说：“惟天地之无穷兮，哀人生之长勤。往者余弗及兮，来者吾不闻。”东方朔《七谏》说：“往者不可及兮，来者不可待。”严忌《哀时命》说：“往者不可攀援兮，来者不可与期。”都为此诗所本。张国风先生《传统的困窘》将陈子昂这首诗改写成骚体：“余不见古人兮，亦不见其来者。念天地之悠悠兮，独沧然而泣涕。”且分析说：节奏上前两句采用“前——不见——古人”“后——不见——来者”，显得急促，是一种焦虑中的寂寞、一种失望中的抑郁。后两句采用“念——天地——之——悠悠”“独——沧然——而——涕下”，转向舒缓，显出惆怅中的无奈、失望之余的悲哀。

感　遇

三十四

朔风吹海树，萧条边已秋。
亭上谁家子，哀哀明月楼？
自言幽燕客，结发事远游[1]。
赤丸杀公吏，白刃报私仇[2]。
避仇至海上，被役此边州。
故乡三千里，辽水复悠悠。
每愤胡兵入，常为汉国羞。
何知七十战，白首未封侯[3]。

三十五

本为贵公子，平生实爱才。

感时思报国，拔剑起蒿莱[4]。
西驰丁零塞，北上单于台[5]。
登山见千里，怀古心悠哉。
谁言未忘祸，磨灭成尘埃。

【注释】

［1］幽燕：今河北省一带，古代幽燕常出慷慨激昂的壮士。结发：古代男子从成童开始束发，古代因此称童年或年轻时为“结发”。

［2］“赤丸”句：据《汉书·尹赏传》载：长安有专门谋杀官吏、为人报仇的少侠，行动前设赤、黑、白三种弹丸，摸得赤丸者杀武吏，摸得黑丸者杀文吏，摸得白丸者负责为同伴料理丧事。

［3］“何知”二句：用汉飞将军李广故事。李广生平七十余战，功勋卓著，却未能封侯。

［4］蒿莱：野草。

［5］丁零塞：泛指边塞。丁零，古代北方少数民族名。单于台：故址在今内蒙古呼和浩特市西。这里也是泛指。

【解读】

陈子昂有一组《感遇诗》三十八首，非一时之作，诗人生平的诸多感慨都寄托于此。诗人以自己的诗歌创作全面实践了倡导的创作理论。这组诗言之有物，题材十分广泛。而且，格高气壮，声情激越，贯穿于诗中的往往是慷慨悲壮之气。诗人以质朴遒劲的语言，写出真实情感。这里选录二首。

“朔风吹海树”一诗歌咏一位侠客，也是诗人自己理想的化身。这位侠客出身幽燕，“结发”之时就外出远游，以寻求建功立业的机会。他刺杀贪官，白刃报仇，避仇海上，远离故乡。正值边境多警报，外敌频频入侵，这位侠客正好趁时立功。谁知身经七十战，出生入死，“白首”未得封侯。诗人在同情这位侠客才华受抑、志不得伸的同时，倾吐了自身的牢骚愤懑。诗中的这位侠客恐怕是诗人依据自己的理想、经历、感受塑造出来的。

“本为贵公子”一诗塑造的是一位贵族阶层的有志之士。他虽然出身高贵，但平生不忘报国。“西驰”“北上”言其为了实现报国志向，到过祖国边塞的许多地方。但是，这位“贵公子”在现实中同样深受压抑。于是，他登山远眺，缅怀古人，感慨无限。在现实中他就不得不躲避各种谗言，避免陷入意外的灾祸。这里，依然是诗人自己生活的投影。陈子昂所塑造的各阶层人物，都有一个明显的共同点：有爱国志向、深受压抑、畏谗忧讥，体现了抒情主人公鲜明的性格。

陈子昂抓住历史的契机，从理论与创作两个方面，为唐诗注入蓬勃的生命力，清除了南朝延续至唐初的宫体诗风，后人对此评价甚高。韩愈《荐士诗》说：“国朝盛文章，子昂始高蹈。”元好问《论诗三十首》则云：“沈宋横驰翰墨场，风流初不废齐梁。论功若准平吴例，合著黄金铸子昂。”胡应麟《诗薮》卷二称其《感遇》：“尽削浮靡，一振古雅，唐初自是杰出。”

贺知章

贺知章（约659—约744），字季真，会稽（今浙江绍兴）人，自号“四明狂客”。武后年间进士，官至太子宾客、秘书监。曾与李白等结成“饮中八仙”。玄宗天宝初告老还乡。

咏 柳

碧玉妆成一树高，万条垂下绿丝绦[1]。
不知细叶谁裁出？二月春风似剪刀。

【注释】

［1］碧玉：形容柳树的碧绿可爱。丝绦（tāo）：丝带。

【解读】

这首七绝咏春日里的柳条，细腻真切，形象鲜明。早春柳树，垂下万条绿丝绦，如碧玉妆饰而成。这种拟人化的修辞法，使读者联想起体态婀娜的少女，为春风里的柳条带来了一份迷人的妩媚。后两句以自问自答的设问方式，歌唱了二月春风。春风为大地披上了绿色的新装，这细长如眉的柳叶也是春风裁剪而成。比喻构思都极其新颖巧妙。诗人将咏物与对春日景物的欣赏结合起来描写，写出盛唐人的好心情，好的生活情趣。

回乡偶书

少小离家老大回，乡音无改鬓毛衰。
儿童相见不相识，笑问客从何处来。

【解读】

无论离开家乡有多么久远，对家乡的思念总是一个人拂之难去的一种情感。随着暮年将至，思乡的情感像久酿的醇酒，越发浓烈。诗人选取了两个十分平常又非常有典型意义的情形或场景来表达久别思乡的情绪。其一是容颜衰老而乡音依旧。诗人长期在外为官，回到家乡已是晚年，玄宗赐镜湖一曲供他隐居。江南的语音自成体系，所以，回到家乡，与故土仍然保持亲密关系的只有“乡音”了。其二，儿童不识，以为他是外乡来客，以此写自己离家的久远，思乡之情不言而喻。“儿童”的笑问，同时给诗人带来家乡的亲切感受。

沈如筠

沈如筠，句容（今江苏句容）人。曾官横阳主簿。《全唐诗》存其诗四首。

闺　怨

雁尽书难寄，愁多梦不成。

愿随孤月影，流照伏波营[1]。

【注释】

[1]伏波：汉将军名号。东汉名将马援曾官拜伏波将军。这里代指边塞军营。

【解读】

这首诗写闺妇思边，言简意赅，韵味深长。丈夫从军出征，远在边塞，书信无由寄达。“雁尽书难寄”，写思念的双方音讯隔绝，一方面相思之情无法寄达，另一方面也叫人无法知晓丈夫的生死安危，牵肠挂肚，思妇在忍受着无休尽的折磨。于是，“愁多梦不成”便是很自然的事情了。诗人的构思非常别致。多数诗篇写思妇或离人，总是期待在梦中重逢，在梦中忘却现实的痛苦。这里的思妇由于痛苦折磨过度，内心愁苦蓄积太多，以致无法入眠，当然也就“梦不成”了。如此构思，写出思妇无尽的思念和深深的愁苦。这么多的相思情意，既无法托鸿雁传达，也无法在梦中宣泄，思妇只能寄相思于一轮“孤月”。无眠的思妇，抬头所见是一轮孤月，这轮孤月应该同时照耀着边塞丈夫所在的营寨。望月相思，托月寄情，便是无奈中的必然选择。整首诗语言非常简洁，又非常通俗晓畅，传达的情意却无比深长。

刘昚虚

刘昚虚，新吴(今江西奉新县)人。开元间进士，曾官洛阳尉、夏县令。后人将其与贺知章、包融、张旭合称“吴中四友”。存诗一卷，二十二首。

阙　题

道由白云尽，春与青溪长。
时有落花至，远随流水香。
闲门向山路，深柳读书堂[1]。
幽映每白日，清辉照衣裳[2]。

【注释】

[1] 闲门：空闲之门，即很少有人出入之门。

[2] 幽映：指柳荫。每：常常。

【解读】

这首诗写隐逸之乐，主要通过描述隐居的风景环境来表现。隐逸的小道，与清溪相伴，白云缭绕，春意烂漫。柳树下的读书堂，门向山径开，常日无人，清闲幽静。而且时有落花随流水而至，馨香宜人。这样幽闲宁静的山间读书处所，令人心旷神怡，顿时生出向往、艳羡之情。末二句用拗韵，颇具特色。俞陛云《诗境浅说》评说：“此诗起结皆不用谐律，弥见古雅。”隐居是唐人诗歌一大题材内容，然在唐初却少有出色之作。刘昚虚的这首诗可以说是开“盛唐田园山水诗派”的先路。

王　湾

王湾，洛阳（今河南洛阳）人。玄宗时进士。曾官荥阳主簿，终洛阳尉。存诗十首。

次北固山下[1]

客路青山下，行舟绿水前。
潮平两岸阔，风正一帆悬。
海日生残夜，江春入旧年。
乡书何处达？归雁洛阳边[2]。

【注释】

[1] 次：停泊。北固山：在今江苏镇江市北。

[2] 归雁：古人相传大雁能够传书。

【解读】

这首诗写旅愁。但是，诗歌中的乡思旅愁是淡淡的，更多的是对沿途景色的欣赏。诗人行进于青山绿水之间，虽然乡思难忘，但毕竟生活在欣欣向荣的唐代社会，诗人是为实现个人价值而告别家乡，所以，并不特别为离别家乡而忧伤。“潮平两岸阔，风正一帆悬”，写景开阔，大江直流，江水弥漫，风平浪静，一帆高悬。这为客子出游提供了交通便利，其实是诗人旅途中好心境的表现。仕途奔波中如果有此景象或情景，真叫人心向往之。盛唐人的自信和乐观，盛唐社会向上奋进的特殊环境，在景物的描写中也得以表现。“海日生残夜”，新的一天又开始了；“江春入旧年”，新的一年又开始了。这两句固然有离家日久之意，可以引发出思乡的情绪，但是，更多的是对新的一天、新的一年的期盼。这样来写旅途思乡之情，几乎完全改变了“离家日以远，衣带日以缓”的悲苦基调，在古典诗歌中极为少见。这两句诗以其“形容景物，妙绝千古”而深得时人的喜爱。《唐诗纪事》卷十五载：“诗人以来，无闻此句。张公（张说）居相府，手题于政事堂。每示能文，令为楷式。”“乡书何处达？归雁洛阳边”照应了开篇的“客路”，一缕思乡情绪，萦绕心头，只能托“归雁”传书，寄达思乡之情意了。

张九龄

张九龄（678—740），一名博物，字子寿，韶州曲江（今广东省韶关市）人。唐中宗景龙初年（707）进士。玄宗时官至同中书门下平章事、中书令，是开元年间的贤相。后被李林甫排挤，贬荆州长史。有《张曲江集》。

感 遇

江南有丹橘，经冬犹绿林。
岂伊地气暖，自有岁寒心[1]。
可以荐嘉客，奈何阻重深[2]。
运命惟所遇，循环不可寻。
徒言树桃李，此木岂无阴[3]？

【注释】

[1] 岁寒心：指丹橘有耐寒的特性。

[2] 荐：进奉。

[3] 树：栽种。

【解读】

这是一首颂丹橘的咏物诗，直承屈原《橘颂》之意。丹橘生长于江南，诗人也是南方人，其中托物自喻之意十分明显。丹橘的最大特征是经得起严寒的考验，“经冬犹绿林”。诗人补充说丹橘的耐寒特性与外界的“地气暖”无关，而在于它有“岁寒心”的本性。丹橘在严酷的条件下生长，有果实可以荐客，有树荫可以休息。只是地处江南，路途遥远，阻隔深重，无法获得赏识。这首诗大约是诗人被排挤出朝廷时所作，诗人借丹橘写自己的坚贞品格，以及遭谗言陷害被迫离开朝廷的现实处境。这首诗句句咏物，句句别有寄托。既不离对所咏之物特征的描写，又托意高远，无牵强附会之弊，这是咏物之作的较高境界。与贺知章《咏柳》等诗作比较，境界有所拓深。古典咏物诗，至此已经完全成熟。

望月怀远

海上生明月，天涯共此时。
情人怨遥夜，竟夕起相思[1]。
灭烛怜光满，披衣觉露滋。
不堪盈手赠，还寝梦佳期[2]。

【注释】

[1] 情人：泛指多情的人。也可以是男性友人。竟夕：终夜。

[2] 不堪盈手：指月光不能用手捧着。佳期：相聚的好日子。

【解读】

这是中国古典诗歌中比较早的一首写两地相思的佳作。有情人天涯相隔，两地却可以共赏一轮明月，所以，在古诗中明月就成为寄托相思情怀的最好意象之一。“海上生明月，天涯共此时”所抒写的就是这样一种情怀，境界阔大，雄浑高远。有了这样宏阔的背景，写相思也不至于抑郁沉闷，胸襟自然不同一般。对此一轮明月，被离思所折磨的情人就无法入眠，“竟夕”相思，两地共此情怀。一直到烛光燃尽，凌晨露水滋生之时，被相思折磨的无眠人，再也不能在床上煎熬下去，披衣下床，望月怀远。相思情深情切情苦，因中间四句的具体描写得以细腻表现。对明月相思，却无法捧一手月光相赠，事实上是情人相隔遥远无法传递相思情意，只好敦促自己努力再入梦乡，在梦乡中与所思念者相见。以美好的期盼或祝愿结束全诗，与开篇宽阔的景象照应，相思而无悲苦之意。盛唐人的胸襟气度于此亦可见一斑。

答陆澧

松叶堪为酒，春来酿几多？
不辞山路远，踏雪也相过[1]。

【注释】

[1] 过：拜访。

【解读】

这首赠答友人之诗，写出了诗人洒脱隐逸的情怀。隐居的环境中，事事高洁脱俗，连日常所饮之酒也由松叶酿造而成。有了这样清醇的美酒，就可以邀请好友前来对酌了。诗人是以自己猜测的语气写友人的醇酒及其相邀，可以肯定以前曾经有过类似的邀请与欢聚。既然有此好酒，有这样幽美的环境，有共同的隐逸爱好，诗人也就不畏惧雪花纷飞之际山路的艰难跋涉了。两人友情之深厚纯净也由此可见。

王 翰

王翰，字子羽，并州晋阳（今山西太原）人。睿宗景云元年（707）进士。曾任驾部员外郎、仙州别驾，贬道州司马。

凉州词

葡萄美酒夜光杯，欲饮琵琶马上催[1]。
醉卧沙场君莫笑，古来征战几人回？

【注释】

［1］夜光杯：用白玉精制而成晶莹透亮的酒杯，可以光明照夜。

【解读】

历史上习惯将“安史之乱”以前的唐朝社会称为初唐、盛唐。这一时期，唐朝国力非常强大，在对外族的战争中频频取得胜利。这些战争有的是保家卫国的正义之战，也有唐王朝发动的对外侵略战争。无论战争的性质如何，唐朝许多有志之士都通过立功边塞，获得功名，扬名天下。所以，到边疆去，参军作战，成了唐朝士人建功立业的极好机会。他们因此有了很多豪情万丈的边塞诗，诗中充满着自信和乐观精神，充满着对未来的期望，王翰的《凉州词》是其中很典型的一首。征战沙场，不知是否可以尸骨还乡，这本来是一件十分凄凉悲苦的事情。但在初唐、盛唐充满了建功立业浪漫情怀的诗人的笔下，悲凉转变为豪迈，凄苦转变为昂扬。用夜光杯盛着琥珀色的葡萄美酒，富有异域生活情调，又可见诗人爽朗的心胸，根本没有将边疆的艰苦生活、军队出生入死的危险放在眼里。正在诗人“欲饮”美酒之际，酒宴上又弹奏起了琵琶，这具有少数民族特色的乐器与乐调，似乎是在为战士们催酒、送酒，将士更是放怀痛饮，一醉方休了。优美的乐声与美酒，相得益彰，衬托了战士的情怀。这种奔放的情怀，来自对边塞生活的向往，对功业的渴望。痛饮之余，难免醉倒沙场，诗人嘱咐说：旁人也不必嘲笑，因为将士们是以性命报国、赌取功名的，今日得意忘形一次，是可以原谅的。全诗通过边塞将士举杯痛饮这样一个侧面，表现了诗人对边塞从军生活的渴望之情。

崔　颢

崔颢（704—754），汴州（今河南开封市）人。唐玄宗开元十一年（723）进士。天宝年间曾官尚书司勋员外郎。

黄鹤楼[1]

昔人已乘黄鹤去，此地空余黄鹤楼[2]。
黄鹤一去不复返，白云千载空悠悠。
晴川历历汉阳树，芳草萋萋鹦鹉洲[3]。
日暮乡关何处是？烟波江上使人愁。

【注释】

[1] 黄鹤楼：旧址在今武汉市蛇山。

[2]“昔人”二句：传说仙人王子安曾乘黄鹤经过此地；一说三国蜀费文祎曾在此楼乘黄鹤登仙。

[3]历历：清晰可辨的样子。汉阳：在武昌西面，与黄鹤楼隔江相望。萋萋：草木茂盛的样子。鹦鹉洲：在武昌北长江中。

【解读】

黄鹤楼是江汉名胜古迹，有多少骚人墨客登此楼题咏。据元人辛文房《唐才子传》载：李白登此楼欲赋诗题咏，终因崔颢之作过于出色而为之搁笔，并且说：“眼前有景道不得，崔颢题诗在上头。”诗人从黄鹤楼的传说写起，虽然在写“黄鹤一去不复返，白云千载空悠悠”的神话流传，但其中包含着岁月易逝、世事苍茫的深沉感慨。面对黄鹤楼前的景色，自然生发出乡关之愁思。诗歌也由前半部分的咏古转入叹今。诗歌后四句写眼前所见景色。黄鹤楼矗立蛇山之上，面对长江。诗人凭高遥望，可以清晰望见对岸的汉阳、江中的鹦鹉洲等，以及树木、芳草，却无法望见故乡。黄昏时节，暮色笼罩，烟雾弥漫，愁绪涌上心头。诗歌最终落实到游子悠悠不尽的思乡情绪，以此结尾，余音绕梁。

长干曲[1]

其一

君家何处住？妾住在横塘[2]。
停船暂借问，或恐是同乡。

其二

家临九江水，来去九江侧[3]。
同是长干人，生小不相识。

【注释】

[1] 长干曲：乐府歌曲。长干，地名，旧址在今南京市秦淮河南。

[2] 横塘：地名，在今南京市西南。

[3] 九江：今属江西。

【解读】

诗人作《长干曲》四首，这里选取两首。诗人借用民歌风调，抓住几个平常而又富有生活情趣的小场景，用白描手法，寥寥几笔，勾画出生动鲜明的人物形象和他们微妙的心理。第一首是江面上两艘过往船只中两位男女青年的热情问答，主动者是女子。这种一般性的询问中包含着青春女子的思春情怀，对异性的主动大胆追求。有了这种主动大胆的接触，才会有广泛合理的选择。作为女性，依然有自己的羞涩，她借口“同乡”而掩饰询问搭话的主要目的。

第二首则是男女双方对话的深入。经过询问，才发现两人真的是乡邻，只是各自忙碌，不得相识的机会。进一步的交流中两人的了解正在加深，认识到“同是长干人”，陌生感立即消失，两人的距离顿时拉近。可以想见，女子的主动问话肯定是有所选择的，是对这位男子有了初步好感以后的试探。随着了解的深入，可能成就一对美满婚姻。民间女子，毕竟是淳朴、自由、开放的，她们有了一定掌握自己命运的权力。在那个扼杀男女情爱的时代，尤其显得难能可贵。

古典诗歌有很多写水边男女的情爱，或写相思，或写思恋。如《诗经》中的《蒹葭》篇说：“蒹葭苍苍，白露为霜。所谓伊人，在水一方。溯洄从之，道阻且长；溯游从之，宛在水中央。”《汉广》篇说：“南有乔木，不可休思。汉有游女，不可求思。汉之广矣，不可泳思。江之永矣，不可方思。”《楚辞》中的《湘夫人》篇说：“帝子降兮北渚，目眇眇兮愁予。嫋嫋兮秋风，洞庭波兮木叶下。”后来的宋词中也有李之仪《卜算子》说：“君住长江头，我住长江尾，日日思君不见君，共饮一江水。”贺铸的《青玉案》说：“凌波不过横塘路，但目送，芳尘去。锦瑟年华谁与度？月桥花榭，琐窗朱户，只有春知处。”男女双方，隔水相望，可望而不可即，既浪漫又让人回味无穷。如果是隔着大山，那就音信全无，无法引发人们的诸多想象。水之苍茫，让情感在一定距离内保持着某种特殊的美丽，所思恋的人因此具有了距离美。这两首诗歌，再次显示了这种水国泽畔的“爱情”魅力。

储光羲

储光羲，兖州（今山东兖州）人，一说润州（今江苏镇江）人。开元进士，曾官观察御史。安禄山陷长安，受伪职。后贬死岭南。

钓鱼湾

垂钓绿湾春，春深杏花乱。
潭清疑水浅，荷动知鱼散。
日暮待情人，维舟绿杨岸。

【解读】

从《楚辞·渔夫》开始，渔夫一直是隐逸者的理想生活形象之一。水乡是那么清新秀丽，随小舟漂荡是如此自由自在，渔夫生活成为隐居者的必然选择。诗人生活的钓鱼湾景色非常美丽：绿荫春浓，点缀着几树杏花，潭水清澈，荷花摇动，鱼儿忽聚忽散，来去自在。诗人自然被这景色所陶醉。他所等待的“情人”，当然可以看成是他心爱的人，也可以广义地理解为有共同隐逸爱好的友人，希望他也能前来一起隐居。

王昌龄

王昌龄（698—756），字少伯，京兆万年（今陕西西安）人。开元十五年(727)进士登第，授秘书省校书郎。开元二十七年(739)，“负谴”远谪岭南，第二年北归，调任江宁丞，有“诗家夫子王江宁”之称。几年后因“不护细行，贬龙标尉”，又有“王龙标”之称。“安史之乱”爆发，王昌龄北归，路过亳州谯郡，为太守闾丘晓所杀。去世时五十八岁。擅长七言，称“七绝圣手”“七言长城”，存诗近一百八十首。

从军行

其一

烽火城西百尺楼，黄昏独坐海风秋。
更吹羌笛关山月，无那金闺万里愁[1]。

其二

琵琶起舞换新声，总是关山旧别情。
缭乱边愁听不尽，高高秋月照长城。

其四

青海长云暗雪山，孤城遥望玉门关[2]。
黄沙百战穿金甲，不破楼兰终不返[3]。

其五

大漠风尘日色昏，红旗半卷出辕门。

前军夜战洮河北，已报生擒吐谷浑[4]。

【注释】

[1] 羌笛：泛指少数民族的乐器。关山月：汉乐府横吹曲名，多写边塞士兵久戍不归、家人思念等情感。无那：无奈。金闺：闺中的美称。

[2] 青海：青海湖，在今青海省西宁市西。雪山：今甘肃省祁连山。

[3] 穿：磨穿。楼兰：汉代西域国名。西汉傅之介前往楼兰，用计斩其王。这里泛指外族入侵之敌。

[4] 洮河：在今甘肃省西南部。吐谷（yù）浑：我国古代居住在西北部的少数民族。这里泛指入侵外族之敌。

【解读】

王昌龄是“盛唐边塞诗派”优秀的代表作家。他所写的一组《从军行》共七首，这里选录四首。“烽火城西百尺楼”一诗写征人思乡，尤其是思念闺中的妻子。征人在“城西百尺楼”守卫着边塞，地势之高可见其险峻，“烽火”则见其军情危急。然而，黄昏独坐，秋风拂面，情不自禁地叫人生发出思乡之情。远处传来的羌笛乐声，所演奏的是思乡名曲《关山月》，更叫征人难以抑制思乡情绪。况且，演奏者一定也与征人有着同样的情思。此时，思乡是军队中的一种普遍情绪。音乐声将一个征人的思乡情绪托展开来，成为一种普遍情绪。想象“金闺”中的妻子，也一定同样无奈地怀着“万里愁”，也正在思念远在边塞的征人。“琵琶起舞换新声”一诗继续写边愁，在远离家乡的将士听来，一切的歌舞音乐都与乡愁联系在一起。琵琶是少数民族人民喜欢的乐器，这里还是从征人的角度落笔。他们看到“琵琶起舞”，听到乐声更换，却总是与“关山旧别情”有关，与“羌笛关山月”的情调总是大致相同。事实上，是征人无法摆脱相思愁苦。“缭乱边愁听不尽”是一种特殊的心理作用，是征人借听音乐来诉说内心情感。因此，征人只能面对一轮秋月，怀念远人，相思不已了。“青海长云暗雪山”一诗改换角度，写将士们坚守“孤城”的决心和勇气。他们在极度恶劣的环境中保护着国家的安全。他们身经百战，金甲穿破，然报国之志依然，不平定外患决不回家。这是盛唐特有的昂扬意气。诗歌写出边塞将士复杂的情感，既有卫国的决心，又难以摆脱乡思的纠缠。“大漠风尘日色昏”一诗则写一次艰苦卓绝而又令人兴奋鼓舞的战斗。在“大漠风尘”狂暴的恶劣气候里，唐朝军队“红旗半卷”，进行了一次成功的突袭战，结果是生擒了敌军的首领。这四首诗都从征人的角度出发，或写思亲愁绪，或写征人报国的雄心和坚定的意志，或写一次具体的战斗过程，从不同侧面反映了边塞生活。

出　塞

秦时明月汉时关，万里长征人未还。
但使龙城飞将在，不教胡马度阴山[1]。

【注释】

［1］龙城：或认为是匈奴的祭天之处，故址在蒙古鄂尔浑河西侧和硕柴达木湖附近。或解释为卢龙城，在今河北喜峰附近，汉代为右北平郡所在地。李广曾为右北平太守。飞将：汉代李广，匈奴号其为“汉之飞将军”。阴山：西起河套，横亘内蒙古，与兴安岭相接。为中国古代北方抵御外来入侵的屏障。

【解读】

“秦时明月汉时关”是互文见义，即秦汉时代的明月，照着秦汉时代的边关。互文见义是中国古典诗歌常用的一种表达方式，如《木兰诗》说：“雄兔脚扑朔，雌兔眼迷离。双兔傍地走，安能辨我是雄雌？”诗人是想告诉我们雄、雌两兔都是“脚扑朔”“眼迷离”，所以叫人难以辨别。诗歌短小精练，故时常以此互文见义法来表达。“万里长征人未还”，指明历代封建君主们好大喜功，劳师远征，旷日持久，以至多少征人抛尸万里荒塞，与故乡亲人永远诀别。这既是历史的事实，又是唐代的现实。这首诗视野开阔，由秦而汉，由汉而唐，时间纵越千年，空间横跨万里，气象苍凉雄浑。在历史的沧桑慨叹中，体现着诗人对于时空永恒，人生短暂，以及个人无法主宰自我命运的悲剧体验；而在历史与现实的比照与反观中，更饱蕴着诗人的深沉痛诉：无休止的征战啊，使多少征人抛亲离乡，暴尸边疆。“但使龙城飞将在，不教胡马度阴山”，于是，诗的结尾唱出了千古征人们的一个共同心愿：希望戍边将帅能像飞将军李广那样英勇善战，体恤士兵，早日打败入侵的敌人，让士兵们回乡与家人团聚。这种平凡的愿望中体现着诗人对历史和现实的理性深思，凝聚着无数征人对和平的渴望，及其对家人的思念，也谴责了那些懦弱无能的领兵将帅。唐人诗歌中时而以“秦汉”代指现实，对现实作婉言讽喻。这首诗歌的侧重点依然落实在现实社会，我们也可以从这个角度理解诗歌中的用典。诗歌语言朴实平淡，绝少雕饰，但由于这是诗人悲天悯人的历史忧思结撰而成的诗歌语言，故全诗自然通脱，让人体会到一种天然的悲壮美。全诗体制短小，却洋溢着纵横今古的气魄，明朝李攀龙将这首诗推崇为唐人七绝的“压卷”之作。

芙蓉楼送辛渐[1]

寒雨连江夜入吴，平明送客楚山孤。
洛阳亲友如相问，一片冰心在玉壶[2]。

【注释】

［1］芙蓉楼：遗址在今江苏镇江西北角。

［2］冰心：喻心地的高洁纯净。

【解读】

诗人一生经历坎坷，命运多舛，两次被贬谪，最后甚至被长官所杀。这样的生平，在唐代诗人中十分罕见。可以想见诗人在现实中孤高自傲的态度，不善于处理周围人际关系。当时对诗人的诽谤之词一定不少。于是，诗人借送友之际，表明自己的心迹。开篇两句交代送友的环境。“寒雨连江”，“楚山”孤单，渲染出一片凄苦悲凉的送别气氛。结尾两句顺便交代，其实是诗人早就想告诉人们的。诗人以“冰心在玉壶”比喻自己的高洁，光明磊落，是对诬陷打击他的现实社会的愤怒抗议。全诗语言圆润自然，音调和谐婉转。

长信秋词[1]

其一

金井梧桐秋叶黄，珠帘不卷夜来霜[2]。
熏笼玉枕无颜色，卧听南宫清漏长。

其三

奉帚平明金殿开，暂将团扇共徘徊[3]。
玉颜不及寒鸦色，犹带昭阳日影来[4]。

【注释】

［1］长信：汉宫殿名。汉成帝时，班婕妤遭赵飞燕姐妹妒恨，自求到长信宫侍奉太后，在寂苦中度过一生。

［2］金井：以黄金为横栏的水井。后为水井的美称。

［3］“暂将”句：汉乐府《团扇诗》相传为班婕妤所作，诗中以秋扇见捐喻君恩断绝。诗云：“新裂齐纨素，鲜洁如霜雪。裁为合欢扇，团团似明月。出入君怀袖，动摇微风发。常恐秋节至，凉飚夺炎热。弃捐箧笥中，恩情中道绝。”

［4］昭阳：汉代宫殿名。这里代指皇帝所在的宫殿。

【解读】

“宫怨”诗在封建社会是十分具有现实意义的。皇帝一人，霸占着千千万万个女子，断送她们的青春与幸福。许多宫女，一生也未得帝王宠临，在孤苦寂寞中煎熬完所有的岁月。况且，宫女人数的庞大，增加了朝廷的开支，必然增加百姓的赋税负担。这也是治理国家一个非常现实的问题。王昌龄有《长信秋词》五首，这里选录二首。诗人表面上是在咏叹汉代的历史，矛头则指向现实。“金井梧桐秋叶黄”一诗，写宫女的日长寂寞。她们所居住的环境虽然奢华富丽，有“金井”“珠帘”“熏笼”“玉枕”，但这一切都无法解除宫女们青春被剥夺的孤独凄凉。她们体验到的只是秋日里梧桐树叶的枯黄飘零，夜来霜露的凄寒逼人。她们只能盼望得到帝王的宠顾。日日无望的等待使她们陷入痛苦的深渊，以至玉容失色。长夜里，她们苦苦地等待着，“南宫”大约就是帝王的所在。宫女们细数着“清漏”声，打发了多少不眠之夜。“奉帚平明金殿开”一诗，写白日里宫女们的无望等待。她们只能与“团扇”为伍，被抛弃的怨苦隐隐透露。在万般无奈中，她们竟然羡慕起自由飞翔的“寒鸦”，它们犹自动自主，亲近帝王，带着“昭阳”殿的日影而来，宫女们则只能日复一日被动无望地等待着。怨苦到这样的地步，宫女身世的可怜，已经能够引起人们的同情。

闺　怨

闺中少妇不知愁，春日凝妆上翠楼[1]。
忽见陌头杨柳色，悔教夫婿觅封侯[2]。

【注释】

［1］凝妆：精心打扮。

［2］陌头：大路旁边。觅封侯：寻取功名。

【解读】

诗人是一位比较注重情感生活的作家。这首诗所表现出来的思想，与传统相悖。传统要求每一位妻子具有“停机德”，鼓励丈夫外出寻求功名，光宗耀祖。而这首诗中的女子，只求丈夫厮守在自己的身旁，过甜甜蜜蜜、恩恩爱爱的日子。开篇的“闺中少妇不知愁”是欲擒故纵，她不可能从毫不知愁突然间跌落到愁苦的深渊。事实上，少妇是故意掩盖自己的思愁，通过“春日凝妆上翠楼”的动作化解内心的痛苦。岂知登楼所见“陌头杨柳色”，引起了当年夫妻同游的回忆，内心的愁苦就再也无法抑制了，心里话脱口而出：“悔教夫婿觅封侯。”这才是中国古代在闺中守“活寡”妻子的真实心声。然而，如此肆意畅快地在诗歌中表达出来，在唐宋词出现之前是非常罕见的。

送魏二

醉别江楼橘柚香，江风引雨入舟凉。

忆君遥在潇湘月，愁听清猿梦里长[1]。

【注释】

［1］潇湘：潇水与湘水在湖南零陵县会合，称“潇湘”。泛指湖南地区。“愁听”句：古人认为猿鸣声凄厉哀婉，听之使人愁苦伤感。郦道元《水经注·三峡》引当地民歌说：“巴东三峡巫峡长，猿鸣三声泪沾裳。”

【解读】

这是一首送别诗。王昌龄擅长以极其精粹简约的语言，抒发深长绵邈的情思。诗人在秋日的江畔送别友人，将自己的依依惜别之情融入周围的环境，借景抒情。橘柚飘香季节，为送别友人增添一份温馨；江楼醉别友人，情深谊长，不言自见。江风秋雨，带来一份萧瑟凉意，更加重离人心头愁感。后二句设想友人所要去的处所和旅途的寂寞情景。孤舟飘零，月夜独泊潇湘，愁听清猿，浓浓的别愁不可化解。诗人猜想，这所有的离愁都将融入梦境，在梦中可再度回味离别的情感体验。为友人设想得非常具体细致，其实是以婉转的方式写自己对朋友的深情厚谊。

祖　咏

祖咏（699—746），洛阳（今河南洛阳）人。唐玄宗开元十二年（724）进士。曾因张说推荐任驾部员外郎。与王维友善。《全唐诗》存录其诗三十六首。

望蓟门[1]

燕台一去客心惊，笳鼓喧喧汉将营[2]。
万里寒光生积雪，三边曙色动危旌[3]。
沙场烽火连胡月，海畔云山拥蓟城。
少小虽非投笔吏，论功还欲请长缨[4]。

【注释】

[1] 蓟门：旧址在今北京西南一带。

[2] 燕台：即蓟城的幽州台。喧喧：形容喧闹的声响。

[3] 三边：古称幽州、并州、凉州为三边。这里泛指边塞。

[4] 投笔吏：东汉班固，年少贫穷，曾为官府佣书吏。后投笔从戎，平定西域三十六国，封定远侯。请长缨：西汉书生终军年十八而受汉武帝赏识，他“自请愿受长缨，必羁南越王而致之阙下。”（《汉书·终军传》）后世称自己请求参军杀敌为请缨。

【解读】

祖咏也曾经寻求边塞立功，这首诗应该是他游宦蓟门时所作。诗人一到“燕台”，就为边塞特有的风光、军中肃穆的气氛而感到惊心。这里营帐连绵，笳鼓声喧；万里积雪，寒光一片；旌旗飘扬，烽火相接，云山环绕。军营的庄重，军容的严整，以及将士们在艰苦的环境中的无畏，都一一在边塞风光画中得以展露。受眼前景色、气象鼓励，诗人顿时豪气倍增，也希望请缨杀敌，为国立功了。诗歌所显露出来的，还是盛唐诗人的一种好战情绪。

终南望余雪[1]

终南阴岭秀，积雪浮云端[2]。

林表明霁色，城中增暮寒[3]。

【注释】

[1] 终南：终南山。

[2] 阴岭：背光的山岭。

[3] 林表：林外。霁色：雪后晴色。

【解读】

据《唐诗纪事》卷二十记载，这首诗是祖咏到长安应进士试时所写。唐代应试诗要求是六韵十二句的五言排律，祖咏写完这四句则认为诗意已了，就此搁笔，一时传为佳话。诗写遥望中终南山积雪的景色。“终南阴岭秀，积雪浮云端”写出遥望中终南山的秀丽雄奇，其山峰高耸云端，故积雪若漂浮于天空。“林表明霁色，城中增暮寒”补足终南山雪意。洁白的积雪映照下，林外是一片明亮的晴色。积雪之厚，以至相隔数十里的长安城在傍晚时刻也增添了层层“暮寒”。命题之作，诗人有如此开阔壮观的景物描写，可见诗才之敏捷。文献记载中没有说祖咏这次考试是否被录取，显然是落选了，否则作为一段佳话一定也是要被大书特书的。

王之涣

王之涣（688—742），字季凌，原籍晋阳（今山西省太原市），迁居绛郡（今山西省新绛县）。开元初，曾官衡水主簿。被诬陷去官，漫游十五年，足迹遍黄河南北。后官文安县尉。存诗六首。

登鹳雀楼[1]

白日依山尽，黄河入海流。
欲穷千里目，更上一层楼。

【注释】

[1]鹳雀楼：旧址在蒲州（今山西省永济县）西南。楼有三层，面对中条山，下临黄河，时有鹳雀栖息其上，故名。

【解读】

这首诗传颂千古，脍炙人口。原因应该有三个方面：其一，写景壮丽宏阔，气度非凡。诗人登上鹳雀楼，大山大河尽收眼底。那依山而尽的落日，奔流到海的黄河，气势磅礴，巍峨壮丽。开阔的胸襟给了诗人以开阔的视野。其二，富于生活哲理启迪。诗人并不仅仅满足于眼前所见，而是期待着“更上一层楼”，以穷尽视野。或者说，视野永远无法穷尽，只要你“更上一层楼”，景物就能焕然一新，人物的胸襟或精神面貌也就会完全不一样。“欲穷千里目，更上一层楼”，给人们就是这样一种生活哲理的启迪。其三，语言极其精练。丰富的内容，都被纳入短短的二十字之中。

凉州词

黄河远上白云间，一片孤城万仞山。
羌笛何须怨杨柳？春风不度玉门关[1]。

【注释】

[1]羌笛：古代一种少数民族乐器。怨杨柳：乐府《横吹曲》中有《折杨柳》，曲调哀怨。玉门关：在今甘肃省敦煌县西。

【解读】

久戍边关，不得与家人团聚，也感觉不到君王的恩惠，一种怨苦的情绪油然而生。将士驻守在边关极其险恶的环境中，以一座“孤城”对抗着频繁的入侵之敌，周围是环绕的大山。边塞“羌笛”声传来，是一曲《杨柳》怨歌，倾诉了将士们的心境。塞外荒寒，不仅仅是地处偏僻，更重要的原因是“春风不度玉门关”。前人时以“春风”比喻皇恩，诗人是在替将士抱不平，是在讥刺朝廷的边塞政策。所以，名人杨慎读解这首诗说：“此诗言恩泽不及于边塞，所谓君门远于万里也。”

孟浩然

孟浩然（689—740），襄州襄阳（今湖北襄樊）人。主要活动于开元年间，自称是孟子的后裔。年轻时隐居故乡。大约在二十五岁到三十五岁之间，漫游长江流域。三十六岁时到洛阳求仕，居三年无所得，再度开始吴越漫游。约四十岁时，到长安应试，认识了诗人王昌龄、王维等。考试落第，继续谋求仕进，如为朝廷赋诗、献赋等等。然终归无效，生活潦倒，苦闷失意，再度回乡隐居。开元二十五年（737），张九龄被贬为荆州长史，征辟孟浩然为从事。存诗二百多首。

与诸子登岘山[1]

人事有代谢，往来成古今。
江山留胜迹，我辈复登临。
水落鱼梁浅，天寒梦泽深[2]。
羊公碑字在，读罢泪沾襟[3]。

【注释】

[1]岘山：山名，在襄阳城外。《元和郡县图志》卷二十一《襄州襄阳县》：“岘山，在县东南九里。山东临汉水，古今大路。羊祜镇襄阳，与邹润甫共登此山，后人立碑，谓之堕泪碑。”

[2]鱼梁：地名，在襄阳附近沔水之中。《水经注》卷二十八《沔水》：“襄阳城东……沔水中有鱼梁洲，庞德公所居。”梦泽：云梦泽，在今湖北境内。《元和郡县志》卷二十七《安州安陆县》：“云梦泽，在县南五十里。”

[3] 羊公碑：羊公堕泪碑，在岘山。西晋羊祜都督荆州诸军事，驻襄阳。羊祜曾与邹润甫登岘山，垂泪说："自有宇宙，便有此山。由来贤达胜士，登此望远者多矣，皆湮灭无闻。"（《方舆胜览》卷三十二《京西路襄阳府》）羊祜死后，其部属在岘山建碑立庙，每年祭祀，见碑者纷纷流泪。杜预因称此碑为"堕泪碑"。

【解读】

孟浩然隐居家乡襄阳，经常游历襄阳周围的山水，岘山就是孟浩然常登临处。羊祜堕泪碑是岘山的名胜古迹，这首诗的感慨因此而发。当年羊祜登岘山，有山川永恒、人世短暂的悲慨。相隔数百年之后，孟浩然等人再凳岘山，再度验证了羊祜的人世感慨。这首诗重在抒发与羊祜同样的人生感慨，开篇四句便点明题意。"人事有代谢，往来成古今"，以其简练扼要的语句，表达这种人人共有的感慨，深具哲理韵味，成为千古传诵的名句。诗中只有"水落鱼梁浅，天寒梦泽深"两句写景，其用意是在烘托人事沧桑的悲凉感受。最后两句点明，今日登临所发的感慨，都是因为读堕泪碑而导致的。这是一个补充说明。

秋登万山寄张五[1]

北山白云里，隐者自怡悦[2]。
相望始登高，心随雁飞灭[3]。
愁因薄暮起，兴是清秋发。
时见归村人，平沙渡头歇。
天边树若荠，江畔舟如月。
何当载酒来，共醉重阳节[4]？

【注释】

[1] 张五：名子容，隐居于襄阳岘山南约两里的白鹤山。

[2] 北山：即万山，在襄阳西北。这两句化用陶弘景诗："山中何所有？

岭上多白云。只可自怡悦，不堪持赠君。”

［3］飞灭：逐渐飞远，一直到不见踪影。

［4］何当：何时能够。

【解读】

孟浩然长期隐居于家乡，他的许多诗歌都是描写家乡襄阳附近的山水风光。家乡的风景在诗人的眼中总是清新秀逸的，远离世俗尘喧的。这首诗写给有共同隐逸情怀的友人。诗人登上万山，遥望友人的隐居处所，只见白云缭绕，鸿雁飞灭。思念友人，心头不禁泛起淡淡的哀愁。其实，诗人身在山林，心存魏阙，隐居时总难免有一缕不得意的愁绪萦绕心头。盛唐不是一个隐居的时代，即使生性淡泊如孟浩然者，也有隐居的不甘心。“时见”四句是向下俯视，写江村晚景。劳作一天的人们纷纷归来，在渡头歇息，一派安闲和美的景象。“天边树若荠，江畔舟如月”为诗中写景名句。一切都是遥望所见，距离使景物变小，天边的树木如荠菜，江畔的小舟如弯月，比例缩小的景色有一种精致的绘画美。这样赏心悦目的景物，隐居其间，当然令人心旷神怡。诗人的兴趣再度转移到隐逸的歌颂之上。结尾以问句结束，抒发了对友人的真挚思念之情，照应开篇与诗题。

夏日南亭怀辛大[1]

山光忽西落，池月渐东上。
散发乘夕凉，开轩卧闲敞。
荷风送香气，竹露滴清响。
欲取鸣琴弹，恨无知音赏。
感此怀故人，中宵劳梦想[2]。

【注释】

［1］辛大：辛谔，孟浩然同乡友人，早年隐居，后被征辟入幕。

［2］中宵：中夜，半夜。

【解读】

孟浩然的山水隐逸诗，擅长用淳朴清净的语言，描绘出周围的山光水色，以及生活在这样环境中隐居者的闲情逸致。这首诗写夏夜纳凉，兼怀友人。“山光”西落、“池月”东上之时，诗人自由地开轩闲卧、散发乘凉，透露出隐居生活的潇洒自在。“荷风送香气，竹露滴清响”从嗅觉、听觉两个角度描述乘凉时的感受。凉风吹过，荷香阵阵；竹露点滴，声响清脆。这一切是夏夜纳凉时的细腻真实感受，增加了诗人的舒适感。“欲取”四句写怀念友人，是这首诗的主题。诗人乘凉舒适之际，便欲弹琴助兴。转念一想，身边没有“知音”，对友人的思念情绪被自然牵引出来。诗人希望能有友人在一起，知音共赏，包括今夜纳凉的特别感受。对友人的感情如此纯朴真挚，一旦牵引出来，难以遏制，以至今夜梦中还在重复着思念的情绪。

夜归鹿门歌[1]

山寺鸣钟昼已昏，鱼梁渡头争渡喧[2]。
人随沙岸向江村，余亦乘舟归鹿门。
鹿门月照开烟树，忽到庞公栖隐处[3]。
岩扉松径长寂寥，惟有幽人独来去[4]。

【注释】

[1] 鹿门：襄阳鹿门山，在汉江东岸，孟浩然曾隐居此处。

[2] 鱼梁：地名，在襄阳附近沔水之中。

[3] 庞公：东汉末庞德公，拒绝征辟，携家隐居在鹿门山。

[4] 幽人：独居的隐士。

【解读】

思归或渴望隐逸的人们，特别喜欢描述傍晚归来的场景，这样的场景会牵引出他们对家乡或隐逸生活的无限留恋之情。《诗经·君子于役》之“日之夕矣，羊牛下来”，王维《渭川田家》之“斜光照墟落，穷巷牛羊归”等等，都是这类场景的典型描写。孟浩然这首诗就十分出色地描摹了在浓厚的归家氛围中，诗人也乘舟归隐鹿门，这是多么潇洒的事情。山寺晚钟鸣响，渡头行人喧闹，江村沙岸，三三两两，都是劳作一天的归来者。远处的人声，给幽居生活带来了欢欣的生活气息，更能衬托出山间的清幽。在这幽静的环境里，诗人追慕古人庞德公，这里正是理想的隐居处所。“岩扉松径长寂寥”，是诗人自在的生活选择，不是给人以寂寞冷清的感受，而是舒心适意的享受。在其间，“幽人”的独往来便有了超脱尘俗牵累的轻松愉悦。

临洞庭

八月湖水平，涵虚混太清[1]。
气蒸云梦泽，波撼岳阳城[2]。
欲济无舟楫，端居耻圣明[3]。
坐观垂钓者，徒有羡鱼情。

【注释】

［1］虚、太清：都指天空。

［2］云梦泽：古代泽名，现已经为陆地。古时云梦泽范围宽阔，约在今湖北省东南部、湖南省北部。

［3］济：渡。端居：犹闲居，独居。

【解读】

生活在盛唐，没有一位诗人真正愿意隐居。孟浩然中年曾到京城求仕，失意而归。到晚年被张九龄所征辟，求仕心依然十分强烈。这是一首临洞庭而作献给张九龄的干谒诗。前四句写洞庭湖磅礴壮阔的气势。八月秋水升涨，湖水与堤岸几乎连成一片。洞庭湖之水气蒸腾，孕育了云梦泽的草木繁盛，郁郁苍苍；洞庭湖的波澜壮阔，甚至撼动着岳阳城。盛唐诗人，胸襟博大。无论是边塞诗人，还是山水田园诗人，笔下的风光景物，都是那么壮丽开阔。

下四句转入干谒主题。诗人以欲渡洞庭而无舟楫为喻，写自己欲报效朝廷而无人援引。最后表明心志：在这样圣明的年代，决不愿意隐居终老，期望张九龄能给予汲引，使自己有所作为。从孟浩然的生活习性来观察，他是一位比较纯粹的不愿被尘俗所累的隐者。这首诗歌所表达出来的求仕愿望，是盛唐社会氛围在诗人身上的折射。这样的诗歌，在孟浩然诗集中是很少见的。

过故人庄

故人具鸡黍，邀我至田家。
绿树村边合，青山郭外斜。
开轩面场圃，把酒话桑麻[1]。
待到重阳日，还来就菊花[2]。

【注释】

[1] 场圃：打谷场与菜园。话桑麻：闲聊农事。

[2] 就菊花：欣赏菊花。就，靠近。

【解读】

这首诗写田园风光与友人的情谊，清新淳朴，恬淡亲切。开篇自然简单，老友之间邀之即来，随意中显示出友情的非同寻常。一路走来，田园风光秀丽宜人。远处青山隐掩，近处绿树绕村。青山与绿树丛中的村落，犹如世外桃源。老友坐定以后，开窗面对“场圃”，所交谈的内容也无非“桑麻”收成之类。中间四句是写这次到老友村庄的具体经历，诗人以绿树、青山、场圃、桑麻等农村平常景物构成田园恬淡的风光景色，远景、近景交相辉映，怡悦之情洋溢言表。结尾的不邀自来，真率质朴，老友亲密无间的友谊在不经意间见出。全诗恬淡淳厚，但不平浅枯燥，是孟浩然田园诗中最优秀的代表作。

早寒有怀

木落雁南渡，北风江上寒[1]。
我家襄水曲，遥隔楚云端[2]。
乡泪客中尽，归帆天际看。
迷津欲有问，平海夕漫漫。

【注释】

［1］“木落”二句：语本鲍照《登黄鹤矶》：“木落江渡寒，雁还风送秋。”

［2］楚云：代指长江中下游地区。长江中下游地区先秦时为楚国属地，故云。

【解读】

这是一首思乡之作。在盛唐的大环境下，孟浩然虽然性爱丘山，但是也不忘仕途求进，因此有了一次一次的离家出游。不过，孟浩然的个性却与官场格格不入，性格决定命运，孟浩然注定在仕途奔波中一无所获。奔波而没有结果，心情黯淡，思乡情绪便时时涌上心头。尤其是树叶飘零、大雁南飞、北风送寒的深秋季节，更牵动游子的乡愁。诗题为“早寒有怀”，漂泊途中，感受到天气转寒，翻涌而来的是对家乡的思念情绪。遥望或者遥想襄水边的家乡，中间隔着空阔的楚地，相思而不得归去，情何以堪？巨大的空间阻隔，让诗人的乡愁变得分外浓郁。忍不住的“乡泪”，客中流淌不尽，是乡愁的必然结果。天际要看归帆，更是归心似箭的无奈表达。平实朴素的语言，传达了无限的情思。结尾两句诉说眼前的难堪处境。“迷津欲有问，平海夕漫漫”，意指找不到归家之路，空间阻隔在继续扩大。换句话说，现实中有不得已的牵累，必须在他乡继续漂泊，乡愁也将持续下去而愈益浓烈。

留别王维

寂寂竟何待？朝朝空自归。

欲寻芳草去，惜与故人违。
当路谁相假？知音世所稀。
只应守寂寞，还掩故园扉。

【解读】

求仕失败，即使像孟浩然这样生性淡泊的人也难以完全释怀，这首诗歌处处是牢骚话。诗人在离开长安的时候，写此诗与王维告别。开篇两句写自己在京城求仕的失败和尴尬的处境。“欲寻芳草去”，是试图以隐逸安慰自己，也应该是诗人离开长安后的生活打算。这种生活方式也符合诗人的个性。但是，诗人偏偏生活在走向盛唐的社会中，总是不甘心就此打消求仕念头。所以，诗人以“惜与故人违”为借口，为自己的继续奔走或滞留他乡寻找理由。诗人屡屡碰壁之余，不禁愤恨地追问“当路谁相假”，感慨“知音世所稀”。后人因此猜测，这些牢骚是冲着王维去的，是责怪王维没有伸出援手。然而，将其理解为对友人的诉说，诗意更加顺畅。因为像王维这样的“知音”，实在是太少了，所以诗人才不得不“寻芳草去”。“只应守寂寞，还掩故园扉”是诗人碰壁之后的结论，以自己的个性和喜好，回故乡隐居才是唯一的生活选择。可是，结尾两句并不是诗人对自己的清醒认识，在求仕之心不死的诗人口中说出来，事实上是一种愤懑牢骚语。

宿桐庐江寄广陵旧游[1]

山暝闻猿愁，沧江急夜流[2]。
风鸣两岸叶，月照一孤舟。
建德非吾土，维扬忆旧游[3]。
还将两行泪，遥寄海西头[4]。

【注释】

[1] 桐庐江：即桐江，在今浙江桐庐县境内。广陵：今江苏扬州。

[2] 暝：昏暗。

[3] 建德：今属浙江，在桐庐江上游。维扬：即扬州。

[4] 海西头：扬州近海，称“海西头”。隋炀帝《泛龙舟歌》：“借问扬州在何处？淮南江北海西头。”

【解读】

这首诗写旅途愁怀。山间暮色苍茫，哀猿愁啼，沧江水流湍急。“风鸣两岸叶，月照一孤舟”，突出了旅途飘零中游子的孤独、凄凉感受。在这种凄暗的心境中，诗人想起了广陵的友人，寄去的是泪水，也是诗人的情谊。诗人同时以这一份思念，来安慰自己旅途的寂寞。

宿建德江[1]

移舟泊烟渚，日暮客愁新[2]。
野旷天低树，江清月近人。

【注释】

[1] 建德江：新安江流经浙江省建德县境内的一段。

[2] 渚：水中陆地。

【解读】

这首诗写旅途愁怀，白描出日暮、烟渚、旷野、清江等冷落寂寥的景象，再加上“天低树”“月近人”等对景物直觉感受的表现，便展现出一幅充满了旅思乡情的秋江夜泊图。诗歌以野旷江清的静景写寂寞的游子情怀，没有像李白那样运用惊人的夸张和瑰奇的幻想，也很少像王维那样敷设明艳鲜丽的色彩。王士禛《带经堂诗话》称孟诗“诗至此，色相俱空”，“画家所谓逸品是也”。闻一多《唐诗杂论·孟浩然》：“淡到看不见诗了，才是真正孟浩然的诗，不，说是孟浩然的诗，倒不如说是诗的孟浩然更为准确。”整首诗风格单纯明净。

春　晓

春眠不觉晓，处处闻啼鸟。

夜来风雨声，花落知多少？

【解读】

春眠是舒适的，酣恬沉睡的诗人不知拂晓已到，是处处啼鸟声惊醒了诗人。春天清晨的勃勃生机透过“啼鸟”声显露出来。醒来后，诗人立即想起昨夜的风雨，于是便关心有多少花瓣被摧落。诗人听闻啼鸟声的欣喜，对落花的关心，都表现了对大自然的热爱。小诗语言平易浅近，又让读者回味无穷。诗歌的语气从容不迫，显示诗人悠闲的心境和生活情态。

李　颀

李颀（690—751），寄居颍阳（今河南省许昌附近）。唐玄宗开元二十三年（734）进士。曾官新乡尉，久不得升迁，辞官归隐，来往于长安、洛阳之间。晚年归隐颍阳东川故园。《全唐诗》录其诗三卷，存诗一百二十余首。

古　意

男儿事长征，少小幽燕客[1]。
赌胜马蹄下，由来轻七尺[2]。
杀人莫敢前，须如猬毛磔[3]。
黄云陇底白雪飞，未得报恩不能归。
辽东小妇年十五，惯弹琵琶解歌舞[4]。
今为羌笛出塞声，使我三军泪如雨。

【注释】

［1］事长征：指从军。幽燕：泛指今河北、辽宁一带，古来多出游侠男儿。

［2］赌胜：逞能。七尺：七尺身躯。

［3］磔（zhé）：张开。

［4］解：懂得。

【解读】

这首诗歌颂一位从军侠义男儿，实际上就是歌颂边塞将士，表现盛唐人的好战情绪。这位“男儿”出身幽燕侠客的故乡，以万里长征、从军报国作为自己的事业。他骑术出众，以此赌胜，重义轻生。一怒之下，须髯皆张，相貌威严魁梧。“杀人莫敢前”的颂扬，可见盛唐人的某种价值取向。他们崇拜在边塞敢于残酷杀戮的将士，并不看重“胡人”的性命。诗歌到此为上半段，明显受曹植诗《白马篇》影响。“黄云”以下，笔调一转，写这位豪侠之士的思乡柔情，然因未得立功报国而不愿归去。侠士不同凡响的心胸通过这样进一层的烘托，表现得淋漓尽致。盛唐边塞诗，或写从军杀敌热望，或写征人思乡情怀，这首诗将这两种主题融合在一起，通过不同侧面展现边塞将士的精神风貌，起伏顿挫，给读者更多的回味空间。“辽东小妇”弹琵琶起舞，是边塞将士日常生活消遣的一个场面，富于异域风采。所演奏的是“羌笛出塞声”，是凄苦哀怨的声调，“三军”将士的思乡愁怀一致被牵引出来。诗歌结尾有了非常夸张的表达：“使我三军泪如雨。”战争普遍给人们带来灾难，即使好战的盛唐人也时而要真实面对。

古从军行

白日登山望烽火，黄昏饮马傍交河[1]。
行人刁斗风沙暗，公主琵琶幽怨多[2]。
野云万里无城郭，雨雪纷纷连大漠。
胡雁哀鸣夜夜飞，胡儿眼泪双双落。
闻道玉门犹被遮，应将性命逐轻车[3]。
年年战骨埋荒外，空见蒲桃入汉家[4]。

【注释】

[1] 交河：在今新疆吐鲁番西北，唐代是安西都护府治所。

[2] 行人：行军作战的士兵。刁斗：军中所用的铜器。白天用来煮饭，夜里用来打更。公主琵琶：汉武帝和亲乌孙国，以江都王刘建之女细君位公主，远嫁乌孙王。一路上，令人弹奏琵琶，以解公主思乡之情。

[3]“闻道”句：据《汉书·李广利传》载：汉武帝遣李广利率师攻大宛，以取大宛良马。汉军死伤惨重而无所获，李广利请求班师，以图后举。武帝大怒，发使遮玉门关，说：“军有敢入者斩之。”轻车：汉有轻车将军、轻车都尉，

这里泛指率兵的将领。

［4］蒲桃：即葡萄，西域特产。汉武帝采其种，移栽离宫四周。

【解读】

李颀在盛唐边塞诗人中别具一格。或者由于李颀仕途的不顺畅，使他有时会站在不同立场观察边塞战争。这首诗揭露统治者穷兵黩武仅仅是为了满足个人的奢侈愿望。他们置广大士兵的性命于不顾，不管百姓的痛苦，一再发动战争，以至边境上烽火连绵。开篇两句写白日，“行人”两句写夜晚，充分渲染边塞荒凉凄苦的环境氛围。“野云”四句，具体描摹边塞恶劣的环境，这里雨雪纷纷，大漠荒凉，胡雁哀鸣，无城郭险要可守。战争不仅给国内百姓带来深重灾难，而且给异族人民带来无尽的苦难，“胡儿”眼泪因此而落。结尾揭示统治者如此频繁地发动战争、不顾士兵死活的真正目的。在唐人一片好战声中，李颀这首诗冷然而唱起了反调，道出了广大百姓、士兵的心声，难能可贵。

送陈章甫[1]

四月南风大麦黄，枣花未落桐阴长。
青山朝别暮还见，嘶马出门思旧乡。
陈侯立身何坦荡，虬须虎眉仍大颡[2]。
腹中贮书一万卷，不肯低头在草莽。
东门酤酒饮我曹，心轻万事皆鸿毛。
醉卧不知白日暮，有时空望孤云高。
长河浪头连天黑，津口停舟渡不得。
郑国游人未及家，洛阳行子空叹息[3]。
闻道故林相识多，罢官昨日今如何？

【注释】

［1］陈章甫：江陵人，曾应制科及第，但因没有登记户籍，吏部不予录用。

经他上书力争，吏部辩驳不了，特为请示执政，破例录用。曾为太常博士，与高适等都有交往。

［2］虬须：卷曲的胡须。大颡（sǎng）：宽大的前额。

［3］郑国游人：指己身。李颀寄居颍阳，春秋时为郑国属地，故自称。洛阳行子：指陈章甫。陈曾经长期来往于洛阳一带。

【解读】

这是一首送别友人之作，以擅长刻画人物形象而著称。开篇四句写送别环境。入夏季节，天气爽朗，南风吹送麦香。友人罢官回乡，一路上有枣花、桐荫、青山相伴。诗人以沿途朴实的风物景色安慰朋友，希望朋友能够宁静恬淡地享受罢官归乡的另一种生活乐趣。中间八句描述友人的形象、性格、言行。陈章甫长得虬须虎眉，相貌堂堂；他胸襟坦荡，清高自重；他满腹经纶，不甘埋没草莽之间；他个性突出，与世人不合，只能时时沉醉于酒乡。这样的为人和个性，一定不愿意寂寞归隐。诗歌因此暗示友人被罢官是“心轻万事皆鸿毛”的个性导致，同时婉转表达友人被罢官的愤懑和不甘心，因为友人的本意是“不肯低头在草莽”。开篇四句平实叙述中的安慰之用意，到此更加凸显出来。“长河”两句写旅途的风波，隐喻仕途上的坎坷。这是由友人的罢官和即将登程的情景所必然导致的一种联想。诗人的情绪是复杂变化的。开篇意图安慰友人，到这里却转为替友人而愁苦。诗人叹息自己与友人有相似的沦落遭遇，结尾为友人的罢官而深表惋惜和不满。同时回应开篇，再次以“故林相识多”安慰友人。

听安万善吹觱篥歌[1]

南山截竹为觱篥，此乐本自龟兹出[2]。
流传汉地曲转奇，凉州胡人为我吹。
傍邻闻者多叹息，远客思乡皆泪垂。
世人解听不解赏，长飙风中自来往。
枯桑老柏寒飕飗，九雏鸣凤乱啾啾[3]。

龙吟虎啸一时发，万籁百泉相与秋。

忽然更作渔阳掺，黄云萧条白日暗[4]。

变调如闻杨柳春，上林繁花照眼新[5]。

岁夜高堂列明烛，美酒一杯声一曲[6]。

【注释】

[1] 觱篥（bì lì）：也作筚篥，古代一种簧管乐器。

[2] 龟兹（qīu cí）：汉代西域国名，今新疆库车县一带。

[3] 飕飗（liú）：风声。

[4] 渔阳掺：《后汉书·祢衡传》载："曹操闻衡善击鼓，大会宾客，衡为《渔阳》掺，音节悲壮。"掺：击鼓的方法。

[5] 上林：秦汉时帝苑，周三百里地，旧址在今西安附近。

[6] 岁夜：除夕。

【解读】

李颀擅长以形象的语言描绘抽象的音乐。这首诗首四句是交代筚篥乐器与乐曲的来历。因为传自龟兹，必然与中原音乐相异，乐曲带有了异域风调。由异族"胡人"演奏异乡音乐，更加给听众以新奇的审美刺激。"傍邻"两句写乐曲的抒情基调，这种乐调能让人"叹息"、让人"泪垂"，应该是以悲苦凄怨为基调。对于懂得欣赏的人来说，乐曲新颖奇特，能从中获得新的审美享受。对于"不解赏"的世人来说，只能听一个表面的热闹。"枯桑"以下八句，具体描摹音乐的复杂微妙变化。筚篥声如寒风吹动枯桑、柏树，衰飒凄苦，这是乐曲的基调；如雏凤齐鸣，清脆嘹亮，乐曲情调向高亢或尖利转变；如龙吟，如虎啸，如百泉迸溅，音调变化繁多，却又和谐地组合在一起。忽然间，乐曲声转向悲苦雄壮；忽然间，变调似让人面对皇家花园繁丽的春天，目不暇接。结尾两句总收一笔，高堂明烛，美酒听曲，真是人生一大乐事。

听董大弹胡笳声兼寄语弄房给事[1]

蔡女昔造胡笳声，一弹一十有八拍[2]。
胡人落泪沾边草，汉使断肠对归客[3]。
古戍苍苍烽火寒，大荒沉沉飞雪白。
先拂商弦后角羽，四郊秋叶惊摵摵[4]。
董夫子，通神明，深山窃听来妖精。
言迟更速皆应手，将往复旋如有情。
空山百鸟散还合，万里浮云阴且晴。
嘶酸雏雁失群夜，断绝胡儿恋母声[5]。
川为净其波，鸟亦罢其鸣。
乌孙部落家乡远，逻娑沙尘哀怨生[6]。
幽音变调忽飘洒，长风吹林雨堕瓦。
迸泉飒飒飞木末，野鹿呦呦走堂下。
长安城连东掖垣，凤凰池对青琐门[7]。
高才脱略名与利，日夕望君抱琴至[8]。

【注释】

[1] 董大：董庭兰，房琯门客，善弹琴。《旧唐书·房琯传》载："朝官往往因庭兰以见琯。"胡笳：古代少数民族的一种吹奏乐器，这里是乐曲名。《乐府诗集·琴曲歌辞》转录唐刘商序文："后董生以琴写胡笳声为十八拍，今之《胡笳弄》是也。"房给事：房琯此时官门下省给事中。

[2]"蔡女"二句：三国蔡琰（文姬）被匈奴所掳，回到中原时翻胡笳调入琴曲，作《胡笳十八拍》。后人有以为是伪托的。

[3] 归客：指蔡琰。后来在曹操的要求下，匈奴放回蔡琰。

[4]"先拂"句：指演奏音乐的繁复变化。古代五音分别为宫、商、角、徵、羽。摵（shè）摵：落叶声。这里形容琴声。

[5]"嘶酸"二句：蔡琰将回中原，不忍与自己在匈奴出生的儿子离别，作《悲愤诗》。诗人由董大所弹琴声的沉痛联想到这一段经历。嘶酸：酸楚的

嘶哭声。雏雁：指蔡琰的两个小儿子。

［6］“乌孙”句：乌孙是汉代西域国名。汉江都王刘建女儿细君曾远嫁乌孙国王。汉武帝令马上奏琵琶，以解公主思乡情怀。逻娑：唐代吐蕃首府，这里代指吐蕃。唐代文成公主、金城公主都曾远嫁吐蕃。

［7］东掖垣（yuán）：门下省所在地。凤凰池：指中书省。青琐门：宫门。

［8］高才：指房琯。脱略：超脱。君：指董大。

【解读】

诗人描述自己聆听董大弹胡笳时的审美感受，调动了多种艺术手段。首先，诗人用典故比拟，调动读者的艺术联想。蔡文姬昔作《胡笳十八拍》，乐曲中叙述了胡儿恋母的凄悲，如失群“雏雁”的酸鸣。哀怨悲苦，以至“胡人落泪”“汉使断肠”。乐曲声又如汉代公主远嫁乌孙时所听到的琵琶，充满着一入绝域、永别家乡的伤心愁苦。其次，诗人用形象比喻，落实抽象的感受。乐曲的凄寒悲苦声响，如古战场荒凉的烽火，如大漠莽莽的寒雪，如林间瑟瑟惊落的秋叶；乐曲转为潇洒飘逸，又如“长风吹林”、雨点堕瓦，如迸泉飒飒，如野鹿呦呦，轻快悠扬。再次，诗人用极度夸张的手法，突出音乐的艺术魅力。董大演奏之出神入化，以至“深山窃听来妖精”，“空山百鸟散还合，万里浮云阴且晴”。音乐声，惊天地，动鬼神。享受了这样美妙的乐曲，当然使人“脱略名与利”，只求能够再度获得如此的艺术享受。李颀的两首描写听音乐的诗歌，在唐代负有盛名，可以与白居易的《琵琶行》、韩愈的《听颖师弹琴》、李贺的《李凭箜篌引》比美。

王　维

王维（701—761），字摩诘，祖籍太原祁（今山西祁县），徙家于蒲（今山西永济县）。九岁知写诗，十九岁赴府试，举京兆解头。因其能诗善画、工草隶、通音律，而甚得诸豪贵欢迎。开元九年（721）中进士第，为太乐丞。同年夏秋之交，因手下舞黄狮子舞，贬官济州（今属山东）司仓参军。不久弃官隐居。开元二十二年（734），张九龄为相，王维上书要求汲引。次年被任命为右拾遗。张九龄罢相，王维随之消沉，然并没有归隐。这年秋天以监察御史身份出使塞上，后迁殿中侍御史。过着亦官亦隐的生活，曾隐居终南山，又经营了蓝田辋川别墅。“安史之乱”爆发，王维时任给事中，被俘，授官，称疾。曾有诗讥刺叛军，得肃宗赏识。其弟王缙平乱有功，故王维受到特别宽恕。后再连连升官，至尚书右丞。有《王右丞集》，存诗近三百五十首。

陇西行

十里一走马，五里一扬鞭。
都护军书至，匈奴围酒泉[1]。
关山正飞雪，烽火断无烟。

【注释】

［1］都护：官名。唐于边境设六大都护府，各置都护一人。匈奴：泛指外族入侵之敌。酒泉：郡名，在今甘肃酒泉县东北。

【解读】

这首诗描述了边塞军情紧急的情形。首二句用“十里”“五里”的数字突出递送边塞军事情报的快马加鞭、急如星火。而后才补充交代原来是守边将军报道外敌入侵的紧急报告。末两句描摹边塞作战环境的恶劣与入侵之敌的猖獗。诗人闻警起舞，亟欲报国的心态，已跃然纸面。王维性好山水田园，受佛教禅宗影响甚深。但是，生活在盛唐时期，他却具有与边塞诗人一样的好战情绪。他早年创作过许多边塞诗作，表现他向往边塞战争、意欲立功塞外的心情，这首诗便是其中一首佼佼者。

山居秋暝

空山新雨后，天气晚来秋。
明月松间照，清泉石上流。
竹喧归浣女，莲动下渔舟。
随意春芳歇，王孙自可留[1]。

【注释】

[1]“随意”二句：《楚辞・招隐士》：“王孙游兮不归，春草生兮萋萋。”这里反用其意，谓留恋秋色，山中可留。

【解读】

王维是“盛唐山水诗派”的杰出代表诗人。他笔下的山水风光，总是那样空灵清幽，色彩明丽。这首诗写秋日傍晚雨后空旷山间的优美景色。天色已昏，明月升起；群芳已谢，青松如盖；山泉清冽，泉水叮咚。加上雨后空气的清爽，令诗人心神俱陶醉其中，确实是隐居的理想所在。在这一片幽静的竹林中传来一阵声响，原来是浣纱女子归来的喧闹；莲花丛中归来的渔舟，也缓缓驶过。美丽的少女和莲花丛中的渔舟，为画面平添了生气与色彩，山间生活幽静而不沉寂。至此，诗人自然生出隐逸之心，期望终老山间了。苏轼以“诗中有画，画中有诗”评价王维的山水诗，非常精当。这首诗中间四句，可以看成一幅富有动态美、声韵美的画面。这首诗同时显示出盛唐时期人们的生活热情。第一，能把秋天景色写得这么清丽明媚，没有一点“悲秋”的痕迹。第二，“竹喧归浣女”容易让人联想起浣纱归来的美人西施，“莲动下渔舟”则让人联想起唐代盛行的采莲歌舞中的妖艳女子。换句话说，诗人一时有了归隐的冲动，内心联想到的都是这些绝色美人，对生活充满了欲望或期待。这就是盛唐的山水诗，与王维经“安史之乱”后创作出来的山水诗风貌截然不同。

终南山[1]

太乙近天都，连山接海隅[2]。
白云回望合，青霭入看无[3]。
分野中峰变，阴晴众壑殊。
欲投人处宿，隔水问樵夫[4]。

【注释】

[1] 终南山：在陕西省长安县南。王维曾隐居于此。

[2]太乙：终南山主峰，借指终南山。天都：指帝京长安。海隅(yú)：海角。

[3] 青霭（ǎi）：山中青色的雾气。

[4] 樵夫：砍柴的人。古人常以樵夫与渔夫为隐士。

【解读】

诗人的这些山水诗写得极其雄伟壮丽，气势非凡。“太乙近天都，连山接海隅”用夸张、想象之笔描绘出终南山的整体轮廓。登山览景，风景常异。山路间，白云弥漫，云海茫茫，烟云变幻，移步换形，回首就不见来路。登上山顶，放眼丛山之间，千岩万壑，风光不同，阴晴各异。这首山水诗是根据诗人的游历次序一路写来。首联写远望，呈现的是终南山的全貌；颔联写登山过程中所见，行踪改变，风景不同；颈联则是登顶以后所见，所有风光尽收眼底。结尾二句另起一意，画面中出现了其他人物形象。山间的“樵夫”，带有超脱尘世的隐士气息。诗人“隔水问樵夫”之时，就有了归隐的意兴。或者说，诗人将自己的生活理想，融入“樵夫”形象中。樵夫与诗人相互映衬，山水画面也因此更具生活气息。

过香积寺[1]

不知香积寺，数里入云峰。
古木无人径，深山何处钟？
泉声咽危石，日色冷青松[2]。
薄暮空潭曲，安禅制毒龙[3]。

【注释】

[1] 过：探访，探望。香积寺：在长安郊外。

[2] 危石：高耸陡峭的石头。

[3]“安禅”句：据《法苑珠林》：西方有不可依山，山中有池潭，毒龙居之，杀五百商人。佛门高僧以无边佛法制服毒龙，使之变化为人，永不伤人。这里用“毒龙”喻世俗妄心。

【解读】

诗人寻访香积寺，渐入山峰云间。所见的是古木苍苍，小径无人，唯远处传来悠扬的钟声，让行人感觉到香积寺已经距离不远。清人赵殿成评首四句说：“一气盘旋，灭尽针线之迹。非自盛唐高手，未易多觏。”（《王右丞集笺注》卷七）以下泉声幽咽，日色阴冷，突出了山间的深僻空旷。被景色所陶醉的诗人，涤荡胸中杂念，所生发出来的还是归隐之心。王维母亲博陵崔氏，师事佛教禅宗北宗神秀的大弟子大照禅师三十余年，王维因此深受影响。这首诗所寻访的是寺庙，山水画面的描绘中突出了清冷幽僻的特征，给读者以更多的超脱尘俗的感受。诗歌最终也没有正面描写香积寺，然而诗人已经强烈感受到佛音的感召力了。

观　猎

风劲角弓鸣，将军猎渭城[1]。
草枯鹰眼疾，雪尽马蹄轻。
忽过新丰市，还归细柳营[2]。
回看射雕处，千里暮云平[3]。

【注释】

[1] 渭城：咸阳古城，在长安西北渭水北岸。

[2] 新丰：地名，故址在今陕西省临潼东北。细柳营：在长安附近，西汉周亚夫曾驻军于此，故名。这里新丰与细柳营都是泛指长安附近。

[3] 射雕：北齐斛律光狩猎时射杀一大雕，人称："此射雕手也。"后以这个典故喻指武艺高强者或狩猎能手。

【解读】

盛唐时期，大唐帝国国力强盛，在对外族的战争中，多占上风，屡屡获得战争的胜利。统治者也鼓励人们立功边塞。于是，渴望建功立业的文人们，对军旅与边塞生活多了一份神往。艰苦的边塞生活，在他们的诗笔下则是"忽如一夜春风来，千树万树梨花开"，变得烂漫新奇；残酷的战争场面，在他们的诗笔下则是"醉卧沙场君莫笑，古来征战几人回"，变得豪迈壮烈。因此，盛唐出现了"边塞诗派"。即使"边塞诗派"以外的盛唐诗人，也或多或少地对军旅与边塞生活抱有向往之情。

王维从小就深受佛教的影响，喜欢清新的山水和淳朴的田园，喜欢超脱尘俗、与世无争的生活。中年以后，王维官越做越大，对政事却越来越不愿意过问。他一边隐居，一边做官，选择了一条"朝隐"的人生道路。但是，王维毕竟生活在朝气蓬勃的盛唐，毕竟也有过年轻气盛的时候。所以，王维也有过对功名事业的热望，对边塞与军旅生活的遐想。他的《少年行》说："孰知不向边庭苦，纵死犹闻侠骨香。"这首《观猎》，就是表现诗人对军旅生活的渴慕之情，表现诗人早年追求功业的一片热情。

诗歌写一次狩猎活动，写得逸兴飞扬，激情奔放，诗风一转为遒劲。前四句写出猎。将军狩猎，先声夺人："风劲"说明骏马奔驰速度之快捷；角弓鸣响，说明将军射技之出众。未见其人，先闻其声，渲染了出猎的气势与场面。"草枯""雪尽"之时，鹰眼敏锐，马蹄轻快，最适宜于出猎，同时也是演练军队的大好时节。诗人没有具体描述狩猎的过程，通过音响、环境、动作的强烈陪衬，这次出猎收获之丰已在不言之中。后四句写猎归。"忽过""还归"写急速奔驰中所经过的地方之多。"细柳营"的地名，还容易让读者联想起西汉周亚夫在此治军、军纪严明的往事。对将军的韬略与部属的出众，做了隐笔颂扬。因为将军今日尽兴而归，所以归来时依然意气风发。他们回看狩猎处所，不禁豪情满怀。结尾用典总括了将军的技艺超人，诗人的揄扬之意洋溢于言表。

古代经常用大规模的狩猎活动替代军队的演练，或者狩猎活动干脆就是一次军事演习。将军这次出猎渭城，行动是如此迅捷，武艺是如此高超，捕获是如此丰厚。诗人旁观这次狩猎活动，实际上也是在旁观唐朝军队的一次军事演习。诗人的豪情因此被激发出来了，勃勃的雄心便展露在张狂飞扬的文字之中。

汉江临眺

楚塞三湘接，荆门九派通[1]。
江流天地外，山色有无中。
郡邑浮前浦，波澜动远空[2]。
襄阳好风日，留醉与山翁[3]。

【注释】

[1]楚塞：泛指今天的湖北省一带。三湘：泛指今天的湖南省一带。荆门：山名，在今湖北省荆门县。派：水的支流。

[2]浦：水滨。

[3]山翁：晋人山简，曾镇守襄阳，喜饮酒。这里代指襄阳地方官。

【解读】

王维早年写的山水诗，气魄异常宏大。汉江壮丽雄伟，沿流而上，楚国故地与“三湘”之水相连接；汉江奔流而去，融入荆江，与长江九派合聚，气势奔腾。汉江的滔滔不绝，好像汹涌奔流到天地之外；两岸青山，迷蒙苍翠，随江水的起伏而若隐若现。明明是江水漂浮，波澜摇动，诗人却改角度夸张为郡邑浮动、天空摇晃，汉江的磅礴气势，在这种夸张中得以展现。结尾诗人追慕古人，欲留居此间。王维的山水诗都以归隐为结尾，读来颇有雷同感。其诗歌的结尾往往不如开篇新颖而吸引人。

使至塞上

单车欲问边，属国过居延[1]。

征蓬出汉塞，归雁入胡天[2]。

大漠孤烟直，长河落日圆。

萧关逢候骑，都护在燕然[3]。

【注释】

[1] 问边：出使边塞。属国：附属国，即下文的居延。居延：在今内蒙古额济纳旗境内。东汉时有居延属国。

[2] 征蓬：随风卷起的远飞的蓬草。喻己身。

[3] 萧关：古代关名，在今宁夏固原县东南。候骑：侦察骑兵。都护：武官名。燕然：山名，即今蒙古境内杭爱山。东汉窦宪出击匈奴，至燕然山勒石纪功而还。这里泛指前线。

【解读】

王维中年出使边塞，目睹了塞外风光，诗歌因此也有了真切具体的描绘。首四句是交代出使经过。“汉塞”与“胡天”的对举中，已经见出边塞风景的特殊，已经有了阔大的气象，为下文的具体写景做了背景铺垫。“大漠孤烟直，长河落日圆”为写景名句，大漠空阔，一望无际，袅袅孤烟在远视中变为一条直线；黄河横贯，视野无所遮拦，故能见一轮圆日落下。塞外景色的浩瀚无垠、荒凉孤寂，大漠、长河的雄伟壮丽，在这里也得到体现。“直”和“圆”的几何图形描绘，一定是身历其境者的感受，对仗也非常工整。经过如此长途艰难跋涉，“萧关逢候骑”之时，亲切感油然而生。

鸟鸣涧

人闲桂花落，夜静春山空。
月出惊山鸟，时鸣春涧中。

【解读】

诗人后期写了一组山水诗《辋川集》二十首，这里选录本诗与《鹿柴》《竹里馆》三首。这时王维创作的山水诗，突出了景物的静谧，趋于幽冷阒寂，深深染上作者消极出世甚至禅学寂灭的思想情调。这首诗写春日里空山之夜景，明月辉映，桂花闲落，只有幽鸟时鸣。诗人写出自己欣赏佳境的愉快，所表现的只是一种闲适生活中的优游自在，缺乏陶渊明那种恬淡下的愤慨。经历了“安史之乱”的社会大动荡，诗人又被深深地牵累进来。即使叛乱被平定、诗人的境遇有了较好的改变，但是，社会乱象未除，没有了盛唐气象。王维对这一切反而没有感觉了，反而能够如此地悠闲自在了。早年对世事的关切和建功立业的抱负，这时已经荡然无存了。这样的精神状态，不如说是诗人对外在世界彻底失望乃至绝望以后的一种选择。

鹿　柴[1]

空山不见人，但闻人语响。
返景入深林，复照青苔上[2]。

【注释】

[1]鹿柴（zhài）：辋川地名之一。王维曾在蓝田辋川营造别墅，隐居于此。

［2］景：通“影”。

【解读】

傍晚夕阳西下的时刻，余晖透过深林，一缕缕地照射在青苔上。山间空旷无人，偶尔有人语声传来，如空谷传音。在这空寂冷清、杳无人迹的深山老林，诗人感受到了身心的愉悦。诗人这组诗的风格都是平淡自然的，语言也是流畅易懂的，但所表现的空寂静谧的境界，渗透着佛家的禅思，耐人寻味。

竹里馆[1]

独坐幽篁里，弹琴复长啸[2]。
深林人不知，明月来相照。

【注释】

［1］竹里馆：辋川地名之一。

［2］幽篁：茂密的竹林。长啸：撮口而呼，呼声清越舒长，魏晋名士以长啸抒怀。

【解读】

这首绝句又是一幅“诗中有画，画中有诗”的隐居者悠闲自在的优美画面：诗人抱着自己心爱的古琴，独自安坐在幽静翠密的竹林中，他时而弹奏一支美妙悦耳的琴曲，时而放声高歌长啸；竹林中如此幽谧馨雅，只有那穿过苍枝翠叶照到地面的皎洁清辉伴着诗人。这几句诗看似自然、平淡，毫无假饰，而实则是经过诗人精心取舍和仔细推敲的。诗中诗歌意象的选择，都是与诗人淡泊闲适的心境、傲世独立的孤高情怀相一致的。“幽篁”和“明月”，是静谧、恬淡的象征；“弹琴”和“长啸”，是名士风流的标志；“独坐”和“人不知”，则表现了一种超世脱俗的姿态。明月下的竹林是如此幽谧澄净，伴着徐徐清风，诗人弹琴长啸又是如此安闲自得，没有俗务的烦扰，没有尘世的喧嚣，完全沉浸在一片空明的境界之中。月光、竹林都是独立于生命主体之外的自然景物，而正因为有了琴声、歌啸声，有了诗人的存在，才使静谧的大自然充满了生机和活力。幽雅的环境，恬适的心态，彼此契合、交应，相互感染、衬托，诗人借景写心，情融其中，富于含蓄隽永的意味。此外，诗人也善于以动写静，“幽篁”是直接写静，而“弹琴”“长啸”和“明月来相照”则是以动来衬托环境的幽静。

少年行

其一

新丰美酒斗十千，咸阳游侠多少年[1]。
相逢意气为君饮，系马高楼垂柳边。

其二

出身仕汉羽林郎，初随骠骑战渔阳[2]。
孰知不向边庭苦，纵死犹闻侠骨香。

【注释】

［1］新丰：地名，故址在今陕西省临潼东北。此地产美酒。斗十千：一斗美酒十千文钱。形容价格昂贵。

［2］羽林郎：汉代禁卫军官名。一般都是由贵族子弟充任。骠骑：汉代有骠骑将军，名将霍去病曾任此职。渔阳：唐郡名，在今河北蓟县一带。

【解读】

《少年行》组诗共四首，这里选录二首。这组诗歌颂少年侠客，表现了诗人的志向抱负，不关心世事的诗人也有过少年豪气。第一首写长安游侠少年高楼纵饮的场面。他们为人豪爽，出手阔绰。只要意气相投，便一见如故。系马垂柳，立即上楼痛饮。饮酒时，谈论的肯定还是共同有兴趣的话题，如仗义行侠、为国立功等等。诗中所表现出来的意气昂扬、豪情激荡，都是典型的盛唐精神。第二首则写他们在边塞战争中寻求建功立业、报效国家的机会。首句点明这些游侠少年的贵族出身，次句写他们随战边塞的艰苦经历。末二句写他们的志向：为国战死疆场也不后悔。为国捐躯，才是侠之大者。王维借“游侠少年”，表现自己的心胸志向，展示自我精神风貌的另一侧面。

九月九日忆山东兄弟

独在异乡为异客，每逢佳节倍思亲。

遥知兄弟登高处，遍插茱萸少一人[1]。

【注释】

［1］遍插茱萸：古人重阳节有佩戴茱萸辟邪的习俗。

【解读】

诗人于十七岁时远离家乡而客游于长安，在农历节日重阳这天思念家中亲人而写下了这首七绝。“山东”，不是现在的山东省，而是指华山以东的蒲州，即今山西省永济县。在今天看来，诗人的家乡距离长安（今陕西省西安市）并不是很远，诗人完全可以回家与亲人团聚，从而免受思亲之苦。但在古代，由于交通的落后，空间的阻隔是难以跨越的，那横在面前的山山水水，也就成了游子返乡的道道阻碍。远离家乡和亲人的游子们只能黯然神伤，望乡兴叹：“望故乡渺渺，归思难收”；而返乡与家人欢聚，对游子们来说如同空中楼阁，他们只能在梦中聊以慰藉疲惫的思乡之心：“黯乡魂，追旅思，夜夜除非，好梦留人睡。”因此，恋乡思亲也就成了古典诗歌吟咏不衰的主题，更是远离乡土的士子文人们生命情感的一部分，低吟苦唱，历代不衰。“独在异乡为异客”，这首诗一开始便用了两个“异”字一个“独”字，诗人客居他乡的落寞孤独溢于言表，气氛悲凉。处在陌生的环境中，诗人在愉快的重阳佳节，看到人们欢聚一堂，而自己却独自一人冷冷清清。于是，也就更加思念家中的亲人。“遥知兄弟登高处，遍插茱萸少一人。”客居异乡的诗人想到往昔与兄弟们头插茱萸登上高山，说笑游玩，何等热闹！可是现在，大家同样是登高，却单单少了自己一个人。这儿，作者用的是以虚写实的手法，是通过自己的想象来描绘家乡亲人节日登高的情况，在浓烈而真挚的思亲之情中，夹杂着诗人的孤凄和遗憾。漂流异乡，久别亲人，每逢佳节，思亲情绪倍感强烈，这是每一位离家游子的深切体验。王维则以流畅的诗歌语言十分精练地将这种思亲之情表现出来，容易引起人们的普遍共鸣，所以长期为人们传诵。“异乡”的特定环境与“佳节”的特定时间，使这种亲情更加淳厚，更令人愁苦难堪，更具有典型意义。

送元二使安西[1]

渭城朝雨浥轻尘，客舍青青柳色新[2]。

劝君更尽一杯酒，西出阳关无故人[3]。

【注释】

[1] 安西：唐代安西都护府治所，在今新疆库车附近。

[2] 渭城：咸阳古城，在长安西北渭水北岸。浥（yì）：沾湿。

[3] 阳关：在今甘肃敦煌西南，为出塞要道。

【解读】

这是一首著名的送别诗。古代由于交通的不便，不仅离人的远行之苦令人忧念，而且今后相隔千里，音信杳无，亲友的离别往往意味着决绝，因此饯别的场面也就显得格外悲壮。《楚辞·九歌·少司命》中就有“悲莫悲兮生别离”的句子，说人世间最痛苦的莫过于离别了。而王维这首诗则主要是通过对送别场面的描写，来表现友情的笃厚和离别的无奈与感伤。元二是王维的朋友，其名不详，“二”是他的排行。以排行相称，是唐人的习俗。“使”是奉朝廷之命到外出差。“渭城朝雨邑轻尘，客舍青青柳色新。”这两句诗点出了送别的时间、地点和环境：早晨，诗人与元二在渭城的一家客栈里饯别，一场“朝雨”刚刚过去，把轻扬的朝尘黏湿，路面净洁，空气显得格外清新；经过朝雨滋润的杨柳，呈现出一片新绿，掩映着清清的客舍。王国维在《人间词话》里说：“一切景语，皆情语也。”融心中之情于眼前景，景显情隐，整个环境中渗透着诗人浓浓的伤感，蕴含着依依别情。但这正是行人上路的好时间，诗人再也没有理由挽留行者了，“劝君更尽一杯酒，西出阳关无故人”，只能劝他再喝一杯送行酒，西出阳关之后，旅途荒凉，再也没有友人相送、相劝了。“酒”是一种媒介，它升华了离别双方的悲剧意识，给整个场面添上了几分悲壮色彩；而这杯酒中，更倾注着诗人的离情别意，是诗人的真挚友情酿成的佳醇。送别友人，恋恋不舍，伤感之中又必须劝慰行者，王维这首诗表现得含蓄深长。诗人的依依不舍、对行者的细腻体贴以及殷勤祝福，都融化在这杯送行酒中。明代李东阳在《怀麓堂诗话》中说，王维的“西出阳关无故人”一出，不但传诵一时，甚至反复三叠歌唱。所以此诗也叫《阳关三叠》，也有叫《阳关曲》《渭城曲》的。

杂　诗

君自故乡来，应知故乡事。
来日绮窗前，寒梅著花未[1]？

【注释】

[1] 绮窗：雕绘着花纹的窗子。著花：开花。

【解读】

这首诗善于运用民歌朴素的语言和自然的音调，表现出单纯而又隽永的韵味。明朗活泼如日常生活的语言，新鲜、浑厚，传达出具有普遍意义的人生情思。诗人对故乡留恋不已，故乡的许多事物肯定不断地浮现在他的脑海中。但他这里只选取了“来日绮窗前，寒梅著花未”这样一件微不足道的小事来询问。连这点滴小事都是如此关切，可见诗人对家乡的怀念到了何等深切的地步。

山中送别

山中相送罢，日暮掩柴扉。
春草明年绿，王孙归不归？

【解读】

这首送别绝句构思相当别致。诗歌并不写送别场面，也不写别后愁苦，而是着眼点落实在“送罢”友人、独掩“柴扉”的片刻心理活动上。山中送别归来，日暮独自一人，寂寞可想而知。不言思念，但已经蕴含在字里行间。诗人的思维跳跃到明年，明年春天再来，山中芳草萋萋，那时候友人是否归来？淡淡一问，所有的思念尽在其中。

相　思

红豆生南国，秋来发几枝？

愿君多采撷，此物最相思[1]。

【注释】

[1] 采撷（xié）：采摘。

【解读】

诗人托物寄意，红豆本来不具备“相思”的特定内涵，是王维这首诗歌特别赋予的。自王维这首诗流传，红豆又被称为“相思子”，成为赠送情人、表达相思的信物。回到诗歌之中，这里所赠送的不能肯定是异性情人，或许是同性友人。如同《送沈子福归江东》里所说的“惟有相思似春色，江南江北送君归”，就是对同性友人表达相思情意。据《云溪友议》记载：“安史之乱”爆发，唐玄宗逃亡蜀地，乐工李龟年流落湘中，于采访使宴席上唱“红豆生南国”与“清风明月苦相思”二诗，坐中人听了，都流泪南望玄宗所在。可见，唐人并没有将这些诗狭义地理解为爱情的表述。不过，后人已经习惯将其作为爱情名篇来阅读。

送沈子福归江东

杨柳渡头行客稀，罟师荡桨向临圻[1]。

惟有相思似春色，江南江北送君归。

【注释】

［1］罟（gǔ）师：渔夫。这里指船夫。圻：同“埼”，弯曲的河岸。

【解读】

这首送别诗结构上类似《送元二使安西》，首二句写送别的环境，后二句抒发依依不舍的别情。这次友人是乘舟远行，诗人在杨柳渡头送别。杨柳依依，仿佛替人惜别。在对周围景物的选择性描写中已经渗透了无言的留恋之意。将自己的相思比喻作江南江北无处不在的春色，一来突出相思情意之浓厚，二来宽慰友人无论行走到何处，都有友情相伴相随。唐代知识分子在进入仕途之前，通常都有漫游的经历。其目的是要推销自我，得到有名望者的荐举。所以，唐诗中多送别或赠别之作。因为送别分手时之短暂，这些送别诗又往往出之以绝句的形式。这首诗是其中优秀者之一。

西施咏

艳色天下重，西施宁久微[1]？
朝为越溪女，暮作吴宫妃[2]。
贱日岂殊众，贵来方悟稀[3]。
邀人傅香粉，不自著罗衣。
君宠益娇态，君怜无是非[4]。
当时浣纱伴，莫得同车归。
持谢邻家子，效颦安可希[5]。

【注释】

［1］宁：岂。微：卑贱。

［2］越溪：若耶溪，在近浙江绍兴东南。传说为西施浣纱之处。吴宫妃：指西施为吴王宫妃。据说西施为越王勾践所得，献给吴王夫差，甚得宠爱。

［3］殊：不同。

［4］怜：爱。

［5］持谢：奉告。邻家子：指传说中西施的东邻东施。传说东施很丑，见邻居西施因病捧心而颦，姿态动人，便效仿颦眉，结果更加丑陋，人人躲避。

【解读】

这是一首咏史诗，咏叹西施的发迹以及渐渐骄横，充满着对统治者的讽喻之意。西施以其容颜艳丽得吴王宠爱。诗人故意用“朝为”“暮作”的时间状语，夸张其得宠之迅捷，隐隐讽刺统治者重个人声色享受，不以国事为怀。“贱日”以下，写西施的骄狂，她举止都需要有人侍奉，恃君宠而搬弄是非。西施在这里就从一位宫廷宠妃转变为一个是非小人。当日的贫贱伙伴当然不会再被西施看在眼中。沈德潜《唐诗别裁集》评价此诗说：“写尽炎凉人眼界，不为题缚，乃臻诗旨。”咏史中透露出诗人不得志的牢骚。

渭川田家

斜光照墟落，穷巷牛羊归[1]。
野老念牧童，倚杖候荆扉[2]。
雉雊麦苗秀，蚕眠桑叶稀[3]。
田夫荷锄至，相见语依依[4]。
即此羡闲逸，怅然吟式微[5]。

【注释】

［1］墟落：村庄。穷巷：偏僻的小巷。

［2］荆扉：柴门。

［3］雉：野鸡。雊（gòu）：野鸡啼叫。

［4］依依：恋恋不舍的样子。

［5］式微：《诗经·式微》：“式微，式微，胡不归？”这里指归隐之念。

【解读】

田园也是诗人归隐的处所，田园风光中以此诗写得最为出色。诗歌以朴素明白的语言，勾勒了农村平凡而又美丽的风光，形象鲜明，生意盎然。诗人将农村淳朴的人情、宁静的风光，与官场尔虞我诈、龌龊黑暗做对比，不免将农村风俗人情、田园景色诗意化。诗人捕捉的是夕阳西下时的乡村晚归图，当老老少少劳作一天纷纷归来时，家的气氛就被分外渲染出来。此时，放牧的牛羊归圈了，无法从事体力劳动的老人也出来等待着“牧童”的归来，辛勤劳作一天的“田夫”也正在归家途中。诗歌所要营造的就是这样一种浓浓的“归”的气氛。回到现实中，农夫劳作一天，辛劳异常，恐怕没有“荷锄至”“语依依”的闲情逸致。这份悠闲是旁观者诗人所特有的。所以，诗歌是对农村生活故意美化的结果。王维后来官越做越大，生活也越来越富贵，且拥有自己的大庄园。他的《田园乐》其六说：“花落家童未扫，莺啼山客犹眠。”过着如此闲适的隐逸生活，当然无法真正理解农村，农家的生活情景完全被诗意化了。在王维的笔下，田园中的人物形象是“杏树坛边渔父，桃花源里人家”（《田园乐》其三）；田园的日常生活场景是“牛羊自归村巷，童稚不识衣冠”（《田园乐》其四）；田园人物的心态则是“住处名愚谷，何烦问是非”（《田家》）。这些形象的特点是心情安闲，风度潇洒，富有隐士气息，与他们所处的和平宁静的环境相协调。这些诗以朴素明白的语言，勾勒了农村平凡而又美丽的风光，形象鲜明，生意盎然。而在王维所有的田园诗中，以《渭川田家》最为出色。

送　别

下马饮君酒，问君何所之[1]？
君言不得意，归卧南山陲[2]。
但去莫复问，白云无尽时。

【注释】

[1] 饮（yìn）：让喝。之：到，往。

［2］南山：终南山。陲：边。

【解读】

这首诗送友人归隐，诉说自己不得意的牢骚。“问君何所之”是明知故问，友人的经历与心意诗人恐怕非常清楚。这一问只是要引出友人“不得意”的牢骚，借机倾吐自己的苦闷。“但去莫复问，白云无尽时”，表明了彻底归隐的决心，也是对现实的彻底失望。

书　事

轻阴阁小雨，深院昼慵开。
坐看苍苔色，欲上人衣来。

【解读】

诗人在随意地抒写心中的情事，表现自我对悠闲静谧生活境界的喜爱之情。这是一个阴雨绵绵的日子，环境清幽阴凉。诗人身处“深院”，整日懒开门扃，默坐闲对，时光就这样悄悄地在身边流逝。这是诗人晚年最喜欢的生活状态。《旧唐书·王维传》称：王维晚年“退朝以后，焚香独坐，以禅诵为事”。王维自己也说：“晚年惟好静，万事不关心。”（《酬张少府》）这首诗的前两句，就把读者带入到一种特定的生活情趣之中。深院紧闭，野径无人，自然处处苍苔。细雨所滋润的苍苔，青青翠绿，仿佛成为院落里的主要景致和色调。其实，这是诗人审美眼光特意选择的结果。院中景观应该有许多，诗人喜欢的却是带有荒凉静谧意味的苍苔，深院闲坐所默默面对的就是身边青翠的苍苔。这种过度的喜爱，乃至让诗人产生幻觉，感觉到苍苔的青翠色“欲上人衣来”。这样的感觉可以分三层理解：其一，“苍苔色”在光线的映照转移下，仿佛涂染人衣；其二，苍苔似乎依恋诗人，这是转进一层写自己对荒僻清凉环境的喜爱；其三，最终写出诗人的一种生活选择。

高　适

高适（704—765），字达夫，渤海蓨县（今河北景县）人。出身官僚家庭，祖父高侃是高宗时的名将，父官至韶州长史。年轻时，家境艰窘，二十岁西游长安，但干进无门，失望而归。以后将近十年，在宋州（河南商丘附近）从事耕读生涯。开元十九年（731）秋，北游燕赵，约二年以后南归，继续隐居躬耕。开元二十三年（735）到长安应制举，未中第。天宝八年（749），经睢阳太守张九皋推荐，"举有道科中第"，授汴州封丘尉。因不适应官卑无所作为而辞职。不久得人推荐，在陇右节度使、权知河西节度使哥舒翰幕下任书记。"安史之乱"爆发，朝廷征调哥舒翰守潼关，高适拜左拾遗，转监察御史。潼关失守，随玄宗入蜀。至德元年（756）末，出任淮南节度使，讨伐李璘。广德元年（763）二月，任剑南节度使。后官至刑部侍郎、左散骑常侍。有《高常侍集》，存诗二百四十多首。

燕歌行

开元二十六年[1]，客有从元戎出塞而还者[2]，作《燕歌行》以示适[3]，感征戍之事，因而和焉。

汉家烟尘在东北，汉将辞家破残贼[4]。
男儿本自重横行，天子非常赐颜色[5]。
摐金伐鼓下榆关，旌旆逶迤碣石间[6]。
校尉羽书飞瀚海，单于猎火照狼山[7]。
山川萧条极边土，胡骑凭凌杂风雨[8]。

战士军前半死生，美人帐下犹歌舞。
大漠穷秋塞草腓，孤城落日斗兵稀[9]。
身当恩遇常轻敌，力尽关山未解围。
铁衣远戍辛勤久，玉箸应啼别离后[10]。
少妇城南欲断肠，征人蓟北空回首。
边庭飘飖那可度，绝域苍茫更何有[11]。
杀气三日作阵云，寒声一夜传刁斗[12]。
相看白刃血纷纷，死节从来岂顾勋。
君不见沙场征战苦，至今犹忆李将军[13]。

【注释】

[1] 开元二十六年：公元738年。

[2] 从元戎出塞：《文苑英华》《全唐诗》《又玄集》“元戎”作“御史大夫张公”。《旧唐书·张守珪传》：“二十六年，守珪裨将赵堪白、真陁罗等……初胜后败。守珪隐其败状，而妄奏克获之功。事颇泄，上令谒者牛仙童往按之。守珪厚赂仙童，遂附会其事，但归罪于白、真陁罗，逼令自缢而死。”

[3] 燕歌行：古乐府曲名，属平调。

[4] 烟尘：烽烟与尘土，借指边境战争。

[5] 横行：纵横杀敌。赐颜色：皇帝的召见垂青。

[6] 摐（chuāng）金伐鼓：敲锣打鼓。摐，击打。榆关：山海关。逶迤：连绵不绝的样子。碣石：山名，在今河北昌黎县东北。

[7] 瀚海：大沙漠。狼山：今内蒙古西北部有狼居胥山。这里泛指交战前线。

[8] 凭陵：勇猛凶暴的样子。

[9] 穷秋：深秋。腓（féi）：病，枯萎。

[10] 玉箸（zhù）：喻思妇之泪。

[11] 飘飖：这里形容路途遥远。绝域：极其荒远的地方。

[12] 三日：虚指时间之长久。刁斗：军中所用的铜器。白天用来煮饭，夜里用来打更。

［13］李将军：西汉将军李广。

【解读】

高适早年多次到边塞寻求仕宦出路，总是不得志而归。他混迹下层，比较关心军队中下层不合理的现实，他的边塞诗多针对现实的揭露。《燕歌行》是高适这类边塞诗中的代表作。诗歌谴责将领恃宠骄横、大意轻敌，致使战争失败，将士长期滞留边疆。首四句写接边塞军情紧急情报，天子亲自拜将，大将率军出征，场面非常壮观，出征者意气昂扬。然军中主帅的轻敌情绪已经隐约可见，为下文的败战埋下伏笔。出征之前，就视对方为“残贼”，骄横大意之态毕显。以“摐金伐鼓”“旌旆逶迤”之热闹壮观的行军过程，与“羽书飞瀚海”“猎火照狼山”的边塞军情紧急形成鲜明对比。汉军主帅率部出征，更在乎行军过程中的排场，渲染表面气势，并未顾及军情紧急而加快行军速度。因为轻视对方为“残贼”，出征过程志在炫耀，而不在破敌。联系下文的“美人帐下犹歌舞”，此时排场热闹的行军队伍中，一定还带了许多供将帅取乐的歌儿舞女。“山川萧条”以下六句写两军激战过程。边塞地理条件非常恶劣，“胡骑”作战异常凶猛。出征将士虽然拼死搏斗，但是由于主帅的轻敌和自顾享乐，并不身先士卒，其指挥一定是失当的，战斗必定以失败而告终。“身当恩遇常轻敌”是谴责主帅，“力尽关山未解围”是称颂和同情将士。“铁衣”以下八句，写将士苦守边塞，这是败战带来的恶果。由于战争失败，边患无法解除，将士也就不得归乡，只能苦守孤城，在严酷的环境中坚持战斗。写将士的滞留边疆、久战不归，诗人突出两个场景：其一，夫妻长期别离，家人思念不已；其二，边塞形势危急，战斗随时发生。最后四句是诗人的评说，是对英勇作战将士的歌颂，也是出征将士的心愿，或者说是诗人的心愿。他期待军中能够有像飞将军李广一样的名将，率领将士驰骋沙场，那么，即使“相看白刃血纷纷”的残酷殊死搏斗，将士也无所畏惧。这首诗的内容相当丰富，声情有时雄迈高亢，有时幽怨缠绵，不同情感复杂矛盾，错综交织，苍凉悲壮。诗中骈散相间的句式和平仄互换的用韵，以及援声律入古体的写法，与“四杰”以来的做法相似，然结构、气势的开合动荡则别具特色。通读全篇，可以发现诗人对战争的根本态度。站在好战、且企图通过战争博取功名的立场，诗人从来不追究战争是否合理，是否正义，而只是追究主帅轻敌。所以，高适这首边塞诗虽然选取一场败战，从批判的角度出发创作，但是对待战争的态度却与同时代的大多数人一样，充分显现出走向盛唐的好战情绪。

别董大[1]

千里黄云白日曛，北风吹雁雪纷纷[2]。
莫愁前路无知己，天下谁人不识君？

【注释】

[1] 董大：约为当时著名音乐家董庭兰。

[2] 曛（xūn）：日色昏黄。

【解读】

本诗两首，这是第二首。“千里黄云白日曛，北风吹雁雪纷纷。”诗歌一开始便描绘了一幅苍凉悲壮的景象：黄云漫天，照到地面的太阳光苍白无力，北风呼啸，大雪纷飞，几声大雁的哀鸣从空中零落地传来。这里诗人选择的诗歌意象有“黄云”“白日”“北风”“大雁”“飞雪”，环境的恶劣自不待言。“长亭饯别”本就感伤，而在千里黄云笼罩、北风劲吹、雪花纷飞的酷寒阴冷的日子里，送别友人，更有一份对友人旅途平安的牵挂。但“人有悲欢离合，月有阴晴圆缺，此事古难全”。诗人不是不想挽留友人，可他深深知道：人们的悲欢离合，如同月亮的圆缺一样，从古到今都是这样。人生的确无奈，但诗人转而想到友人既才华横溢，又品格高尚。于是，离别的伤感，对友人旅途的牵挂，全都化为深深的祝福与宽慰。“莫愁前路无知己，天下谁人不识君。”此时，诗人没有徒自“悲莫悲兮生别离”的伤感，更没有“西出阳关无故人”的哀叹，而是对友人的“前途”充满了信心与希望：不要为前途没有我这样的知心朋友而担忧发愁，你品行高洁，又有才华，到处都会有人和你结交为知心朋友的。这两句诗之所以广为传诵，就是因为它不是一般的客套、安慰，而是因为它给旅途艰险、漂泊天涯的游子们以情感的慰藉，给他们以新生的希望。

封丘作

我本渔樵孟诸野，一生自是悠悠者[1]。
乍可狂歌草泽中，宁堪作吏风尘下[2]？
只言小邑无所为，公门百事皆有期。
拜迎官长心欲碎，鞭挞黎庶令人悲。
归来向家问妻子，举家尽笑今如此。
生事应须南亩田，世情付与东流水[3]。
梦想旧山安在哉，为衔君命且迟回[4]。
乃知梅福徒为尔，转忆陶潜归去来[5]。

【注释】

[1] 渔樵：打鱼砍柴，代指隐逸。古人以渔樵为典型的隐逸生活。孟诸：古代大泽名，在今河南东北部。悠悠：无拘无束，闲散自在。

[2] 乍可：只可，只能够。宁堪：哪堪。风尘：繁杂的尘世。

[3] 生事：生计。

[4] 衔君命：奉君命为官。

[5] 梅福：西汉末年人，曾为南昌尉，后弃官归隐读书。徒：仅仅，只是。陶潜：东晋末年，陶渊明弃官归隐，作《归去来兮辞》。

【解读】

高适苦苦追求二十多年，年过四十，才得到封丘尉这样一个卑微的官职。职任之要求，与他的理想相去甚远，使他再度陷入苦闷痛苦之中。诗的开篇声明自己只能是一位隐居乡野、过着悠闲生活的渔樵隐士，不堪堕入风尘做一俗吏。这思想固然受陶渊明影响，更是对现实失望的牢骚。因为生活在盛唐的诗人，从来也没有主动要求去过隐逸生活。从诗人此前此后坚持不懈地追求一官半职、以求施展自己的政治才干、实现自己的政治理想的作为来看，这里显然是口头上的牢骚，而不是真实心态。下文紧接着交代这种牢骚产生的由来。其一是“公门百事皆有期”，时间上受拘束，行动不自由；其二是身心受摧残，逼迫自己做“拜迎官长”“鞭挞黎庶”之违背意愿的事。诗人也在维持生计与坚持素志之间有过犹豫，听过家人的劝告，但最终选择了不与世俗同流合污的归隐做法。诗人欲以此显示自己不同流俗的品格，事实上，是诗人不满意官职的卑微。高适确实是有很好的政治、军事才干，从他晚年的作为可以看出他的才能。所以，他人到中年就会不甘心于这样的官职。诗歌结尾说：“乃知梅福徒为尔，转忆陶潜归去来。”并不能说明诗人的志向和品格，只是牢骚话语而已。

除夜作

旅馆寒灯独不眠，客心何事转凄然？
故乡今夜思千里，霜鬓明朝又一年。

【解读】

除夕夜晚，独自奔波在外，在旅馆守着一盏“寒灯”，诗人内心的感受是非常复杂的，这样的夜晚也当然是“不眠”的。诗人明知故问，用“客心何事转凄然”挑起话题。此时的情绪，第一当然是思乡，所谓“故乡今夜思千里”，这是每逢佳节奔波在外的游人的共同情感。其次，就是对自己落魄不遇的凄苦伤感。之所以奔波不止，旅途劳顿，都是因为仕途的受阻，个人抱负的无法实现。这是今夜“凄然”的真实原因，是思乡情绪的心理背景。再次，也有对自己年华流逝、岁月蹉跎的伤怀。“霜鬓明朝又一年”，每个除夕夜都意味着一年的终结，都预示着新的一年的开始，对没有成就而又渴望成就的诗人来说，那就会是一种新的痛苦折磨。

岑 参

岑参（约715—约770），荆州江陵（今湖北江陵）人。其曾祖父、伯祖父、堂伯父都曾官至宰相，祖父、父皆官至刺史。然岑参出生前二年，堂伯父岑羲得罪伏诛，亲族放逐略尽，从此岑氏家道中衰。岑参幼年丧父，从兄读书。开元二十二年（734），到洛阳向玄宗献书，未能如愿拜官。此后十年，屡入京、洛，为出仕奔波，曾一度隐居终南山。天宝三年（744）应进士试及第，授官卑微，心情郁闷。天宝八年（749），赴安西节度使高仙芝幕中任职。一度回京任职。天宝十三年（754），赴北庭节度使封常清幕下。约于至德二年（757）东归，因杜甫推荐，任右补阙。官至嘉州刺史。有《岑嘉州集》。存诗三百八十余首。

走马川行奉送出师西征

君不见走马川行雪海边，平沙莽莽黄入天。
轮台九月风夜吼，一川碎石大如斗，随风满地石乱走[1]。
匈奴草黄马正肥，金山西见烟尘飞，汉家大将西出师[2]。
将军金甲夜不脱，半夜军行戈相拨，风头如刀面如割。
马毛带雪汗气蒸，五花连钱旋作冰，幕中草檄砚水凝[3]。
虏骑闻之应胆慑，料知短兵不敢接，车师西门伫献捷[4]。

【注释】

[1] 轮台：唐代隶北庭都护府，今新疆乌鲁木齐西北。

[2] 金山：即阿尔泰山。这里泛指塞外大山。

[3] 五花连钱：指名贵的马。这种良马毛色深浅斑驳，隐约如波纹。

[4]慑(shè)：恐惧。车师：地名，安西都护府所在地，在今新疆吐鲁番附近。

【解读】

岑参两度到边塞任职，寻求军中立功机会。尤其是第二次出塞，得主帅封常青的赏识，诗人更加意气昂扬，信心百倍。诗歌描写一次大军夜间出征。开篇便写出了边塞特异的风沙气候与景色：狂风怒吼，黄沙飞扬，碎石乱走，遮天蔽日，迷蒙一片。在现实生活中，这样狂野的沙尘暴是令人恐惧的。但在诗人的笔下，读者感受不到恐惧，只有异域风光的奇异。诗人意欲到边塞立功，故不以艰险为怀，对边塞的气候、风光都充满了向往之情。这就是边塞一切艰苦险阻的地理环境、季节气候在诗人笔下显得如此奇异浪漫的根本原因。诗人这里以环境的恶劣反衬唐军的不畏艰险。中间写匈奴入侵，一笔连接，带出下文的将军出师。这是写一次胜战的过程，立足于歌颂。诗人歌颂唐朝将军的以身作则，歌颂唐军衔枚疾走的军容整齐严明，将士不畏严寒冰冻风雪的英雄气概。这样的统帅，这样的将士，这样的军纪，战争的胜利结局可以预见。诗人以“车师西门伫献捷”的胜利预想结束全篇。全诗三句为一韵，句句用韵，平、上、入互换，造成一种拗峭劲折的节奏，似紧锣密鼓，紧张急迫，与诗中描写的风雪的威胁、军情的紧急、行军的急迫、战斗的严酷，很好地协调在一起。

白雪歌送武判官归京

北风卷地白草折，胡天八月即飞雪。
忽然一夜春风来，千树万树梨花开。
散入珠帘湿罗幕，狐裘不暖锦衾薄[1]。
将军角弓不得控，都护铁衣冷难著[2]。
瀚海阑干百丈冰，愁云黪淡万里凝[3]。
中军置酒饮归客，胡琴琵琶与羌笛。
纷纷暮雪下辕门，风掣红旗冻不翻[4]。

轮台东门送君去，去时雪满天山路。

山回路转不见君，雪上空留马行处。

【注释】

[1] 锦衾：锦缎被子。

[2] 控：拉弓。都护：武官名。都护与将军在这里都是泛指。

[3] 瀚海：大沙漠。阑干：纵横交错的样子。

[4] 辕门：军营之门。掣（chè）：牵曳。

【解读】

这首诗写边塞一次送别。开篇便是边地奇特风光的描写：胡地八月，已经是天寒地冻。凛冽的北风，能够吹折冻硬了的白草。而且，漫天雪花飞舞，大地银装素裹。诗人写北方飞雪，用南国的春风和梨花作喻，梨花盛开时花团锦簇的景象恰能传达出大雪纷飞的态势。这一奇想把萧索酷寒顿时转化为绚丽烂漫，给全诗定下豪迈乐观的基调。边塞生活简陋困苦，遇到如此大雪严寒，征人的感受本来应该是痛苦不堪。在诗人的笔下，却是豪情和奇想，反而用审美的眼光看待这一切。“散入珠帘”六句，进一步渲染飞雪气候中边地的奇寒。狐裘、锦衾不能御寒，角弓、铁衣难控难着。“瀚海阑干百丈冰，愁云黪淡万里凝”，是总写，是边地风雪中的真实情景。在这样的环境中，“中军置酒”，演奏“胡琴琵琶与羌笛”，送别友人，别有一番风味。傍晚时刻，送别酒宴也结束了，到了必须送别分手的时候了。此时，“暮雪”纷纷，狂风再起，然而，满怀情谊的诗人却伫立在风雪中，目送着友人的远去。此诗写作很有特色，写风中红旗，用凝固字眼来形容，色彩鲜丽的画面中突出奇寒的感觉。这些描写有意避实返虚，通过想象和虚构，把平凡的生活景象一变为富有美感的艺术形象。殷璠《河岳英灵集》评岑参诗“语奇体俊，意亦造奇”。从实际景物中求奇，善于运用大胆的夸张、想象，突出事物的奇异之处，符合艺术的真实。这首诗最能表现岑参边塞诗“好奇”的特征。

凉州馆中与诸判官夜集[1]

弯弯月出挂城头，城头月出照凉州。
凉州七里十万家，胡人半解弹琵琶[2]。
琵琶一曲肠堪断，风萧萧兮夜漫漫。
河西幕中多故人，故人别来三五春[3]。
花门楼前见秋草，岂能贫贱相看老？
一生大笑能几回？斗酒相逢须醉倒。

【注释】

［1］凉州：古地名，治所在今甘肃武威。唐河西节度府设在此地。判官：节度使幕僚。

［2］凉州七里十万家：《元和郡县志》卷四十："（凉州）州城本匈奴所筑，汉置为县。城不方，有头尾两翅，名为鸟城。南北七里，东西三里。"《旧唐书·地理志》："（凉州）天宝元年改为武威郡……户二万二千四百六十二，口十二万二百八十一。"这里是概指。解：懂，会。

［3］河西：指河西节度府。

【解读】

诗人在边塞，生活得浪漫轻松。幕府中的同僚，时时夜里宴集，消磨时光。这首诗就记载这样一次"夜集"，诗歌同时写出边地特有的民俗风情。一弯月儿高挂城头，城中同僚也开始边地的"夜生活"。夜晚聚宴，一定有歌舞助兴，边地则是胡人弹奏琵琶。诗人以极其夸张的语气写道："凉州七里十万家，胡人半解弹琵琶。"既写出今日"夜集"的歌舞繁盛，又写出边地少数民族的特殊风情。琵琶悲苦的乐声，不但没有引发诗人思乡之类的悲愁情绪，反而牵引出"壮士一去"的激烈情怀。"风萧萧兮夜漫漫"，所展示的是奔赴边塞、亟欲立功的诗人豪迈的心胸气度。今夜相聚幕僚同事中，有多年的老友，老友新朋欢聚，畅快异常。情不自禁，诗人强烈地表达出前往边塞的个人目的：趁时立功，不可贫贱到老。强化的反问句，表现出诗人高度的自信。有此自信，有此追求，有此故人，有此琵琶音乐，今夜必将放怀畅饮，醉倒方休。这首诗二句一韵，后四句为一韵，共换五韵。又用顶真法蝉联而下，造成回旋往复的声情，富有民歌风味。

逢入京使

故园东望路漫漫，双袖龙钟泪不干[1]。
马上相逢无纸笔，凭君传语报平安。

【注释】

[1] 龙钟：同“泷涑”，沾湿。

【解读】

久戍边关，即使满怀豪情，有时也难免思念京都，思念家人与友人。边塞与京都相隔遥远，很少通信息，偶尔遇到两地往返者，便要勾引出诗人绵绵的思乡愁绪。诗人遥望故园，曾经流过多少相思之泪。今日匆匆遇见“入京使”，无暇取纸笔做书信，只能托其“传语报平安”。“无纸笔”恐怕是借故推脱，无论如何不至于匆忙到这种地步，更深层的原因是绵长复杂的思乡情绪无法用纸笔来表达。盛唐边塞诗人，远离故乡和亲人，他们都品尝过那么多的离别相思之情，在他们的笔下都有一些送别或思念的名篇。

虢州后亭送李判官使赴晋绛得秋字[1]

西原驿路挂城头，客散江亭雨未收。
君去试看汾水上，白云犹似汉时秋[2]。

【注释】

[1] 虢州：唐代属河南道，故址在今河南灵宝南。晋绛：晋州和绛州。晋州治所在今山西临汾，绛州治所在今山西新绛。

［2］汾水：水流名。发源于山西宁武，向西南流入黄河。

【解读】

唐肃宗乾元二年（公元759 年）至上元二年（公元761 年），岑参出任虢州刺史。这首送别诗写于这一时期。此时，“安史之乱”尚未结束，家国动荡不定。诗人青壮年时期的追求和梦想，经风吹雨打，早已零落殆尽。送别友人，无限伤乱之意见于言表。“西原驿路挂城头”，构思非常别致。友人西去，西去地势高于州城，从城中可以仰望西原的驿路。诗人用一“挂”字，就特别新颖生动。“客散江亭雨未收”，已经到了不得不分手的时候了，雨却依然下个不停。雨天，增加了行路的困苦，增添了离人的别愁。首二句渲染了离别愁苦的气氛。后二句写友人将要的去处，友人所要去的是晋地。诗人这里暗用一个典故。汉武帝刘彻当年到河东祭神，曾坐船游览汾水，兴奋之余作《秋风辞》，有句云：“秋风起兮白云飞，草木黄落兮雁南归。”武帝在位时，是西汉的全盛时期。岑参也经历过唐朝的全盛时期，此处冷然追问友人，以汉比唐，对时局的诸多伤感蕴含其中。诗人是借此感慨唐王朝的衰落，也透露出一丝不甘心。

春 梦

洞房昨夜春风起，遥忆美人湘江水。
枕上片时春梦中，行尽江南数千里。

【解读】

春梦是柔婉的，春梦是艳丽的。清醒时不敢明言的心事，不敢宣泄的情感，会悄悄地流露在春梦中。受儒家刻板无性文化的抑制，秦汉以来的诗人极少在诗歌中抒写对异性的爱恋情感，或者表露自己追逐漂亮异性的愿望。但是，春梦是不受现实原则管制的，诗人的潜意识这时候有了曝光的机会。春风起，春心动，怀春之情，自古而然，诗人不禁遥想湘江水畔的美人。湘水美人，叫人联想起屈原笔下的“湘夫人”，诗歌因此具有了“香草美人”的特殊意蕴。

诗人总是不敢直接表露对美丽异性的追恋，用词用典稍加联系，让自己的诗歌多一种读解法。枕上片时春梦，行尽江南千里，是典型的梦的状态。这时候所思念的，恐怕是实实在在的某个异性，让人心魂荡漾的异性，让人心神俱醉的异性。诗人无法遏制这种思恋情感，解春梦作含蓄表达。这种题材的诗歌，在唐诗中比较少见，故显得难能可贵。

李　白

李白（701—762），字太白，陇西成纪（今甘肃天水附近）人。出生于碎叶（今哈萨克斯坦托克城附近），约五岁时举家潜归四川，居彰明县青莲乡，后自号“青莲居士”。父客居蜀邑，遂称“李客”，是一位有文化教养的富商。早年在父亲的教育下刻苦读书。二十岁以后，漫游蜀中各地，二十六岁离开蜀地，一度定居在安陆，为前朝宰相许圉招为孙女婿。开元后期，曾西游献赋，结识卫尉张卿，且献诗玉真公主（唐玄宗妹）。天宝元年（742），或因玉真公主与贺知章的推荐，玄宗召李白入朝。三年后赐金放还，开始新的漫游，曾履行道教仪式，成为正式的道士。曾定居梁园，与高宗时宰相宗楚客孙女结婚。一度北上幽蓟。“安史之乱”爆发，隐居庐山，被召入永王李璘幕下，事败流夜郎。遇赦回来。临终之时，尚请缨杀贼。卒于族叔当涂县令李阳冰处。有《李太白全集》，存诗九百多首。

访戴天山道士不遇[1]

犬吠水声中，桃花带露浓。
树深时见鹿，溪午不闻钟。
野竹分青霭，飞泉挂碧峰[2]。
无人知所去，愁倚两三松。

【注释】

［1］戴天山：在今四川江油县，又名“大匡山”“大康山”。李白早年曾在此山读书。

[2] 青霭：青色的云雾。飞泉：瀑布。

【解读】

这是李白年轻时在四川所写的诗歌，诗歌主要是描写山中的景致。山中的景色是这样的清新、清丽、清幽，但又充满了生趣、生机。开篇就是以犬吠声衬托山中的寂静，并给山中景物带来勃勃生意。这是春天的好景色，桃花带露，分外鲜艳，分外妩媚，为全诗搭配了一种亮丽的色调。行程渐入深山，树林茂密，时见麋鹿经过，不闻钟声传来，道士居所已经远离了尘世。诗人前来寻访道士，更多的目的是欣赏一路景物。“野竹分青霭，飞泉挂碧峰”，为画面增添了峻峭的气势，与前面所描写的妩媚、清幽，相映成趣。最后两句写访道士不遇，点明题意。不过，这时候诗人的心思恐怕已经不在访人上，而在山间景物。“愁倚两三松”云云，只是一种套话，实在读不出这首诗有什么愁绪蕴含其中。读这首诗，可以感受青年李白对自然景色的喜爱，心境的开朗，以及出色的诗才。

秋下荆门[1]

霜落荆门江树空，布帆无恙挂秋风[2]。
此行不为鲈鱼脍，自爱名山入剡中[3]。

【注释】

[1] 荆门：荆门山，在今湖北宜都县西北，长江南岸。

[2] 布帆无恙：《世说新语·排调》载：东晋顾恺之在荆州刺史殷仲堪处为幕僚，请假东归，按例官府不提供布帆船只。顾恺之恳求不已，殷仲堪便答应了他的要求。途径破冢，遭遇大风，行李都被打坏。顾恺之写信给殷仲堪说：“地名破冢，真破冢而出。行人安稳，布帆无恙。”后来都用此典指旅人平安。

[3] 鲈鱼脍：《世说新语·识鉴》载：张翰在洛阳为官，见秋风起，便思念起家乡的莼菜羹、鲈鱼脍，说：“人生贵得适意尔，何能羁宦数千里以要名爵？”于是就辞官归隐。剡中：县名，今浙江嵊县。

【解读】

二十多岁的李白，风华正茂，离开养育他的四川，开始了全国漫游的生活。这首诗写于此时漫游途中，诗人离开了湖北荆门山，前往吴越。秋高气爽，霜落树空，一望无际，秋风送行。诗歌突出了秋天的寥廓，显示出诗人的意气风发。后两句交代漫游的目的，不是学古人张翰归隐浙东，而是喜爱名山大川，为游历剡中名山而去。唐代盛行荐举制度，唯有得到名流的有力举荐，方能科举中第，甚至可以不通过科举直接进入官场。名山大川间的著名和尚道士，也是社会名流，不时会得到皇帝的召见，也是荐举他人的机会。所以，唐人漫游，喜欢到名山大川。除了开阔视野、增加阅历的意图之外，更重要的恐怕是为了入仕做积极的准备。李白出川漫游，就带有明确的求仕目的，其《庐山谣》说："五岳寻仙不辞远，一生好入名山游。"意图非常明显，这是阅读李白漫游途中作品所必须注意的。这首诗就显露了李白漫游的特殊目的性。

古　风

西上莲花山，迢迢见明星[1]。
素手把芙蓉，虚步蹑太清[2]。
霓裳曳广带，飘拂升天行[3]。
邀我登云台，高揖卫叔卿[4]。
恍恍与之去，驾鸿凌紫冥[5]。
俯视洛阳川，茫茫走胡兵。
流血涂野草，豺狼尽冠缨[6]。

【注释】

[1] 莲花山：西岳华山的最高峰莲花峰。明星：神话中华山仙女名。

[2] 虚步：凌空而行。蹑（niè）：踩，踏。太清：天空。

[3] 霓裳：彩虹做的衣服。曳（yè）：拖曳。

[4] 云台：云台峰，华山东北高峰。高揖：长揖。卫叔卿：传说中的仙人，曾经去拜访过汉武帝，失望而去。

[5] 恍恍：恍惚。紫冥：高空。

[6] 冠缨：官员的服饰。

【解读】

李白一共写了五十九首古风，内容相当广泛，非一时一地之作。这是其中第十九首，大约作于“安史之乱”爆发以后。诗人采用游仙体写自己的现实感受。西岳华山的莲花峰高耸云天，周围是明星闪烁的神话世界。诗人登上莲花高峰，就拉近了与仙人的距离。此时，诗人看见缥缈往来的神女手把芙蓉，凌空而行，衣带飘拂，姿态优雅。她邀请诗人共同升天而去，同游仙家美境。“素手把芙蓉”以下四句，也是对莲花峰拟人化之想象描写，在诗人的幻意识中，仙境与人间已经逐渐融合为一。诗人在恍惚中随神女而去，突然间俯视人间，只见洛阳一带胡兵茫茫，猖獗异常。豺狼当道，中原百姓倍受蹂躏，血流成河。写到这里，诗人就再也无心独自登仙了，对现实的关切占据了他所有的身心。诗人走过盛唐，入世精神在其身上占主导地位，在这首类似游仙诗中有很好的表现。

蜀道难

噫吁嚱，危乎高哉[1]！蜀道之难，难于上青天。蚕丛及鱼凫，开国何茫然[2]。尔来四万八千岁，不与秦塞通人烟[3]。西当太白有鸟道，可以横绝峨眉巅[4]。地崩山摧壮士死，然后天梯石栈相钩连[5]。上有六龙回日之高标，下有冲波逆折之回川[6]。黄鹤之飞尚不得过，猿猱欲度愁攀缘[7]。青泥何盘盘，百步九折萦岩峦[8]。扪参历井仰胁息，以手抚膺坐长叹[9]。

问君西游何时还，畏途巉岩不可攀[10]。但见悲鸟号枯木，雄飞雌从绕林间。又闻子规啼夜月，愁空山[11]。蜀道之难，难于上青天，使人听此凋朱颜。连峰去天不盈尺，枯松倒挂倚绝壁。飞湍瀑流争喧豗，砯崖转石万壑雷[12]。其险也若此，嗟尔远道之人胡为乎来哉！

剑阁峥嵘而崔嵬，一夫当关，万夫莫开[13]。所守或匪亲，化为狼与豺。朝避猛虎，夕避长蛇，磨牙吮血，杀人如麻。锦城虽云乐，不如早还家。

蜀道之难难于上青天，侧身西望长咨嗟[14]。

【注释】

［1］噫吁嚱（xū xī）：惊叹词。

［2］蚕丛、鱼凫：传说中蜀国的两位先王。

［3］尔来：从蚕丛、鱼凫以来。秦塞：泛指秦地。

［4］太白：山名，在今陕西省眉县东南。鸟道：极其险峻狭窄的山路。横绝：横度。

［5］“地崩”句：据《华阳国志·蜀志》载：秦惠王嫁五女给蜀王，蜀王派五位壮士迎娶。到梓潼，见一大蛇钻入洞穴，五位壮士拽蛇尾向外拉，山崩，压死五位壮士与五位秦女，山也分成五岭。天梯：陡峻的山路。石栈：在山崖上凿石架木而建成的栈道。

［6］六龙：神话传说中羲和驾驶着六龙所拉的车子载着太阳在空中运行。高标：指蜀中高峰。逆折：水流回旋。回川：有漩涡的河流。

［7］猱（náo）：猿猴类动物，最善攀缘。

［8］青泥：岭名，在今陕西省略阳县西北。盘盘：曲折的样子。萦：萦绕，围绕。

［9］参（shēn）、井：二星宿名，参为蜀之分野，井为秦之分野。胁息：屏住呼吸。膺（yīng）：胸口。

［10］巉（chán）岩：高峻的山峰。

［11］子规：杜鹃鸟。传说为蜀古望帝魂魄所化。啼声哀怨动人。

［12］喧豗（huī）：水流相冲击的轰响声。砯（pīng）：水流撞击岩石的声音。

［13］剑阁：剑门关，在四川剑阁县北，是大、小剑山之间的一条栈道。崔嵬：险峻的样子。

［14］咨嗟：叹息。

【解读】

诗人借用乐府古题，充分运用想象、夸张之笔，极力描述蜀道的奇险，同时透露出对现实社会的某些隐忧。“蜀道之难，难于上青天”是诗中的主旋律，一唱三叹，重复出现，奠定了全诗的基调。首先，诗人运用神话传说，描写蜀道的历史悠久与险峻。将横绝峨眉山顶的“鸟道”、连接险要的“天梯石栈”，与“蚕丛”“鱼凫”、五丁开山的神话传说结合在一起描写，增加了蜀道神奇的色彩。其次，诗人运用极度的夸张，写蜀道的高耸云天、盘旋迂回。“黄鹤之飞尚不得过，猿猱欲度愁攀缘”。登上山巅，甚至可以“扪参历井”。诗人同时写出蜀道绚丽神异的风光。这里，连峰近天，瀑流争下，枯松倒挂，又叫游人流连忘返。“剑阁”以下写现实隐忧，对地方不断膨胀的军事势力感到忧虑，在山水诗中加以讽喻。这首诗在诸多方面表现出“奇”之特色。第一，是题材之奇。诗人用极度想象夸张之笔写山水，山水中带有游仙的意蕴，又不脱离对现实的关怀。如此处理题材，实属罕见。第二，是夸张想象之奇。现实中的意象不足以表达诗人的情感时，神话传说纷纷进入诗人的构思。第三，是句式之奇。诗歌以七言句式为主，间以三言、四言、五言之错落变化，顿挫起伏，与诗人波动的情感相适应。所以，殷璠《河岳英灵集》称这首诗“可谓奇之又奇，自骚人以还，鲜有此体”。

将进酒

君不见黄河之水天上来，奔流到海不复回。
君不见高堂明镜悲白发，朝如青丝暮成雪。
人生得意须尽欢，莫使金樽空对月。
天生我材必有用，千金散尽还复来。
烹羊宰牛且为乐，会须一饮三百杯[1]。
岑夫子，丹丘生，将进酒，杯莫停[2]。
与君歌一曲，请君为我侧耳听。
钟鼓馔玉不足贵，但愿长醉不复醒[3]。
古来圣贤皆寂寞，惟有饮者留其名。
陈王昔时宴平乐，斗酒十千恣欢谑[4]。
主人何为言少钱，径须沽取对君酌[5]。
五花马，千金裘，呼儿将出换美酒，与尔同销万古愁[6]。

【注释】

[1] 会须：会当，应当。

[2] 岑夫子：岑勋，南阳人。丹丘生：元丹邱。二人都是李白的好友。

[3] 钟鼓：宴席上所演奏的乐器。馔（zhuàn）玉：珍美的食品。

[4]“陈王”二句：三国魏曹植，曾封陈王。他的《名都篇》有“归来宴平乐，美酒斗十千”之句。恣：放任。

[5] 径：直接。沽取：买酒。

[6] 将出：拿出。尔：你。

【解读】

《将进酒》：汉乐府旧题，为劝酒歌，古诗有“将进酒，乘大白”之句。

李白此诗约作于天宝十一年（752）长安放还之后，他当时与友人岑勋在嵩山另一好友元丹丘的颖阳山居为客，三人登高宴饮，李白兴酣作此篇。作为酒徒，李白的饮酒诗最能表现其个性特征。杜甫《饮中八仙歌》说：“李白斗酒诗百篇，长安市上酒家眠。天子呼来不上船，自称臣是酒中仙。”李白《襄阳歌》自言：“百年三万六千日，一日须倾三百杯。”

诗之开篇就是以两组排比长句，如挟天风海雨气势汹涌地向读者迎面扑来。登高极目，黄河远自天上而来，气势磅礴，奔流向海。诗人辅之以想象夸张之笔，上句写大河之来，势不可挡；下句写大河之去，势不可回。一来一往，形成卷舒往复的咏叹调。紧接着的排比，从空间之夸张进入时间的想象，一波未平，一波又起。悲叹人生短促，不禁自伤老大，一种搔首顾影、徒呼奈何的情态宛然可见。将人之一生夸张缩短为“朝”与“暮”，反向夸张，渲染强烈的情绪。黄河之水一去不返与人生易逝有内在寓意联系。李白喜欢用这种气势庞大的排比句开篇，如：“弃我去者昨日之日不可留，乱我心者今日之日多烦忧。”（《宣城谢朓楼饯别校书叔云》）又如：“海客谈瀛洲，烟涛微茫信难求；越人语天姥，云霞明灭或可睹。”感情色彩浓郁。有时则在诗歌中间，如：“君不能狸膏金距学斗鸡，坐令鼻息吹虹霓；君不能学哥舒横行青海夜带刀，西屠石堡取紫袍。”“君不见李北海，英风豪气今何在？君不见裴尚书，土坟三尺蒿棘居。”沈德潜称“此种格调，太白从心化出”。诗所谓大开大阖者，此即为大开，表现为一种“想落天外，局自变生”的构思变化之妙。

悲感非李白之个性，只要得意纵情，无所遗憾，便可快意人生。故下文陡转，由悲转欢，直至“杯莫停”，诗情渐趋狂放。行乐不可无酒，自然切入饮酒、咏酒之主题。以“金樽”对“月”，将饮酒诗意化。李白自视为天上谪仙，对天上月宫多向往之情。无论得意或失意，总是引月亮为伙伴，纵饮抒怀，如“举杯邀明月，对影成三人”。诗人的“须尽欢”与“必有用”之纵情及强烈的自信，隐含有放逐出长安的牢骚，以及自我安慰、振作，流露出一种怀才不遇而又渴望入世的积极意向。这是盛唐的精神与气质。诗人的《行路难》有同样的表现。痛苦之中可以突然化为“长风破浪会有时，直挂云帆济沧海”，至此，狂放之情趋于高潮，诗的旋律加快，诗人眼花耳热之醉态跃然纸上，千载之后使人如闻高声之劝酒：“岑夫子，丹丘生，将进酒，杯莫停。”短句的忽然插入使诗歌节奏突变，诗歌已经还原为生活。李白之诗就是如此通脱自由，信口而来，感情强烈，皆成好诗。自由的句式与豪迈不羁的个性相适应。“与君歌一曲”之下为诗中之歌，为饮酒歌中之劝酒歌，奇之又奇。对权贵的蔑视，“但愿长醉”的牢骚，已由狂放转向愤慨。以下是李白借酒浇愁的原因。在这种深广忧愤情绪的促动下，酒兴越喝越浓，越喝越狂，主客混淆，醉态毕现。结句落实到“万古愁”之悲，回应开篇，使全诗的格调浑融整一。

南陵别儿童入京[1]

白酒新熟山中归，黄鸡啄黍秋正肥。
呼童烹鸡酌白酒，儿女嬉笑牵人衣。
高歌取醉欲自慰，起舞落日争光辉。
游说万乘苦不早，著鞭跨马涉远道[2]。
会稽愚妇轻买臣，余亦辞家西入秦[3]。
仰天大笑出门去，我辈岂是蓬蒿人！

【注释】

［1］南陵：地名，今属安徽。

［2］万乘：代指帝王。周朝制度，天子地千里，战车万乘，故称。著鞭：挥鞭。

［3］“会稽愚妇”句：《汉书·朱买臣传》载：西汉朱买臣，家贫，好读书。其妻不堪贫穷，与买臣离异，另嫁他人。后买臣功成名就，终得荣华富贵，前妻羞愧自尽。西入秦：指前往京城长安。长安战国时为秦地，故称。

【解读】

天宝初年，不断通过漫游、隐居等手段弘扬名气的李白，终于获得唐玄宗的召见，一生的追求有望实现，内心的狂喜不可遏制。这首诗就是告别家人、前往长安时所作。开篇四句写自己家居生活，白酒黄鸡，自给自足。诗人高歌取醉，起舞争辉，更有儿女嬉戏牵衣，颇能自得其乐。然而，从高歌狂舞中，也能感觉到诗人生活中依然有不如意，这就是诗人对仕途的渴望，期望自己能够成为帝王师。皇帝终于征召自己了，诗人掩饰不了狂喜，变现为兴奋过度。李白叹息“游说万乘苦不早”，自己的才能和抱负没有得到及早施展；李白得以“著鞭跨马涉远道”，现在有了大展宏图的机会了。兴奋之余，诗人带出一句“会稽愚妇轻买臣，余亦辞家西入秦”，可见平日没少受妻子的腌臜气。李白这个妻子不能欣赏丈夫的才华，也听够了李白的大话，恐怕时时出言讥讽或打击李白。李白此时真是有了扬眉吐气的感受，平日的窝火，一泄而出。最后两句的狂喜狂态，是此时李白最好的肖像画。李白就是这样真诚，不掩饰自己的丝毫感情。这种对仕途的渴求，是盛唐气象的最佳表现。“我辈岂是蓬蒿人”，其时是李白对自己才华和能力的错误认识。有了这样的错误认识，李白才一生孜孜不倦地追求仕途成就，李白才会有那么多的愤懑和痛苦，李白才有挥洒不完的激情。

行路难

其一

金樽清酒斗十千，玉盘珍羞直万钱[1]。

停杯投箸不能食，拔剑四顾心茫然[2]。
欲渡黄河冰塞川，将登太行雪满山。
闲来垂钓碧溪上，忽复乘舟梦日边[3]。
行路难，行路难，多岐路，今安在?
长风破浪会有时，直挂云帆济沧海[4]。

其二

大道如青天，我独不得出!
羞逐长安社中儿，赤鸡白狗赌梨栗[5]。
弹剑作歌奏苦声，曳裾王门不称情[6]。
淮阴市井笑韩信，汉朝公卿忌贾生[7]。
君不见昔时燕家重郭隗，拥篲折节无嫌猜。
剧辛乐毅感恩分，输肝剖胆效英才[8]。
昭王白骨萦蔓草，谁人更扫黄金台[9]?
行路难，归去来!

【注释】

[1] 清酒：美酒。斗十千：指酒价格的昂贵。珍羞：珍贵的菜肴。

[2] 箸：筷子。

[3] 垂钓碧溪：相传姜尚在磻溪垂钓，遇周文王而得重用。

[4] 长风破浪：据《南史·宗悫传》载：宗悫少年时，叔父询问他将来的志向，回答说："愿乘长风破万里浪。"后以此典故喻宏大抱负得以施展。济：渡。

[5] 社：古代基层行政单位，二十五家为一社。这里泛指市井。赤鸡白狗：指斗鸡走狗一类的赌博游戏。

[6] 弹剑作歌：据《史记·孟尝君列传》载：战国时冯谖为孟尝君门下食客，多次弹剑作歌，诉说自己的不被重视。曳裾：行步时提起衣服的前襟。这里喻指卑躬屈膝。

[7] "淮阴"句：汉初名将韩信，未成名时在家乡淮阴为里中少年侮辱，从其胯下爬行而过。"汉朝"句：西汉贾谊，年二十余即受汉文帝重用，招致朝廷权贵的排挤，被贬为长沙王太傅。

［8］“君不见”四句：用燕昭王招贤的典故。燕昭王为齐所败，发愤雪耻，先重用郭隗，剧辛、乐毅等有才之士接踵而来。拥篲（huī）折节：拿着扫帚在前扫除灰尘，屈身引路。表示十分尊敬。

［9］黄金台：相传燕昭王筑高台，置黄金于其上，招揽天下贤才。

【解读】

李白四十二岁时被玄宗招致长安，自以为可以宏图大展。岂知皇帝仅仅把他当作一位文学侍臣，在现实政治中李白无所作为。李白遗世独立的傲岸性格也使他难以融入官僚社会，他必定会被作为统治阶层的异类而受到排挤。李白因此感觉到人生道路的艰难险阻，一气写了三首《行路难》。这里选录前二首。第一首写滞留长安的日常生活和内心郁积的愤恨，再次表明个人的志向。李白出身富商，到长安后又很快得到皇帝与权贵的赏识，他的生活条件的确是非常优裕的，“金樽清酒斗十千，玉盘珍羞直万钱”并不算太夸张。然李白不满足于这种纵酒奢华的生活，“拔剑四顾”之际流露出内心的苦闷。诗人无论是“欲渡黄河”，还是“将登太行”，在现实中处处碰壁，无路可走。退隐下来，只好无奈垂钓碧溪了。“行路难，行路难”的痛苦呐喊中宣泄出满腔的愤恨。但是，诗人毕竟是乐观的，是永远进取的。诗歌的结尾，他依然表达了“长风破浪”的远大志向。

第二首完全倾诉现实碰壁的痛苦。诗人已经比较清醒地认识到自己必定失望而归的悲剧命运，内心的愤恨逐渐转为悲苦。开篇诗人就是从心灵深处爆发出来的痛苦的喊叫：“大道如青天，我独不得出。”诗人对此甚至不能理解，只能用古人来自我排解，冯谖、韩信、贾谊，哪一个都有过落魄失意的时候。当然，这些古人最终都得到了施展抱负的机会。李白的自我排解中依然包含着对未来的希望。所以，以下典故一转，变为燕昭王重用贤才的故事，诗人渴望自己在现实中也有如此际遇。回到眼前，诗人还是失望了，“归去来”的表白只是一种愤激之词，所表现的仅仅是诗人的极度失望心情而已。

长相思

长相思，在长安。

络纬秋啼金井栏，微霜凄凄簟色寒[1]。

孤灯不明思欲绝，卷帷望月空长叹，美人如花隔云端。

上有青冥之长天，下有渌水之波澜[2]。

天长路远魂飞苦，梦魂不到关山难。

长相思，摧心肝[3]。

【注释】

[1]络纬：又名“莎鸡”，俗名“纺织娘”。金井栏：精美的井栏。簟（diàn）：竹席。

[2]渌水：清澈之水。

[3]摧：极度损伤。

【解读】

以男女之情爱，写自己忠君报国的思想，写自己的政治抱负，这是从屈原《离骚》以来树立起的古典创作传统。这首诗开篇“长相思，在长安”的特定的指向，将诗歌带入一种特定的抒情氛围。“络纬秋啼”二句渲染秋思的凄寒环境，营造典型的“悲秋”情绪，以烘托以下的相思情怀。“孤灯不明”以下的相思细节描写，都可以看作是政治隐喻。秋日凄寒，长夜难眠，孤灯独守，卷帷望月，美人遥隔，天长路远，困难重重，可望而不可求。诗人对自己人生理想的追求，就陷入如此一种尴尬的境地。“上有青冥之长天，下有渌水之波澜”，无论上下，都无法追寻，无法跨越，即使借助“梦魂”也难以实现自己的目标，诗人对自己的追求有了一种绝望的情绪。“长相思，摧心肝”，就是强烈痛苦之后的一种必然结果。当然，读者也可以抛开诗歌的政治隐喻，将其作为一首纯粹的离别相思的爱情诗来阅读。

乌栖曲[1]

姑苏台上乌栖时，吴王宫里醉西施[2]。
吴歌楚舞欢未毕，青山欲衔半边日[3]。
银箭金壶漏水多，起看秋月坠江波[4]。
东方渐高奈乐何！

【注释】

[1]乌栖曲：古乐府名，属《西曲歌》。乌栖：乌鸦栖息的时候，代指黄昏。

[2]姑苏台：春秋时吴王阖闾所建，其子夫差继位后再度修筑，穷奢极欲。夫差与西施等嫔妃在此经常通宵达旦寻欢作乐。故址在苏州市西南姑苏山上。吴王：指夫差。

[3] 吴歌楚舞：泛指南方的歌舞。

[4]银箭金壶：古代计时工具，也称“铜壶滴漏”。铜壶盛水，壶底有小孔，水从空中滴漏而下。壶内又有刻度数的箭一枝，视水平面的变化以确定时间。

【解读】

这是一首咏古诗。统治者的穷奢极欲，带来最终的国破家亡、身败名裂，是历史上一而再、再而三演出的现实悲剧。古代诗人也多以此入诗，警戒专制统治者。此诗以春秋时期吴王夫差的典型经历为咏叹对象，再度提出奢侈亡国的问题。诗歌只是将笔墨集中在吴王通宵达旦的寻欢作乐之描写上，时间则集中在黄昏到次日清晨。黄昏来临时，吴王便与西施等宠妃开始在姑苏台上醉酒寻欢，伴之以吴歌楚舞。这样的作乐，一直持续到秋月坠落、东方渐亮。诗人不对这样的场景发表任何言论，一切留给读者或后人评说，讥讽或斥责之意甚明。专制社会的统治者从根本上来说，权力是不受制约的，因此欲望也不可制约。这样的历史悲剧一再发生，诗人也一再咏叹，然最终都是毫无效果的。

长干行

妾发初覆额，折花门前剧[1]。
郎骑竹马来，绕床弄青梅。
同居长干里，两小无嫌猜。
十四为君妇，羞颜尚不开。
低头向暗壁，千唤不一回。
十五始展眉，愿同尘与灰[2]。
常存抱柱信，岂上望夫台[3]？
十六君远行，瞿塘滟滪堆[4]。
五月不可触，猿声天上哀。
门前迟行迹，一一生绿苔。
苔深不能扫，落叶秋风早。
八月蝴蝶来，双飞西园草。
感此伤妾心，坐愁红颜老[5]。
早晚下三巴，预将书报家[6]。
相迎不道远，直至长风沙[7]。

【注释】

［1］剧：游戏。

［2］展眉：指坦然面对夫君，不再害羞。“愿同”句：化灰化尘都希望永远在一起，喻生死同心。

［3］抱柱信：据《庄子·盗跖篇》载：古代传说尾生与情人相约桥下相会，大水忽至，女子未到，尾生抱桥柱不去，被淹死。望夫台：据说思妇久立，眺望远方，渴望丈夫回家，以至化身为石。

［4］瞿塘：长江三峡之一。滟滪堆：瞿塘峡口中间的大礁石。

［5］坐：因为。

［6］三巴：巴郡、巴东、巴西的总称，相当于今四川东部。

［7］长风沙：地名，在今安徽安庆市东五十里江边。

【解读】

这首诗受民歌影响，完整地叙述了一个爱情、婚姻、离别、相思的故事。其中“青梅竹马”已经作为爱情发生状态的生动描述，在现代语言体系中保持着旺盛的生命力。这一对男女恋人是“同居长干”的乡邻，“两小无嫌猜”，长大之后自然过渡到婚姻。然而，欢聚之日短暂，离别之时漫长，这位女子很快就陷入了独守闺房的痛苦之中。诗人特意用“十四为君妇”“十五始展眉”“十六君远行”等系列数字排列，突出婚后幸福日子的短暂。诗歌的重点落在别后相思之情的抒写，至于为什么离别在诗歌中并不重要，所以，也没有做交代。分别之后，外界的猿声哀鸣、绿苔蔓生、秋风落叶、蝴蝶双飞，都触动女子的思亲愁怀。闺中妻子渴望着丈夫的书信，更渴望丈夫能够早日归来。如果能够有团聚一日，“相迎不道远，直至长风沙”。诗歌在女子强烈的思念情怀中结束。唐诗很少以婚姻和相思作为描写题材，这首诗在创作方面因此显得非常独特。

塞下曲

五月天山雪，无花只有寒。
笛中闻折柳，春色未曾看[1]。
晓战随金鼓，宵眠抱玉鞍。
愿将腰下剑，直为斩楼兰[2]。

【注释】

［1］折柳：乐府《横吹曲》中有《折杨柳》，曲调哀怨。

［2］楼兰：汉代西域国名。西汉傅之介前往楼兰，用计斩其王。这里泛指外族入侵之敌。

【解读】

李白的这首边塞诗写得神采飞扬、意气风发。“五月天山雪，无花只有寒”，这对初到边塞的诗人来说是多么新奇呀！以这样好奇的口气来描写，酷寒艰险的边塞环境一下子转变为奇异浪漫的异域风光，将士们不畏艰险的气概已包含其中。“笛中闻折柳，春色未曾看”，是进一步渲染边塞环境的恶劣。乐曲声应该引发人们的怨苦情怀，边塞的酷寒也让将士似乎不曾经历过春天。前四句艰苦环境的描写，都是为了反衬将士作战的勇猛。后四句写将士们艰苦卓绝的日夜奋战和“斩楼兰”的雄心壮志，顺理成章。将士“晓战”追随战鼓，“宵眠”依然紧抱马鞍，战斗生活异常紧张。但是，将士们依然斗志昂扬，对“斩楼兰”的胜利前景充满信心。诗人也是在借题写自己的个人抱负，生活在盛唐时期的李白依然是好战的。这样的抒情达意，就与岑参的边塞诗接近。

玉阶怨

玉阶生白露，夜久侵罗袜。
却下水精帘，玲珑望秋月[1]。

【注释】

[1]水精帘：即水晶帘，用透明晶体制成的垂帘。玲珑：晶莹明亮的样子。

【解读】

这首相思怨曲，短小精悍，意蕴深长。“玉阶生白露，夜久侵罗袜”，说明这位女子伫立凝望已经有很长很长的时间了。望而不见，无奈中放下“水精帘”，却仍然不愿上床休息，上床也必定是失眠。“玲珑望秋月”中寄托了无限的情思，是渴望月圆人亦圆，还是托明月寄相思？一切都留给读者品味。这是一首非常明确写女子相思的小曲，在盛唐极为少见。

静夜思

床前明月光，疑是地上霜。
举头望明月，低头思故乡。

【解读】

有人将“床前”解释为“井栏周围”，这样才能解释通月光直照地面的情景。这种解释比较合理。飘零在外，思念故乡，是人之常情。李白以最普通的景物与语言，写出人们最平常的情感，引起了最为广泛的共鸣。一轮明月，连接游子与故乡，也最能牵引出思乡愁绪。景物与语言的选择，看似寻常，却经过诗人的精心提炼。明人胡应麟说：“太白诸绝句，信口而成，所谓无意于工而无不工者。”（《诗薮·内编》卷六）这首诗就是一个典型的例子。

春　思

燕草如碧丝，秦桑低绿枝。
当君怀归日，是妾断肠时。
春风不相识，何事入罗帏？

【解读】

每当“燕草如碧丝，秦桑低绿枝”的春日初临之际，都要特别地牵引出情人的彼此相思之情。往日的春天，或许正是两人携手同游的好时光，今日怎不叫人痛断肠？“当君怀归日，是妾断肠时”，对比照应，双方的情感都是如此深厚。凄苦之余，便发出对春风的无理埋怨，怨春风擅“入罗帷”，撩拨人之相思痛苦。李白在盛唐，乃至在中国古代，都是一位思维最活跃、文化取向最自由的诗人，确实如天马行空、独往独来。这与李白具有外来文化背景的家庭环境密切相关。所以，李白受儒家影响稍浅，其诗在写男女情爱方面也时有率真之作。这首诗又是这方面一首佳作。

子夜吴歌·秋歌

长安一片月，万户捣衣声。
秋风吹不尽，总是玉关情。
何日平胡虏，良人罢远征？

【解读】

思妇关心远在边塞丈夫的起居冷暖，捣征衣、做征衣、寄征衣，就寄托了她们一腔的热情和满腹的思恋。边疆战事频繁，多家征人远戍他乡，以至一片捣衣声整齐响起。战争带来的妻离子散，不仅给闺妇以无穷的痛苦，也成为一个严重的社会问题。思妇们共同推出一个良好的愿望："何日平胡虏，良人罢远征。"这也是诗人对现实社会的良好祝愿。李白在这里换一个角度写男女相思之情，个人情感与重大社会问题相连接。

秋浦歌

白发三千丈，缘愁似个长[1]。
不知明镜里，何处得秋霜[2]？

【注释】

[1] 缘：因为。个：如此，这样。

[2] 秋霜：喻白发。

【解读】

李白的夸张惊心动魄。"白发三千丈"是不可能的，诗人解释了一下："缘愁似个长。"就将不可能转变为了可能。人内心的愁苦是无法衡量的，对人对事的愁苦程度也是不一样的。诗人化无形为有形，让人充分体验到他内心愁苦的深重。"不知明镜里，何处得秋霜"是补充，原来无端的感慨是因为览镜而生。诗人当然知道"得秋霜"的真实原因，只不过不想点破，以免无法遏制。李白擅长写绝句，以非常短小精悍的诗句表达无尽的情思，包含无尽的意蕴。

峨眉山月歌

峨眉山月半轮秋，影入平羌江水流[1]。
夜发清溪向三峡，思君不见下渝州[2]。

【注释】

［1］平羌江：即青衣江。峨眉山南临平羌江。

［2］清溪：清溪驿。在四川犍为县峨眉山附近。渝州：今重庆市。

【解读】

这首诗是李白青年时离蜀所作，清新明朗，音韵悠扬，心境开朗。峨眉山月晶莹明亮，倒影在平羌江水之中，随着水流而微微晃动。对家乡景物的欣赏中，带有一丝恋恋不舍之情感。“夜发清溪向三峡”，行舟速度极快，也显示出诗人心情的轻松愉悦。“思君”云云，毕竟是离别，摆脱不了对友人、其实是对故乡的挂恋。这首诗的巧妙之处还在于用一连串的地名构成诗句：峨眉、平羌、清溪、三峡、渝州，指示了诗人的行径，却全无枯燥罗列之感。

赠汪伦

李白乘舟将欲行，忽闻岸上踏歌声[1]。

桃花潭水深千尺，不及汪伦送我情[2]。

【注释】

［1］踏歌：歌唱时以脚踏地为节拍。

［2］桃花潭：在今安徽泾县西南。

【解读】

李白是重感情的，是容易被感动的。当他的乡村朋友汪伦赶来为他送行时，他不禁再次动情了。汪伦举止也极为潇洒，以踏歌声送别李白，与李白豪放的个性相契合，难怪诗人格外珍重。“桃花潭水深千尺，不及汪伦送我情”，随手以眼前景为喻，新颖贴切。李白真是有妙手成春的出色诗才。

闻王昌龄左迁龙标遥有此寄[1]

杨花落尽子规啼，闻道龙标过五溪[2]。
我寄愁心与明月，随风直到夜郎西[3]。

【注释】

［1］龙标：今湖南省黔阳县。

［2］五溪：指雄溪、樠溪、酉溪、沅溪、辰溪，都在今湖南省西部和贵州省东部。

［3］夜郎：古国名，在今贵州省西北部，及云南、四川、广西部分地区。这里泛指遥远的西南边地。

【解读】

友人被贬谪远去，诗人有着无限的牵挂。杨花落尽，春光已逝；子规啼叫，凄怨哀苦。在这样特定的时间里听说友人的坏消息，诗人顿时也是一片愁苦之情。路远无奈，只能托明月寄情，伴随友人到荒凉僻远的贬所。诗人深厚的情谊，也将追随明月而“直到夜郎西”了。李白的想象永远出人意表，“我寄愁心与明月，随风直到夜郎西”，对友人的深情和无限的牵挂，都得到淋漓尽致的表述。

梁园吟[1]

我浮黄河去京阙，挂席欲进波连山[2]。
天长水阔厌远涉，访古始及平台间[3]。
平台为客忧思多，对酒遂作梁园歌。
却忆蓬池阮公咏，因吟渌水扬洪波[4]。
洪波浩荡迷旧国，路远西归安可得？
人生达命岂暇愁？且饮美酒登高楼。
平头奴子摇大扇，五月不热疑清秋[5]。

玉盘杨梅为君设，吴盐如花皎白雪。
持盐把酒但饮之，莫学夷齐事高洁[6]。
昔人豪贵信陵君，今人耕种信陵坟[7]。
荒城虚照碧山月，古木尽入苍梧云[8]。
梁王宫阙今安在？枚马先归不相待[9]。
舞影歌声散渌池，空余汴水东流海[10]。
沉吟此事泪满衣，黄金买醉未能归。
连呼五白行六博，分曹赌酒酣驰晖[11]。
歌且谣，意方远。
东山高卧时起来，欲济苍生未应晚[12]。

【注释】

［1］梁园：园林名，又名“梁苑”“兔园”，西汉梁孝王刘武修筑。是梁孝王游乐和接待宾客的场所。故址在今河南开封市东南。

［2］京阙：指唐京城长安。挂席：扬帆。

［3］平台：台名，在梁园内。春秋时宋平公所建，梁孝王扩建。

［4］蓬池：池名，在今河南尉氏县。阮公：阮籍。阮籍《咏怀诗》其二十云：“徘徊蓬池上，还顾望大梁。渌水扬洪波，旷野莽忙忙。”

［5］平头奴子：戴平头巾的奴仆。平头，头巾名。

［6］夷齐：伯夷、叔齐。商末孤竹君的两个儿子。两人相互推让，不愿继位，后一齐投奔周。周灭商，两人不食周粟而死。

［7］信陵君：战国时魏国公子魏无忌，为战国著名四公子之一。曾窃取兵符，夺取军权，抗秦救赵。

［8］荒城：指战国七雄之一魏国的都城大梁，今河南开封。苍梧：山名，又名“九疑山”，在今湖南宁远县南。传说为仙人居所，上有白云飘浮。

［9］枚马：西汉著名文人枚乘、司马相如，都是梁园的座上客。

［10］渌水：指蓬池。

［11］五白：五子结白，为赌博胜采。古代“五木”赌博游戏，共有五子，上黑下白，投掷时得五子皆黑或皆白为胜采。六博：古代一种赌博游戏，共

有十二枚棋子，六黑六白。两人互搏，各持棋子六枚。

［12］东山高卧：谢安当年曾隐居东山。

【解读】

李白在长安一无所获，失意离去，东渡黄河，漫游梁园。此时，李白的心情异常复杂。首先，李白当然对现实感到愤恨乃至厌倦。黄河的波浪连山，诗人的厌倦远涉，回想阮籍的《咏怀诗》，都是这种心情的表现。其次，李白又感觉到非常迷茫。他一生以“大鹏”自比，渴望成为姜尚、诸葛亮式的辅佐帝王成就不朽事业的人物，有着坚定的入世思想。长安三年碰壁，政治理想难以实现，但是入世愿望依然强烈。离开京城后，诗人有点无所适从。黄河的洪波浩荡，让诗人迷失了回归京城的旧途，诗人牵挂着“西归安可得”，显示出愤恨背后的迷茫。再次，李白是潇洒的，是热爱生活的，是讲求享受的。既然仕途失意、心情郁悒，何不纵情享乐，宽慰自我？“人生达命岂暇愁”是李白的一贯生活态度。所以，李白在漫游途中便会开怀畅饮，有“平头奴子”伺候，有“玉盘杨梅”爽口。这时的李白，又变得鄙夷功名仕途。伯夷、叔齐的高洁自虐，李白不愿学习；信陵君的功业辉煌，到此时也无丝毫踪迹可寻。凡此种种，都让李白享受生活的态度变得更加坚决。这样的作为，是对愤恨、厌倦、迷茫的摆脱或超越。漫游梁园，自然追忆汉代梁孝王的诸多作为。当年的名士枚乘、司马相如已不知所在，梁王的宫阙也已成废墟，只有汴水永远东流入海。个体是渺小的，无论当时何等荣耀辉煌，终归尘土。李白只是在不断地自我安慰，力求从苦闷中解脱出来。“沉吟此事泪满衣”，内心的痛苦时而难以扼制。诗人分曹赌酒、掷子赌博、酣玩岁月，似乎已经在纵情声色中忘记一切痛苦。结尾却突然转变为“东山高卧时起来，欲济苍生未应晚”，以东晋名相谢安自比，入世愿望最终无法泯灭。

庐山谣寄卢侍御虚舟[1]

我本楚狂人，凤歌笑孔丘[2]。
手持绿玉杖，朝别黄鹤楼。

五岳寻仙不辞远，一生好入名山游。

庐山秀出南斗傍，屏风九叠云锦张，影落明湖青黛光[3]。

金阙前开二峰长，银河倒挂三石梁[4]。

香炉瀑布遥相望，回崖沓嶂凌苍苍[5]。

翠影红霞映朝日，鸟飞不到吴天长[6]。

登高壮观天地间，大江茫茫去不还。

黄云万里动风色，白波九道流雪山[7]。

好为庐山谣，兴因庐山发。

闲窥石镜清我心，谢公行处苍苔没[8]。

早服还丹无世情，琴心三叠道初成[9]。

遥见仙人彩云里，手把芙蓉朝玉京[10]。

先期汗漫九垓上，愿接卢敖游太清[11]。

【注释】

[1] 卢侍御虚舟：卢虚舟，字幼真，范阳（今北京一带）人。肃宗时曾任殿中侍御史。曾与李白同游庐山。

[2]“我本”二句：《论语·微子》载：楚狂人接舆曾过孔子车前讥讽而歌：“凤兮凤兮，何德之衰！”

[3] 秀出：突出，特别优秀。南斗：星宿名。古人认为南斗是寻阳的分野，庐山则在寻阳的附近。屏风九叠：庐山有屏风叠，在五老峰东北。这里同时指庐山山峰如屏风所画层层叠嶂。

[4] 金阙：金阙岩，在香炉峰西南。三石梁：据说庐山上有三道石梁，长数十丈，宽不到一尺。

[5] 香炉：香炉峰。沓（tà）：重叠。

[6] 吴天：吴地的天空。庐山一带古属吴国。

[7] 九道：据说长江流至庐山附近的寻阳分为九道。雪山：喻卷起的白浪。

[8] 石镜：据说庐山东山悬崖上有一块圆形石，可以照见人影，叫“石镜”。谢公：南朝诗人谢灵运，曾到庐山游玩过，他的《入彭蠡湖口》说：“攀崖照石镜。”

[9] 还丹：道家所炼的丹药。琴心三叠：《黄庭内经》中的术语，谓修炼

身心有了一定的功底。

[10] 玉京：道教称天神元始天尊所居之处在上天中心的玉京山。

[11]“先期”二句：据《淮南子·道应训》载：仙人卢敖游北海，见一人，邀结伴同游，此人笑着回答说：“我与汗漫相约在九垓之外，不能久留。”随即跳入云中而去。汗漫：神仙名，隐含不可知、没有边际之意。九垓（gāi）：九天。太清：道家指天空的最高处。

【解读】

“安史之乱”爆发之际，李白携妻子宗氏暂时隐居庐山，既是为了躲避战乱，也是为了相机而动，寻找适宜的报国立功的机会。机会终于来了。唐玄宗之子永王李璘，秉承父亲的旨意，在国家大乱之时欲有所作为，在所封之地招兵买马，招聘人才，李白也从庐山上被请了下来，参加了永王的幕府。李白非常兴奋，以为自己参与平定叛乱、建立个人盖世功勋的机遇终于被等到了。永王的作为，旋即被他的兄长肃宗定性为叛乱，聚集在永王身边的这股势力也被彻底剿灭。李白为此入狱，不久便受到了长期流放夜郎的处置。乾元二年（759），李白在流放途中接到了朝廷的大赦令，大喜过望，顺江而下，与家人团聚。次年，李白再度游览庐山，写下了这首《庐山谣》。

报国之心不被理解，反而因此获罪，诗人是悲愤的，是激越的。诗人只能借山水抚慰自己受伤的心灵，企图用庐山秀美的风光来超脱现实，忘却自身的苦恼。一生频频遭受挫折的诗人，已经由傲岸转为狂放，蔑视礼法的独立不羁精神被进一步凸现出来，连儒家的老祖宗孔子他也敢放歌嘲笑。嘲笑了孔子，也就是摒弃了儒家执着的入世求仕精神。李白以前也向往隐逸，他的《望庐山瀑布》之一说：“而我乐名山，对之心益闲。无论漱琼液，且得洗尘颜。”《秋下荆门》说：“此行不为鲈鱼脍，自爱名山入剡中。”那时候，李白的心境是平和的，愉悦的，他有着以隐求仕的目的。游历名山大川的生活，既与李白喜爱自然山水的不羁个性相吻合，同时也是为了走出一条做官的“终南捷径”。所以，他才会经常以隐居东山的谢安自比，说：“谢公终一起，相与济苍生。”（《送裴十八图南归嵩山》）“东山高卧时起来，欲济苍生未应晚。”（《梁园吟》）李白这时嘲笑的只是“白发死章句，问以经济策，茫如坠烟雾”

(《嘲鲁儒》)的腐儒，对孔子的济世之说还是拳拳服膺的。

经过晚年入狱、流放这一场沉重打击，李白的求仕之意淡化，对世俗与现实更多地表现出一种桀骜不驯的精神。这次李白“手持绿玉杖，朝别黄鹤楼”，当然还是因为“五岳寻仙不辞远，一生好入名山游”的个性所导致，也是对现实几近绝望的一种姿态。名山之中，李白最爱庐山，曾多次隐居于此。因为庐山有奇秀神异的风光，峰峦叠翠，明湖掩映，瀑布倒挂，松柏苍苍，周围还有环绕蜿蜒而去的大江。李白曾经多次表示自己希望隐居于庐山，《望庐山五老峰》说：“庐山东南五老峰，青天削出金芙蓉。九江秀色可揽结，吾将此地巢云松。”《望庐山瀑布》之二说：“日照香炉生紫烟，遥看瀑布挂前川。飞流直下三千尺，疑是银河落九天。”更是脍炙人口。陶醉于庐山的美境，诗人决心追随神仙遨游，飘飘然凌空而去了。诗人此时表达的是一种终老庐山山水之间的愿望。在家国动乱危难之际，一个一生雄心勃勃的诗人，最后的心愿居然是“先期汗漫九垓上，愿接卢敖游太清”，看似潇洒，实际上是一个非常痛苦的抉择。诗歌开篇的“凤歌笑孔丘”正是这样一种痛苦的发泄。李白在《赠蔡山人》诗里有如此悲愤的自白：“我本不弃世，世人自弃我。”根据这一点理解李白的这首诗，知道他的下定决心仍然是无奈中的愤恨牢骚语。

春夜洛城闻笛

谁家玉笛暗飞声，散入春风满洛城[1]。
此夜曲中闻折柳，何人不起故园情[2]？

【注释】

[1] 洛城：洛阳城，是唐代的东都。

[2] 折柳：即《折杨柳》，乐府《鼓角横吹曲》调名。内容多写离别相思的愁苦意绪。

【解读】

洛阳在唐朝是一个繁华的大都市。春日夜晚，白日的欢闹渐渐过去，万籁俱寂，和煦的春风阵阵吹来。诗人无心赏识户外的夜色、夜景，只是在屋中枯坐。然而，户外的玉笛声随风潜入，而且，今夜玉笛吹奏的偏偏又是哀愁怨苦的《折杨柳》乐府曲子。诗人的心事被牵动了，他再也无法抑制自己对故乡的思念之情了。

李白少年时代就志在四方，大约十五岁就开始离家漫游，自称“十五游神仙，仙游未曾歇”。古人看重“读万卷书，行万里路”，李白的漫游也是为了增长见识，揄扬名声，寻找进入仕途的捷径。大约二十岁前后，李白在蜀中各地畅游。开元十四年（726），李白觉得时机已经成熟，可以真正离开家乡，外出寻找建功立业的机会了，便“仗剑去国，辞亲远游”，告别四川家人。其间，他到过洞庭、襄汉、庐山、金陵、扬州、洛阳、龙门、嵩山、太原、齐鲁、泰山等等地方，足迹几乎踏遍半个中国。到写这首诗歌的时候，李白离开四川故园已经有九年时间了，如果从十五岁漫游算起，李白离家的时间就更加久远。

漫游求仕是李白终生孜孜追求的人生目标，但这并不能排除诗人对故园的思念。李白的《静夜思》说：“床前明月光，疑是地上霜。举头望明月，低头思故乡。”就是中国古代诗歌史上最为有名的思乡曲。今夜闻笛，诗人同样难禁思乡之情苦。悠悠而无法排解的愁绪，似乎也随着春风弥漫，无边无际。整首诗歌李白紧紧扣住“闻”字，仿佛今夜的愁苦都是由“闻”笛而产生。事实上，这种情感一直深埋在诗人的心底，一有外界情景的触动，就要爆发出来。今夜的笛声，只是一个感情的导火索罢了。

上李邕[1]

大鹏一日同风起，扶摇直上九万里[2]。
假令风歇时下来，犹能簸却沧溟水[3]。
时人见我恒殊调，见余大言皆冷笑[4]。
宣父犹能畏后生，丈夫未可轻年少[5]。

【注释】

［1］李邕：字泰和，江都（今江苏江都县）人，盛唐名臣。唐玄宗时任

北海（今山东益都县）太守，世称“李北海”。

［2］大鹏：传说中的大鸟。扶摇：自下而上的旋风。庄子《逍遥游》：“有鸟焉，其名为鹏，背若泰山，翼若垂天之云，抟扶摇羊角而上者九万里，绝云气，负青天，然后图南，且适南冥也。”

［3］沧溟：大海。

［4］殊调：与众不同的言论。

［5］宣父：孔子。唐贞观十一年（637），诏令尊孔子为宣父。丈夫：年长者，这里指李邕。年少：李白自指。

【解读】

李白是极度自信的，他在干谒李邕、投书自荐时，直接拿大鹏自比。而且，自称可以冲天而飞，“扶摇直上九万里”；即使停歇下来，也能颠簸起大海的滔天波浪。换句话说，李白认为自己是有大才能、能够做大事情、成就大事业的人物。中国传统文化强调自谦，鄙视自我炫耀，称之为“自大”“自满”。李白这样表白自己，显然与传统文化不相吻合。所以，以下四句李白赶紧自我辩白。当时的人固然都嘲笑李白大言，嘲笑李白的与众不同。但是，孔子当年也知道后生可畏，李邕又非同常人，应该理解李白的志向，欣赏李白的才能。这是李白的期望，也是他这次干谒的目的。

梦游天姥吟留别[1]

海客谈瀛洲，烟涛微茫信难求[2]。
越人语天姥，云霓明灭或可睹。
天姥连天向天横，势拔五岳掩赤城[3]。
天台四万八千丈，对此欲倒东南倾[4]。
我欲因之梦吴越，一夜飞度镜湖月[5]。
湖月照我影，送我至剡溪[6]。
谢公宿处今尚在，渌水荡漾清猿啼[7]。
脚著谢公屐，身登青云梯[8]。

半壁见海日，空中闻天鸡[9]。

千岩万转路不定，迷花倚石忽已暝。

熊咆龙吟殷岩泉，栗深林兮惊层巅[10]。

云青青兮欲雨，水澹澹兮生烟。

列缺霹雳，丘峦崩摧[11]。

洞天石扉，訇然中开[12]。

青冥浩荡不见底，日月照耀金银台[13]。

霓为衣兮风为马，云之君兮纷纷而来下。

虎鼓瑟兮鸾回车，仙之人兮列如麻[14]。

忽魂悸以魄动，恍惊起而长嗟[15]。

惟觉时之枕席，失向来之烟霞。

世间行乐亦如此，古来万事东流水。

别君去时何时还，且放白鹿青崖间，须行即骑访名山[16]。

安能摧眉折腰事权贵，使我不得开心颜[17]。

【注释】

[1] 天姥：山名，在今浙江新昌县东。

[2] 瀛洲：传说中东海上的仙山。信：确实，实在。

[3] 赤城：山名，在今浙江天台县境内。

[4] 天台：山名，在今浙江天台县北。

[5] 镜湖：又称“鉴湖”或“庆湖”，在今浙江绍兴市。

[6] 剡（shàn）溪：曹娥江的上游，在今浙江省嵊县。

[7] 南朝诗人谢灵运游览天姥山，曾在剡溪住过。其《登临海峤》说：“暝投剡中宿，明登天姥岑。”

[8] 谢公屐（jī）：谢灵运特制的登山木鞋，鞋底装有活动锯齿。上山时去掉前齿，下山时去掉后齿。

[9] 天鸡：传说东南方有桃都山，山上有天鸡，每日清晨，天鸡啼叫，天下雄鸡也随之啼鸣。

[10] 殷：声音宏大。栗：战栗，恐惧。

［11］列缺：闪电。霹雳：响雷。

［12］洞天：道家称神仙居所为洞天。石扉：石门。訇（hōng）然：形容声音宏大。

［13］青冥：天空。金银台：传说中神仙所居住的楼台。

［14］列如麻：指降临的仙人多如麻。

［15］悸：心惊。

［16］白鹿：传说中仙人的坐骑。

［17］摧眉折腰：形容卑躬屈膝，低头服侍。

【解读】

这首诗融记梦、游仙、山水为一体，充分显露了李白自由奔放、不受现实规范的精神品格。向往已久，才能梦中神游，诗歌因此从自己的向往之情写起。传闻中的天姥山，高耸云霄，气度非凡，具有名山大川的宏伟气魄。“我欲因之梦吴越”以下，进入梦境。梦的世界是变幻莫测、缤纷多彩的。有时是湖月相映，渌水荡漾，海日升空，天鸡高唱，一片清新秀美、灿烂明丽的景色；有时又是石径盘旋，山深幽暗，“迷花倚石”，“熊咆龙吟”，奇异迷离。渐渐地乌云沉沉，天空欲雨，越来越阴森恐怖。随着霹雳雷声，景致陡转，情调再次变为开朗欢快。此时，日月照耀，仙人纷纷降临，色彩绚丽，光辉夺目。在这种游山水、游仙的极度欢快中，诗人恍然惊醒，跌落到现实世界。有了这样一番梦中神奇经历的诗人，就更不愿意与世俗同流合污了，人生失意涌上心头时，就决意“且放白鹿青崖间，须行即骑访名山”了。其中，除了对名山仙境的向往之外，更是对现实的蔑视，对权贵的抗争。李白一生都是傲岸不群的，最终也不会向权贵低头。“安能摧眉折腰事权贵，使我不得开心颜”，是李白真实精神状态的描写，也是李白桀骜不驯的宣言。李白根本就不是被儒家等级观念所驯服了的传统意义上的知识分子。

金陵酒肆留别

风吹柳花满店香，吴姬压酒唤客尝［1］。

金陵子弟来相送，欲行不行各尽觞。

请君试问东流水，别意与之谁短长？

【注释】

［1］吴姬：吴地女子。这里指酒店里劝酒的侍女。压酒：压榨酒糟以取酒。

【解读】

李白非常擅长以眼前的平常景色，烘托当时的心境、情感，自然流畅，新颖别致，获得非同寻常的艺术效果。今日告别金陵，金陵的一群子弟来相送，本来是很常见的。但是，李白通过风吹柳花、满店飘香的环境设置，吴姬压酒、热情劝客的人情风俗，已经透露了自己恋恋不舍之意。结尾以“东流水”比喻别情，就将此时的情感表现得淋漓尽致。《苕溪渔隐丛话》引《诗眼》：“好句须要好字，如李太白诗‘吴姬压酒唤客尝’，见新酒初熟、江南风物之美，工在‘压’字。”

登金陵凤凰台[1]

凤凰台上凤凰游，凤去台空江自流。

吴宫花草埋幽径，晋代衣冠成古丘[2]。

三山半落青天外，二水中分白鹭洲[3]。

总为浮云能蔽日，长安不见使人愁。

【注释】

［1］金陵：今南京市。凤凰台：故址在南京凤凰山。相传南朝宋元嘉年间有凤凰集于此山，于是筑凤凰台。

［2］吴宫：三国吴的宫殿。吴国首先在金陵建都，修有宫殿。晋代：指东晋。晋室东渡后，也建都于金陵。衣冠：指名门世族。古丘：古墓。

［3］三山：在南京西南长江边上，因三峰并列得名。白鹭洲：长江中的沙洲，在南京水西门外。

【解读】

这是一首登临怀古诗。金陵曾是六朝的故都，在这里演出过多少轰轰烈烈的历史盛衰悲剧。李白登上金陵凤凰台，便有许多感慨涌上心头。凤凰台上，凤去台空，历史就是这样的流逝、改变。三国吴、东晋先后在金陵建都，现在只剩下花草茂盛的幽径和名门世族的古墓。眼前“三山半落青天外，二水中分白鹭洲”，景物依然，不因人事的转移而有所改变。一种物是人非之感触目而来。“总为浮云”二句从怀古回到现实，现实社会中统治者不懂得使用诗人这样的人才，潜藏着与六朝一样的隐忧。这是诗人怀古诗的真实目的。七律要求对仗，格律谨严，这从本质上不符合李白洒脱随意的个性，所以，李白七律作品极少。李白存诗九百九十四首，七律只有八首，更似“歌行短章”。这首七律确实是十分成功的作品，在李白诗歌中显得难能可贵。

黄鹤楼送孟浩然之广陵[1]

故人西辞黄鹤楼，烟花三月下扬州[2]。
孤帆远影碧空尽，惟见长江天际流。

【注释】

[1] 黄鹤楼：故址在今湖北武昌。广陵：扬州。

[2] 烟花：指春天繁花似锦的景色。

【解读】

这是一首送别名作。在长江旁边黄鹤楼之前，诗人送别友人。友人辞别黄鹤楼，乘舟已经逐渐远去；诗人依然恋恋不舍，伫立在江边，目送着孤帆消失在天的尽头。这一伫立凝望，是诗人对友人的无限牵挂，是深厚友情的流露。孟浩然比李白大十几岁，是长一辈的诗人，他们相互间有很深的友谊。李白曾有《赠孟浩然》说：“吾爱孟夫子，风流天下闻。红颜弃轩冕，白首卧松云。醉月频中圣，迷花不事君。高山安可仰，徒此揖清芬。”

江上吟[1]

木兰之枻沙棠舟，玉箫金管坐两头[2]。
美酒尊中置千斛，载妓随波任去留[3]。
仙人有待乘黄鹤，海客无心随白鸥[4]。
屈平词赋悬日月，楚王台榭空山丘[5]。
兴酣落笔摇五岳，诗成笑傲凌沧洲[6]。
功名富贵若长在，汉水亦应西北流。

【注释】

[1] 江上：指汉江。

[2] 木兰：香木名。枻：船桨。沙棠舟：据《述异记》载：汉成帝曾用沙棠木为舟。沙棠树产于昆仑山，食其果实，入水不沉。

[3] 斛：量器名。古代十斗为一斛。

[4]“仙人”句：传说仙人王子安曾乘黄鹤经过湖北武昌黄鹤楼；一说三国蜀费文祎曾在此楼乘黄鹤登仙。崔颢《黄鹤楼》：“昔人已乘黄鹤去，此地空余黄鹤楼。”“海客”句：《列子·黄帝》载：海上有人好鸥，与鸥相嬉。其父欲其捕鸥，明日海上鸥舞而不下。

[5] 屈平：屈原，名平。

[6] 五岳：指东岳泰山、西岳华山、南岳衡山、北岳恒山、中岳嵩山。沧州：水边。古代常指隐士或神仙居住的地方。

【解读】

这首诗能够典型表现李白的生活态度，以及他认为的理想的生活境界。李白天生是不受拘束的，如果让他率意选择自己的生活方式，一定是那种富裕而又自由自在的生活。乘坐木兰、沙棠制作的舟船，有玉箫金笛音乐陪伴，有美人歌妓随行，有喝不完的美酒，随波任意漂流，这在李白看来是最潇洒最自在最理想的生活方式。李白此处或许在写自己一次出游的经历，更是在写自己理想的生活境界。有了这样的生活，乘鹤归去的仙人、海边狎鸥的无心隐士，都不值得羡慕，都不是李白希望选择的生活方式。李白的求仕愿望，是儒家文化熏陶的结果，是盛唐社会激励的结果，却与李白的本性有一定距离。放下刻意的仕途追求，李白便认识到出众的诗才可以让自己不朽。正如屈原的词赋，如日月永远高悬，后人仰望崇拜。地位、权力、富贵都远远超过屈原的楚王，则随时间而腐烂，当年的歌舞台榭已经化作空落山丘。“兴酣落笔摇五岳，诗成笑傲凌沧洲”，颇能显示李白诗歌的气势和作风，是诗人的自白或自傲。结尾两句是诗人对现实生活的透彻认识。正因为功名富贵不能长在，更说明眼前“载妓随波任去留”生活的合理。这是李白再次肯定自己的理想生活方式。

渡荆门送别

渡远荆门外，来从楚国游[1]。
山随平野尽，江入大荒流。
月下飞天镜，云生结海楼[2]。
仍怜故乡水，万里送行舟[3]。

【注释】

[1] 荆门：山名，在今湖北宜都西北，长江南岸。楚国：泛指长江中下游地区，春秋战国时属楚国。

[2] 天镜：喻倒映在水中的一轮圆月。海楼：海市蜃楼。

[3] 怜：爱。

【解读】

这是青年李白离蜀时所作。诗人满怀豪情，辞别故乡，乘舟出蜀，开始了为实现个人理想抱负的壮游生活。他的第一个目的地是属于古代楚国的两湖地区。诗人兴致勃勃地观赏沿途景色，“山随平野尽，江入大荒流”，写出长江两岸的风景特色：山岭连绵起伏，一直延伸到广袤的平原；江水奔腾流淌，穿过了荒凉开阔的原野。胡应麟《诗薮》称赞这两句说：“太白壮语也。”随着江水流淌的减缓，月亮的倒影在江中如一面飞镜；江面雾气蒸腾，云彩变幻，结成了海市蜃楼般的奇景。诗人以欣喜的心情，陶醉于沿途所见的美景。结尾落实到对故乡的眷恋，这是每一位离乡者所难免的。

宣州谢朓楼饯别校书叔云[1]

弃我去者昨日之日不可留，乱我心者今日之日多烦忧。
长风万里送秋雁，对此可以酣高楼[2]。
蓬莱文章建安骨，中间小谢又清发[3]。
俱怀逸兴壮思飞，欲上青天览明月[4]。
抽刀断水水更流，举杯消愁愁更愁。
人生在世不称意，明朝散发弄扁舟[5]。

【注释】

［1］宣州：今安徽宣城。谢朓楼：又名“谢公楼”或“北楼”，南齐诗人谢朓官宣城太守时所建。校书：官名，秘书省校书郎。李白族叔李云此时任此职。

［2］酣：畅饮。

［3］蓬莱文章：指李云的文章。蓬莱为海上神山，据说仙家秘籍都珍藏于此，时人用来代指皇家藏书处秘书省。建安骨：建安风骨。东汉末年建安诗人的作品慷慨激昂、深沉悲壮，这种时代作风被称为“建安风骨”。小谢：即谢朓。人称谢灵运为“大谢”，将谢朓与之并称。清发：清新秀丽。用谢朓的诗风来称赞李云的作品。

［4］逸兴：超凡脱俗的兴致。

［5］散发：脱去簪缨，指不受任何生活拘束。弄扁舟：指归隐江湖。

【解读】

在现实中频受挫折、心中蓄积了诸多郁愤之后，诗人有时就不加抑制地喷薄而出。这首诗开篇就用十一字的长对偶句，不可阻挡地倾诉内心的郁闷和对现实的强烈愤懑不平，形式上极端自由，体现了诗人自由的灵魂。“长风”

二句，写与族叔的饯别，豪迈洒脱，并不因现实挫折而略显颓唐。“蓬莱文章建安骨，中间小谢又清发”，是对族叔文章的评价，也是李白审美趣好的表达。酒酣之际，顿生“逸兴壮思”，诗人恍然之间脱离了现实人世，“欲上青天览明月”了。从幻想回到现实，反差是如此大，诗人的愁苦之情当然不可能解脱了。“抽刀断水水更流，举杯消愁愁更愁”，是多少人共同体验过的情感境界，被李白新颖贴切地描述出来。这两句也就成了千古传诵的名句。既然现实如此不可为，剩下只有“明朝散发弄扁舟”这一条归隐之路了。李白可以如此高喊，但永远无法在行动上彻底落实，李白毕竟成长于盛唐。

答王十二寒夜独酌有怀

昨夜吴中雪，子猷佳兴发[1]。
万里浮云卷碧山，青天中道流孤月。
孤月沧浪河汉清，北斗错落长庚明[2]。
怀余对酒夜霜白，玉床金井冰峥嵘[3]。
人生飘忽百年内，且须酣畅万古情。
君不能狸膏金距学斗鸡，坐令鼻息吹虹霓[4]。
君不能学哥舒横行青海夜带刀，西屠石堡取紫袍[5]。
吟诗作赋北窗里，万言不直一杯水[6]。
世人闻此皆掉头，有如东风射马耳[7]。
鱼目亦笑我，谓与明月同。
骅骝拳跼不能食，蹇驴得志鸣春风[8]。
折杨皇华合流俗，晋君听琴枉清角[9]。
巴人谁肯和阳春，楚地由来贱奇璞[10]。
黄金散尽交不成，白首为儒身被轻。
一谈一笑失颜色，苍蝇贝锦喧谤声[11]。
曾参岂是杀人者，谗言三及慈母惊[12]。
与君论心握君手，荣辱于余亦何有？
孔圣犹闻伤凤麟，董龙更是何鸡狗[13]？

一生傲岸苦不谐，恩疏媒劳志多乖[14]。
严陵高揖汉天子，何必长剑拄颐事玉阶[15]？
达亦不足贵，穷亦不足悲。
韩信羞将绛灌比，祢衡耻逐屠沽儿[16]。
君不见李北海，英风豪气今何在[17]？
君不见裴尚书，土坟三尺蒿棘居[18]。
少年早欲五湖去，见此弥将钟鼎疏[19]。

【注释】

[1]“昨夜”二句:《世说新语·任诞门》载:山阴王子猷大雪夜思念剡溪友人戴逵,乘舟前去拜访,经宿方至戴逵门前,未入门而返。他人询问原因,子猷回答说:“吾本乘兴而行，兴尽而反，何必见戴？”这里以王子猷喻友人王十二。

[2]沧浪:清苍色。长庚:古代将黄昏时刻出现于西方的金星称为“长庚星”。

[3]玉床:指井栏，在月光映照下洁白如玉。

[4]狸膏:狐狸的油。据说鸡惧怕狸捕食，闻狸气味而逃。所以斗鸡时特意将狸膏涂在鸡的头上，以恐吓对方。金距:套在鸡爪上的金属品，使鸡爪更加锋利。坐:因而。鼻息吹虹霓:喻斗鸡者的气焰熏天。

[5]“学哥舒”二句:玄宗时名将哥舒翰为立功邀赏，率大军强攻吐蕃石堡城，牺牲无数，得朝廷嘉奖。时西北民谣说:“北斗七星高，哥舒夜带刀。吐蕃总杀尽，更筑两重濠。”紫袍:唐三品以上官服。

[6]直:通“值”。

[7]东风射马耳:喻世人无法理解王十二的诗赋，有如东风吹进马耳。

[8]骅骝:骏马。拳跼:局束而不得施展。蹇（jiǎn）驴:跛驴。

[9]折杨、黄华:古代民间流传的两种俗曲。晋君听琴:《韩非子·十过》载，晋平公请师旷奏清角，师旷言此调为黄帝所制，今晋君德薄，听之有祸。晋平公坚持要听，结果风雨大作，晋平公受惊病倒，晋国大旱三年。

[10]“巴人”句:战国宋玉在答楚王问时说，郢都有歌《下里巴人》，应

和者数千人；歌《阳春白雪》，应和者只有数十人，所谓曲高和寡。“楚地”句：据《韩非子·和氏》载，和氏得璞玉先后献给楚厉王、楚武王，二王不识美玉，分别砍断和氏的左足与右足。楚文王即位，才发现和氏所献乃美玉。

［11］苍蝇：喻谗言小人。锦贝：有文采的贝壳，喻巧言诋毁。喧谤声：诽谤声喧腾。

［12］“曾参”二句：据刘向《新序》载：与曾参同名者杀人，有人走告曾参母亲，前二次曾母都不相信，当第三人告诉曾母时，她终于相信了，越墙而逃。

［13］“孔圣”句：据说孔子晚年听说捕获麒麟的事情，感伤说：“吾道穷矣。”古人认为凤凰与麒麟都是祥瑞之物，在太平盛世才能出现。“董龙”句：据《十六国春秋》载，前秦右仆射董龙，以佞幸得宠，司空王堕斥之曰：“董龙是何鸡狗，而令国士与之言乎！”

［14］傲岸：高傲。不谐：与世俗不合。媒：引荐者。劳：徒劳。乖：违背。

［15］“严陵”句：东汉严光，字子陵，少与光武帝刘秀同学。刘秀为帝，召见严光，严光长揖不拜，不行君臣之礼。拄：支撑。颐：下颔。

［16］“韩信”句：汉初名将韩信，初封楚王，后降为淮阴侯，经常称病不朝，自言羞与绛侯周勃、颍阴侯灌婴等同列。“祢衡”句：东汉末年祢衡，生性孤僻高傲，有人问他何不与当时名士交往，回答说：“吾焉能从屠沽儿耶？”屠沽儿：杀猪卖酒之徒。

［17］李北海：唐北海太守李邕，名重天下，为李林甫所害。

［18］裴尚书：唐刑部尚书裴敦复，有战功，与李邕同时被李林甫所害。蒿棘：杂草。

［19］钟鼎：即钟鸣鼎食，喻荣华富贵。

【解读】

这首诗赠答友人，抒发了复杂的思想情感。开篇设想友人想念自己的情景，借用“雪夜访戴”的典故表达。面对好友，诗人便敞开心扉，吐露心声了。首先，诗人愤恨贤愚不分、是非颠倒的不合理现实。斗鸡邀宠的小人、屠杀起家的武将，都得朝廷重用，而才华横溢、名重天下的李邕、裴敦复，反而备受排挤，被迫害致死。滔滔浊世，都是鱼目与明珠不分、下里巴人与阳春白雪不辨的没有见识者，诗人的高才受抑便是意料之中的事了。其次，诗人叙述了现实中自己的屡屡碰壁，“黄金散尽交不成，白首为儒身被轻”的世态炎凉，以及谗言屡至、苍蝇喧谤的危险处境。诗人也明白，自己的失败是性格所造成的必然悲剧，“一生傲岸苦不谐，恩疏媒劳志多乖”，就是对生平遭遇原因的探索和归纳。但诗人并不因此改变自己的行为态度，他以严子陵、韩信、祢衡等古人自比，明确表示要信守做人的原则，不与世俗同流合污。经过认真思考，诗人对官场更加失望，归隐“五湖”的念头更加强烈了。诗人这是告诉友人自己今后的打算与志向，其间充塞着的依然是牢骚不平。

望庐山瀑布

日照香炉生紫烟，遥看瀑布挂前川[1]。
飞流直下三千尺，疑是银河落九天。

【注释】

［1］香炉：香炉峰，在庐山西北。

【解读】

观赏庐山瀑布，诗人以奇特的夸张、出人意表的想象、与众不同的比喻，让读者获得了全新的审美享受。将飞流直下的瀑布比作银河落九天，写出了瀑布高空直落、不可阻挡的壮观气势，雄奇瑰丽，新人耳目。

望天门山[1]

天门中断楚江开，碧水东流至此回。
两岸青山相对出，孤帆一片日边来。

【注释】

[1] 天门山：在今安徽省当涂县西南长江两岸。长江西岸称“西梁山”，东岸称“东梁山”，两山隔江对峙，形似天门。

【解读】

天门山隔江对峙，仿佛被江流中断。诗人抓住景物特征，寥寥数笔，就将其轮廓勾画出来。天门山形势的奇险壮观、江流的汹涌奔腾，宛在眼前。乘舟江中而行，“两岸青山相对出”，变静景为动景，画面平添生趣。诗人乘一片孤帆，就有了乘风破浪的豪迈感受。李白对大自然的美景有敏锐的感受、迅捷的捕捉、精妙的描写，这在他诸多写景的七言绝句中有突出的表现。

哭晁卿衡[1]

日本晁卿辞帝都，征帆一片绕蓬壶[2]。
明月不归沉碧海，白云愁色满苍梧[3]。

【注释】

[1] 晁卿：晁衡，原名阿倍仲麻吕。唐开元五年（717）来长安求学。学成后出仕唐朝，历任左拾遗、左补阙、左散骑常侍、安南都护等职。天宝十二年（753），以唐朝使者身份随日本使臣藤原清河等分别乘船回国。在琉球附近遇风暴，船只倾覆，误传晁衡遇难。其实，晁衡漂流到越南一带，天宝十四年（755）又回到长安。

[2] 蓬壶：蓬莱，传说中东海上的神山。这里代指日本。

[3] 苍梧：山名，又名九疑山，在今湖南宁远县南。传说为仙人居所，上有白云飘浮。

【解读】

唐朝与日本国有着友好的往来。日本多次派遣使臣出使唐朝，诸多日本学者也居留长安，求学生活，晁衡是其中的一员。晁衡长期在中国生活，与中国许多名士结下深厚的友谊，李白便是其友人之一。当李白误听晁衡遇难消息之后，对友人的思恋和痛悼之情不可遏制。李白以“蓬壶”喻晁衡的家园，以“苍梧”想象晁衡的去所，以“明月”比晁衡，既写出晁衡的人品光洁、才能出众，又写出李白的一片深情。日本国在海外，诗人多凭想象落笔，想象又正是李白的特长，这首诗因此写得情致绵绵而又新颖别致。

早发白帝城[1]

朝辞白帝彩云间，千里江陵一日还[2]。
两岸猿声啼不住，轻舟已过万重山。

【注释】

［1］白帝城：故址在今四川省奉节县白帝山上。

［2］江陵：今湖北江陵。

【解读】

诗人晚年流放夜郎，中途遇赦放还，心情格外轻松愉快。顺长江而下，行程也变得十分迅捷。诗人用极度夸张的手法写行舟速度，突出的是自己亟欲还乡、再见亲人的急迫心情。两岸猿声，本来给人凄怨悲苦的感受，此时诗人也无暇顾及。“轻舟已过万重山”之喜悦中，与亲人见面就在眼前了。李白的生活态度确实是极其洒脱而又激情奔放，现实中的磨难或挫折总是不能消减他的生活热情。一生寻求报国的机会，“安史之乱”爆发后特别渴求驰骋战场、杀敌卫国，却被牵累到谋反案件之中而遭流放。此时，李白年事渐高，诗人自言：“平生不下泪，于此泣无穷。”（《江夏别宋之梯》）然而，一旦被赦免，诗人立即变得如此欢快、如此轻松，生活的热情重新高涨。李白临终之时，尚欲请缨杀贼。这就是个性突出的李白，永远激情洋溢、不放弃理想追求的李白！

月下独酌

花间一壶酒，独酌无相亲。
举杯邀明月，对影成三人。
月既不解饮，影徒随我身[1]。
暂伴月将影，行乐须及春[2]。
我歌月徘徊，我舞影零乱。
醒时同交欢，醉后各分散。
永结无情游，相期邈云汉[3]。

【注释】

[1] 解：懂得。

[2] 将：偕、同。

[3] 无情：忘情。相期：相约。邈：高远。

【解读】

花下独自饮酒，诗人充分品尝了人生的孤独。诗人不说现实中到处碰壁，不说世无知音，而是在月夜花间，举杯邀月，对着明月、对着自己的身影，起舞畅饮，一切皆在不言之中。然明月与身影毕竟是无知之物，“我歌月徘徊，我舞影零乱”，它们最终也无法使诗人摆脱孤独。一番起舞痛饮的努力之后，反而更加孤独了。一旦酒尽人醒，孤独感将重新淹没诗人，所谓“醒时同交欢，醉后各分散”。诗人在现实中无法摆脱这样的孤独，只能期望到神仙世界里去寻找逍遥自在的生活了。月亮，在那个世界里一定能够与自己“永结无情游”，诗人也就可以永远摆脱孤独了。天才的诗人，在现实中一定会时时品尝孤独的。李白此诗能将这种孤独感形象地呈现在读者眼前。

独坐敬亭山[1]

众鸟高飞尽，孤云独去闲。

相看两不厌，只有敬亭山。

【注释】

[1] 敬亭山：在今安徽宣城县北。

【解读】

这是一个分外冷清孤寂的环境，周围没有一点安慰诗人的景物。“众鸟”“飞尽”，“孤云独去”，万籁俱寂。摒却一切景物与声响，诗人沉浸在这孤独的世界之中，享受着孤独的苦痛。此时，只有默默相对的敬亭山，成为诗人的知己，相看不厌。原因何在？是他们同样孤独吗？还是敬亭山的稳重不变给了诗人无限的启示？诗人在现实中究竟有哪些苦闷或苦恼？结尾留给读者无限的想象空间。

送友人

青山横北郭，白水绕东城。
此地一为别，孤蓬万里征[1]。
浮云游子意，落日故人情[2]。
挥手自兹去，萧萧班马鸣[3]。

【注释】

[1] 孤蓬：喻孤独的漂泊不定的旅人。

[2] 浮云：喻行人的踪迹不定。

[3] 萧萧：象声词。

【解读】

送别友人，写得如此大气。首先是用宏阔的背景做衬托：北城外青山横亘，东城边白水萦绕，此地送别，胸襟就不同一般，不会有缠绵小儿女态。其次，诗人用最流畅通俗的语言，表达最深挚沉绵的感情。“孤蓬”“浮云”之意象，潜含了“故人”多少的牵挂之情。挥手作别，各自天涯，马鸣萧萧，又隐含着彼此人生的不得意。似乎送者与别者，有着相似的人生遭遇，分别后就更相互惦记不已。

陪族叔刑部侍郎晔及中书贾舍人至游洞庭[1]

南湖秋水夜无烟，奈可乘流直上天[2]。
且就洞庭赊月色，将船买酒白云边。

【注释】

［1］晔：李晔，京兆万年（今陕西长安）人。唐肃宗乾元元年（758）任刑部侍郎，次年被贬为岭南一县尉。赴贬所时路过岳阳，遇李白、贾至，同游洞庭。贾舍人至：贾至，字幼邻，洛阳人。肃宗时贬为岳州司马。

［2］奈可：哪可，哪里能够。

【解读】

夜游洞庭，月色澄明，湖面无烟，今夜景色清爽宜人。洞庭湖宽广浩渺，仿佛乘船可以直上天庭。李白的想象就是这么丰富而浪漫，既然可到天庭，无妨借得月色，且在白云边购得美酒，畅快作今夜游。此时，“安史之乱”尚未平定，同游的李晔和贾至都因贬官而到了岳州。李白如此地醉心洞庭夜景，也是为了宽慰同游者，希望用洞庭美景来抚慰友人的心灵。

金昌绪

金昌绪，生平不详。或言曾在钱塘（今杭州）居住。

春　怨

打起黄莺儿，莫教枝上啼。
啼时惊妾梦，不得到辽西[1]。

【注释】

［1］辽西：辽河以西地区，泛指东北边疆。

【解读】

闺妇思边，是一个古老的题材。离人之间有诉说不完的相思愁苦，诗人选取了一个特殊的角度来表现。思妇正沉浸于甜美的梦乡，只有在梦中她才可以无拘束地与自己的亲人团聚。梦境时间持续越长，思妇得到的安慰就越多。偏偏无知的黄莺在枝头啼叫，惊醒了闺妇的好梦，怎不叫人恼恨，当然要将黄莺赶走了。选取角度的新颖赋予古老的题材以新的诗意。金昌绪只留下这一首诗歌，却为他奠定了诗歌史上不朽的地位。

杜　甫

杜甫（712—770），字子美，自称“少陵野老”“杜陵布衣”，京兆杜陵（西安市东南）人，生于河南巩县。杜甫的家庭是一个具有悠久传统的官僚世家，自十三世祖杜预以下，几乎每一代都有人出任官职，祖父杜审言为则天朝“文章四友”之一，父杜闲曾官奉天县令。杜甫七岁时便能诗。三十五岁以前都在各地漫游。其间，开元二十三年（735）曾回洛阳参加进士考试，未中。天宝五年（746）正式到长安求仕。考试落第，只得献《雕赋》《三大礼赋》干谒，得玄宗重视，待制集贤院。天宝十四年（755）除右卫率府胄曹参军。甚不得意，回家探亲。“安史之乱”爆发，杜甫赶赴朝廷，半路为叛军所掳。至德二年（757）夏，逃至凤翔，被肃宗任命为左拾遗。八月诏许回鄜州探亲。长安收复，回到京都。不久任华州司功参军，第二年便弃官而去，据说是因饥饿所迫。到成都筑草堂居住。上元二年（761），严武任成都尹，为杜甫老友，杜甫出任工部员外郎，不久辞职。严武去世，杜甫失去依靠，沿江出峡，再次漂游，得夔州（奉节）地方官照顾，居住下来。后再度漂流，死于从潭州到岳阳的船上。有《杜少陵集》，存诗一千余首。

望　岳

岱宗夫如何？齐鲁青未了[1]。
造化钟神秀，阴阳割昏晓[2]。
荡胸生层云，决眦入归鸟[3]。
会当凌绝顶，一览众山小[4]。

【注释】

［1］岱宗：泰山为五岳之首，故尊称为“岱宗”。夫：语气词。“齐鲁”句：指泰山横跨齐鲁，青山逶迤连绵。

［2］造化：大自然。钟：聚集。阴：山北。阳：山南。割：划分。

［3］荡：涤荡，激荡。决眦（zì）：睁大眼睛。这里指极目向远处眺望。

［4］会当：终究要。凌：登上。

【解读】

这是诗人早年漫游时期的作品，诗歌显示了杜甫开阔的胸襟和青年时期蓬勃的朝气。岱宗横跨齐鲁，郁郁苍苍，诗人初登泰山，赞叹之情由衷流露，以自问自答的方式道出了自己的惊叹与仰慕之情。施补华《岘傭说诗》说：“‘齐鲁青未了’五字，囊括数千里，可谓雄阔。后来惟退之‘荆山已去华山来’七字足以敌之。”大自然赋予泰山神奇的风貌，高大巍峨，山阳、山阴昏晓分明，一个“割”字使场景显得生动。山中云气蒸腾，涤荡了诗人的心胸；诗人极目远方，眺望着黄昏的归鸟。这一切并不能令诗人满足，如果要将“众山小”尽收眼底，就必须“凌绝顶”。“会当凌绝顶，一览众山小”，是壮志凌云的青年诗人的胸怀，揭示了一种普遍的生活真理。

房兵曹胡马诗

胡马大宛名，锋棱瘦骨成［1］。
竹批双耳峻，风入四蹄轻［2］。
所向无空阔，真堪托死生［3］。
骁腾有如此，万里可横行［4］。

【注释】

［1］大宛：汉西域国名，盛产名马。锋棱：形容骏马骨架突出。

［2］竹批：形容骏马双耳犹如竹削而成似的。古代相马法以为两耳瘦削是千里马的特征之一。峻：高耸。

[3] 堪：可以，能够。

[4] 骁腾：骁勇，奔腾。

【解读】

以千里骏马喻人才，骏马的奔腾喻才能得以施展，已经成为民族语言习惯。杜甫这首诗咏千里马，隐隐是在表现自己志在千里的心胸怀抱。前四句写骏马出处、外形、奔驰的模样，以简洁的笔法描绘出一匹来自大宛骨峻神清的千里马。后四句写自己的赞美，对这样的骏马衷心向往。骏马的形象与品格，类似忠实的朋友、勇猛的战士、侠义的豪杰，诗人以此鼓励友人，同时是在自勉。浦起龙《读杜心解》卷三之一评云："此与《画鹰》诗，自是年少气盛时作，都为自己写照。"又说："前半先写其格力不凡，后半并显出一副血性，字字凌厉。其炼局之奇峭，一气飞舞而下。"

饮中八仙歌

知章骑马似乘船，眼花落井水底眠[1]。
汝阳三斗始朝天，道逢麴车口流涎，恨不移封向酒泉[2]。
左相日兴费万钱，饮如长鲸吸百川，衔杯乐圣称避贤[3]。
宗之潇洒美少年，举觞白眼望青天，皎如玉树临风前[4]。
苏晋长斋绣佛前，醉中往往爱逃禅。
李白斗酒诗百篇，长安市上酒家眠。
天子呼来不上船，自称臣是酒中仙。
张旭三杯草圣传，脱帽露顶王公前，挥毫落纸如云烟[5]。
焦遂五斗方卓然，高谈雄辨惊四筵[6]。

【注释】

[1] 知章：诗人贺知章，见前文作者介绍。

[2] 汝阳：汝阳王李琎，玄宗侄。酒泉：地名，今属甘肃，以盛产美酒著称。

[3] 左相：指李适之，天宝末年曾任左丞相。后被李林甫排挤，罢相家居，

饮酒赋诗云：“避贤初罢相，乐圣且衔杯。为问门前客，今朝几个来？”（《旧唐书·李适之传》）

［4］宗之：崔宗之，与下文提及的苏晋都是当时名士。玉树临风：三国魏夏侯玄，仪表潇洒，如玉树临风。后以此典形容人物的神韵俊爽。

［5］张旭：著名书法家。《杜臆》卷一载：张旭“善草书，好酒。每醉后，号呼狂走，索笔挥洒，变化无穷，若有神助”。

［6］卓然：卓异超众。

【解读】

这首诗是一系列性格豪放、举止通脱、嗜酒如命的俊杰人物的画像走廊。贺知章任纵潇洒，随遇而安；汝阳王不可一日无酒，恨不得生活在酒乡；李适之以酒自慰，躲避时祸；崔宗之风貌俊爽，举杯傲视尘世；苏晋以酒为隐，自得其乐；李白斗酒诗兴大发，尘世的一切权威不在话下；张旭酒后狂性发作，草书落笔“如云烟”；焦遂痛饮五斗，语惊四座。这一群人都是不遵礼法的独立不羁之士。杜甫作为儒家信徒，恪守社会礼法规范，但不妨碍他对饮中八仙的仰慕。这是杜甫诗人气质的充分流露。

兵车行

车辚辚，马萧萧，行人弓箭各在腰[1]。
耶娘妻子走相送，尘埃不见咸阳桥[2]。
牵衣顿足拦道哭，哭声直上干云霄。
道旁过者问行人，行人但云点行频[3]。
或从十五北防河，便至四十西营田[4]。
去时里正与裹头，归来头白还戍边[5]。
边庭流血成海水，武皇开边意未已。
君不闻汉家山东二百州，千村万落生荆杞[6]。
纵有健妇把锄犁，禾生陇亩无东西。
况复秦兵耐苦战，被驱不异犬与鸡。

长者虽有问，役夫敢申恨[7]。
且如今年冬，未休关西卒。
县官急索租，租税从何出？
信知生男恶，反是生女好。
生女犹得嫁比邻，生男埋没随百草。
君不见青海头，古来白骨无人收[8]。
新鬼烦冤旧鬼哭，天阴雨湿声啾啾[9]。

【注释】

[1] 辚辚：车的行驶声。萧萧：马的嘶鸣声。

[2] 耶：通“爷”。走：奔跑。咸阳桥：即渭桥，故址在咸阳西南十里的渭水上。

[3] 点行频：按户籍抽壮丁出行打仗，且十分频繁。

[4] 营田：指在守边的同时，从事垦荒、屯田的工作。

[5] 里正：唐代社会基层组织以百家为里，设里正一人。裹头：唐时新兵入伍需装束整齐，以头巾裹头。

[6] 山东二百州：泛指华山以东的广大地区。

[7] 敢：岂敢。

[8] 青海头：青海湖边，是唐朝部队与吐蕃经常交战的地方。

[9] 啾啾（jiū）：鬼哭声。

【解读】

这首诗从客观描述开始，以重墨铺染的雄浑笔法，突兀地展现出一幅振人心弦的送别图。“牵衣顿足拦道哭”一句接连四个情感剧烈的动作，把送行者的挂恋、悲怆、愤恨、绝望的心情表现得细腻入微。这一幅场景，集中了无数个家庭妻离子散的悲剧，令人触目惊心。从“道旁过者问行人”以下转入第二层，通过设问的方式，让“行人”直接倾诉所遭受的苦难及内心的痛苦。且说明这一切都是诗人的亲眼所见、亲耳所闻，增加了诗歌的真实感。至此，诗笔陡转，以“君不闻”领起，很难说是“行人”的控诉，还是诗人自己的联想议论，或者是两者兼而有之。从空间、时间都得以拓展，百姓的苦难是普遍的。视野延伸到“行人”家中，进入千万个普通家庭，写出穷兵黩武带来的严重社会问题，其后遗症之可怕，将威胁到唐帝国的安危。“长者虽有问”明确转为“行人”的对答，诗意推进一层。征夫在敢怒不敢言的反复矛盾中，终于无法忍耐，心中的怨苦倾吐而出。连用五言短句，句式的改变，显示了“行人”内心的急苦与倾诉的迫切。穷兵黩武结合横征暴敛，民不聊生到了极限。脱口而出的诉说，也表明百姓的忍耐到了极点。结尾诗人用凄苦哀怨的笔调，描绘出穷兵黩武所带来的这么一幅阴惨惨的现实画面：青海边古战场上，平沙茫茫，白骨露野，阴风惨惨，鬼哭凄凄。寂冷阴森的情景，令人不寒而栗。在盛唐一片鼓吹向往战争的喧嚣声中，杜甫如此的揭露与批判就显得难能可贵。

丽人行

三月三日天气新，长安水边多丽人[1]。
态浓意远淑且真，肌理细腻骨肉匀[2]。
绣罗衣裳照暮春，蹙金孔雀银麒麟[3]。
头上何所有？翠微㔩叶垂鬓唇[4]。
背后何所见？珠压腰衱稳称身[5]。
就中云幕椒房亲，赐名大国虢与秦[6]。
紫驼之峰出翠釜，水晶之盘行素鳞[7]。
犀箸厌饫久未下，鸾刀缕切空纷纶[8]。
黄门飞鞚不动尘，御厨丝络送八珍[9]。
箫鼓哀吟感鬼神，宾从杂遝实要津[10]。
后来鞍马何逡巡，当轩下马入锦茵。
杨花雪落覆白蘋，青鸟飞去衔红巾。
炙手可热势绝伦，慎莫近前丞相嗔[11]。

【注释】

[1] 三月三日：古历三月三是上巳节，古人有到水边祓除不祥的风俗。

水边：这里指长安曲江水边。

[2] 态浓：姿质艳丽。意远：神情高远。淑且真：娴美大方。

[3] 蹙（cù）：嵌绣的手法。金孔雀、银麒麟：都是绣在罗衣上的图案。

[4] 匎（è）叶：妇女发髻上所用的花饰，以翠玉制成。

[5] 衱（jié）：衣服的后裾，大约在腰部。稳称身：衣服贴身合体。

[6]云幕椒房：指后宫。汉代未央宫有椒房殿，以椒和泥涂壁，是皇后居处。虢与秦：指杨贵妃的姐姐。杨贵妃有三位姐姐，大姐封韩国夫人，三姐封虢国夫人，八姐封秦国夫人。

[7] 紫驼之峰：紫驼背上的峰肉，古代以为珍贵食物。

[8]犀箸：犀牛角制成的筷子。厌饫（yù）：饱食而腻。纷纶：忙乱的样子。

[9] 黄门：宦官的通称。飞鞚：奔驰的马。络绎：往来不绝的样子。八珍：各种精美食品。

[10] 杂遝（tà）：众多杂乱的样子。要津：交通要道。

[11] 绝伦：无与伦比。嗔（chēn）：发怒，生气。

【解读】

这首诗是杜甫困守长安时所作。诗人混迹社会下层，目睹了许多社会黑暗，在诗歌中多有揭露。《丽人行》揭露了杨贵妃兄妹奢侈豪华的生活，气焰熏天的骄横，从一个侧面反映了政局的腐败和君王的昏庸。诗歌用铺叙笔法写上巳节长安曲江旁杨氏兄妹盛游的场面。他们一个个穿戴豪华，妆饰得鲜艳富丽。他们饮食精美，侍从众多，排场豪华，伴宴的音乐美妙动听。“后来”以下用特写镜头推出骄横跋扈的杨国忠，讽喻之意非常明显。浦起龙《读杜心解》卷二之一评云：“无一刺讥语，描摹处，语语刺讥。无一慨叹声，点逗处，声声慨叹。”在“安史之乱”前揭露杨氏兄妹奢靡乱国，杜甫具有诗人特有的敏锐目光。

贫交行

翻手为云覆手雨，纷纷轻薄何须教[1]。

君不见管鲍贫时交，此道今人弃如土[2]。

【注释】

［1］“翻手”句：比喻反复无常。后演化为成语“翻云覆雨”。

［2］管鲍：春秋时齐国的管仲和鲍叔牙。两人为知己朋友，管仲贫困时，鲍叔牙处处尊重管仲。鲍叔牙事齐公子小白（后为齐桓公），向其推荐管仲。管仲后辅助齐桓公成霸业。

【解读】

这首诗完全在发议论，贬斥一种反复无常的交友之道，也是杜甫在贫困生活中的多次切身体验。诗人以“翻手为云覆手雨”做比喻，语言精练而富哲理性，在现实生活中为人们所常用。浦起龙《读杜心解》评价此句说：“只起一语，尽千古世态。”杜甫到京城求仕以来，生活越来越贫困。诗人自述说：“朝扣富儿门，暮随肥马尘。残杯与冷炙，到处潜悲辛。”困守长安十年，有多少辛酸、悲愤的经历？有人援之以手，杜甫就不必辛酸十年了。所以，其间有无限的伤心事。这首诗就将此酸辛悲愤倾泻而出。中国传统文化是厚古薄今的，人们好说：“人心不古。”杜甫因此拿春秋时的管鲍来比照今人。读杜甫等诗人这类贬斥现实的诗歌，提醒今人一点：古人道德水准也不高，“人心不古”这个成语的内涵事实上是荒唐的，是盲目崇古的评价。

醉时歌

诸公衮衮登台省，广文先生官独冷[1]。
甲第纷纷厌粱肉，广文先生饭不足[2]。
先生有道出羲皇，先生有才过屈宋[3]。
德尊一代常坎轲，名垂万古知何用[4]？
杜陵野客人更嗤，被褐短窄鬓如丝[5]。
日籴太仓五升米，时赴郑老同襟期[6]。
得钱即相觅，沽酒不复疑。
忘形到尔汝，痛饮真吾师。
清夜沉沉动春酌，灯前细雨檐花落。

但觉高歌有鬼神，焉知饿死填沟壑？
相如逸才亲涤器，子云识字终投阁[7]。
先生早赋归去来，石田茅屋荒苍苔[8]。
儒术于我何有哉？孔丘盗跖俱尘埃[9]！
不须闻此意惨怆，生前相遇且衔杯。

【注释】

［1］衮衮：骆绎不绝的样子。台省：代指中央要害部门。台，御史台，中央监察机构；省：三省（尚书省、中书省、门下省），中央行政机构。广文先生：郑虔。此诗题下原注："赠广文馆博士郑虔。"郑虔在唐玄宗时号称"三绝"，诗、书、画三者都有很高造诣。广文馆属国子监，是冷清的闲官。

［2］甲第：第一等的豪华住宅。

［3］羲皇：上古伏羲氏。中国传统文化厚古薄今，越是远古的越是纯净高尚。古人想象羲皇时人们道德非常完美，为人十分淳朴。屈宋：屈原和宋玉。战国时楚国杰出的作家，楚辞最优秀的作家。

［4］坎轲：即坎坷，指人生遭遇不顺。

［5］杜陵野客：杜甫自指。杜陵是汉宣帝的陵墓，在长安南郊，又称"乐游原"。杜陵东南十余里有小陵，是皇后许氏的陵墓。杜甫曾在此居住，自称"杜少陵"，或自称"杜陵布衣""少陵野老"等。褐：粗布衣服。

［6］籴：买粮。太仓：国家所设立的粮仓。灾荒年月，太仓开仓减价卖粮，赈济穷人。郑老：郑虔比杜甫年长，故称。襟期：襟怀，性情。

［7］"相如"句：西汉司马相如才华过人，早年与卓文君私奔，曾在成都开小酒店。卓文君当垆卖酒，相如洗涤器皿。"子云"句：西汉著名学者扬雄，字子云，多识古文奇字。扬雄在王莽时牵累官司，官吏来逮捕他的时候，他正在天禄阁校书，吓得从阁上跳下。

［8］归去来：东晋陶渊明归隐时，曾赋《归去来辞》。

［9］盗跖：柳下跖，据说是春秋时候的大盗。《庄子·盗跖》篇中有虚构的孔丘与盗跖的辩论。

【解读】

此诗作于长期困守长安时期。诗人内心的愤恨已经蓄积到极点，在此倾泻而出。杜甫难得有如此激情愤慨的作品，诗人多数时候都能保持忍辱负重、客观冷静的态度。诗中为郑虔而鸣不平，更是诉说自己的牢骚。诸公衮衮，飞黄腾达，酒食奢靡；郑虔却闲官冷职，生活贫困。换一个角度评说，郑虔道德高尚，才华出众，本来不应该是这种遭遇。叙述至此，杜甫愤慨地喊出："名垂万古知何用。"杜甫比郑虔更为潦倒贫寒，郑虔的遭际很容易引发出诗人对自身际遇的感慨。诗人转而写自身的穷困，被褐短窄，日籴太仓，贫寒如此，令人辛酸。同病相怜，相互劝慰，偶得钱财，两人便相觅痛饮，忘怀愁苦。春夜长饮，灯前落雨，细听落花，对贫愁中的两人来说都是难得的时光。诗人以司马相如、扬雄等古代名人为例，安慰郑虔，也是在自我安慰。杜甫说，郑虔"早赋归去来"，有了归隐志向。执着如杜甫，在如此潦倒的时候也有归隐之志，这是偶尔闪现的念头。醉酒之后，诗人狂气大发："儒术于我何有哉？孔丘盗跖俱尘埃！"令人难以想象，这是杜甫的诗句，更近似李白的作风。所以，杜甫归根结底是一位激情洋溢的诗人，不是一位八面玲珑的圆滑官僚。杜甫的个人气质，决定他要穷愁潦倒一生。结句说：提起这一起遭遇，叫人凄惨悲苦，不如饮酒而忘却。诗人对现实的绝望和无奈，只能借酒来排解和逃避。这首诗在杜甫所有作品中，风格独特，不可以为"沉郁顿挫"所牢笼。

自京赴奉先县咏怀五百字[1]

杜陵有布衣，老大意转拙[2]。
许身一何愚？窃比稷与契[3]。
居然成濩落，白首甘契阔[4]。
盖棺事则已，此志常觊豁[5]。
穷年忧黎元，叹息肠内热[6]。
取笑同学翁，浩歌弥激烈[7]。
非无江海志，萧洒送日月。
生逢尧舜君，不忍便永诀。

当今廊庙具，构厦岂云缺[8]？
葵藿倾太阳，物性固莫夺[9]。
顾惟蝼蚁辈，但自求其穴[10]。
胡为慕大鲸，辄拟偃溟渤[11]？
以兹悟生理，独耻事干谒[12]。
兀兀遂至今，忍为尘埃没[13]。
终愧巢与由，未能易其节[14]。
沉饮聊自适，放歌颇愁绝。
岁暮百草零，疾风高冈裂。
天衢阴峥嵘，客子中夜发[15]。
霜严衣带断，指直不得结。
凌晨过骊山，御榻在嵽嵲[16]。
蚩尤塞寒空，蹴蹋崖谷滑[17]。
瑶池气郁律，羽林相摩戛[18]。
君臣留欢娱，乐动殷胶葛[19]。
赐浴皆长缨，与宴非短褐[20]。
彤庭所分帛，本自寒女出[21]。
鞭挞其夫家，聚敛贡城阙[22]。
圣人筐篚恩，实欲邦国活[23]。
臣如忽至理，君岂弃此物[24]？
多士盈朝廷，仁者宜战栗[25]。
况闻内金盘，尽在卫霍室[26]。
中堂舞神仙，烟雾蒙玉质。
暖客貂鼠裘，悲管逐清瑟。
劝客驼蹄羹，霜橙压香橘[27]。
朱门酒肉臭，路有冻死骨。
荣枯咫尺异，惆怅难再述。
北辕就泾渭，官渡又改辙。
群冰从西下，极目高崒兀[28]。

疑是崆峒来，恐触天柱折。
河梁幸未坼，枝撑声窸窣[29]。
行旅相攀援，川广不可越。
老妻寄异县，十口隔风雪。
谁能久不顾，庶往共饥渴。
入门闻号咷，幼子饥已卒。
吾宁舍一哀，里巷亦呜咽。
所愧为人父，无食致夭折。
岂知秋未登，贫窭有仓卒[30]。
生常免租税，名不隶征伐。
抚迹犹酸辛，平人固骚屑[31]。
默思失业徒，因念远戍卒。
忧端齐终南，澒洞不可掇[32]。

【注释】

[1] 奉先县：今陕西蒲城县。时杜甫家属寄居于此地。

[2] 杜陵：汉宣帝陵墓，在长安东南。后作为地名延续下来。杜甫远祖杜预是杜陵人，故杜甫时常以“杜陵布衣”“杜陵野客”等自称。拙：愚拙，不能投机取巧以迎合时俗。

[3] 许身：自我期望。稷（jì）：相传为周代祖先，教民播种五谷。契（xiè）：相传为商代祖先。稷与契都是远古圣贤。

[4] 居然：竟然。濩（hù）落：大而无当。契（qiè）阔：劳苦辛勤。

[5] 觊（jì）豁：希望得以实现。

[6] 穷年：终年。黎元：百姓。

[7] 弥：更加。

[8] 廊庙：庙堂，喻指朝廷。这两句意思是朝廷人才济济，并不缺乏自己这样的人。

[9] “葵藿”二句：喻己身欲效忠君王，就如葵藿向着太阳，出自本性。葵之花与藿之叶都是倾向太阳的。夺：改变。

［10］蝼蚁辈：喻眼界狭小、目光短浅的人。

［11］偃溟渤：游息于大海之中。

［12］悟生理：明白做人的道理。干谒：拜访权贵以求官职。

［13］兀兀：辛勤的样子。

［14］巢与由：巢父和许由，上古两位著名的避世隐居的高士。

［15］天衢（qú）：天街。这里指长安。峥嵘：此处形容阴云重叠。

［16］骊山：在今陕西临潼，距长安六十里，山有温泉。唐玄宗在山上建有别墅华清宫等。嵽嵲（dié niè）：形容山高峻的样子，这里指骊山。

［17］蚩尤：传说中蚩尤与黄帝交战，作大雾。这里代指大雾。蹴蹋：踩踏。

［18］瑶池：神话中西王母宴会的地方，这里代指骊山温泉。郁律：热气蒸腾的样子。羽林：皇帝的禁卫军。摩戛（jiá）：兵器的相互摩擦、碰撞。

［19］殷：震动。胶葛：广大深远的样子。

［20］长缨：权贵的服饰，代指达官贵人。短褐：粗布短衣，代指平民百姓。

［21］彤庭：朝廷。彤，朱红色。宫殿都用朱红色涂饰。

［22］城阙：这里代指京城。

［23］筐篚恩：指皇帝对臣下大量赏赐的恩德。所赐之帛都以筐或篚来装载。筐与篚都是盛物竹器，方为筐，圆为篚。

［24］忽：忽视。至理：最高的道理，即上文的“实欲邦国活”。

［25］战栗：恐惧得发抖。这里指为国事警惕恐惧。

［26］内金盘：宫廷内府的金盘。卫霍：西汉外戚卫青与霍去病。这里借指杨贵妃的亲属。

［27］驼蹄羹：唐代珍贵名菜。

［28］崒兀：险峻的样子。

［29］河梁：黄河上的桥梁。坼（chè）：裂开。枝撑：桥柱。窸窣（xī sū）：细小的声响。

［30］登：禾稻的收割。贫窭（jù）：贫穷。仓卒：突然，意外。

［31］抚迹：追抚所经历的事情。平人：平民百姓。骚屑：原指风声，引申为动荡不安。

[32] 忧端：愁绪。澒（hòng）洞：浩大无边。掇（duō）：收拾。

【解读】

杜甫困守长安十年才得一卑微官职，而后回奉先探望寄居在那里的妻子儿女。这首诗作于回家之后，是他十年困守生活的回顾与总结，是一首长篇叙事诗。开篇诗人就表明自己“许身一何愚，窃比稷与契”的远大志向，随着“老大意转拙”，这种志向更加坚定不移。“穷年忧黎元，叹息肠内热”成为长安十年中不懈的政治目标。但是，诗人的才能不得统治者赏识，一直未得施展抱负的机会。诗人只好自我排解说：朝廷人才济济，并不缺少自己一人。而自己的恋恋不舍，不愿归隐，只是本性使然。堂而皇之的辩说中，掩饰不住内心的苦涩与牢骚。事实上，诗人在京城已经比较透彻地认识到社会的黑暗，对现实政治非常不满。诗人于是借归家途中的见闻，略加揭露。“彤庭所分帛，本自寒女出。鞭挞其夫家，聚敛贡城阙”“朱门酒肉臭，路有冻死骨”都是揭示当时社会现实的名句。诗人再用自己家庭的生活悲剧，深入刻画社会经济的衰败凋零。像杜甫这样“生常免租税，名不隶征伐”的仕宦人家，尚且“入门闻号咷，幼子饥已卒”，广大百姓的饥饿寒苦就难以想象了。社会弊病发展到这种地步，已经变成严重的隐患。杜甫创作此诗的目的还是要引起统治者的警觉。诗人“默思失业徒，因念远戍卒”，推己及人，其宗旨是为统治者分忧。

月　夜

今夜鄜州月，闺中只独看[1]。
遥怜小儿女，未解忆长安。
香雾云鬟湿，清辉玉臂寒。
何时倚虚幌，双照泪痕干[2]？

【注释】

[1] 鄜（fū）州：今陕西富县。

[2] 虚幌：轻薄透明的帷幕。

【解读】

“安史之乱”爆发，杜甫在投效流亡朝廷的途中被俘往长安。这首诗是他在长安思念寄居在鄜州的家人时而作。一轮明月勾起离人的相思，今日的相思又有了国破家亡的独特含义。儿女幼小，不解相思，只有妻子遥忆长安，就显得更加孤独。“香雾云鬟湿，清辉玉臂寒”两句是诗人设想月夜妻子相思的情景，描写细腻，体贴入微。结句以希望结束全诗，只能寄期望于未来。浦起龙《读杜心解》卷三之一评云：“心已驰，神到彼，诗从对面飞来，悲婉微至，精妙绝伦。又妙在无一字不从月夜照出也。”先秦以后至唐代的诗人，受儒家思想影响，在诗文创作中极少涉及男女情爱，也极少写思念妻子的感情。除非妻子去世了，才偶尔有几位诗人会用诗歌追忆夫妻情感。杜甫此诗在思念家人的同时，突出了对妻子的挂念，在时人作品中就已经显得难能可贵。

悲陈陶[1]

孟冬十郡良家子，血作陈陶泽中水[2]。
野旷天清无战声，四万义军同日死。
群胡归来血洗箭，仍唱胡歌饮都市。
都人回面向北啼，日夜更望官军至[3]。

【注释】

［1］陈陶：地名，在今陕西咸阳东。至德元年（756）十一月，唐军与安禄山部下激战于此，唐军大败，死四万人。

［2］十郡：泛指西北诸郡。

［3］向北啼：当时唐朝流亡政府在长安北面的彭原。

【解读】

诗人在沦陷了的京城，日夜盼望唐军收复。此时，听闻唐军于陈陶大败的消息，心中格外悲苦。此诗开篇就直陈唐军的败绩，以血流成河的悲惨景象写自己的极度痛心。“野旷天清”两句渲染战后的凄惨，诗人凭想象落笔，突出的是主观感受。“群胡归来血洗箭，仍唱胡歌饮都市”才是诗人在沦陷区的亲眼所见。而沦陷区的百姓只有忍声吞泪，等待官军的卷土重来，恢复故国疆土。诗歌写出了沦陷区百姓的心声，写出了诗人强烈的爱国主义情绪。

春　望

国破山河在，城春草木深。
感时花溅泪，恨别鸟惊心[1]。
烽火连三月，家书抵万金[2]。
白头搔更短，浑欲不胜簪[3]。

【注释】

[1] 感时：为时事而感伤。

[2] 连：接连。

[3] 浑：简直。

【解读】

长安沦陷，又是一个新的春天来到。由于山河破碎、家国沦亡，往日繁华喧闹的京城野草树木丛生，眼前一片荒凉孤寂。这首诗善用景物烘托情感，在亡国悲苦者眼中，春天也失去了独有的魅力，而显得荒凉残破。诗人触景生情，亡国的愁苦之恨再度涌上心头。“国破山河在”，成为写亡国的经典名句，曾打动无数后代类似境遇的读者。诗人用“花溅泪”“鸟惊心”描述自己的亡国之恨。无知的花、鸟尚且如此，诗人的痛苦不言而喻。遭逢乱世，更加思念家人，家书又无由抵达。思念过于强烈，搔头动作过于频繁，白发为之稀疏。这种强烈的思亲情绪，与亡国的现实背景结合在一起，特别打动人心。

羌　村

峥嵘赤云西，日脚下平地[1]。

柴门鸟雀噪，归客千里至。

妻孥怪我在，惊定还拭泪[2]。

世乱遭飘荡，生还偶然遂[3]。

邻人满墙头，感叹亦歔欷[4]。

夜阑更秉烛，相对如梦寐[5]。

【注释】

[1] 峥嵘：山高峻的样子，此处形容天空中的云层。日脚：穿过云层斜照到地面上的阳光。

[2] 妻孥（nú）：妻子儿女。

[3] 遂：如愿。

[4] 歔欷（xū xī）：抽噎声。

[5] 夜阑：夜深。秉烛：持烛。

【解读】

杜甫从长安逃出，投奔朝廷流亡政府所在地凤翔，“麻鞋见天子，衣袖露两肘”，被肃宗任命为左拾遗。然又因为认识不清朝廷的政治形势，很快得罪皇帝，被放还回家探亲。离乱中诗人对家人有过许多牵挂与思念，这一次得机会回家，感触十分复杂。“妻孥怪我在，惊定还拭泪”，写自己生还给家人带来的惊喜，诗人又何曾不是惊喜地发现家人都平安呢？乱世的家人团聚，在当地也是一件大事，因为家家户户可能都有因战争而流离不知音信的亲人。“邻人满墙头，感叹亦歔欷”之际，既是为诗人一家的团圆而庆幸，又有每人自我的感慨。“夜阑更秉烛，相对如梦寐”写乱世重逢人们的心境，尤其真切。分别之时，在梦中多次与亲人相见。今日真的见面，反而疑真疑假。重逢的难得、意外的喜悦，都体现在这特殊的心态之中。

北　征

皇帝二载秋，闰八月初吉[1]。杜子将北征，苍茫问家室[2]。

维时遭艰虞，朝野少暇日[3]。顾惭恩私被，诏许归蓬荜[4]。
拜辞诣阙下，怵惕久未出。虽乏谏诤姿，恐君有遗失。
君诚中兴主，经纬固密勿[5]。东胡反未已，臣甫愤所切。
挥涕恋行在，道途犹恍惚[6]。乾坤含疮痍，忧虞何时毕[7]？
靡靡逾阡陌，人烟眇萧瑟[8]。所遇多被伤，呻吟更流血。
回首凤翔县，旌旗晚明灭。前登寒山重，屡得饮马窟。
邠郊入地底，泾水中荡潏[9]。猛虎立我前，苍崖吼时裂。
菊垂今秋花，石戴古车辙。青云动高兴，幽事亦可悦[10]。
山果多琐细，罗生杂橡栗[11]。或红如丹砂，或黑如点漆。
雨露之所濡，甘苦齐结实。缅思桃源内，益叹身世拙[12]。
坡陀望鄜畤，岩谷互出没[13]。我行已水滨，我仆犹木末[14]。
鸱鸟鸣黄桑，野鼠拱乱穴[15]。夜深经战场，寒月照白骨。
潼关百万师，往者散何卒[16]？遂令半秦民，残害为异物。
况我堕胡尘，及归尽华发。经年至茅屋，妻子衣百结。
恸哭松声回，悲泉共幽咽。平生所娇儿，颜色白胜雪。
见耶背面啼，垢腻脚不袜[17]。床前两小女，补缀才过膝。
海图坼波涛，旧绣移曲折[18]。天吴及紫凤，颠倒在裋褐[19]。
老夫情怀恶，呕泄卧数日。那无囊中帛，救汝寒凛栗。
粉黛亦解苞，衾裯稍罗列[20]。瘦妻面复光，痴女头自栉[21]。
学母无不为，晓妆随手抹。移时施朱铅，狼藉画眉阔。
生还对童稚，似欲忘饥渴。问事竞挽须，谁能即嗔喝[22]。
翻思在贼愁，甘受杂乱聒。新归且慰意，生理焉能说[23]。
至尊尚蒙尘，几日休练卒。仰观天色改，坐觉妖氛豁[24]。
阴风西北来，惨澹随回纥[25]。其王愿助顺，其俗善驰突。
送兵五千人，驱马一万匹。此辈少为贵，四方服勇决。
所用皆鹰腾，破敌过箭疾[26]。圣心颇虚伫，时议气欲夺[27]。
伊洛指掌收，西京不足拔[28]。官军请深入，蓄锐何俱发？
此举开青徐，旋瞻略恒碣[29]。昊天积霜露，正气有肃杀[30]。
祸转亡胡岁，势成擒胡月。胡命其能久？皇纲未宜绝[31]。

忆昨狼狈初，事与古先别。奸臣竟菹醢，同恶随荡析[32]。
不闻夏殷衰，中自诛褒妲[33]。周汉获再兴，宣光果明哲[34]。
桓桓陈将军，仗钺奋忠烈[35]。微尔人尽非，于今国犹活[36]。
凄凉大同殿，寂寞白兽闼[37]。都人望翠华，佳气向金阙[38]。
园陵固有神，扫洒数不缺。煌煌太宗业，树立甚宏达[39]。

【注释】

[1] 皇帝二载：唐肃宗至德二年（757）。初吉：泛指月初。

[2] 苍茫：茫然，渺茫。

[3] 维：发语词。艰虞：艰难愁苦。

[4] 私恩：独自所蒙受的皇恩。蓬荜：蓬门荜户，指穷苦人家。这里指自己的家。

[5] 经纬：指计划国家大事。密勿：辛勤劳苦。

[6] 行在：皇帝临时出行的所在地，这里指流亡朝廷所在地。

[7] 疮痍：创伤，这里指战争创伤。忧虞：忧虑，忧患。

[8] 靡靡：缓慢的样子。眇：少。

[9] 邠：邠州，在今陕西彬县。杜甫从凤翔回鄜州探亲，路过邠州。荡潏（jué）：水流动的样子。

[10] 幽事：山中幽静的景物。

[11] 橡栗：橡子，栎树的果实。

[12] 缅思：遥想。桃源：世外桃花源。拙：难以处世。

[13] 坡陀：高低不平的样子。鄜畤（zhì）：鄜州的祭坛。春秋时，秦文公曾在鄜州筑坛祭祀天神，称鄜畤。

[14] 木末：树梢。

[15] 鸱鸟：猫头鹰一类的鸟。

[16] 散：溃散。卒：仓促。

[17] 耶：通“爷”，父亲。

[18] 海图：衣服上所绣图案。坼：裂开。

[19] 天吴、紫凤：都是衣服上所绣的图案。天吴，神话中的海神。裋（shù）

褐：粗布短衣。

［20］衾裯（chóu）：被子与帐子。

［21］栉（zhì）：梳头。

［22］嗔：发怒。

［23］生理：生计。

［24］坐觉：顿时感觉到。妖氛：指安史叛军。豁：开朗。

［25］回纥：唐代北方的一个少数民族。唐肃宗借回纥兵五千，共同平定“安史之乱”。

［26］鹰腾：似老鹰飞腾，喻回纥兵骁勇迅猛。

［27］虚伫：虚己期待。时议：舆论。

［28］伊洛：伊水与洛水，代指洛阳。西京：指长安。

［29］青徐：青州与徐州，今山东、苏北一带。略：攻取。恒碣：恒山与碣石山，皆在今河北省。这里代指安禄山、史思明的巢穴。

［30］昊天：上天，老天。

［31］其：同“岂”。

［32］奸臣：指杨国忠。葅醢（jū hǎi）：剁成肉酱，指被杀。荡析：清除。

［33］褒妲（dá）：褒姒与妲己，代指杨贵妃。褒姒，西周幽王的宠妃；妲己，殷商纣王的宠妃。

［34］宣光：周宣王与东汉光武帝，二人在古代都被认为是中兴圣主。

［35］桓桓：威武的样子。陈将军：左龙武大将军陈玄礼，发动马嵬驿兵变。钺（yuè）：大斧。

［36］微：无，没有。尔：你，指陈玄礼。

［37］大同殿：唐长安兴庆宫的殿名，唐玄宗常于此朝见群臣。白兽闼：唐长安太极宫门。唐玄宗为临淄王时发动宫廷政变，即从白兽门攻入太极殿，诛杀韦后，成就帝业。

［38］翠华：以翠羽装饰的旗，是皇帝的仪仗，这里借指皇帝。金阙：皇帝的宫殿。

［39］煌煌：光辉盛大的样子。宏达：宏远盛大。

【解读】

这首长篇叙事诗记载从凤翔回家探亲途中的所见所闻。诗人时任朝廷谏官，他或许也是用诗歌的体裁向朝廷反映民间真实情况。诗歌分成五大段。从开篇至“道途犹恍惚”为第一段，写自己获准回家探亲。其间流露出受排斥的苦涩，并向朝廷表明自己的忠心。第二段从“乾坤含疮痍”至“及归尽华发”，写回家沿途历尽艰辛，以及一路上的见闻。所见到的是战争处处留下的创伤，流血成河，民生凋敝，多少将士葬身疆场。第三段从“经年至茅屋”至“生理焉得说”，写回家后的见闻。家中也是贫寒破落到了极点，因诗人的远途归来而带来了一线生气。诗人的家庭，是饱受战乱的苦难社会的一个缩影。第四段从“至尊尚蒙尘”至“皇纲未宜绝”，讨论平定叛乱的朝廷措施及得失。指出借回纥兵平叛之不可取，官军勇猛善战，胜利的前景可以预见。第五段从“忆昨狼狈初”至结尾，回顾叛乱之所以发生，追究杨国忠兄妹祸国殃民的罪行，歌颂唐王朝的中兴。诗人这里故意避开了帝王的责任，大约是身在朝廷，心境不同，顾忌也就多了。

曲江二首[1]

一片花飞减却春，风飘万点正愁人。
且看欲尽花经眼，莫厌伤多酒入唇。
江上小堂巢翡翠，苑边高冢卧麒麟[2]。
细推物理须行乐，何用浮荣绊此身[3]？

朝回日日典春衣，每日江头尽醉归。
酒债寻常行处有，人生七十古来稀。
穿花蛱蝶深深见，点水蜻蜓款款飞。
传语风光共流转，暂时相赏莫相违[4]。

【注释】

[1] 曲江：曲江池，在今西安市东南。唐时，是长安游览胜地。

[2] 翡翠：鸟名，又称“翠雀”。麒麟：传说中的神兽。这里指石雕墓饰。

［3］物理：事物的常理，自然规律。

［4］暂时：及时，趁时。

【解读】

这二首诗写得比较从容畅达，诗人似乎看穿了人生的得与失，将得失置之度外，以饮酒、赏景排遣情绪，娱乐自己。“一片花飞减却春”，细微而典型，是杜甫对大自然敏锐、诗意的捕捉。春末时节，风飘万点，落英缤纷，令人伤感。诗人一面及时观赏、看尽残留的春花，一面以酒遣怀。江上小堂，翡翠飞来，是新的一年开始；墓旁石雕麒麟，残破倒卧，意味着时光的流逝。诗人“细推物理”，发现人世变迁就是如此，因此得出及时行乐、不许浮荣绊身的达观结论。为了这一份达观，贫穷中的诗人难免“日日典衣”沽酒，却仍然是“酒债寻常行处有”。想到“人生七十古来稀”，典衣就典衣，欠债就欠债，诗人完全不放在心上。在人生困境中，诗人将烦恼抛却之后，能够心情悠闲地欣赏起“穿花蛱蝶深深见，点水蜻蜓款款飞”的优美景色，不仅仅表现诗人生活的乐观，也表现出诗人的执着和坚定，所以才不会被生活的苦难压垮。风光流转，好景不常在。结尾，诗人再度告诉自己也是告诉他人，要及时欣赏美好风光，不要因人世烦恼让诸多美景从身边流逝。

赠卫八处士

人生不相见，动如参与商［1］。
今夕复何夕，共此灯烛光？
少壮能几时，鬓发各已苍。
访旧半为鬼，惊呼热中肠［2］。
焉知二十载，重上君子堂。
昔别君未婚，儿女忽成行。
怡然敬父执，问我来何方。
问答乃未已，儿女罗酒浆。
夜雨剪春韭，新炊间黄粱。

主称会面难，一举累十觞。
十觞亦不醉，感子故意长。
明日隔山岳，世事两茫茫[3]。

【注释】

[1]动：动辄。参（shēn）、商：二十八宿中的二星宿，东西相对，此升彼沉。

[2]热中肠：内心激动。

[3]隔山岳：喻相隔距离遥远。

【解读】

诗人在离乱后与老友重逢，感慨颇多颇深。当年分手时友人乃未婚之少壮，重逢时则已鬓发苍白，儿女成群。“访旧半为鬼，惊呼热中肠”，是乱世之后的常态，重逢才是喜出望外。老友儿女敬重父执，张罗酒饭招待客人，诗人既感到温馨，又有世事苍茫巨变的感受。想到明日又要分手，重见不知何日，惜别、怅惘之情涌上心头。浦起龙《读杜心解》卷一之二评云：“古趣盎然，少陵别调。一路皆属叙事，情真、景真，莫乙其处。之起四句是总提，结两句是去路。”诗中所显露出的凄迷伤怀之格调，显示出唐诗已经由盛唐转向中唐。

石壕吏

暮投石壕村，有吏夜捉人[1]。
老翁逾墙走，老妇出门看。
吏呼一何怒，妇啼一何苦。
听妇前致词，三男邺城戍[2]。
一男附书至，二男新战死。
存者且偷生，死者长已矣[3]。
室中更无人，惟有乳下孙。
有孙母未去，出入无完裙。

老妪力虽衰，请从吏夜归。
急应河阳役，犹得备晨炊[4]。
夜久语声绝，如闻泣幽咽。
天明登前途，独与老翁别。

【注释】

[1] 投：投宿。石壕村：在今河南省陕县东南。

[2] 邺城：唐代相州，今河南安阳。

[3] 长已矣：永远完了。

[4] 河阳：河南孟津，在黄河北岸，洛阳对面。唐军在邺城战败，退至河阳。得：能够。

【解读】

“安史之乱”过程中，诗人有著名的“三吏”“三别”，写战争给百姓带来的深重灾难，《石壕吏》是其中很有代表性的一首。诗人采用近乎纯客观的记录方式，将自己傍晚投宿石壕村的见闻如实叙述出来。战争驱使大量的年轻男性劳力奔赴战场，战死战场。诗人所投宿的这一家，居然三个儿子都在前线，其中两位已经阵亡。县吏犹来捉丁不已，最终竟驱赶老妪应役。家中只剩下妇孺老幼，生产的凋敝、农村的贫困，也将是必然的事实。诗人对县吏滥捕丁役有所不满，但又无可奈何。这时候，杜甫的心情是矛盾的。县吏征役，目的是为前方军队服务，为平定“安史之乱”出力，从这个角度出发，杜甫当然是赞成的。县吏不顾百姓承受能力，狐假虎威，杜甫又不能认同。所以，诗歌有所贬斥，也是非常含蓄的。

新婚别

兔丝附蓬麻，引蔓故不长[1]。
嫁女与征夫，不如弃路旁。
结发为妻子，席不暖君床。

暮婚晨告别，无乃太匆忙。
君行虽不远，守边赴河阳[2]。
妾身未分明，何以拜姑嫜[3]。
父母养我时，日夜令我藏。
生女有所归，鸡狗亦得将。
君今往死地，沉痛迫中肠。
誓欲随君去，形势反苍黄。
勿为新婚念，努力事戎行[4]。
妇人在军中，兵气恐不扬。
自嗟贫家女，久致罗襦裳。
罗襦不复施，对君洗红妆。
仰视百鸟飞，大小必双翔。
人事多错迕，与君永相望[5]。

【注释】

[1] 兔丝：又作“菟丝”，又名“女萝”，药草名。蔓生，茎细长，常缠络在其他植物之上。

[2] 河阳：河南孟津，在黄河北岸，洛阳对面。唐军在邺城战败，退至河阳。

[3] 姑嫜：公婆。

[4] 戎行：行伍，军队。

[5] 迕：违背，不顺。

【解读】

诗人替新婚的征夫妻子诉说愁怨，是一首代言体诗。新婚别，有思恋，有怨苦，又不知何以自处。时值“安史之乱”期间，从军征战又应该是百姓应尽的义务，杜甫的心情非常矛盾。这首诗写出新婚妻子的复杂情感，也写出诗人自己矛盾的心态。诗歌以比兴开篇，点明“嫁女与征夫”的极端不幸。具体地说，新婚仅仅自由一天，丈夫便赴河阳役，从军出征了。作为新婚妻子，公婆未得相识，处境更加尴尬。对比婚前，自己是父母的掌上明珠，婚后只得嫁鸡随鸡、嫁狗随狗。到此为第一层，是在为自己的身份转变而随之来临的不幸遭遇悲苦。“君今往死地”至“兵气恐不扬”为第二层，转而为出征的丈夫担忧，又有对丈夫的倾诉和劝慰，表现无尽的依恋之情。妻子的心情很复杂，想追随丈夫前去，军中又不许有女子。据说女子在军中，会给军队带来坏运气。“勿为新婚念，努力事戎行”，已经渗透进去杜甫的思想理念，平定叛乱、为国效劳是理所当然的。“自嗟贫家女”至结尾为第三层，是新婚妻子明志，坚贞相守，一定等候丈夫归来。等待中，仰见百鸟，离别的惨痛又时时涌上心头。在等待期间，妻子将永远忍受诸如此类的情感折磨了。

佳　人

绝代有佳人，幽居在空谷。
自云良家子，零落依草木[1]。
关中昔丧败，兄弟遭杀戮。
官高何足论，不得收骨肉。
世情恶衰歇，万事随转烛[2]。
夫婿轻薄儿，新人已如玉。
合昏尚知时，鸳鸯不独宿[3]。
但见新人笑，那闻旧人哭。
在山泉水清，出山泉水浊。
侍婢卖珠回，牵萝补茅屋。
摘花不插发，采柏动盈掬。
天寒翠袖薄，日暮倚修竹[4]。

【注释】

［1］零落：原指草木的凋落，喻指佳人的衰老。

［2］衰歇：喻指世风的堕落。

［3］合昏：合欢花，俗称“夜合花”“马缨花”等，朝开夜合。古代常用以赠人，据说可以消怨和好。

［4］修竹：高高的竹子。

【解读】

这首诗中所咏叹的佳人有其喻托象征意义。这位佳人幽居在空旷的山谷，既是自持清高，不与世俗同流合污，也是被世俗抛弃的结果。她遇关中丧败战乱，骨肉被杀。自家夫婿又喜新厌旧，将她无情抛弃，所以，她被迫与空谷、清泉、松柏、修竹为伍。诗人一再求仕，却一再被朝廷所弃置。到“安史之乱”平定，他人皆升官晋级，诗人却被逼辞官。其经历、出处、操守，与这位佳人极其相似。诗歌显然是采用象征手法，诗人通过这位虚构的“佳人”写自己的处境和心境。用美人喻忠臣，是《离骚》以来的传统创作手法，杜甫这首诗歌有很好的运用。

前出塞

挽弓当挽强，用箭当用长。
射人先射马，擒贼先擒王。
杀人亦有限，列国自有疆[1]**。**
苟能制侵陵，岂在多杀伤[2]**？**

【注释】

［1］“列国”句：指每个国家各有自己的疆土。

［2］侵凌：侵犯，凌辱。

【解读】

这首诗多采用当时的口语、俗语，表现了诗人对和平的渴望。面对入侵者，诗人知道只能以暴制暴，但诗人要求以最少的牺牲，去获取最大的胜利。“挽弓当挽强，用箭当用长”是比喻，目的是要说明“射人先射马，擒贼先擒王”，这是诗人从现实生活中归纳出来的普遍道理。后四句表达了诗人强烈的和平愿望，一种对人的生命的珍视。这是一种超脱狭隘民族观念的人道主义精神，在当时的那个社会，非常难能可贵。高适《同李员外贺哥舒大夫破九曲作》

说："泉喷诸戎血，风驱死虏魂。头飞攒万戟，面缚聚辕门。鬼哭黄埃暮，天愁白日昏。"岑参《凯歌六首》其五说："蕃军遥见汉家营，满谷连山遍哭声。万箭千刀一夜杀，平明流血浸空城。"与这样嗜血的描写和渴求相比，就能见出杜甫心胸的非同寻常。

梦李白

其一

死别已吞声，生别常恻恻[1]。
江南瘴疠地，逐客无消息[2]。
故人入我梦，明我长相忆。
恐非平生魂，路远不可测。
魂来枫叶青，魂返关塞黑。
君今在罗网，何以有羽翼？
落月满屋梁，犹疑照颜色。
水深波浪阔，无使蛟龙得。

其二

浮云终日行，游子久不至。
三夜频梦君，情亲见君意。
告归常局促，苦道来不易[3]。
江湖多风波，舟楫恐失坠。
出门搔白首，若负平生志。
冠盖满京华，斯人独憔悴[4]。
孰云网恢恢，将老身反累。
千秋万岁名，寂寞身后事。

【注释】

[1] 恻恻：悲苦的样子。

[2] 瘴疠：南方潮湿地区流行的疾病。逐客：被贬谪的人，这里指李白。

[3] 局促：短促。

[4] 冠盖：代指达官贵人。京华：京城。

【解读】

杜甫对年长的诗人李白是非常敬重的，他们曾一同畅游，结下深厚的友谊。“安史之乱”期间，李白凭诗人的热情参与平叛队伍，却由于政治上的迟钝而站错立场，自身也被当成叛逆流放夜郎。消息传来，杜甫非常牵挂，又极为痛心。夜郎多瘴疠之气，李白以暮年衰疲之躯投身荒蛮，杜甫就有了生离死别的凄惨感觉，这就是第一首所抒发的情感。杜甫只能在梦中与老友相见，梦见之后又疑惑是否为李白的魂魄归来。因为是梦中相见，是遥致想念，诗歌就多用想象、虚构之笔来描写。第二首在怀念友人的同时，为李白辩解。杜甫非常明白李白热情报国的本意，也十分同情“冠盖满京华，斯人独憔悴”的遭遇，对朝廷的处置表示不满，相信诗人会有身后的公正评价。

月夜忆舍弟

戍鼓断人行，边秋一雁声[1]。
露从今夜白，月是故乡明。
有弟皆分散，无家问生死。
寄书长不达，况乃未休兵。

【注释】

[1] 戍鼓：戍楼上的更鼓。戍：驻防。边秋：一作“秋边”，秋天的边塞。

【解读】

战乱之际，流离在外，就会特别思念亲人，思念故乡。诗人有月夜忆妻子儿女之作，这首诗忆舍弟，性质相同。首二句已经充分酝酿了离乱年月秋夜思人的气氛。“戍鼓”可见时势之动乱，旅途之不平安。诗中“露从今夜白，月是故乡明”为名句，将节令、景色与今夜的思亲情绪很好地融合在一起。诗歌以最平常的语言叙述，诉说最深厚的亲情。浦起龙《读杜心解》卷三之二评云：“上四突然而来，若不为弟者，精神乃字字忆弟，句里有魂也。‘书长不达’，平时犹可；‘况未休兵’，可保无事耶？二句从五、六申写。”

蜀　相[1]

丞相祠堂何处寻？锦官城外柏森森[2]。
映阶碧草自春色，隔叶黄鹂空好音。
三顾频烦天下计，两朝开济老臣心[3]。
出师未捷身先死，长使英雄泪满襟。

【注释】

［1］蜀相：蜀国丞相诸葛亮。

［2］锦官城：指成都。据记载，成都诸葛亮庙前有两株柏树。森森：茂盛的样子。

［3］三顾：指刘备三顾茅庐，请诸葛亮出山。两朝：诸葛亮辅佐刘备、刘禅父子两朝。开济：开创大业，匡济国家。

【解读】

诗人在成都定居后，多次拜祭诸葛亮，对诸葛亮的品格、功业、成就，深表仰慕，也为诸葛亮事业的最终未成而深感惋惜。诗歌开篇渲染了一种庄严肃穆的环境，松柏森森，为诗人指点“丞相祠堂”的路径，这与诗人前去拜祭的心情相吻合。“映阶碧草自春色，隔叶黄鹂空好音”一联，写诸葛亮的身后寂寞，也是世无俊杰的曲隐表述。后四句对诸葛亮功业的咏叹中，渗透了个人失落的感伤。刘备为请诸葛亮出山，三顾茅庐，君主对人才重视到这等地步，足令后代文人志士羡慕不已。诸葛亮因此鞠躬尽瘁，辅佐两朝，死而后已。这样的明君、贤臣际遇，是后代有志效忠朝廷的才智之士们的楷模。诗人向往古人之时，也就是在为自身的不遇而苦恨。难得君臣如此投合，诸葛亮居然还是抱憾而终，诗人不禁为之泪流满襟。

江　村

清江一曲抱村流，长夏江村事事幽[1]。
自去自来梁上燕，相亲相近水中鸥。
老妻画纸为棋局，稚子敲针作钓钩。
但有故人供禄米，微躯此外更何求[2]？

【注释】

[1]清江：指成都郊外浣花溪。唐肃宗上元元年（760），杜甫漂流至成都，在友人的资助下，于浣花溪旁筑草堂居住。

[2]故人：老友。

【解读】

修筑草堂，定居成都，是杜甫晚年生活中最为安定的一段时期。经历了“安史之乱”的大动荡，经历了宦海风波险恶，诗人能获得这么一种宁静，已经是非常幸福的事情了。这首诗就写出了诗人恬静安闲的心态。草堂周围，浣花溪清流绕村，环境清幽。诗人不用再奔波困顿，有了闲暇的心境从容欣赏眼前景致。梁上的燕子、水中的鸥鸟都生活得如此自在，这是诗人自由畅快心境的投射。安居之后，诗人颇得天伦之乐。老妻画纸为其做棋局，小儿敲针自制钓钩，更有友人的禄米经济资助，可以生活无忧。杜甫因此快乐得认为没有其他更多的要求了。换一个角度思考问题，诗人对自己个人生活确实所求不多，一生的忧愤都是为国为民而发。

客　至

舍南舍北皆春水，但见群鸥日日来[1]。
花径不曾缘客扫，蓬门今始为君开[2]。

盘飧市远无兼味，樽酒家贫只旧醅[3]。
肯与邻翁相对饮，隔篱呼取尽馀杯[4]？

【注释】

[1] 但见：只见。

[2] 缘：因为。蓬门：茅屋之门。

[3] 盘飧（sūn）：菜肴。飧，本指熟食。市远：集市路途较远。兼味：多样食品。旧醅：隔年的陈酒。

[4] 肯：是否可以。馀杯：剩下来的酒。

【解读】

定居成都草堂，获得一段时间的安宁生活，杜甫心境变得恬淡舒适。这种宁静的生活中，有友人过往拜访，诗人特别高兴。首二句写自己的隐居环境，春水缭绕，春意荡漾，日日有鸥鸟相访。“花径”二句以与客对话的语气来写，增加了亲切感。杜甫不是一个隐逸避世的诗人，喜欢与人交往，一旦有人相访，就十分欣喜。以下四句写待客之热情，显示了诗人的诚挚真率、淳朴敦厚。诗人倾其所有招待来客，虽然没有山珍海味，却是诚意感人。诗人的喜欢人际交往还可以从“肯与邻翁相对饮，隔篱呼取尽馀杯”中看出。其一，诗人恐怕饮酒场面不够热闹，打算请邻翁加入，使气氛更加热烈；其二，平日诗人一定与邻翁平等来往，亲密无间的。诗人定居成都时，这种对待普通百姓的平等态度处处流露出来，显示了诗人博大的胸怀，在那个时代是难能可贵的。

春夜喜雨

好雨知时节，当春乃发生。
随风潜入夜，润物细无声[1]。
野径云俱黑，江船火独明。
晓看红湿处，花重锦官城[2]。

【注释】

［1］潜：悄悄地。这里指春雨在夜里悄悄地随风而至。

［2］花重：花因为饱含雨水而显得沉重。锦官城：成都。

【解读】

“安史之乱”后，中原大地一片乌烟瘴气，再加上政治上的失意，于是，杜甫由华州经秦州，一路跋山涉水，奔向当时相对较为安定的西蜀，在成都西郊浣花溪畔的“成都草堂”住了好几年。这首诗便是唐肃宗（李亨）上元二年（公元761）春天，杜甫居住在成都浣花溪畔的草堂时写的。题目是“春夜喜雨”，所以一开始便给诗歌定下了“喜”的调子。“好雨知时节，当春乃发生。”一个“知”字，便赋予春雨以灵性，使其具有了人的知觉：令人喜爱的雨知道季节的变更，一到春天正需要雨的时候，它便下来了。俗话说：“春雨贵如油。”春雨直接影响到农人收成的好坏，春天缺雨，就意味着歉收，可是现在下了一场好雨，这就让诗人看到了丰收的希望。因此，诗人喜悦之情溢于言表。“随风潜入夜，润物细无声。”春雨适时而下，而又是下得无声无息，慢慢地融入大地，滋润万物，这就更是好雨了。这两句诗还揭示了一定的生活哲理，成为教育者的至理名言。“随风潜入夜”和“润物细无声”，是从听觉来进行描述。而“野径云俱黑，江船火独明”，则是从视觉来写：黑云压在原野的道路上，乌压压的漆黑一片，只有江中渔船上的灯火，在夜雨中显得格外明亮。因为是夜里，所以才“野径云俱黑”，而又因为是“细雨”，故又能看见江上的灯火。这里，充分表明了诗人观察的细腻入微，描写的逼真。“晓看红湿处，花重锦官城。”诗人由眼前之夜雨，进而联想到第二天早晨的雨后景象：当清晨起来，发现春雨润湿了整个成都城的花朵，颜色显得格外浓艳、耀眼，该是多好的景象啊！末尾两句诗歌不仅表现了诗人迫不及待的心情，而且也体现了诗人对于丰收的期望和生活的热爱。从这首诗可以看出，杜诗语言锤炼精确、富有色泽，善于捕捉富于表现力的事物现象，而且诗的结构严谨，描写角度富于变化，对仗工整。这些都体现了“语不惊人死不休”的杜甫，对于诗歌艺术的自觉探索和追求。

茅屋为秋风所破歌

八月秋高风怒号，卷我屋上三重茅。

茅飞渡江洒江郊，高者挂罥长林梢，下者飘转沉塘坳[1]。

南村群童欺我老无力，忍能对面为盗贼，公然抱茅入竹去。

唇焦口燥呼不得，归来倚杖自叹息。

俄顷风定云墨色，秋天漠漠向昏黑[2]。

布衾多年冷似铁，娇儿恶卧踏里裂[3]。

床头屋漏无干处，雨脚如麻未断绝[4]。

自经丧乱少睡眠，长夜沾湿何由彻[5]。

安得广厦千万间，大庇天下寒士俱欢颜，风雨不动安如山。

呜呼！何时眼前突兀见此屋，吾庐独破受冻死亦足[6]。

【注释】

[1] 罥（juàn）：缠绕。塘坳（āo）：低洼积水的地方。

[2] 俄顷：不久。漠漠：阴沉沉的样子。

[3] 恶卧：睡卧不老实，胡乱踢蹬。

[4] 雨脚：雨点。

[5] 彻：度过整个夜晚。

[6] 突兀：高耸的样子。见：同“现”。

【解读】

杜甫有关心民生疾苦的博大胸怀，这是一种“仁者爱人”的可贵的人道主义精神。他充分领悟、发扬了儒家的“推己及人”的思想，每当自己遭受现实挫折时，总是首先联想起处境不如自己的广大下层百姓，将关怀投向大众。这是一个秋风秋雨大作的夜晚，诗人得以暂时歇息的茅屋顶盖被席卷而去，片刻的安宁再度失去。诗人在风雨飘摇的动荡生活中度过了大半生，外界的风雨极容易引起诗人对生活的忧患。诗人从秋风的怒号，写到南村群童的调皮，目的都是为了突出自己的现实窘境。因此，诗人接着就是对自己贫窘生活的具体描述：多年布被，干冷似铁，娇儿无知，蹦踏开裂。茅屋四壁漏雨，雨点如麻直落屋中。对自己生活困窘的描写，又是为了烘托更加贫寒困苦的下层百姓。于是，诗人立即将目光转向广大民众，唱出“安得广厦千万间，大庇天下寒士俱欢颜，风雨不动安如山”这样的千古绝句，而且只要百姓安乐，自己甘愿受冻，这样博大的胸襟，令人钦佩。

赠花卿[1]

锦城丝管日纷纷，半入江风半入云[2]。
此曲只应天上有，人间能得几回闻？

【注释】

[1]花卿：花敬定，成都尹崔光远部将。杜甫又有《戏作花卿歌》，首二句云：“成都猛将有花卿，学语小儿指姓名。”前人有将花卿理解为歌妓的。浦起龙《读杜心解》卷六之下反驳说：“若作赠妓诗，反觉肤浅少味。”

[2]锦城：成都。

【解读】

“锦城丝管日纷纷，半入江风半入云。”这两句诗是说：花卿的宅第中，管弦丝竹之声整天响个不停，一半伴着清风飘落在滚滚的锦江中，一半随着清风直飘上云端。“日”字，说明这种情况不是偶然的，而是天天如此。这种夸张的描写，不仅说明了乐曲的优美动人，而且活画出这位花将军夜以继日地寻欢作乐，过着醉生梦死的生活。“安史之乱”以后，地方军阀势力迅速膨胀，武将的个人享受都超越等级范围。古代乐舞有着严格的规定：天子的舞队人数有六十四人，纵横都是八人，称为“八佾”；诸侯有三十六人，纵横都是六人；大夫有十六人，纵横都是四人。《论语・八佾》说：“孔子谓季氏八佾舞于庭，是可忍，孰不可忍也。”当季氏（诸侯）在自己家中，享受只有天子才能享受的舞乐时，孔子便说这是犯了不可饶恕的错误。在这里诗人没有直接说出，而是含蓄地说：“此曲只应天上有，人间能得几回闻。”这样美妙悠扬的乐曲只应该在天上才能听到啊，人间又能够听到几次呢。表面上看是对花卿宅第中丝管乐曲的赞美，但仔细想来便有点不对劲。“只应天上有”，天上就是天子，只应该皇帝才有的舞乐，而作为一个地方将军怎么会“几回闻”，且又是日日不辍呢？在这首诗里，诗人是在赞美花敬定家美妙的音乐，也是在含蓄讽刺他骄奢的生活。首句写其终日享受，沉湎声色，次句写其乐声悠扬，飘入云霄。后二句在赞美中寓讽喻之意。一介武夫，居然可以做天人享乐，其骄横跋扈之态呼之可出。

不见

不见李生久，佯狂真可哀[1]。
世人皆欲杀，吾意独怜才。
敏捷诗千首，飘零酒一杯。
匡山读书处，头白好归来[2]。

【注释】

[1] 李生：李白。

[2] 匡山：大匡山，在今四川江油县境内，李白少年时在此读书。

【解读】

杜甫在成都，听到李白流放夜郎的消息，对老友的思念和担忧就难以扼制。李白是狂放豪迈的，在为人严谨的杜甫看来，这是李白才华不得施展而不得已的“佯狂”。杜甫无法确切知道李白被流放的准确原因，推想这是因“佯狂”而带来的后果，所以说“真可哀”。当时李白被作为“叛逆”处罚，李白狂傲一定得罪过不少人，于是有了“世人皆欲杀”的局面。杜甫因为不了解真相而无法为李白辩护，但是，杜甫珍惜李白的才华，希望世人和朝廷也有这样宽容的心态。“敏捷诗千首，飘零酒一杯”，是对李白一生才能和遭遇的精确评价，杜甫不愧为李白的知己。世道险恶，世路风波，杜甫真是为纯真的李白担心，因此劝老友还是回故乡闭门读书，安度晚年。完全避世隐居，李白做不到，杜甫也做不到。这就是盛唐精神赋予这一批诗人所特有的精神财富。

江畔独步寻花

黄四娘家花满蹊，千朵万朵压枝低。

留连戏蝶时时舞，自在娇莺恰恰啼[1]。

【注释】

［1］恰恰：自然，和谐。

【解读】

《江畔独步寻花》是杜甫住在成都浣花溪草堂时写的七绝组诗，共七首，这里选的是第六首。“黄四娘家花满蹊”，娘，是唐代对妇女的尊称；蹊，即小路。这句是说：黄四娘家种的花很多，小路两边都布满了花儿。“千朵万朵压枝低”，花儿不但多，而且是一块儿竞相开放，花的枝条都被压弯了。“流连戏蝶时时舞，自在娇莺恰恰啼。”写花儿的美丽，是一种静态的自然之美，而蝶舞、莺啼则是一种动态的生命之美。在馥郁芬芳的阵阵花香中，蝴蝶在花丛中上下翻飞，翩翩起舞；树上自由自在飞来飞去的黄莺，此呼彼应地婉转唱和，娇声阵阵，悦耳动听，悠扬和谐。这里诗人从嗅觉、视觉和听觉等角度，来描绘这幅洋溢着盎然生机的春意图，使人仿佛感受到春的温馨与恬适。尤其是后两句诗歌，对仗工整，意境优美，那美妙的大自然乐章，余音缭绕，念之令人心驰神往。综观全诗，诗人写乡间景物，信手拈来，妙手成春。灿烂的花朵，翻飞起舞的蝴蝶，自由啼鸣的娇莺，处处显示出活泼的春日生机。前二句写花开的盛况，后二句写莺蝶的自在，二者相互辉映，构成一个灿烂的春天。“不是爱花即欲死，只恐花尽老相催。”（此题第七首）诗人爱花之深沉，显示出诗人热爱春光、热爱自然的生活情趣，更表现了诗人对于青春、对于生命的热爱与珍惜。

戏为六绝句

不薄今人爱古人，清词丽句必为邻。

窃攀屈宋宜方驾，恐与齐梁作后尘[1]。

【注释】

[1] 屈宋：屈原与宋玉，楚辞的作者。楚辞以擅长比兴，寄寓深远著称。方驾：并驾。齐梁：南朝的两个朝代，文风浮华靡丽。

【解读】

诗人写了六首七绝，都是评诗论文的，这里选录一首以为代表。诗人在这里表明了自己承袭文化传统“不薄今人爱古人”的博取态度，“清词丽句必为邻”的审美选择。然而，博取不等于无选择，诗人更注重的是学习具有比兴传统、言之有物的屈宋楚辞风格，而不愿意步齐梁浮华之后尘。诗人对诗歌创作的观点，在其创作实践中都能够得到较好的落实。

闻官军收河南河北[1]

剑外忽传收蓟北，初闻涕泪满衣裳[2]。

却看妻子愁何在？漫卷诗书喜欲狂。

白日放歌须纵酒，青春作伴好还乡[3]。

即从巴峡穿巫峡，便下襄阳向洛阳[4]。

【注释】

[1] 宝应元年（762）十月，唐朝各路大军全面反攻，再度收复洛阳及河南诸郡县，进军河北。安禄山、史思明部将纷纷投降。延续了七年多时间的“安史之乱”基本上被平定。

[2] 剑外：剑门阁以南，指今四川一带。蓟北：今河北省东北部地区，这里是安禄山、史思明的巢穴。

［3］放歌：放声歌唱。青春：秀丽的春天景色。

［4］“即从”二句：这是诗人预计还乡的路径。诗人自注：“余田园在东京。”东京，即洛阳。

【解读】

唐代宗（李豫）广德元年（763）正月，唐朝政府对安史叛军进行大反攻，并取得了决定性的胜利。叛军最后一个大首领史朝义（史思明的儿子）兵败自杀，其部将纷纷投降，安史叛军占领的地盘被相继收复，延续了将近八年的“安史之乱”被最后平定。当时，流落在今四川三台的杜甫，突然听到这一消息，饱受战乱流离之苦的诗人喜极而歌泣。于是，杜甫一反含蓄敛抑、沉郁顿挫的作风，挥毫写下了这首明快、豪放的诗歌。“剑外忽传收蓟北，初闻涕泪满衣裳。”忽然从前方战场传来了收取蓟北的消息，由于这一喜讯来得太突然，诗人竟然泪洒如雨，把衣服都湿透了。胜利的消息传来，诗人不是拍手称快、放声大笑，而是涕泪纵横，把衣服都黏湿了。矛盾吗？其实一点也不矛盾。这是诗人听说“安史之乱”全面平定、国家再得安宁之际，大喜过望心情的真实流露。当然，流泪也只是短暂的，随之而来的无疑是难以自抑的狂喜。“却看妻子愁何在，漫卷诗书喜欲狂。”回头看看妻子儿女们，他们一个个喜笑颜开，往日的愁容一下子全都消失了，而诗人自己，也高兴得不知道干什么才好，只是把诗集书稿胡乱地卷起来。“漫卷”的动作显得既有为回乡收拾行装的目的，又是那样漫不经心，这完全是狂喜之余下意识的行动。“白日放歌须纵酒，青春作伴好还乡。”为了庆祝这一胜利带来的欢乐，诗人决定放声高歌，举杯痛饮，喝个一醉方休；然后，在春天明媚的阳光和美丽的景色陪伴下，返回故乡。“白日放歌”，与大好春光为伴回家，杜甫生平真的没有如此豪爽奔放过。“即从巴峡穿巫峡，便下襄阳向洛阳。”结尾用四个地名形成工整对偶，同时显示在诗人的想象中，回家的路程是如此的轻快，如闪电般迅疾。诗歌语言明朗，不假雕饰，情感激越，尽情倾吐，一泻千里，虽是使用白描手法，但流畅自然，不求工而自工。浦起龙《读杜心解》卷四之一评云：“八句诗，其疾如飞。题事只一句，余具写情。得力全在次句，于神理妙在逼真，于文势妙在反振。三、四，以转作承；第五，仍能缓受；第六，上下引脉；七、八，紧申‘还乡’。生平第一首快诗也”。

登　高

风急天高猿啸哀，渚清沙白鸟飞回[1]。
无边落木萧萧下，不尽长江滚滚来[2]。
万里悲秋常作客，百年多病独登台。
艰难苦恨繁霜鬓，潦倒新停浊酒杯[3]。

【注释】

［1］渚：水中小洲。

［2］落木：落叶。萧萧：树叶坠落声。

［3］苦恨：恨极了。

【解读】

诗人晚年再度飘荡，一度流寓夔州。本诗首句仰视高空，如狂飙骤来，苍凉悲哀。次句俯视江渚，对偶工整，凄清冷落。诗人秋日登高，所见的是天地间枯萎萧条的纷纷落叶，与长江滚滚而去的无情流水。时世艰难、长年漂泊、老病孤愁、潦倒失意之感慨汹涌而来。语势虽然渐渐转为平淡，无限的悲凉也因此缓缓流露。胡应麟《诗薮》内编卷五评云："若'风急天高'，则一篇之中句句皆律，一句之中字字皆律。而实一意贯串，一气呵成。骤读之，首尾若未尝有对者，胸腹若无意于对者。细绎之，则锱铢钧两，毫发不差。而建瓴走坂之势，如百川东注于尾闾之窟。"

登　楼

花近高楼伤客心，万方多难此登临。
锦江春色来天地，玉垒浮云变古今[1]。
北极朝廷终不改，西山寇盗莫相侵[2]。
可怜后主还祠庙，日暮聊为梁甫吟[3]。

【注释】

［1］锦江：水名，在四川成都南面。玉垒：山名，在四川灌县西北。

［2］北极：北辰星，居天之中央。这里代指京都。西山寇盗：指当时入侵中原的吐蕃军队。

［3］后主：三国蜀后主刘禅。成都先主庙旁便是后主祠。梁甫吟：歌名。据说诸葛亮隐居躬耕垄亩之际，喜欢为《梁甫吟》。

【解读】

浦起龙《读杜心解》卷四之一评云："声宏势阔，自然杰作。须得其一线贯串之法，盖为吐蕃未靖而作也。""安史之乱"平定以后，国家并没有像杜甫所期望的那样恢复和平宁静，地方藩镇势力的跋扈，吐蕃外敌的入侵，使得大唐帝国多灾多难。春日登楼眺望远方，诗人的心情格外压抑沉闷。自然界已经春回大地，国家的春天诗人还是看不见。所见的只是"万方多难"，尤其是"西山寇盗"的猖獗，诗人不能不为国家的前程而担忧，他在愤恨吐蕃入侵之时，再次对诸葛亮深表仰慕之情。这种仰慕里也包含着对现实的期待，渴望能出现一位文功武略似诸葛亮的贤臣，辅佐大唐帝国。回想诸葛亮的功业未竟，又不禁扼腕痛惜。这种痛惜里所蕴含的还是现实的殷忧，诸葛亮的悲剧下场似乎预示着现实的艰难。

绝　句

两个黄鹂鸣翠柳，一行白鹭上青天。
窗含西岭千秋雪，门泊东吴万里船［1］**。**

【注释】

［1］西岭千秋雪：原注："西山白雪，四时不化。"

【解读】

唐代宗宝应元年（762），蜀中发生动乱，杜甫被迫离开成都草堂。唐代宗广德二年（764），重新回到成都草堂的杜甫，被好友东川节度使严武推荐为节度使署中参谋，检校工部员外郎，此时诗人心情颇为畅悦，看到草堂四周的美好景色，便写了四首绝句，本诗是第三首。“两个黄鹂鸣翠柳，一行白鹭上青天。”这两句诗色彩鲜丽，对仗工整。“两个”对“一行”，是数量词与数量词相对；“黄鹂”对“白鹭”，是鸟类与鸟类相对；“鸣”对“上”，是动词与动词相对；“黄”对“白”，“翠”对“青”，色彩分明，清新悦目。翠绿的柳丛中，两只黄莺飞来绕去，亮起清脆的嗓子婉转地歌唱；碧蓝的青天上，一行白鹭冲天而起。“窗含西岭千秋雪，门泊东吴万里船。”从窗子远眺西边的高山，高高的峰巅上仍存有长年不化的皑皑积雪；临对大江的门外，泊靠着从万里远来的东吴船只。这两句诗对仗同样十分工整：“门”与“窗”，同是建筑物；“含”与“泊”，都是动词；“西”与“东”，是方位词；“千秋雪”对“万里船”，时空相对，气象恢宏阔大。“含”字，既形象又生动，诗人用窗子来限定观察视野，让人们从中欣赏积雪的山峰。“千秋”既说明积雪时间之长，同时又给人一种深沉的历史感。“万里”一方面表明交通的发达兴盛，另一方面也使空间拉大，开阔了人们的心胸眼界，调动了人们的想象力。这四句诗一句一景，各成一画，声色兼具，动静结合。而黄鹂、翠柳、白鹭、青天、岭雪，则又组成和谐的画面，色彩鲜明，如一幅绚丽的画图。诗人以轻松欢快的心情写所见的景物，景物中渗透着生机勃勃的朝气，营造出一种明朗、清新而又洋溢着生命活力的诗歌意境。这也是“安史之乱”平定后，诗人回归故土的喜悦之情的自然流露。此外，诗歌语言朴实平淡，自然率真，不求工而自工。

旅夜书怀

细草微风岸，危樯独夜舟[1]。
星垂平野阔，月涌大江流。
名岂文章著，官应老病休。
飘飘何所似？天地一沙鸥[2]。

【注释】

[1] 危樯：高高的桅杆。

[2] 飘飘：飘零无依。

【解读】

诗人晚年离开成都草堂，乘舟东下。这首诗作于这次旅途之中。“细草”二句是近景。旅夜泊舟，孤独无眠，方能目睹细草、感受微风。这二句渲染了旅途的孤寂与被迫再度飘零的落寞。“星垂”二句写远景，气魄宏大，襟怀旷远。平野开阔，天似穹庐，星辰点缀其中，远处天与平野相连接，才有“星垂平野阔”的视觉感受。月色如水，洒向江面，大江奔腾，川流不息，一轮明月因此仿佛从江水中涌出。这两句写壮阔景色，视野独特，组句别致，是杜诗名句之一。无边的原野、奔流的大江，更反衬出诗人的孤单及旅途颠沛的凄苦。诗人追究一生的遭际，以“名岂文章著，官应老病休”作归纳，透露出一事无成的苦涩。名声确实因文章而著称天下，却并没有帮助自己实现生平的理想。仕途挫折，丢官飘零，绝非多病导致，这一点诗人自己最清楚。诗人推脱说“官应老病休”，则是无奈的排解。直到晚年，诗人还似沙鸥飘零，自伤身世，诗意越转越悲苦。旅夜之所以无眠，辗转反则，也是因为自伤身世、平生失意翻涌而来所致。

白　帝[1]

白帝城中云出门，白帝城下雨翻盆。
高江急峡雷霆斗，翠木苍藤日月昏。
戎马不如归马逸，千家今有百家存。
哀哀寡妇诛求尽，恸哭秋原何处村？

【注释】

[1] 白帝：白帝城，故址在今四川省奉节县白帝山上。

【解读】

这首诗作于寓居夔州期间。前四句用复沓句法写白帝城中、城外以及“高江急峡”云雨翻腾、雷霆震怒的奇险气候与景色。白帝城位于瞿塘峡口的长江北岸，东依夔门，西傍八阵图，三面环水，一面傍山，突兀独立大江之中，气象萧森，在雄伟险峻的夔门山水中，显得格外挺拔壮美。白帝庙高踞山顶，地势高峻。俯瞰下面，在浓云密布的阴雨日子里，云雾缭绕蒸腾，忽而翻作倾盆大雨。急雨中的大江和三峡，波浪翻滚，似雷霆争斗。前四句写暴雨雷霆中的白帝城，能抓住景物特征，又隐隐让读者感受到环境的险恶。后四句写战乱带来的民生凋敝。诗人用最平常的语言，如“千家今有百家存”“哀哀寡妇诛求尽”等，写出触目惊心的景象。“戎马不如归马逸”，写战争的连绵不断，以及戎马变为归马的战后景象，同时也透露出将士厌战的情绪。如此争战无休，百姓深受其害，千家万户，人烟凋零，哭泣声响成一片。画面上笼罩着浓厚的悲剧气氛。“安史之乱”以后，军阀继续争夺地盘，战争频仍。由此带来的民生凋敝、乡村衰败，皆于此可见。

秋　兴

其一

玉露凋伤枫树林，巫山巫峡气萧森[1]。
江间波浪兼天涌，塞上风云接地阴。
丛菊两开他日泪，孤舟一系故园心[2]。
寒衣处处催刀尺，白帝城高急暮砧[3]。

其二

夔府孤城落日斜，每依北斗望京华。
听猿实下三声泪，奉使虚随八月查[4]。
画省香炉违伏枕，山楼粉堞隐悲笳[5]。
请看石上藤萝月，已映洲前芦荻花。

【注释】

［1］玉露：白露。萧森：萧瑟阴森。

[2] 丛菊两开：见到了菊花的再一次开放。指自己滞留在夔州已经是第二年了。

[3] 砧：捣衣石。

[4] “听猿”句：《水经注·江水》载巴东渔歌：“巴东三峡巫峡长，猿鸣三声泪沾裳。”“奉使”句：据晋张华《博物志》卷十载：有人乘槎入海，直通天河，遇一男子牵牛在水边饮水。回到世间，询问蜀地严君平，知道所遇乃牵牛星。杜甫用此典写自己托身川西节度使严武幕府之事。查：通“槎”，木筏。

[5] 画省：尚书省。杜甫在严武幕中，所加官衔是检校工部员外郎，属尚书省。违伏枕：因卧病而未到京城供职。

【解读】

《秋兴》组诗熔铸了夔州萧条的秋色，清凄的秋声，与诗人暮年多病的苦况，关心国家命运的深情，意境深沉，悲壮苍凉。第一首起兴，后七首抒怀，章法缜密严整，脉络分明。“玉露凋伤枫树林”一诗为组诗之序曲，通过对巫山巫峡的秋色秋声的形象描绘，烘托出阴沉萧森、动荡不安的环境气氛，抒发了诗人忧国之情与抑郁孤独之怀抱。全诗开门见山，抒情写景，波澜壮阔，感情强烈。首二句写白露凋伤枫叶乃至满林如此，状秋日已深，故巫山巫峡之气肃杀而萧森。以草木之衰变，抒悲秋之情意。次二句紧承首联，极写巫山巫峡秋气萧森之状。峡江之间，波浪滔天；楚塞之上，风云遍地，此皆萧森之气。他乡滞留之愁苦尽在言外。如此自然牵引出“丛菊两开他日泪，孤舟一系故园心”两句。诗人感慨羁留夔州已经两秋，故见菊花两开，他日感伤之泪也难以遏止。“故园”，指长安。“故园心”为组诗之纲要，感慨抒情由此而发。下启二、三首。末二句言是在人家感秋气萧森皆预备寒衣，故白帝城中捣衣声不绝。天寒岁暮，己身旅客之无衣，更令人伤怀。第二首写诗人身在孤城，遥望长安，寄托了一腔的爱国情思。诗人回顾自己官场失意的遭遇，倾诉自己无法忘却朝廷的心怀，秋日在夔州目睹“藤萝月”“芦荻花”的萧瑟情景。诗意跳跃，意象稍嫌朦胧晦涩，吞吐还休。《秋兴》组诗典型地表现出杜甫诗歌晚年博大精深的作风。

八阵图[1]

功盖三分国，名成八阵图。

江流石不转，遗恨失吞吴[2]。

【注释】

[1]八阵图：诸葛亮设置的军阵。分天、地、风、云、龙、虎、鸟、蛇八阵，聚石成堆，纵横棋布。夏季为江水淹没，冬季露出水面。诸葛亮所布八阵图的遗迹有多处，这里所咏的是夔州八阵图。

[2]“遗恨”句：指诸葛亮不赞成刘备对东吴用兵。诗人认为刘备一意孤行，由此导致鼎足三立局面的破坏。

【解读】

这首诗咏怀古迹。八阵图的遗迹中，遗留着诸葛亮的功绩，也流传着诸葛亮功业未竟的遗恨。诗人为古人惋惜，同时也是在抒写自己无所成就的抑郁情怀。有了诸葛亮，才有了三国的鼎足而立。诗人以八阵图为典型范例，写诸葛亮辅助刘备建立蜀国的显赫功绩。斯人已逝，遗迹尚存，吊古伤今，诗人不是为某次战役而惋惜，而是痛惜诸葛亮的才华、壮志的最后成空。在诗人看来，刘备的一意孤行，是诸葛亮壮志落空的主要原因。如此评判历史，矛头隐指当今最高统治者，自己仕途无成的原因也就无须再叙说了。

咏怀古迹

其二

摇落深知宋玉悲，风流儒雅亦吾师[1]。
怅望千秋一洒泪，萧条异代不同时。
江山故宅空文藻，云雨荒台岂梦思[2]。
最是楚宫俱泯灭，舟人指点到今疑。

其三

群山万壑赴荆门，生长明妃尚有村[3]。
一去紫台连朔漠，独留青冢向黄昏[4]。
画图省识春风面，环佩空归月夜魂[5]。
千载琵琶作胡语，分明怨恨曲中论[6]。

其五

诸葛大名垂宇宙，宗臣遗像肃清高[7]。
三分割据纡筹策，万古云霄一羽毛[8]。
伯仲之间见伊吕，指挥若定失萧曹[9]。
运移汉祚终难复，志决身歼军务劳[10]。

【注释】

［1］“摇落”句：宋玉《楚辞·九辨》：“悲哉秋之为气也！萧瑟兮草木摇落而变衰。”后以此典抒悲秋情绪。

［2］“云雨”句：宋玉《高唐赋序》载：楚王游玩高唐，曾遇见巫山神女自献其身。离别时说：“妾在巫山之阳，高丘之阻，旦为朝云，暮为行雨，朝朝暮暮，阳台之下。”

［3］赴：群山连绵起伏，如奔赴而去。荆门：山名，在今湖北宜都县西北。明妃：王昭君，荆门山附近归州（今湖北秭归）人。汉元帝宫人，竟宁元年（前33）遣嫁匈奴单于。

［4］紫台：指汉宫廷。江淹《恨赋》：“明妃去时，仰天叹息，紫台稍远，关山无极。”青冢：昭君墓，在今内蒙古呼和浩特市南。

［5］“画图”句：据《西京杂记》载：汉元帝命宫廷画师画新入选宫女容貌，昭君不肯贿赂画师，因此被丑化，最终遣嫁匈奴。临行，汉元帝才发现昭君的美貌，然已无法挽回。省识：辨识，觉察。环佩：代指昭君。

［6］“千载”二句：相传昭君在匈奴作琵琶怨曲，曲名《昭君怨》。

［7］宗臣：世人所景仰的名臣。

［8］纡（yū）：曲折，引申为周密。筹策：筹谋划策。“万古”句：喻诸葛

亮品行高洁，万古难以企及。

[9]伯仲：兄弟，借喻不相上下。伊吕：伊尹辅佐商代开国君主汤，吕尚辅佐周代开国君主武王，都是著名的开国功臣。萧曹：萧何与曹参，西汉初年著名宰相。

[10]运移：指气数已尽。祚(zuò)：福分，福气。志决：志向坚定。身歼：身死。

【解读】

《咏怀古迹》共五首，作于夔州。其二凭吊楚国宋玉。宋玉有《高唐赋》，写巫山神女之事，流传甚广，据说江陵还有宋玉的古宅。诗人路经此地，不禁为古人悲慨，同时抒写自己的身世家国之悲。《楚辞》以悲怨为其抒情特征，悲秋的传统就来自宋玉。经社会动乱，晚年流落无所定居的诗人，心情上与宋玉之类《楚辞》作家非常相近。何况，今日依然草木凋零，景物萧条，千秋异代同此悲苦。在舟人的指点评说之际，诗人也陷入沉思，古人的身世、作品、情感，一一在脑海闪过。与自己遭遇、情绪相近的部分就容易被突出出来，归根结底，诗人的意旨是指向今天。

昭君出塞，历代评价不一。其三诗人着重描写昭君告别故乡、诀别亲人、远赴塞外一路上的凄苦悲愁，以及身死他域、魂归中原的悲剧。诗人以“一去紫台连朔漠，独留青冢向黄昏”概括昭君悲苦的一生，通过“一去紫台”和“独留青冢”的对举，突出刻画昭君遭遇的悲苦凄惨。昭君何以“一去紫台”，何以“独留青冢”塞外？“画图省识春风面，环佩空归月夜魂”，于是推究悲剧之所以发生的原因。王安石《明妃曲》说：“意态由来画不成，当时枉杀毛延寿。”杜诗写得含蓄，语意相同。杜甫认为：画图是可以“省识”昭君如春天般的美貌的，皇帝居然会辨识不清，皇帝的昏庸昭然若揭。皇帝的昏聩无眼，带来昭君人生的悲剧。昭君出塞，以琵琶倾吐心声，这琵琶声流传至今。千载琵琶遗曲中，传说着昭君的愤恨，也透露出诗人的同情。诗人强调昭君的悲剧人生，批判讥讽的矛头从奸臣转向帝王。古代士大夫喜欢以臣妾自比，杜甫在为昭君鸣冤之际，当然也是在宣泄自己的愤懑。

杜甫晚年最为敬佩的古人是诸葛亮。其五写瞻仰武侯祠时的感受。首二句是诗人对诸葛亮的总体评价。有了如此高的评价，诗人才不断有诗作凭吊，而且篇篇精粹凝练，脍炙人口。诗人仰慕诸葛亮“三分割据”的雄才大略，称颂他可以与伊尹、吕尚、萧何、曹参等古代名臣贤相并驾齐驱，几乎集古代贤臣的诸多才能于一身。由于诗人自己事业的无成，他总是借古人抒写自己的悲苦。景仰诸葛亮的诗歌最后都要落实到为其功业中途而废惋惜，以此写现实的悲苦情绪。诸葛亮鞠躬尽瘁而无所作用的悲剧下场，就与诗人的现实处境十分类似。

江　汉[1]

江汉思归客，乾坤一腐儒[2]。
片云天共远，永夜月同孤。
落日心犹壮，秋风病欲苏。
古来存老马，不必取长途[3]。

【注释】

[1] 江汉：长江、汉水地区。大历四年秋（769）秋，杜甫飘零至湖南。这首诗作于这段时间。

[2] 乾坤：天地之间。

[3]“古来”二句：化用“老马识途”成语语意。

【解读】

晚年再度开始四处飘零，诗人心情特别凄苦，特别渴望能够归去安居乐业。诗歌开篇就将这种思归的心态急切地表达出来。奔波努力一生，一事无成，杜甫归结为“乾坤一腐儒”，“百无一用是书生”。这是对自身遭遇的牢骚，也是对自己落魄无成的伤感，更是对世道不公的愤慨。“片云”二句写景，以烘托自己的四处漂泊和孤独。茫茫天空，片云漂浮；漫漫长夜，孤月高悬，似乎都是诗人晚年命运的象征。杜甫是执着的，至此，报国为民之心不灭，依然表现：“落日心犹壮，秋风病欲苏。”年老多病之际，仍然期待自己有所作为，不甘心就此沉沦。结句点明：老马有识途的智慧，不一定用其“取长途”

的力气。换言之，自己虽然年老，才智还可为朝廷所用。

登岳阳楼

昔闻洞庭水，今上岳阳楼。
吴楚东南坼，乾坤日夜浮[1]。
亲朋无一字，老病有孤舟。
戎马关山北，凭轩涕泗流[2]。

【注释】

[1] 吴楚：长江下游一带。坼：裂开。乾坤：天地。

[2]关山北：泛指战乱中的北方地区。凭轩：靠着栏杆。涕泗：眼泪、鼻涕。

【解读】

登上岳阳楼，面临洞庭湖，诗人的视野非常开阔，写景也气势磅礴。首二句写出往日有关洞庭湖的传说以及自己对洞庭湖的向往之情。登临眺望，果然气度非凡。“吴楚东南坼，乾坤日夜浮”写出洞庭湖的雄伟阔大，似乎吴楚大地就此开裂，天地沉浮于此。后人将其与孟浩然的“气蒸云梦泽，波撼岳阳城”并为写洞庭湖的名句。然无边的洞庭阻隔了诗人归家的路程，使他与亲朋断绝，愁苦意绪难以自制。诗人晚景落魄，观赏景物时也没有了早年《望岳》时一以贯之的豪情。其实，阻隔诗人的真实原因是“戎马关山”，战乱不断，逼迫诗人滞留他乡。无限的悲苦翻腾上来，化作涕泪，横流不已。洞庭水，滔滔不绝，此时恐怕流淌的是诗人思乡的眼泪。

江南逢李龟年[1]

岐王宅里寻常见，崔九堂前几度闻[1]。
正是江南好风景，落花时节又逢君。

【注释】

［1］李龟年：唐玄宗时期著名的音乐家。

［2］岐王：唐玄宗弟李范，封岐王。崔九：崔涤，曾任秘书监，唐玄宗的宠臣。

【解读】

李龟年是唐玄宗时期著名的宫廷乐师，能歌善舞，深得玄宗的喜爱，在东京洛阳建有豪华宅第，阔比王侯。杜甫少年时就以才华出众而闻名于文艺士人之间，十四岁时与李龟年认识，遂成为好友。后来杜甫漫游天下，安史之乱后又拖妻带子四处漂泊，李龟年则流落到江南。大历五年（770），两位鬓发斑白的老人又在潭州（今湖南省长沙市）相逢。遭逢世乱之后，重新遇见当年长安故人，便有恍如隔世的感觉。抚今追昔，诗人杜甫便写下了这首名传千古的诗歌。“岐王宅里寻常见，崔九堂前几度闻。”诗人当年，在岐王的府第中与李龟年经常见面，在崔九的堂前也曾多次听过李龟年的演奏歌唱。李龟年的音乐，代表了一个时代的繁荣昌盛，是盛唐时代歌舞升平景象的象征。老朋友在“杂花生树，群莺乱飞”的暮春江南相逢，该是何等的高兴啊！但眼前人还在，音乐依旧，只是没有了当年的环境与心情。“正是江南好风景，落花时节又逢君。”由于两人都经历了唐王朝的兴衰替变，目睹了国家的内忧外患，社会的动荡不安，饱尝了人世的颠沛流离，江南的再度重逢，也就充满了沧桑之感。忆及往昔“开元盛世”的繁盛，对比今日之末世王朝的颓废，诗人怎能不感慨万端呢？“落花时节”，意味着诗人对于唐王朝日复一日如春花般衰败的悲痛，也体现了诗人对于王朝兴衰更替的无奈与伤感。这首诗情感回旋激荡，浸透着诗人对于社会、人生的独特感悟与体验，蕴含着深沉的历史忧思。蘅塘退士《唐诗三百首》评此诗云：“世运之治乱，年华之盛衰，彼此之凄凉流落，俱在其中。少陵七绝，此为压卷。”

张　继

张继，字懿孙，襄州（今河北襄阳）人。天宝十二年（753）进士。大历末官检校祠部员外郎，分掌财赋于洪州。存诗四十余首，《全唐诗》录其诗一卷。

枫桥夜泊[1]

月落乌啼霜满天，江枫渔火对愁眠。
姑苏城外寒山寺，夜半钟声到客船[2]。

【注释】

[1] 枫桥：在今苏州城西。

[2] 姑苏：苏州的别称，因城西南有姑苏山而得名。寒山寺：在枫桥附近，建于南朝梁代。相传唐初诗僧寒山、拾得曾在此居住，因此得名。

【解读】

诗人今夜停泊在苏州城外的枫桥下，旅途的愁绪阵阵袭来，孤寂不眠。面对着月落之后灰蒙昏暗的夜色和惊飞的栖乌，江边是秋日的枫树，江中是点点的渔火，远处传来寒山寺夜半悠扬的钟声，诗人对江南水乡宁静幽美的景色有几分欣赏，更多的是冷清寂寞的感受。只有在万籁俱寂的深夜，只有孤独无眠、百无聊赖的诗人，才能听到远处传来的断续的钟声。这首绝句千古传颂，欧阳修却提出意见说："句则佳矣，其如夜半不是打钟时。"北宋彭乘《续默客挥犀》辩解说："予后至姑苏，宿一夜，夜半偶闻钟声，因问寺僧，皆曰：'固有分夜钟，何足怪乎？'旭问他寺皆然，始知分夜钟惟姑苏有之，此诗不谬也。”后人再引唐诗，于鄴《褒中即事》诗说：“远钟来半夜，明月人千家。”皇甫冉《秋夜宿会稽严维宅》诗说：“秋深临水月，夜半隔山钟。”证明唐代不仅仅是苏州寒山寺夜半敲钟，其他佛庙也有夜半敲钟的习俗。宋人学究气特浓，重实证体验。这类对诗歌阅读理解的讨论，表明唐、宋诗人思维方式的区别，同时增加了诗歌的艺术魅力。

刘长卿

刘长卿（约709—约789），字文房，籍贯宣城（今安徽宣城），出生于洛阳（今河南洛阳）。少居嵩山读书，曾数次参加考试落第。约于天宝末登进士第。“安史之乱”爆发，南奔流落于扬州、苏州一带，后补任长洲县尉，性格孤傲而遭人陷害，一度入狱。大赦出狱，为海盐令。终贬为潘州南巴（今广东电白）尉。未至南巴而回朝廷“重推”。擢为监察御史，迁殿中侍御史。外出任淮南转运判官，与长官意见不合，再贬后罢官。德宗起用旧臣，为随州刺史，遇兵乱出走。一直不得志而终。诗歌流传五百余首。自诩为“五言长城”。

穆陵关北逢人归渔阳[1]

逢君穆陵路，匹马向桑乾[2]。
楚国苍山故，幽州白日寒[3]。
城池百战后，耆旧几家残[4]。
处处蓬蒿遍，归人掩泪看。

【注释】

[1]穆陵关：地名，在今河北麻城北面。渔阳：地名，治所在今天津蓟县。

[2]桑乾：河流名。桑乾河，今为永定河，源出山西，流经河北。这里指渔阳。

[3]楚国：春秋战国时期，长江中下游地区为楚国地盘。这里代指穆陵关。幽州：地名，即渔阳。

[4]耆旧：故老，年长的旧好。这里指世家大族。

【解读】

诗人在穆陵关北碰到一位北归者，便向对方倾吐了自己对现实社会的独特感受。当时正值“安史之乱”刚刚平定，渔阳是“安史之乱”爆发的地方，饱经战乱。大乱刚过，满目疮痍，全国各地仍然动荡不安。诗人经历了盛唐，对现实有无限的感慨，这一切都在这一番倾吐中得以表现。诗人并没有交代这位北归者与自己的关系，诗人并不关注这些，而是借题发挥。或许这就是一位萍水相逢者，诗人内心的感伤正好可以借此透露。首二句是情景交代，是以下抒发情感的背景。“匹马”的突出，已经写出北归者的孤单和凄惶。颔联写景，上句写穆陵，次句写渔阳，景物中渗透了诗人的情感。江南此地，苍山故旧，已经给人一种岁月沧桑、人世变幻的感受；北方酷寒，即使白日也不能给人丝毫暖意。相比之下，北方渔阳恐怕更加叫人难以忍受。这里隐约流露出诗人对北方大乱爆发地的恐惧和不安的感受，流露出对北归者的担忧。颈联转而直接写战乱后的境况。诗人写北方都凭想象落笔，北方城池荒芜残破，旧家凋零离散，战争给社会带来的巨大破坏令人不寒而栗。结尾两句是替北归者设想，回到渔阳之后，所见处处蓬蒿，荒凉而少见人烟，北归者恐怕难以寻觅往日家乡的情景，只能掩泪相看了。这首诗比较典型地表现了“安史之乱”以后诗人们世事沧桑、凄凉伤怀的特殊心态。

长沙过贾谊宅[1]

三年谪宦此栖迟，万古惟留楚客悲[2]。
秋草独寻人去后，寒林空见日斜时。
汉文有道恩犹薄，湘水无情吊岂知[3]。
寂寂江山摇落处，怜君何事到天涯[4]？

【注释】

[1] 贾谊：西汉人，年少才高，曾受汉文帝重视，引起朝中权贵的嫉妒，进谗言诋毁，贾谊因此被贬为长沙王太傅。贾谊宅在长沙南面。

[2] 栖迟：停留，居留。楚客：指贾谊。长沙古属楚国。

[3] 汉文：汉文帝。“湘水”句：贾谊往长沙渡湘水时，曾作赋凭吊屈原。

[4] 摇落：树木凋零、飘落。

【解读】

刘长卿遭遇坎坷，曾一度入狱，内心蓄积了许多愤懑牢骚。当他遭受贬谪路过长沙贾谊宅时，压抑下来的不满情绪就借题发挥出来了。开篇诗人既为自己“三年谪宦”的遭际不平，同时痛惜古人贾谊。异代同悲，古往今来的志士才人总是才能不得施展、抱负不得实现。“秋草”两句以今日独特的荒寒、冷落、萧条的景象，烘托古人、今人的悲苦意绪。这种荒凉景象是“安史之乱”以后唐代社会的普遍现象，诗人将其与古人贾谊的独有身世相联系，增添了诗歌吊古伤今的韵味。“汉文”二句，矛头直指皇帝，突破为帝王曲意辩解的传统。汉文帝向来被认为是明君，备受后代君主、臣僚的推崇敬佩。然而，汉文帝对待贾谊的做法，却让人心寒齿冷。等而下之，对其他帝王还有什么可企求的？李商隐《贾生》说：“可怜夜半虚前席，不问苍生问鬼神。”咏史角度不同，用意与此诗一样。结句怜惜古人无辜被排斥到“天涯”，实际上是诉说自己目前的窘况。江山寂寂，贾谊身后依然萧条冷落，唯有诗人悲古悼今。诗人隐隐以贾谊自比，结句更是写自己今日的孤寂落寞。

逢雪宿芙蓉山主人

日暮苍山远，天寒白屋贫。
柴门闻犬吠，风雪夜归人。

【解读】

黄昏日落，山路遥远，风雪中长途跋涉者非常渴望能找到一个歇息落脚之地。行程之中，望见了暮雪里贫寒的茅草白屋，行人也有了很温馨的感觉。“柴门闻犬吠，风雪夜归人”，让人充分体验到行人行程的艰难劳累，山中人家的热情，以及旅人再见人烟的欣喜。不过，欣喜中依然摆脱不了凄苦情调。山中人家的贫寒，长途跋涉的疲惫，与此关联的是现实社会的动荡混乱，都不可能给诗人带来真正的愉悦。这首诗也是在写诗人旅途见闻，写山中景象，格调却与盛唐山水风景诗截然不同。诗歌没有了盛唐的欣欣生气，没有了盛唐的轻松欢快，没有了盛唐的恬淡悠远，没有了盛唐的怡然自得。诗歌所透露的，实际上是“安史之乱”后的心理上的一种疲惫。

谪仙怨

晴川落日初低，惆怅孤舟解携。
鸟向平芜远近，人随流水东西[1]。
白云千里万里，明月前溪后溪。
独恨长沙谪去，江潭春草萋萋[2]。

【注释】

［1］平芜：一望无际的生有野草的平原。

［2］长沙谪去：用贾谊被贬的典故。

【解读】

唐宋诗人创作了非常多的六言诗，与五言诗、七言诗比较，六言诗艺术成就较低。然其中不乏名篇精品，这首诗就写得非常出色。诗人被贬启程，在友人送别的筵席上作此诗。送别酒宴已经到了“晴川落日”的黄昏时刻，诗人必须登船启航了，在惆怅中解舟离去，惜别与寂苦一起涌上心头。一经分别，“鸟向平芜远近，人随流水东西”，不知飘零到何处，不知何日可以与友人重聚。诗人以“白云千里万里，明月前溪后溪”的景色作为回答。处处有白云和明月，诗人也是以这样的景色自我安慰。结句诗人以贾谊的遭遇自比，诉说被贬的凄苦意绪。既表明自己有贾谊般的才华，也辩明自己如贾谊般的无辜。

寻南溪常山道人隐居

一路经行处，莓苔见屐痕[1]。
白云依静渚，春草闭闲门[2]。
过雨看松色，随山到水源。
溪花与禅意，相对亦忘言[3]。

【注释】

[1] 屐（jī）：木底鞋，泛指鞋。

[2] 渚：水中小洲。

[3] 禅意：参禅之所得。

【解读】

刘长卿倾向于以隐逸来排遣自己现实的失意，他写了大量的隐逸诗，孤寂淡远，意境过于凄清冷寂，冷暗衰飒成为诗歌的基调。这首诗是这种作风的典型代表。诗人此行的目的是寻访道人隐居处所，是带着独特心境和生活理念的寻访。诗人一路经行之处，荒凉无人，莓苔蔓生，寂静得让人有阴冷寒僻的感觉。“白云依静渚，春草闭闲门。过雨看松色，随山到水源。”这是令人赏心悦目的景象，写出山中隐居的悠闲自得，写出山中景色的优美恬静。诗人以这样幽僻的山水、松色自我陶醉，最后却陷入枯寂的禅思之中。诗人仿佛从山中景象中领悟到生活的真谛，这种领悟中渗透了诗人孤寂冷落的现实感受。

重送裴郎中贬吉州[1]

猿啼客散暮江头，人自伤心水自流。
同作逐臣君更远，青山万里一孤舟。

【注释】

[1] 重送：再次写诗相送。刘长卿曾写过一首五律《送裴郎中贬吉州》。

裴郎中：不祥。吉州：地名，在今江西吉安市。唐肃宗乾元二年（759），刘长卿贬谪至洪州，诗作于此时。

【解读】

贬谪中送被贬更远的朋友，心情凄苦落寞，更有对友人的无限挂念关怀。诗歌借景物传达感情，寥寥数语，情深意切，含不尽情思于言外。暮色降临，江头送别，哀猿啼鸣，凄清悲苦，开篇便酝酿了足够的气氛。“人自伤心水自流”，平常叙述而来，渐见真情。李清照名句“花自飘零水自流”脱胎于此。结尾二句，含蓄道出自己被贬的不满，更多的是对朋友的牵挂。诗人以想象的“青山万里一孤舟”作结，仍然以景物结束，情意悠悠。

刘方平

刘方平，洛阳（今河南洛阳）人。隐居不仕，开元、天宝年间在世。与皇甫冉为诗友，得萧颖士赏识。

月　夜

更深月色半人家，北斗阑干南斗斜[1]。
今夜偏知春气暖，虫声新透绿窗纱。

【注释】

［1］阑干：纵横错落的样子。

【解读】

刘方平的短诗新颖隽永，令人回味无穷。此诗写初春月夜，寥寥几笔，别致传神。“更深月色半人家”，无疑诗人今夜无眠，一直在出神地欣赏着月色，平和从容的语气中透露出诗人的欣喜。欣赏不够，直到“北斗阑干南斗斜”。诗人忽然另起一意，从静夜可以微微感受到的“春气”里，从窗外的“虫声”中，体味到春天脚步的临近，一年中最好的时光立即要来临了。苏轼名句“春江水暖鸭先知”，构思方式与此诗相同，或许是受到刘方平的影响。

韩　翃

韩翃，字君平，南阳（今河南邓县）人。天宝十三年（754）进士，历任幕府之职，被德宗亲笔点为知制诰，官终中书舍人。韩翃在当时已负盛名，“一篇一咏，朝士珍之”（《中兴间气集》卷上）。《全唐诗》录其诗三卷。

寒　食

春城无处不飞花，寒食东风御柳斜[1]。
日暮汉宫传蜡烛，轻烟散入五侯家[2]。

【注释】

［1］御柳：皇家花园中的柳树。

［2］“日暮”二句：古代寒食节有禁火三日的习俗，朝廷特赐王侯家蜡烛，以示恩典。五侯：泛指朝廷王侯权贵。

【解读】

这首诗脍炙人口，暗含讥讽，格调潇洒轻扬。清明寒食，春意正浓，处处飞花，柳枝随风飘扬。诗人在这里渲染了一种春日清寒冷落的气氛，隐隐有冷眼旁观的态势。首二句写白日，结二句写夜晚。结句似乎是在咏叹一个史实，含蓄指责皇恩只是眷顾达官贵族，而平民百姓却被排除在视野之外。精简的写景叙事都非常贴合寒食节的情景。据《本事诗》记载：唐德宗非常欣赏这首诗，因此特赐韩翃“驾部郎中、知制诰”的官职。

钱　起

钱起，字仲文，吴兴（今浙江湖州市）人。唐玄宗天宝九年（750）进士及第。其应试诗《省试湘灵鼓瑟》闻名一时，是唐代省试诗中少有的佳作。曾官秘书省校书郎、蓝田尉、司勋员外郎、司封郎中等，官终考功郎中。晚年营居终南山，过着半官半隐的生活。在蓝田任上，与隐居终南山的王维交往密切，诗风受王维影响。有《钱考功集》。

暮春归故山草堂

谷口春残黄鸟稀，辛夷花尽杏花飞。
始怜幽竹山窗下，不改清阴待我归。

【解读】

钱起是“大历十才子”中的优秀作家之一。这批作家生活在中唐初期，他们经历了“安史之乱”的巨大动荡，对现实社会、对个人仕途变得冷漠淡远。他们更愿意遁缩到个人的小天地里，自得其乐，尽量享受生活。钱起这首诗非常具有代表性。暮春本来应该是一个令人伤感悲苦的时节，容易引发诗人好景不常、盛时不再的感受。钱起却超脱了这样的悲伤情调。虽然是暮春时候，但能够摆脱尘俗牵累，回到故山草堂闲居，依然叫人心情愉悦舒畅。春残时候的景色都差不多，黄莺之类的飞鸟稀落，辛夷花、杏花飘零殆尽。不过，草堂山窗下的翠竹此时正勃勃生长，春残景物的凋零反而增添了山中的清幽。一片“清阴”，待人归来，诗人的心情是恬静舒坦的。

归 雁

潇湘何事等闲回？水碧沙明两岸苔[1]。

二十五弦弹月夜，不胜清怨却飞来[2]。

【注释】

［1］潇湘：潇水与湘江，都在湖南境内。相传北雁南飞到湖南衡阳城南的回雁峰，就不再南飞。故后人设想归雁是从潇湘而来。等闲：随便，轻易。

［2］二十五弦：指瑟，瑟为二十五弦。相传湘水女神善于鼓瑟，钱起《省试湘灵鼓瑟》诗就非常著名。

【解读】

这是一首咏物诗。归雁可以给诗人各种感受，诗人因自己的情绪作用而选择写作角度。归雁给人最常见的感受是引发思乡、思归情绪，或者是期待归雁带来亲人的音信、带去自己的思念之情。这首诗并不从这些角度落笔。归雁是按季节回飞的候鸟，诗人开篇要追问：归雁为何要如此随便地从潇湘飞回呢？诗人故意忽略气候的原因，故意追问，是为了引出自己以下的感受。诗人是在自问自答。诗人的回答，不是通过说理的方式，而是用景物说话，这就是唐诗的特长。“水碧沙明两岸苔”，是潇湘那里太冷落凄清了，甚至连湘水女神鼓瑟也给归雁带来凄苦悲怨的感受，归雁是无法忍受这样的“清怨”而飞回的。这就是诗人的回答，事实上是借此诉说自己的悲苦情绪。“安史之乱”还是在这批诗人心头留下了磨灭不了的伤痛，不经意之间就要在诗歌中流露出来的。

李　端

李端，字正己，赵州（今河北赵县）人。唐代宗大历五年（770）进士，曾官秘书省校书郎、杭州司马等职。多作近体诗，有《李端诗集》。

拜新月

开帘见新月，即便下阶拜。
细语人不知，北风吹罗带。

【解读】

古人有“拜新月”的风俗习惯，祈求团圆、平安、圆满等等。这里拜月的应该是一位闺中少女，她有隐藏的心事，不能告人，不愿人知，只有在拜新月时悄悄说出。开帘见月，下阶便拜，足见心事蓄积已久，急欲倾诉。悄言细语，又见出小女子的声情，内心的诸多活动，羞于告人。那么，这位少女究竟祈求何事？诗人最后卖一个关子，只以“北风吹罗带”的情景作结。宋人林逋《相思令》说：“君泪盈，妾泪盈，罗带同心结未成，江边潮已平。”在古典诗词中，女子的罗带，总是与情人分别或思念情人等联系在一起。在唐代已经如此。李白《拟古》说：“别后罗带长，愁宽去时衣。”韩偓《春闺》说：“长吁解罗带，怯见上空床。”韦庄《清平乐》说：“罗带悔结同心，独凭朱阑思深。”联系古人对罗带的理解，“北风吹罗带”的含意就非常清楚了，少女所祈祷的，是要早日寻觅到如意郎君。前文的焦急拜月，细语羞涩，都得到合理的解释。

闺　情

月落星稀天欲明，孤灯未灭梦难成。
披衣更向门前望，不忿朝来喜鹊声。

【解读】

李端确实是写闺情的高手。他总是能够寥寥数笔，含蓄地揭示出女子内心隐约的情事。闺妇独守孤灯，彻夜难眠，一直煎熬到“月落星稀天欲明”的时候。一夜的辗转反侧，一夜的思绪万千，一夜的悲苦愁怀，都在不言之中。次句以“梦难成”补足语意，闺人或许期待梦中相逢。思念至切，无法入睡，当然也就没有梦了。不堪独守空床的折磨，披衣出门，闺人却忿恨“朝来喜鹊声”。据说，喜鹊报喜，却让闺人的心愿一次一次落空。敦煌曲子词《鹊踏枝》说：“叵耐灵鹊多谩语，送喜何曾有凭据？”闺人当然愤恨。愤恨到这样无理的地步，对情人思念之深之切，已经得到淋漓尽致的表现。

严　维

严维，字正文，越州山阴（今浙江绍兴）人。唐肃宗至德年间进士，曾官诸暨县尉、秘书省校书郎等。与刘长卿颇多交往。《全唐诗》存其诗一卷。

丹阳送韦参军[1]

丹阳郭里送行舟，一别心知两地秋。
日晚江南望江北，寒鸦飞尽水悠悠。

【注释】

［1］丹阳：地名，今属江苏镇江。韦参军：不祥。参军，官职名。

【解读】

唐人送别诗无数，此诗依然以其构思别致脱颖而出。首句是一般叙述，交代了送别的地点及友人旅行的方式。次句立即以其新颖的构思吸引了读者。次句是揣摩别后的景象和心情。“两地秋”是实情叙说，却又有无尽的言外之意。两地之相思，两人之情谊，两处秋景之萧瑟，及眼前送别之际的依恋，已在不言之中。“愁”字拆散，就是“心”和“秋”。宋人吴文英《唐多令》说：“何处合成愁？离人心上秋。”正是点化了这句诗的诗意。末二句揣想别后自己的思念友人之情。别后，可以想见，自己只是伫立远望，默默送尽寒鸦，唯有悠悠流水伴随终日。诗人擅长借平常景物传达情谊，含蓄精练，引人入胜。

戴叔伦

戴叔伦（约732—约789），字幼公，润州金坛（今江苏镇江）人。代宗初由刘晏荐为秘书省校书郎，并在刘晏幕中任职，深得刘晏赏识。后官至抚州刺史，历任地方官颇有政绩。晚年出家为道士。存诗近三百首，《全唐诗》录其诗二卷。

三闾庙[1]

沅湘流不尽，屈子怨何深[2]？
日暮秋风起，萧萧枫树林。

【注释】

[1] 三闾庙：祭祀屈原的祠庙，据《清一统志》载，庙在汨罗县境内。屈原生前曾任三闾大夫。

[2] 沅湘：沅江与湘江，都在湖南省境内，流入洞庭湖。屈原曾被流放到这一带。

【解读】

屈原信而见疑、忠而被谤，最后在极度悲愤中自沉汨罗江殉国，这样的遭际引发历代文人无数的感叹。这首诗为凭吊屈原而作。沅江、湘江流淌不尽，似乎都是屈原的千古怨苦愤恨。屈原怨苦的原因、怨恨的内容在短小的绝句中并不作明白揭示，也无须明白揭示。诗人只是描述了一幅秋日傍晚、寒风吹起、枫林萧萧的衰飒景象，写出自己凭吊屈原时的心情，感染读者，千古同悲。中唐时期，类似屈原的冤屈失志的才人志士并不是少数，诗人凭吊古人，也是在诉说对现实的不平。

兰溪棹歌[1]

凉月如眉挂柳湾，越中山色镜中看[2]。

兰溪三日桃花雨，半夜鲤鱼来上滩[3]。

【注释】

［1］兰溪：新安江和富春江的上游，流经浙江兰溪。棹歌：船家歌曲。

［2］越中：今浙江东部一带。镜：喻清澈宁静的水面。

［3］桃花雨：桃花盛开季节所下的春雨。

【解读】

诗中兰溪夜晚的景色是优美恬静而又活泼欢快的。凉月如眉，高挂柳湾，溪水清澈如镜，山色倒映其中。三日的春雨，催得桃花盛开。夜半也不孤寂，有那活泼的鲤鱼跳跃上滩。诗人以欣喜的眼光赏识这一幅幅春日美好的图景。生活中随处有美的存在，需要的是美好的心境和敏锐的观察力，以及相当的审美鉴赏能力。中唐初期，能够写出如此活泼欢快小诗的诗人不多，说明诗人对生活充满了热情和期待。

韦应物

韦应物（737—792），京兆长安（今西安）人。出身望族，曾祖官至宰相。唐民间俗语："城南韦、杜，去天尺五。"天宝十年（751）以恩荫入宫廷，为玄宗近侍三卫郎。年少荒唐，恃宠骄纵。"安史之乱"爆发，追随玄宗不及，流落外地约三年。回京后入太学折节读书，经考试得洛阳丞职位，因秉公执法被讼，愤而辞官。以后历任滁州、江州、苏州刺史，为官清廉。罢职后竟无力返乡，寄居苏州城外永定寺，卒于苏州。存诗五百六十余首。

淮上喜会梁州故人[1]

江汉曾为客，相逢每醉还。
浮云一别后，流水十年间。
欢笑情如旧，萧疏鬓已斑[2]。
何因不归去，淮上对秋山？

【注释】

[1] 淮上：今江苏淮阴一带。梁州：即今河南开封。

[2] 萧疏：疏落稀少。

【解读】

离乱之后，故人重逢，有恍如隔世的感觉。诗人回忆当年江汉共同为客，相逢之际痛饮"醉还"，友谊是在那时候建立的。一别就是十年，人世沧桑，有多少离别后的情事变化需要相互诉说，诗人用极其含蓄形象的"浮云一别后，流水十年间”一笔带过。老友相聚是欢快的，笑语声不断，然掩饰不住鬓发斑白的迟暮衰疲之感。诗人追问“何因不归去”，是对仕途坎坷的不满，答案是很清楚的。重逢的快乐中，掩饰不了生活的苦涩，表现出“安史之乱”后诗人特有的心态。

滁州西涧[1]

独怜幽草涧边生，上有黄鹂深树鸣[2]。
春潮带雨晚来急，野渡无人舟自横[3]。

【注释】

[1]滁州：今安徽滁县，作者时任滁州刺史。西涧：在滁州城外，俗名“上马河”。

[2]怜：喜爱。

[3]野渡：无人管的荒僻渡口。

【解读】

野渡荒僻无人，冷清萧条的景象，被诗人描绘得出神入化。西涧旁边是无人怜惜的幽草在寂寞生长，黄鹂的啼鸣反而衬托出此地的寂静无人。春潮带雨，涧水横涨，渡船随着水流而横斜。这些景象中表现出诗人恬静闲适、冲淡平和的心境。山水景物的描写，体现诗人的现实心境。盛唐诗人，即使写清幽的山中景色，也要联系到“竹喧归浣女，莲动下渔舟”（王维《山居秋暝》）的热闹艳丽。中唐初期的韦应物，即使写平日喧闹的渡口，也突出其冷落荒凉。拿这两首山水诗对比，盛唐、中唐，气象分明。

寄全椒山中道士[1]

今朝郡斋冷，忽念山中客[2]。
涧底束荆薪，归来煮白石[3]。

欲持一瓢酒，远慰风雨夕。

落叶满空山，何处寻行迹。

【注释】

［1］全椒：县名，今属安徽。

［2］郡斋：刺史衙门内的斋舍。

［3］煮白石：道家修炼，需服食“石英”，方法是将薤白、黑芝麻、白蜜、山泉水、白石英放到锅里熬煮，而后服食。

【解读】

这首诗似一潭秋水，清澈冷然，人称“一片神行”。诗的关键是“冷”。郡斋气候冷，更是心头的寒冷，透露出诗人对现实的惧怕与殷忧。因此思念起天气更加寒冷的山中道士，他应该度日更加艰难。然而，在诗人的想象中他却十分潇洒自在。他到涧底打柴，归来“煮白石”，服食求神仙，自得其乐。这正是诗人向往的生活，故在想象中予以如此诗化。友人山中修炼，作者思念不已，欲寄“一瓢酒”，于秋风冷雨之夜安慰友人，然因友人的行踪无定而无法寻觅。何况，秋天来临，满山落叶，遮盖了行迹，更叫人无法寻觅。其中有对来往潇洒自在生活的向往与羡慕，更有自身寂寞的无法排解。本来寂寞的应该是老友，而不是官场中的诗人。诗人如此表述，是对官场的不适应。诗歌在萧疏淡远之景中见深挚之情感。诗人以简朴自然的语言，白描的手法，创造出一种清新淡雅、含蓄深远的意境。

戎　昱

戎昱，荆南（今湖北江陵、公安一带）人。登进士第。曾任荆南节度使府从事。唐德宗建中年间，官虔州刺史。曾谪辰州刺史。晚年流寓蜀中。存诗一百二十余首。

咏　史

汉家青史上，计拙是和亲[1]。
社稷依明主，安危托妇人。
岂能将玉貌，便拟静胡尘[2]？
地下千年骨，谁为辅佐臣？

【注释】

［1］和亲：古代外嫁女子给少数民族，以结亲的方式求得双方和平。

［2］静胡尘：比喻消除边塞战争。

【解读】

以女子和亲，多数时候是中原实力削弱、帝王将相无能的表示。诗人通过咏史，讽刺了这种软弱胆怯的外交政策。诗人明指汉代，隐喻现实。社稷安危，应该倚赖圣明君主和辅佐大臣，可是，历史上就有那么多无能之辈却将“安危托妇人”。没有雄厚的国家实力，这种和亲政策又能发挥多大的效用，诗人是十分怀疑的，所以不由得提出疑问：“岂能将玉貌，便拟静胡尘？”诗人历数“地下千年骨”，不知有几人能担当起辅佐君王的重任。事实上，这是在呼唤现实人才，诗歌咏写的是汉朝历史，事实上是为现实担忧。这种咏史观点，也可以从另一个角度解读。其中，隐含着大汉民族的民族沙文主义思想：汉民族应该比周边少数民族强大，应该以绝对优势征服异族，怎么可以采取“和亲”之类示弱的手段获取和平呢？从睦邻友邦、和平共处、共求发展的角度评价“和亲”政策，在历史上有其积极意义。只不过，一味依赖“和亲”，且将其作为屈辱求和的手段，在外交过程中是不可取的。

司空曙

司空曙，字文明，广平（在今河北永年县东南）人。曾入剑南节度使韦皋幕。历任洛阳主簿、长林县丞、左拾遗、水部郎中、虞部郎中等。存诗一百七十余首。

江村即事

钓罢归来不系船，江村月落正堪眠。
纵然一夜风吹去，只在芦花浅水边。

【解读】

这首诗写钓罢归来眠睡在渔舟之上的一个小场面，表现隐逸者逍遥适意的自在生活。关键是“不系船”，懒得系船，任渔舟随意飘荡。既见隐逸环境的恬静、安宁，又见自己纯任自然的悠闲生活态度。次句补充了地点、时间、人物的行动等。末二句以虚拟口气回答了“不系船”的问题。“安史之乱”平定后，社会依然动荡不安，相当一批诗人消极避世，乐得过自己逍遥自在的生活。这首诗是一个典型表现。

云阳馆与韩绅宿别[1]

故人江海别，几度隔山川[2]。
乍见翻疑梦，相悲各问年。
孤灯寒照雨，湿竹暗浮烟。
更有明朝恨，离杯惜共传[3]。

【注释】

［1］云阳：在今山西泾阳县西北。韩绅：一作韩升卿，是韩愈的叔父，曾任泾阳县令。

［2］几度：多少道。

［3］惜：珍惜。

【解读】

乱后重见，恍如隔世，人世动乱，尽在不言之中，这是“安史之乱”以后诗人们的共同感受。重逢之际，辛酸多于欣喜。首二句写分离之久，有相隔天涯的感受。次二句写重逢，平实的叙述中，既写出两人的情谊，又写出动荡的时世。故人相隔多年，山川遥远，各自江海飘零，今日旅途中意外相逢，就会悲喜交加。喜的是不期的重逢，甚至怀疑是在梦中；悲的是人事变幻，各自垂垂老去。杜甫《羌村》之一说：“夜阑更秉烛，相对如梦寐。”后来宋词人晏几道《鹧鸪天》说：“今宵剩把银釭照，犹恐相逢是梦中。”与此诗“乍见翻疑梦”有异曲同工之妙。老友相聚，举杯叙旧，珍重送别，诗人的心境一直是凄苦的。所以，周围的环境乃是“孤灯寒照雨，湿竹暗浮烟”，孤灯、湿竹、寒雨、浮烟的凄寒黯淡的场面，是离乱的社会投影，也是聚少离多的凄苦情调的渗透。诗歌渲染了一种凄暗、孤苦、冷寂的气氛。想到明天又将各自飘零，只能珍惜眼前的一杯酒了。如此自然引出最后的惜别，“相见时难别亦难”，诗歌在依依惜别中结束。

卢 纶

卢纶，字允言，河中蒲州（今山西永济）人。大历初，数考进士不中。经元载推荐，任阌乡尉，升监察御史。官至检校户部郎中。《全唐诗》录其诗五卷，存诗三百三十多首。

塞下曲

其二

林暗草惊风，将军夜引弓。
平明寻白羽，没在石棱中[1]。

其三

月黑雁飞高，单于夜遁逃[2]。
欲将轻骑逐，大雪满弓刀。

【注释】

［1］白羽：代指箭，因为箭身上粘有羽毛。没（mò）：隐没。石棱：坚硬的石头。这首诗典出《史记·李将军列传》载：“广出猎，见草中石，以为虎而射之。中石没镞，视之石也。”

［2］单于：古代匈奴的首领。泛指少数民族的首领。

【解读】

诗人这一组《塞下曲》共六首，这里选录二首。“林暗草惊风”一首写将军夜猎，误射石头，以表现将军的勇武与臂力惊人。诗人将李广之事稍加改写，增加了夜晚射猎、平明寻找的时间差，为这一插曲平添几分戏剧色彩。“月黑雁飞高”一首写敌军的连夜溃逃，将军不畏大雪，轻骑追赶。“月黑”当然难以看清所有的景物，单于正好借此夜色逃跑。“雁飞高”只能是将军的敏锐觉察，是因“单于夜遁逃”所惊扰的。由此引出将军的轻骑追赶。“月黑”和“大雪”的黑白分明的色彩对比，写出塞外辽阔的沙场景色，也传达出诗人的爱憎情感。这些场景的构思，充满着英雄豪迈的气概。在中唐诗人中，已经很难寻觅这种格调。诗人以极其精练的语言，描绘出一幅幅典型的军旅生活场景，扩张而恰到好处，给读者留下深刻印象。

李 约

李约，字存博，自号萧斋，属唐宗室。唐宪宗元和年间，曾任兵部员外郎。后弃官隐居。《全唐诗》存其诗十首。

观祈雨

桑条无叶土生烟，箫管迎龙水庙前[1]。
朱门几处看歌舞，犹恐春阴咽管弦[2]。

【注释】

[1]“箫管”句：指吹奏音乐，祭祀龙王，祈祷下雨。水庙：龙王庙。

[2]朱门：朱红色的大门。借指富贵人家。咽：梗塞。指使乐器发音不响亮。

【解读】

这首诗用强烈的对比手法，揭露社会上层丝毫不关心民生国计，讥刺他们只知道一味寻欢作乐。大旱时节，百姓为“桑条无叶土生烟”而忧心如焚，纷纷祭祀龙王，祈祷降雨。朱门贵族则依然歌舞作乐，他们担心阴雨天使管弦声变调而期盼晴天。两种完全相反的愿望，出自不同的目的。朱门贵族为了生活享受，居然不顾千百万百姓的死活，朱门贵族的毫无心肝因此得以表现。

李　益

李益（约748—约827），字君虞，凉州姑臧（今甘肃武威）人，后随家迁居洛阳。大历四年（769）进士及第，两年后又登制科举，才名远播。李益诗既有盛唐余韵，又有中唐先声，他是一位盛名卓著的长寿诗人。大历九年（774）入渭北节度使臧希让幕，随军北征备边。直到贞元十三年（797）他又被幽州节度使刘济辟为从事，在军中度过了青壮年时期。贞元十六年（800）脱离幕府，结束长达二十余年的军旅生活。暮年官运亨通，终以礼部尚书致仕。《全唐诗》录其诗二卷，存诗近一百七十首。

喜见外弟又言别[1]

十年离乱后，长大一相逢。
问姓惊初见，称名忆旧容。
别来沧海事，语罢暮天钟[2]。
明日巴陵道，秋山又几重[3]？

【注释】

［1］外弟：表弟。

［2］沧海事：喻指世事变化巨大，用“沧海桑田”故事。《神仙传·麻姑》：“麻姑自说云：接待以来，已见东海三为桑田。”

［3］巴陵：今湖南岳阳。

【解读】

离乱动荡的社会，将亲人天涯隔绝，十年以后再度相逢，竟然如同陌生人。“问姓惊初见，称名忆旧容”，这样的重逢，辛酸多于欣喜。谈论起别后的种种景况，有诉说不完的话语，诗人用“别来沧海事，语罢暮天钟”一笔概括。想到明日的立即分手，心情再度变得沉重，但又非常无奈。遭逢乱世，渺小的个体就是无法把握自己的命运，只能随其飘零。语句的背后，蕴含着如此沉重的悲苦情调。

夜上受降城闻笛[1]

回乐峰前沙似雪，受降城外月如霜[2]。
不知何处吹芦管，一夜征人尽望乡[3]？

【注释】

[1]受降城：唐代有三处受降城，这里指灵州（今甘肃灵武县）的西受降城。

[2] 回乐峰：回乐县附近的山峰。回乐县故址在今甘肃灵武县西南。

[3] 芦管：笛。

【解读】

这首诗首二句写登城时所见的月下景色。“回乐峰前”的沙地，在凄寒的月光的映照下，如白皑皑的积雪；“受降城外”满地都是幽冷凄凉的月光。这是一幅令人望而生寒的凄苦场景，是征人思乡的典型环境。万籁俱寂中夜风传送来凄凉幽怨的芦笛声，更引发了征人的不可按捺的思乡情绪。“尽望乡”，是那个时代的典型情绪，芦笛中所传达的也是这样一种情绪，因此引起了登城遥望的征人们普遍共鸣。后人也有将此诗推许为唐人七绝压卷之作的。中唐诗人写边塞，已经没有了盛唐诗人的好战，也没有了那一份豪迈。将李益的边塞诗作与盛唐诸作比较，盛唐、中唐的气象依然是很分明的。

从军北行

天山雪后海风寒，横笛遍吹行路难[1]。
碛里征人三十万，一时回首月中看[2]。

【注释】

［1］行路难：乐府旧曲，多言世路艰难及离别悲伤。

［2］碛（qì）：沙漠。

【解读】

这首诗浓缩了一幅壮阔悲凉的行军途中夜宿的场景。首句将地域、季节、气候一一交代清楚，烘托出行军时的环境气氛，行军时之艰苦卓绝尽在言外。次句折射出征途中军人的心情。《行路难》是一首声情哀怨的笛曲，时常涉及“离别悲伤之意”。“遍吹”则笛声此起彼伏，响彻在空旷、荒凉的夜空。营地驻扎时的抒情透露了思乡怨战的情绪，描绘出一幅壮阔而又悲伤的场景。笛声引起“三十万”征人的共鸣，家乡不可见，只能“回首月中”，心中的怨苦，难以用语言描述。

江南曲

嫁得瞿塘贾，朝朝误妾期[1]。
早知潮有信，嫁与弄潮儿。

【注释】

［1］瞿塘：长江三峡之一。贾：商人。瞿塘贾，指来往于长江中的商人。

【解读】

这首诗写商妇独守空闺的痛苦，以商妇怨恨的口吻出之。逐利轻别的商人，一再失约，耽误回家与商妇团聚的日期。商妇在无数次失望之后，怨恨到了极点，不觉产生改嫁信守时间的“弄潮儿”。当然，这是一时的气话，就此可以表现商妇痛苦的深度。从商妇的角度，诗人肯定了夫妻相聚相守的必要性与正当性，这里有情感的需求，有情欲的需求。诗人的表达虽然十分含蓄，但在那个时代还是比较新颖尖锐的。

于　鹄

于鹄，生平不详。大历、贞元间人，曾隐居汉阳（今武汉）山中。《全唐诗》存其诗约七十首。

江南曲

偶向江边采白蘋，还随女伴赛江神。
众中不敢分明语，暗掷金钱卜远人[1]。

【注释】

［1］“暗掷”句：古代民间的一种占卜方式。大致为掷金钱，依据向背推断吉凶。

【解读】

这首诗写江南水乡一位女子的生活片段，如一幅风俗画面，又透露出这位女子的特殊心态。江畔采蘋，迎神赛会，是这位水乡女子今日的活动。这位女子是有心事的，她随同女伴，一起活动，本来就可能有排遣心事的幽隐目的。然而，最终无法摆脱，反而因随同众人而“不敢分明语”，只是借“掷金钱”的占卜活动，来探问远人归来的消息。结尾一句点明，这位女子是因为思念远方情人而心事重重的。唐诗中写女子思念情人的作品相对较少，这首诗抒写女子的这种特殊心态比较出色。

孟　郊

孟郊（751—814），字东野，湖州武康（今浙江德清县）人。幼年丧父。青年时隐居于河南嵩山。三十到四十岁期间，行踪不定，过着放浪形骸、诗酒流连的生活。贞元七年（791）四十一岁，在故乡湖州举乡贡，往长安应进士试，八年、九年连续落第。贞元十二年（796），奉母命第三次应试登第。东归告慰母亲。贞元十七年（801）再奉母命至洛阳应铨选，为溧阳县尉。不理职事，以一半俸禄雇人代为，贫困异常。贞元二十年（804）辞职。元和元年（806），任职于洛阳，为河南水陆转运从事等。元和九年（814）六十四岁得暴疾去世。存诗四百多首。

游子吟

慈母手中线，游子身上衣。
临行密密缝，意恐迟迟归。
谁言寸草心，报得三春晖[1]。

【注释】

[1] 三春晖：春季三个月的阳光，喻母爱。

【解读】

孟郊由寡母养育成人，对母亲有着深深的眷恋之情。这首诗写慈祥的母爱与儿子对母亲的依恋，通过“慈母手中线，游子身上衣”一个平常的生活细节来表现，意味深长。它写出了人类一种普遍的美好情感，非常容易引起不同阶层的共鸣。诗人将慈母的“密密缝”，联想作千言万语的嘱咐，叮嘱游子早日归家。这又写出了慈母牵挂子女的共同心态。结句表达对慈母的孝思，便水到渠成。将子女比作“寸草”，将母爱比作“三春晖”，“寸草”的生长永远在“三春晖”的慈祥照拂之下，“寸草”的欣欣生长又是对“三春晖”的最好报答。这样的比拟，新颖贴切。这首诗写得非常具体，从生活细节出发，质朴感人，极富概括力。母爱是极其伟大的，这首诗是古典诗歌中写母爱最为杰出的一首。

寒地百姓吟

无火炙地眠，半夜皆立号[1]。
冷箭何处来，棘针风骚骚[2]。
霜吹破四壁，苦痛不可逃。
高堂搥钟饮，到晓闻烹炮[3]。
寒者愿为蛾，烧死彼华膏[4]。
华膏隔仙罗，虚绕千万遭[5]。
到头落地死，踏地为游遨。
游遨者是谁？君子为郁陶[6]。

【注释】

[1] 炙地眠：烤热地面，以便就地而睡。号：号哭。

[2] 冷箭、棘针：都是用来形容刺骨的寒风。

[3] 搥钟饮：指富贵人家饮宴时击钟奏乐。烹炮：煎炒烹炸食物的声音。

[4] 华膏：华丽的灯烛。膏，灯油。

[5] 仙罗：华贵的纱罗幔帐。

[6] 郁陶：忧思郁积的样子。

【解读】

孟郊长期生活在社会的中下层，对社会残酷黑暗的现实有比较真切的认识，他有许多直接揭示社会现实的诗歌。这首诗就是为饥寒交迫的百姓呼吁，诗人的强烈愤慨也流露在其中。诗人采用两种不同生活画面对比的写作方式，展示了无法抵御寒夜酷冷的百姓的悲惨境遇。诗歌前六句写在贫寒中苦痛挣扎的百姓，他们因过度的严寒而半夜难眠。酷冷的冬日夜晚，寒风如冷箭、棘针般刺骨，破落的房屋无法防御冷风，又没有财力烧火取暖，一家人只能站立哭号。中间以“高堂捶钟饮，到晓闻烹炮”二句写贵族们在同样夜晚的生活享受。贵族社会寻欢作乐，温暖如春。他们的奢华生活，恐怕正是对寒地百姓剥夺的结果。贫寒者甚至愿意化为飞蛾，扑近富贵者的“华膏”取暖。然而连这样低微可怜的要求也不能实现。社会的贫富差距到了这种地步，就很容易酿成社会动乱。诗人就是从关心国事的角度重视这些题材的。

登科后

昔日龌龊不足夸，今朝放荡思无涯[1]。
春风得意马蹄疾，一日看尽长安花。

【注释】

［1］龌龊：局促，言行举止受限制。放荡：无所拘束，言行举止自由放纵，得意挥洒。无涯：没有边际。

【解读】

孟郊的诗歌始终给人一种苦涩沉重的感受，像这首诗如此轻松欢快的调子，难得一见。诗人进士及第，意味着可以进入仕途，人生际遇将完全改变。极度欢欣鼓舞之余，诗笔也变得流畅奔放，豪气万丈。“春风得意”，已经成为这种特定人生境遇的生动描绘。长期的贫困生活给诗人许多压抑，考中之后，诗人认为前途无量，内心郁闷和狂喜一起倾泻而出，有点手舞足蹈、不知所措的样子。如此沉不住气，宋人就看不习惯。宋人因此认为孟郊“气度窘促”“器宇不宏”，由此也可以看出诗人的单纯可爱。

秋 怀

秋月颜色冰，老客志气单[1]。
冷露滴梦破，峭风梳骨寒。
席上印病文，肠中转愁盘。
疑怀无所凭，虚听多无端[2]。
梧桐枯峥嵘，声响如哀弹[3]。

【注释】

[1] 老客：久客他乡者。单：孤单，孤怯。

[2] 凭：凭证，依据。

[3] 峥嵘：突兀高耸的样子。

【解读】

孟郊写得最多的是中下层文人对穷愁困苦生活的怨恨情绪。这类诗歌，他不作流畅明白的揭示，而是通过生涩的词语组合、乖僻的意象搭配，构成晦涩阴冷的画面。这首诗是一个范例。用“冰”形容秋月的颜色，将感觉与视觉混淆一起，构思不同一般。“冷露”四句写贫士的穷愁潦倒，表述的方式就十分怪异。梦是被“冷露”滴破的，可见不是什么好梦；峭风梳骨，既可见诗人的瘦骨伶仃，又可见生活的贫寒凄苦。在这样的生活中煎熬，其结果自然是“席上印病文，肠中转愁盘”。诗人用暗、冷、枯、硬的意象，构成一组组险怪、生硬、艰涩的句子，传达心中难言的愤懑愁苦。其动宾搭配，或其他词语的组合方式，都是别出心裁的，又能确切地表现诗人的处境和心境。“疑怀无所凭，虚听多无端”，是诗人经过反省后对自己作出的结论。因为生活贫寒，因为身体多病，诗人对外界时时怀有阴冷险恶的看法，甚至到疑神疑鬼的地步。其《择友》诗咒骂世道不古、人心险恶说：“今人表似人，兽心安可测。虽笑未必和，虽哭未必戚。面结口头交，肚里生荆棘。”其《秋怀》十五说：“詈言不见血，杀人何纷纷？声如穷家犬，吠窦何訚訚！詈痛幽鬼哭，詈侵黄金贫。言词岂用多，憔悴在一闻。”这种对社会现实的认识，有诗人病态的一面。诗人在这里很客观地总结自己是“疑怀无所凭，虚听多无端”，这首诗所说的“虚听”，是听错了窗外的梧桐声。在现实生活中，诗人经常也是这样虚听的。

洛桥晚望[1]

天津桥下冰初结，洛阳陌上人行绝。
榆柳萧疏楼阁闲，月明直见嵩山雪。

【注释】

［1］洛桥：即天津桥，是洛水上的一座浮桥。在洛阳西南。

【解读】

冰雪寒夜，诗人在洛桥上独自眺望嵩山。桥下冰水冻结，路上行人绝迹。这样苦寒孤寂的夜晚，诗人独立遥望，心中一定是有所郁闷愁苦。所见的是榆树、柳树稀疏萧条，楼阁的空寂闲冷，这就更增加了诗人孤独凄寒的感受。夜晚能望见嵩山，原因有二：一是月明，二是积雪。明月与积雪辉映，远处还是一片的明丽。这样开阔的视野，也是诗人心胸的一种表现。这样一组组景物组合在一起，表现诗人哪些情感或心态，读者可以自由联想。

崔　护

崔护，字殷功，博陵（今河北定县）人。贞元十二年（796）进士。宪宗元和元年（806），与元稹、白居易等同登“才识兼茂明于体用科”。曾官京兆尹、御史大夫、岭南节度使等。《全唐诗》存其诗六首。

题都城南庄

去年今日此门中，人面桃花相映红。
人面不知何处去？桃花依旧笑春风。

【解读】

据孟棨《本事诗》记载，这首诗歌有一个非常旖旎动人的故事流传。据说崔护举进士下第，游城南，口渴到一人家要水喝，遇一美丽女子，崔护不禁为之动情。次年再来，不见佳人，崔护于是在门扉上题写此诗。这首诗本身就具有极强的叙事性，故事或许因此附会而出，诗歌因此得以广泛流传。一段美丽的往事，一个邂逅的美人，让人牵挂，多少年以后还能清晰记忆。恐怕许多人都会有类似的经历。即使没有这样的经历，也渴望自己有这样的经历。这首诗就能够引出读者类似的美好想象。

常　建

常建，开元十五年（727）与王昌龄同榜登进士第。曾任盱眙县尉。仕途不得意，归隐江湖。《全唐诗》录其诗一卷。

宿王昌龄隐居

清溪深不测，隐处唯孤云。
松际露微月，清光犹为君。
茅亭宿花影，药院滋苔纹[1]。
余亦谢时去，西山鸾鹤群[2]。

【注释】

［1］茅亭：隐居的茅舍。药院：种着药草的院子。

［2］谢时：告别时俗尘世。

【解读】

常建倾心归隐，他题写王昌岭隐居处所，表现的是自己的隐逸情怀。这里清溪杳深，孤云来去，青松、花卉、药草环绕丛生，幽僻寂静，确实是避世隐逸的好处所。“松际露微月，清光犹为君”，客观景物充满了人情味，是如此温馨。诗人受环境的感染，归隐念头油然而生。其实，外景仅仅触动了诗人内心潜藏的情绪而已，或者说诗人是以特有的心境去观赏和选择周围的景物。

题破山寺后禅院[1]

清晨入古寺，初日照高林。
曲径通幽处，禅房花木深。
山光悦鸟性，潭影空人心。
万籁此都寂，但馀钟磬音。

【注释】

[1] 破山：在今江苏常熟。寺：指破山上的兴福寺，南齐时所建。

【解读】

诗人喜欢幽冷寂静的景色，甚至走向孤僻荒凉。清晨之际，寻访古寺，本来就有一种苍老古朴的感觉。诗人以“曲径通幽处，禅房花木深”描述自己入寺的感受，静谧得让人超脱尘世。这里只有山光、潭影与人为伍。万籁俱寂中，苍劲古老的钟磬声在空山中回荡，更令人陷入空寂冷落的感受之中。“曲径通幽处”，是旅游途中时而可见的景致，又富有哲理韵味，成为唐诗中流传最广的名句之一。

陈　羽

陈羽（约806年前后在世），江东人，贞元年间进士，曾官东宫卫佐。《全唐诗》存其诗一卷。

从军行

海畔风吹冻泥裂，梧桐叶落枝梢折。
横笛闻声不见人，红旗直上天山雪。

【解读】

诗人渲染的是边疆艰苦卓绝的环境，在这恶劣的景况中更能显示将士们的英勇无畏。海畔天冻地寒，酷烈的冷风吹裂了冻土，干枯的桐枝也在劲风中折断。大雪纷飞，弥漫不见人影。诗人只是听到了横笛声响，遥见军中红旗飘扬直上天山而去。这幅远景的勾勒，写出了唐军的气势与声威，诗人的赞叹、钦佩、向往也蕴含其中。

张　籍

张籍（约766—约830），祖籍苏州，和州乌江（今安徽和县）人。早年曾与王建一起从师读书。贞元十二年结识孟郊，孟郊将之推荐给韩愈，韩愈送其入京赴进士试，次年及第。回徐州为韩愈所留。元和元年（806）调任太常寺太祝，与白居易建立友谊。后官至秘书郎、水部员外郎。存诗四百七十多首。

野老歌

老农家贫在山住，耕种山田三四亩。
苗疏税多不得食，输入官仓化为土。
岁暮锄犁傍空室，呼儿登山收橡实[1]。
西江贾客珠百斛，船中养犬长食肉[2]。

【注释】

［1］橡实：橡栗，橡子。

［2］贾客：商人。斛（hú）：古代量器，十斗为一斛。

【解读】

中唐时期，国家元气略略恢复，许多诗人便亟盼着中兴局面的到来。他们自身也积极投入社会，以自身努力加速期待中局面的出现。以诗歌反映社会现实，就是诗人们参政的一种方式，他们试图通过诗歌将民病上达朝廷，引起统治者的注意。张籍是较早从事这种创作的诗人。诗中描述了山农贫苦的生活，其原因是赋税过重，官府不体恤百姓。朝廷宁愿官粮腐烂成土，也不肯减轻赋税。而来往于江上的商人却自由自在，生活豪奢。这样的社会现实与当时社会“重农抑商”的国策是相违背的。张籍这些诗歌创作，开白居易新乐府诗先声。其开门见山的写作手法、结句构成强烈对比的写作手段、朴素平实的叙述作风、通俗易懂的诗歌内容，都为后来的白居易等人所效仿。所以，白居易《读张籍古乐府》称赞说：“风雅比兴外，未尝著空文。”

节妇吟[1]

君知妾有夫，赠妾双明珠。
感君缠绵意，系在红罗襦[2]。
妾家高楼连苑起，良人执戟明光里[3]。
知君用心如日月，事夫誓拟同生死[4]。
还君明珠双泪垂，何不相逢未嫁时！

【注释】

[1] 诗题原注说：“寄东平李司空师道。”李师道是当时势力最强的地方藩镇之一，任平卢淄青节度使，并带有检校司空、同中书门下平章事的官衔。

[2] 缠绵意：曲折委婉的深情。罗襦：丝织面料的短袄。

[3] 苑：花园。良人：古代妻子对丈夫的称呼。明光：汉宫殿名，这里代指皇宫。

[4] 心如日月：爱得真切实在，光明正大。拟：打算。

【解读】

这首诗是为谢绝地方藩镇势力的拉拢，决意效忠朝廷而作。诗人托女子之口，婉转明志。对方的殷勤可谓盛情难却，如同一位男子赠送给心爱女子的一双昂贵明珠。然这位女子已经有了自己心爱的丈夫，所以只能婉转谢绝。李师道名义上还是朝廷的重臣，实际上已成为地方割据势力。面对李师道这种特殊的身份，诗人只能一方面表示感谢，一方面婉言谢绝。诗歌用比兴手法，对这种尴尬的拒绝做了恰如其分的表达。即使作为一位女子表达自己的坚贞情感，读来也饶有趣味。

秋　思

洛阳城里见秋风，欲作家书意万重。
复恐匆匆说不尽，行人临发又开封。

【解读】

秋日思家，秋风又起，欲以家书寄达思念。然而，千头万绪，千言万语，又从何说起，如何诉说得完？这首诗以朴素的语言，抒发了这种复杂的情感。“复恐匆匆说不尽，行人临发又开封”，对家人的无限牵挂、自己满腔的思乡情绪，都得到含蓄表现。

王　建

王建（768—835），字仲初，颖川（今河南许昌）人。建中四年（783）应进士试落第，东出潼关，开始长达三十年的求学、从军、漫游的生活。因李益推荐入幽州刘济幕，后前往岭南从军。元和八年（813）回乡。后被推荐为京畿官吏。存诗五百余首。

望夫石

望夫处，江悠悠。化为石，不回头。
山头日日风复雨，行人归来石应语。

【解读】

这首诗以一个民间传说为题材，写出思妇对行人无尽的思念之痛苦。诗歌的构思新颖别致，在平直朴素叙述之后加上一两句看似平常的句子使意蕴加深，在不动声色中突出主题。望夫石的传说流传甚广，并无新意。诗人加上“山头日日风复雨，行人归来石应语”之后，从相反的角度构思，思妇的深情被进一步突出，同时给读者耳目一新的感觉。

羽林行[1]

长安恶少出名字，楼下劫商楼上醉。
天明下直明光宫，散入五陵松柏中[2]。
百回杀人身合死，赦书尚有收城功。
九衢一日消息定，乡吏籍中重改姓[3]。

出来依旧属羽林，立在殿前射飞禽。

【注释】

［1］羽林行：乐府旧题。羽林，即羽林军，皇帝的禁卫军。

［2］明光宫：汉宫殿，这里代指唐皇宫。五陵：指汉代的长陵、安陵、阳陵、茂陵、平陵，豪门富族多住这一带。这里借指权贵豪富聚居处。

［3］九衢：京城中的各条大街，借指京城。

【解读】

诗人对长安恶少飞扬跋扈的作为十分愤慨。他们出身贵族，托身宫廷侍卫，恃宠骄横，杀人劫货，无所不为。恶少的为非作歹，关键原因是朝廷纵容的结果。即使恶少“百回杀人”，朝廷尚且赦免他们。只需要改名换姓，便又可以公然出来活动。这首诗从一个角度反映了中唐社会法纪的败坏。

新嫁娘

三日入厨下，洗手作羹汤。

未谙姑食性，先遣小姑尝[1]。

【注释】

［1］谙：熟悉，了解。姑：婆婆。食性：饮食嗜好。小姑：夫婿的妹妹。

【解读】

王建的这类诗歌，都富有民歌情调。他往往能够抓住生活中一个不起眼的细节，写出一段活鲜鲜的生活真实。新嫁娘入门，讨取公婆的欢心至关重要。乖巧伶俐的新嫁娘，知道以小姑为突破口，成功的希望就很大了。今人可以从中了解封建时代媳妇在家庭中卑躬事人的低下地位，也可以了解古代婚姻风俗，如新娘婚后三日必须进厨房为公婆做羹汤等。

柳宗元

柳宗元（773—819），字子厚，河东解（今山西运城县解州镇）人，世居长安。贞元九年（793）登进士科，贞元十四年（798）中博学宏辞科，授官，仕途比较顺利。贞元十九年（803），自蓝田尉被调回朝廷任监察御史里行。二年后顺宗即位，王叔文等主持变革，柳宗元为其政治集团成员，官至礼部员外郎。半年后宪宗登基，柳宗元被贬永州（今湖南零陵县）司马。在永州约十年，纵情山水。元和十年（815），“八司马”中除二人去世、一人迁官外，其余五人皆被召回京城，然朝臣中有反对者，再次改贬柳州（今广西柳州）刺史。在柳州任，帮助奴婢获得解放。死于柳州，终年四十六岁，时宪宗已应裴度之请下诏召回柳宗元。有《柳河东集》。

江　雪

千山鸟飞绝，万径人踪灭。
孤舟蓑笠翁，独钓寒江雪。

【解读】

唐顺宗永贞年间发生的王叔文集团的“永贞革新”，是一次积极的革新运动，可惜不到半年时间就因守旧势力的残酷镇压而失败。王叔文被贬斥而死，柳宗元由于是革新运动的积极参与者，与刘禹锡等八人分别被贬为边远地区的司马，史称“二王八司马”事件。柳宗元被贬为永州司马后，在永州度过了十个春秋，《江雪》大约就写于此时。“江雪”，即雪中寒江之意。“千山鸟飞绝，万径人踪灭。”诗歌一开始便描绘了一个阔大壮观而又旷远孤寂的自然世界：洁白的大雪覆盖着千山、万径，没有行人，也没有飞鸟。这里诗人表面上是在写千山万径人、鸟绝迹，描述一种自然现象，实则是在用侧面烘托法写雪。人与鸟都不敢出来的原因，是因为雪太大了。联系到诗人当时的处境，可知诗人描写的虽是自然环境，却是险恶的政治环境的真实写照。“孤舟蓑笠翁，独钓寒江雪。”在被茫茫大雪笼罩的天地间，竟然有一位身披蓑笠的老翁，掌着一叶孤舟独对寒意袭人的江流，正悠然地垂钓。好一幅“寒江垂钓图”，这两句诗曲尽了人情风物之美，是诗与画的完美结合。因此，甚得后世画家的钟爱，许多山水画都以此为题材。渔翁披蓑戴笠，驾着小船，已见其孤独，而他又在大雪飞扬的寒江上垂钓。诗人把人物放在这样一个典型的环境中来塑造，因此渔翁卓然无畏、孤独傲岸的形象便被栩栩如生地描绘出来。这更是诗人那种毫不妥协的坚强意志，卓尔不群的傲岸人格的自我展现。范晞文《对床夜话》卷四称：“唐人五言四句，除柳子厚《钓雪》一诗外，绝少佳者。”这首诗创造出一种空旷孤寂的意境，在描绘山水的同时，转入内心世界的探索，披露郁结的悲愤，或抒发思乡之愁苦；在淡忘世事中渗透着凄苦与孤傲，饱蕴着诗人对于社会和人生的悲剧体验。

登柳州城楼寄漳汀封连四州[1]

城上高楼接大荒，海天愁思正茫茫[2]。
惊风乱飐芙蓉水，密雨斜侵薜荔墙[3]。
岭树重遮千里目，江流曲似九回肠。
共来百越文身地，犹自音书滞一乡[4]。

【注释】

［1］王叔文改革集团中的另外四位友人当时分别被贬为漳州刺史、汀州刺史、封州刺史、连州刺史。

［2］大荒：极其荒远的地方。

［3］飐（zhǎn）：风吹动。薜荔（bì lì）：一种蔓生植物，可以攀附在墙上生长。

［4］百越：古代称五岭以南各地少数民族为百越。这里泛指南方的少数民族。

【解读】

这首诗抒写贬谪之感慨，牢骚愤恨表现得非常突出。全诗思念友人、思念长安，以凄凉、荒僻的景物烘托情感，比喻贴切生动。诗人再度受到贬谪，内心的志向不变。他登上城楼，眺望远方，思念志同道合、遭遇相似的友人，也是在表达自己不屈的意志。海天茫茫，相隔一方，同时用来烘托内心沉重的忧思。颔联用比兴手法，“惊风乱飐”“密雨斜侵”，似乎象征着现实中的风雨动荡，政敌对自己的迫害不已。“岭树”“江流”都是眼前景，被诗人信手拈来，表达愁苦意绪。末联回应开篇的登望，写思念友人、音信不通的痛苦。诗歌抒发自己离乡去国的悲愤抑郁情思，表明诗人始终不能忘怀现实政治，失败的悲愤与受贬的哀怨萦绕心头。

酬曹侍御过象县见寄［1］

破额山前碧玉流，骚人遥驻木兰舟［2］。
春风无限潇湘意，欲采蘋花不自由。

【注释】

［1］象县：柳州县名，在今广西象州。

［2］破额山：在象县柳江岸边。碧玉：形容江水明净清澈。骚人：诗人，这里指曹侍御。

【解读】

与友人酬答之作，同样流露出受排挤打击、身心不自由的痛苦。诗中的骚人，同时让人联想起古人屈原，诗中“蘋花”之意象，也故意与《离骚》作风相近。诗人是含蓄地以屈原的遭遇自比，委婉地倾诉受贬谪的愁苦愤恨。柳宗元具有与屈原近似的坚贞品格，类似的人生经历，在诗歌中采用楚骚形象作比拟，就分外贴切。这首诗并不明言内心的愁闷，也不提为何采花不自由，人生的压抑、拘束无端而来，一切留给读者想象。

渔　翁

渔翁夜傍西岩宿，晓汲清湘燃楚竹[1]。
烟销日出不见人，欸乃一声山水绿[2]。
回看天际下中流，岩上无心云相逐。

【注释】

［1］西岩：永州西山。清湘：清澈的湘江。

［2］欸（ǎi）乃：象声词，船橹摇动声。

【解读】

诗歌中描述的渔翁，是诗人理想中隐士的形象。渔翁独宿江上，与青山绿水相伴，几乎不食人间烟火。柳宗元在备受挫折、极度愤慨之余，便向往一种遗世独立、回归自然、无拘无束、自由自在、自食其力、自得其乐的理想生活境界。渔翁的形象中，依然隐隐寄寓了诗人的苦闷牢骚。山水诗发展到柳宗元，已经不着重真实情景的描写，往往虚构落笔，突出表现自己的心志、品格、理想。山水景象、渔翁形象，都有其特定的象征意义。

与浩初上人同看山寄京华亲故[1]

海畔尖山似剑芒，秋来处处割愁肠。
若为化作身千亿[2]，散向峰头望故乡。

【注释】

［1］浩初上人：长沙龙安海禅师弟子。与柳宗元相识于永州，柳宗元官柳州刺史，浩初前来探望。

[2] 若为：怎能。

【解读】

贬谪远去，思念故乡，本是人之常情。这种思念中如果渗透进去贬谪后的强烈愤慨，将政治上的失意与思想情绪结合在一起抒写，情感的爆发就会显得异常剧烈。诗人充分想象，把海畔的尖山比作剑芒，秋日来临时处处割人愁肠。写秋愁、写乡思都非常普泛，有了这样丰富的想象和神奇的比拟，诗人的秋愁和乡思就非同寻常。苏轼贬谪岭南后，有诗云“割愁还有剑芒山”（《白鹤峰新居欲成夜过西邻翟秀才》），就是充分体会了柳诗的意蕴，运用了柳诗的意象。此诗以想象的奇特见长，末二句再度设想：怎能将自身化作千千亿亿，“散向峰头望故乡”，情绪之强烈，无以复加。

崔 郊

崔郊，生平不详。唐宪宗元和年间诗人，《全唐诗》存其诗一首。

赠 婢

公子王孙逐后尘，绿珠垂泪滴罗巾[1]。
侯门一入深如海，从此萧郎是路人[2]。

【注释】

［1］绿珠：西晋石崇歌妓，最得石崇宠爱。赵王司马伦杀贾后，专擅朝政。其亲信孙秀欲占有绿珠，被石崇拒绝。孙秀便在赵王司马伦前陷害石崇，石崇因此被捕。绿珠为此跳楼自尽。

［2］萧郎：情郎。或以为萧郎原来指萧史，或以为原指梁武帝萧衍，后在古诗词里衍化为女子所恋的情人。

【解读】

关于这首诗歌，有一个曲折动人的故事。据《云溪友议》记载：元和年间有秀才崔郊，与姑妈婢女相爱。后来，这位婢女被权贵买走。某年寒食，崔郊偶遇该婢女，思恋不已，写下这首诗。权贵见诗后，便将这位婢女赠送给崔郊。首句写这位婢女艳丽出众，公子王孙追逐不已。但是，这位婢女却有自己的恋人，看不上成群结队的追随者。事出无奈，卖身于人时，诗人以西晋绿珠比拟该婢女，她只能垂泪滴湿罗巾。后二句流传甚广。古代婚姻不自由，女子人身不自由，有多少女子被逼离开自己的情人，被卖入侯门。“侯门一入深如海，从此萧郎是路人”，写出了古代封建社会的普遍社会悲剧，引起广泛的共鸣，成为千古名句。《云溪友议》所记载，或许有创作的成分。从“公子王孙逐后尘”这句来看，诗中女主人公更像是一位青楼歌妓。

韩　愈

韩愈（768—824），字退之，河阳（今河南孟县）人，自称郡望昌黎。出身小官僚家庭。三岁父亲去世，由长兄韩会抚养。十二三岁时，韩会去世，嫂郑氏率全家回乡，负起教养责任。贞元二年（786），赴长安进士试。直到贞元八年（792）才登第，其间一共考了四次。而后应吏部博学宏辞试，三次失败。贞元十二年（796），入宣武节度使董晋幕，进入官场。贞元十八年（802），回京城任国子监四门博士，次年为监察御史。因言论被贬为阳山（今属广东）县令。顺宗即位，遇赦。宪宗即位，回京任职，曾任史馆修撰、知制诰，迁中书舍人。上书论淮西事，积极要求用兵。元和十二年（817），平定淮西的战役发动，裴度率军，以韩愈为行军司马。胜利后因功迁刑部侍郎。元和十四年（819）谏迎佛骨，贬潮州（今广东潮安）刺史，内迁为袁州（今广西宜春）刺史。在袁州，将没入富家为奴的七百多人赎还回家，禁绝押买儿女风俗。次年穆宗即位，召回京城，为国子监祭酒，转为兵部侍郎，官终吏部侍郎。有《韩昌黎集》。

山　石

山石荦确行径微，黄昏到寺蝙蝠飞[1]。
升堂坐阶新雨足，芭蕉叶大栀子肥[2]。
僧言古壁佛画好，以火来照所见稀。
铺床拂席置羹饭，疏粝亦足饱我饥[3]。
夜深静卧百虫绝，清月出岭光入扉[4]。
天明独去无道路，出入高下穷烟霏[5]。
山红涧碧纷烂漫，时见松枥皆十围。

当流赤足蹋涧石，水声激激风吹衣。

人生如此自可乐，岂必局束为人鞿[6]？

嗟哉吾党二三子，安得至老不更归[7]？

【注释】

[1] 荦（luò）确：险峻的样子。微：细小，狭窄。

[2] 栀（zhī）子：常绿灌木，夏日开花。

[3] 疏粝（lì）：简单的饭菜。

[4] 扉：门户。

[5] 无道路：辨别不清道路。穷：历尽。

[6] 局束：拘束，不自由。鞿（jī）：套在马口上的缰绳，引申为受控制。

[7] 吾党二三子：指志同道合的朋友。不更归：即更不归。

【解读】

这首诗如一篇山水游记，从行至山寺、山寺所见、夜看壁画、铺床吃饭、夜卧所闻、夜卧所见、清晨离寺一直写到下山所见，娓娓道来，让人如历其境。在这一夜到晨的所见所闻中，又选用了色彩浓淡明暗变化的若干图景，错落交叠，如“山石荦确行径微，黄昏到寺蝙蝠飞”，写出暮色苍茫中的“暗”；下两句写芭蕉与栀子花，又是暗色中的一“亮”；下写以火把观壁画，是明中有暗；而夜卧无声时“清月出岭光入扉”，又是暗中来明；“天明独去无道路，出入高下穷烟霏”，则是天色蒙蒙亮时的山岚弥漫；而下接“山红涧碧纷烂漫”，则又豁然一明。诗人所描写的景物，不是人们在山水诗中常见的青山绿水，“蝙蝠”“古壁”“百虫”等奇异物像频频出现，表现出诗人选景和构思的非同寻常。全诗在流畅中见奇崛，有精心的雕琢而又平易自然。

雉带箭

原头火烧静兀兀，野雉畏鹰出复没[1]。

将军欲以巧伏人，盘马弯弓惜不发。

地形渐窄观者多，雉惊弓满劲箭加。
冲人决起百余尺，红翎白镞相倾斜[2]。
将军仰笑军吏贺，五色离披马前堕[3]。

【注释】

[1] 原头：原野上。火烧：古人打猎，往往焚烧猎场草木，以驱赶猎物。兀兀：静悄悄的样子。

[2] 红翎（líng）：野鸡的红色长羽毛。镞（zú）：箭头。

[3] 离披：散乱。

【解读】

这首诗写将军的一次出猎过程，极力渲染将军的技艺出众、镇定从容。一次出猎类似一次军事演习，把将军的气度、风采一一展露。这场狩猎，以火烧原野驱赶猎物。将军并不仓皇出手，而是等到将猎物逼入绝境，才一发中的。以这样的武艺、胸略、计谋狩猎，当然是“五色离披马前堕”，收获丰富了。古代出猎，往往就是军事演习。中唐时期创作出这样的诗篇，是大唐中兴的表现，也是诗人对朝廷有所作为的渴望。

听颖师弹琴[1]

昵昵儿女语，恩怨相尔汝[2]。
划然变轩昂，勇士赴敌场[3]。
浮云柳絮无根蒂，天地阔远随飞扬[4]。
喧啾百鸟群，忽见孤凤凰[5]。
跻攀分寸不可上，失势一落千丈强[6]。
嗟余有两耳，未省听丝篁[7]。
自闻颖师弹，起坐在一旁。
推手遽止之，湿衣泪滂滂[8]。
颖乎尔诚能，无以冰炭置我肠[9]。

【注释】

[1] 颖师：一位来自天竺的僧人，以擅长弹琴著名。

[2] 昵昵：亲昵的话语声。尔汝：都是第二人称，以尔、汝相称表示亲昵。

[3] 划然：忽然。轩昂：激昂雄壮。

[4]“浮云”二句：喻琴声的悠扬。

[5]“喧啾”二句：喻琴声时如百鸟杂喧，时如孤凤长鸣。

[6]“跻攀”形容琴声的高低曲折变化。

[7] 省：懂得。丝簧：两种乐器，代指音乐。

[8] 遽：急忙。滂滂：眼泪纵流的样子。

[9] 冰炭置我肠：喻情感的剧烈波动冲突，一会儿似冷冰，一会儿似火炭。

【解读】

唐诗中以描摹音乐闻名的，这是其中一首。音乐的开篇如同小儿女亲昵的话语声，忽然变调，雄壮激昂，如勇士赴战场。乐声逐渐转为悠扬舒缓，如空中的浮云，如曼舞的柳絮，在阔远的天地中飘扬。音高步步跻升，最后如百鸟群清唳的一声孤凤，嘹亮震耳。音调攀升最高以后，突然跌落。用白居易的话来说，此时的演奏效果是：“银瓶乍破水浆迸，铁骑突出刀枪鸣。曲终收拨当心画，四弦一声如裂帛。”如此繁复错综的变化，令听者如痴如醉，泪流不已。出神入化的演技，让诗人感觉到以往“未省听丝篁”，暗指以前所听到的算不上是真正的音乐。结句诗人发出由衷的赞叹，用“冰炭置我肠”比喻不同音乐声响带来感觉上的强烈差异，非常新颖。

八月十五夜赠张功曹[1]

纤云四卷天无河，清风吹空月舒波[2]。
沙平水息声影绝，一杯相属君当歌[3]。
君歌声酸辞且苦，不能听终泪如雨。
洞庭连天九疑高，蛟龙出没猩鼯号[4]。
十生九死到官所，幽居默默如藏逃。

下床畏蛇食畏药，海气湿蛰熏腥臊[5]。

昨者州前捶大鼓，嗣皇继圣登夔皋[6]。

赦书一日行万里，罪从大辟皆除死[7]。

迁者追回流者还，涤瑕荡垢清朝班[8]。

州家申名使家抑，坎轲只得移荆蛮[9]。

判司卑官不堪说，未免捶楚尘埃间[10]。

同时辈流多上道，天路幽险难追攀[11]。

君歌且休听我歌，我歌今与君殊科[12]。

一年明月今宵多，人生由命非由他，有酒不饮奈明何？

【注释】

［1］张功曹：张署，曾与韩愈同为监察御史，一同贬官。宪宗即位，遇赦，与韩愈一起迁江陵府，韩愈为法曹参军，张署为功曹参军。

［2］河：银河。

［3］属（zhǔ）：劝酒。

［4］九疑：山名，即苍梧山，在今湖南省宁远县境内。猩鼯（wú）：猩猩与一种飞鼠。

［5］药：指毒蛊，南方地区一种用毒虫制成的毒药。海气：蒸腾的潮湿的空气。蛰（zhé）：蛰伏的毒蛇毒虫等。

［6］嗣皇：指新继位的宪宗。登：进用。夔皋：相传为舜时的两位贤臣。这里代指贤臣。

［7］大辟：死刑。除死：免除死罪。

［8］迁者：贬谪者。流者：流放者。涤瑕荡垢：喻指朝廷清除奸邪党徒。宪宗以非正常手段继位为帝，首先全面打击、贬斥深受其父顺宗信任的王叔文改革集团成员。在政治立场上，韩愈与宪宗站在一起，斥王叔文等人为奸邪。

［9］“州家”句：郴州刺史已经将他们的姓名申报上去，结果被湖南观察使压制住不予申奏，所以，他们不能被召回京城。荆蛮：指被调往江陵府任职。江陵即荆州，先秦时属楚国，故称“荆蛮”。

［10］判司：州郡诸曹参军的统称。捶楚：受到鞭打。唐代州县的辅佐官

有过失有时要接受笞杖的惩处。

[11] 同时辈流：指与他们同时受到贬谪的人。上道：上路回京城。天路：喻进入朝廷之路。

[12] 殊科：不一样，不同类。

【解读】

韩愈早年仕途非常不顺利，曾被贬谪到远方。而且，这次皇帝登基的大赦中，诗人竟然被排除在外，抑制不住的凄苦怨恨就在这首诗中爆发出来。诗歌以对话体写成。张功曹与诗人经历相同，张功曹酸楚的诉说，其实就是诗人自己在吐露苦水。他们被贬荒蛮，忍受了瘴疠毒气的侵袭。在大赦中又遇到不公平的待遇。为官之时，卑微屈辱。种种不幸相加，内心的愁苦就难以排遣。诗人则以乐观者的面貌出现说话，鼓励友人不要失去信心。既然仕途不得意，就将心胸放开一些，在饮酒中自我陶醉。这种对话体，实际上是诗人内心的两种声音、两种思想在搏斗。既避免不了被贬的消沉悲苦，又不断地自我鼓励。

左迁至蓝关示侄孙湘[1]

一封朝奏九重天，夕贬潮州路八千[2]。
欲为圣朝除弊事，肯将衰朽惜残年[3]。
云横秦岭家何在？雪拥蓝关马不前[4]。
知汝远来应有意，好收吾骨瘴江边[5]。

【注释】

[1] 左迁：贬谪，降职。蓝关：即蓝田关，在今陕西蓝田县南。湘：韩湘，韩愈侄韩老成的儿子。

[2] “一封”二句：元和十四年（819）正月，韩愈上疏谏迎佛骨，宪宗怒甚，虽有宰相裴度等力争，韩愈仍被贬为潮州刺史。九重天：喻指皇帝。潮州：又称“潮阳”，即今广东潮州。

［3］肯：岂肯。惜残年：顾惜老年。韩愈这一年已经五十二岁。

［4］秦岭：在蓝田县东南，横贯陕西南部。

［5］瘴江：潮州岭南一带多潮湿瘴气，故称此地江河为“瘴江”。

【解读】

韩愈关怀国事，不惜残年，不惜得罪帝王。韩愈的《谏佛骨表》说得直截了当：“宋、齐、梁、陈、元魏以下，事佛渐谨，年代尤促……乞以此骨付之水火，永绝根本，断天下之疑，绝前代之惑，使天下之人知大圣人之所作为，出于寻常万万也。佛如有灵，能作祸祟，凡有殃咎，宜加臣身。上天鉴临，臣不怨悔。”换句话说，凡佞佛的朝代就短命，宪宗皇帝因此震怒。韩愈这一片忠心，最终换得如此重的贬谪处罚。诗人用“朝奏”“夕贬”这样的时间，突出皇帝的盛怒与自己遭受的重责，心中是愤恨不平的。所以，诗人补充说明了自己“欲为圣朝除弊事”的良苦用心。“云横”二句，写出贬谪路途的艰辛，以及不知何日回家的酸苦，这里也是他遇见侄孙韩湘的地方。诗人向侄孙托付后事，凄苦悲伤。一个正直的士大夫，只落得如此下场，令人扼腕。韩愈到贬所后，有《谢上表》，说：“臣以狂妄戆愚，不识礼度，陈佛骨事，言涉不恭，正名定罪，万死莫塞。陛下哀臣愚忠，恕臣狂直，谓言虽可罪，心亦无他，特屈刑章，以臣为潮州刺史。既免刑诛，又获禄食，圣恩宽大，天地莫量，破脑刳心，岂足为谢……宜定乐章，以告神明，东巡泰山，奏功皇天，具著显庸，明示得意，使永永年服我成烈。”韩愈竟然转而请求帝王东巡封禅，以此取悦宪宗。终得宪宗宽恕，内迁为袁州（今广西宜春）刺史。对此，后人有许多批评意见。欧阳修《与尹师鲁书》说：“每见前世有名人当论事时，感激不避诛死，真若知义者。及到贬所，则戚戚怨嗟，有不堪之穷愁，形于文字。其心欢戚，无异庸人。虽韩文公不免此累。”金人王若虚《臣事实辨》批评更为具体，说：“韩退之不善处穷，哀号之语，见之文字，世多讥之。然此亦人之至情，未足深怪。至《潮州谢表》以东封之事迎宪宗，是则罪之大者矣。封禅，忠臣之所讳也。退之不忍须臾之穷，遂为此谀悦之计。”

晚　春

草树知春不久归，百般红紫斗芳菲。
杨花榆荚无才思，惟解漫天作雪飞。

【解读】

韩愈作诗，时有奇思异想。然而，许多时候，奇思异想是通过险怪的词语、打破常规的组句、散文化的议论、铺天盖地的排比、宏大的结构等来表现的。这首诗组词造句都非常平易流畅，诗歌的奇思异想是靠独辟蹊径的构思而获得。韩愈这样的诗才流传广泛，脍炙人口。这首诗写出了春天来到时的烂漫热闹。前两句是一幅景致：草树生长，葱葱翠翠；百花斗艳，红紫争胜。后两句是另一幅景致：杨花榆荚，虽然没有红艳的色彩和美丽的花瓣，但是也不甘寂寞，化作漫天雪花，飞飞扬扬，增添春日别样的喧闹。春天就是如此美好，诗人就是这样热爱生活。杨花似雪，漫天飞舞，这样的构思被后人反复模仿。晏殊《踏莎行》说："春风不解禁杨花，蒙蒙乱扑行人面。"苏轼《少年游》说："飞雪似杨花。"都是从这首诗中化作的好构思。

早春呈水部张十八员外[1]

天街小雨润如酥，草色遥看近却无[2]。
最是一年春好处，绝胜烟柳满皇都[3]。

【注释】

[1] 水部张十八员外：张籍，排行十八，时任水部员外郎。

[2] 天街：京城的街道。酥：酥油。

[3] 绝胜：极佳。

【解读】

诗歌描写早春京城的景色，细腻生动，真切自然。京城街道，经春天小雨润湿，新鲜而富有生机。早春刚刚冒绿的小草，远看一片绿茸茸，近看却仍然还是淡薄浅显。早春，意味着大好时光的即将到来，当满城烟柳飘拂的时候，就更令人陶醉了。诗人始终以昂扬的精神面貌对待现实，故写景时也有着勃勃的生气，诗歌中洋溢着对春天美景的期待、对美好生活的向往。这首诗写得如此明白晓畅，在韩愈诗歌中非常少见。

白居易

白居易（772—846），字乐天，晚号香山居士。其先太原人，迁居下邽（今陕西渭南县北）。五六岁学写诗，九岁识声韵。十二三岁离乡到越中避难。贞元十五年（799）在宣城应乡试，次年至长安应省试及第。贞元十八年（802）应吏部试，次年授秘书省校书郎。元和元年（806），应才识兼茂明于体用科，登第。与元稹一样，闭门思考社会问题，写下七十五篇“对策”，涉及社会各方面问题。出任盩厔县尉。次年调回，为翰林学士，改左拾遗，向朝廷屡陈时政。元和六年（811）丁母忧，意趣渐渐消沉。元和九年（814）回朝廷为左赞善大夫。次年宰相武元衡遇刺，乃平卢节度使李师道所使，白居易上书，被贬为江州司马，在江州三年。元和十五年（820）回京，以刑部尚书致仕。享年七十五岁。存诗两千八百多首。

上阳白发人

愍怨旷也[1]

上阳人，上阳人，红颜暗老白发新。
绿衣监使守宫门，一闭上阳多少春[2]。
玄宗末岁初选入，入时十六今六十。
同时采择百余人，零落年深残此身[3]。
忆昔吞悲别亲族，扶入车中不教哭。
皆云入内便承恩，脸似芙蓉胸似玉。
未容君王得见面，已被杨妃遥侧目。
妒令潜配上阳宫，一生遂向空房宿。

宿空房，秋夜长，夜长无寐天不明。
耿耿残灯背壁影，萧萧暗雨打窗声。
春日迟，日迟独坐天难暮。
宫莺百啭愁厌闻，梁燕双栖老休妒[4]。
莺归燕去长悄然，春往秋来不记年。
惟向深宫望明月，东西四五百回圆。
今日宫中年最老，大家遥赐尚书号[5]。
小头鞋履窄衣裳，青黛点眉眉细长。
外人不见见应笑，天宝末年时世妆[6]。
上阳人，苦最多。
少亦苦，老亦苦，少苦老苦两如何？
君不见昔时吕向美人赋，又不见今日上阳宫人白发歌[7]。

【注释】

[1] 愍怨旷也：题下自注："天宝五载已后，杨贵妃专宠，后宫人无复进幸矣。六宫有美色者，辄置别所，上阳是其一也。贞元中尚存焉。"愍：同"悯"，哀怜，怜悯。怨旷：不得及时婚配的男女。语出《孟子·梁惠王上》："内无怨女，外无旷夫。"

[2] 绿衣监使：主管宫苑的宦官，在六七品之间，著深、浅绿色公服。

[3] 零落：陆续死去。残：残余，剩余。

[4] "梁燕"句：上阳宫人因年老而无婚配希望，所以，对双栖的梁燕也不再嫉妒。

[5] 大家：宫廷中口语，指皇帝。尚书：宫中女官称号。前代宫中女官设尚书，唐代则设"六尚"之职。

[6] 时世妆：流行时髦的妆饰。

[7] 吕向美人赋：诗人自注："天宝末，有密采艳色者，当时号花鸟使。吕向献《美人赋》以讽之。"吕向，字子回，曾官左拾遗。

【解读】

这是白居易《新乐府》五十首中的第七首，写后宫女子悲苦凄凉的一生。前人的宫怨之作，往往短小含蓄，点到为止。白居易为了达到补救时弊的效果，改用长篇叙事，做详尽描述。开篇四句，最为概括地交代上阳宫人悲剧的生活与环境。“玄宗末岁”以下，完整叙述其生平。她从十六岁青春少女被采征入宫，在宫中煎熬了四十多年，如今已是白发苍苍的六十老人。同时入宫的百余名宫女，皆不堪后宫非人的生活而死去，只有上阳宫人残留此身。诗人描写了入宫时少女仅有的一点幻想，被杨贵妃妒忌“潜配”冷宫的经过。中间换用“秋夜长，夜长无寐天不明”“春日迟，日迟独坐天难暮”等句子抒情，写上阳宫人“春往秋来不记年”的日夜孤独寂寞与长年被剥夺正常生活权利的非人折磨。以至到晚年，她仍保留着“天宝末年时世妆”，被“大家遥赐尚书号”，这一切都成了辛酸的讽刺。“上阳人，苦最多”以下，是诗人的直接议论，是中心题旨的点明。白居易的“新乐府”，“首句标其目，卒章显其志”，对主题思想往往再三致意。

杜陵叟[1]

伤农夫之困也

杜陵叟，杜陵居，岁种薄田一顷余。
三月无雨旱风起，麦苗不秀多黄死[2]。
九月降霜秋早寒，禾穗未熟皆青干。
长吏明知不申破，急敛暴征求考课[3]。
典桑卖地纳官租，明年衣食将何如？
剥我身上帛，夺我口中粟。
虐人害物即豺狼，何必钩爪锯牙食人肉！
不知何人奏皇帝，帝心恻隐知人弊[4]。
白麻纸上书德音，京畿尽放今年税[5]。
昨日里胥方到门，手持尺牒榜乡村[6]。
十家租税九家毕，虚受吾君蠲免恩[7]。

【注释】

［1］杜陵：地名，在长安东南。

［2］秀：吐穗开花。

［3］长吏：地方主管官。申破：申报而道破灾情。考课：唐代实施的一种对地方官政绩进行考核的方法。“考课”成绩优秀者可以升官。地方征收赋税任务完成如何是“考课”的主要内容。

［4］人弊：民众的困苦，即民弊。唐代避李世民讳，“民”都写作“人”字。

［5］白麻纸：唐代中书省颁布重要政令，都书写在白麻纸上。德音：宣布皇帝恩德的诏书。

［6］里胥：里正。唐制百户设里正。尺牒：传达诏书的公文。榜：张贴公布。

［7］蠲（juān）：免除。

【解读】

这首诗的矛头对准繁重的租税和不体恤民病的官吏，为平民百姓叫苦申冤。诗人选取了京郊杜陵来描写，天子脚下尚且如此，偏远地方可想而知。杜陵叟今年逢遇大旱与早霜秋寒，收成锐减。依照封建朝廷惯例，可以向中央申报灾情，减轻租税。但是，地方官吏为了求得个人“考课”好评，故意不申报灾情，反而“急敛暴征”，逼得杜陵叟“典桑卖地”。诗人对百姓的同情与对官吏的愤怒，化作直接的怒斥：“剥我身上帛，夺我口中粟。虐人害物即豺狼，何必钩爪锯牙食人肉！”诗歌下半段写皇帝减免租税的恩德，然地方上因搜刮已尽而使皇帝的恩惠成为一纸空文。在揭露官吏不恤民情的同时，也隐隐揭示皇帝的昏庸无知，以至下面官吏可以欺上瞒下。

卖炭翁

苦宫市也［1］

卖炭翁，伐薪烧炭南山中［2］。

满面尘灰烟火色，两鬓苍苍十指黑。

卖炭得钱何所营？身上衣裳口中食。

可怜身上衣正单，心忧炭贱愿天寒。
夜来城上一尺雪，晓驾炭车辗冰辙。
牛困人饥日已高，市南门外泥中歇。
翩翩两骑来是谁，黄衣使者白衫儿[3]。
手把文书口称敕，回车叱牛牵向北[4]。
一车炭，千余斤，宫使驱将惜不得。
半匹红纱一丈绫，系向牛头充炭直[5]。

【注释】

[1] 宫市：唐德宗贞元末年，宫中所需日用品改由宦官直接向民间采买，称为“宫市”。宦官们经常以宫中陈年的绢纱布匹，与百姓强行交换货物。

[2] 南山：终南山，在长安南面。

[3] 黄衣使者：宫中宦官，宦官中品级较高者衣黄。

[4] 敕：皇帝的诏令。

[5] 半匹：二丈。直：同“值”。

【解读】

白居易的“新乐府”诗，往往多主观议论，直接发表见解，抒发诗人的情感。唯独这首《卖炭翁》，采用纯客观的描述，通过场景的叙述表现诗人的爱憎情感。卖炭翁，一年到头在南山中辛苦劳动，形象枯黑憔悴，却衣食不足，难以糊口。为了所烧之炭能卖一个好价钱，就不顾自己的衣单寒冷，渴望天冷下雪。似乎一切都如卖炭翁所愿，夜来大雪。卖炭翁于是兴头冲冲，拂晓驾车，到了长安市场南门已经“日已高”。以下情况却陡转，市中翩翩来了两骑，其姿态的轻盈从容，与卖炭翁驾车的辛劳笨重形成鲜明对比。他们轻易地夺走了卖炭翁辛苦劳动的结果，夺走了卖炭翁生活的希望。卖炭翁日后饥寒交迫的日子将如何打发？诗人不再进一步议论，留给读者自己思索。

井底引银瓶

止淫奔也

井底引银瓶，银瓶欲上丝绳绝。
石上磨玉簪，玉簪欲成中央折[1]。
瓶沉簪折知奈何，似妾今朝与君别。
忆昔在家为女时，人言举动有殊姿[2]。
婵娟两鬓秋蝉翼，宛转双蛾远山色[3]。
笑随戏伴后园中，此时与君未相识。
妾弄青梅凭短墙，君骑白马傍垂杨。
墙头马上遥相顾，一见知君即断肠[4]。
知君断肠共君语，君指南山松柏树[5]。
感君松柏化为心，暗合双鬟逐君去[6]。
到君家舍五六年，君家大人频有言[7]：
"聘则为妻奔是妾，不堪主祀奉蘋蘩[8]。"
终知君家不可住，其奈出门无去处[9]。
岂无父母在高堂，亦有亲情满故乡。
潜来更不通消息，今日悲羞归不得。
为君一日恩，误妾百年身。
寄言痴小人家女，慎勿将身轻许人。

【注释】

［1］"井底"四句：用两个比喻，写这一对男女爱情的夭折。

［2］殊姿：出众的容貌。

［3］婵娟：美好的样子。秋蝉翼：两鬓梳妆的样式如蝉翼，称"蝉鬓"。远山：画成山形眉黛。这些都是当时流行时髦的妆饰。宛转：细长而弯曲。

［4］断肠：指无法割舍的恋情。

［5］松柏树：喻坚贞的爱情。

［6］"暗合"句：指私奔。古代女子未嫁时将头发梳成双鬟，结婚后绾结成髻。

［7］大人：指父母。

［8］蘋蘩：祭祀祖先所用的植物。

［9］其奈：无奈。

【解读】

这首诗标明的题旨是“止淫奔也”，即反对男女青年没有“父母之命，媒妁之言”的自由恋爱。但在客观描写过程中，写出一对相恋的青年男女被封建礼教活活拆散的爱情悲剧，引起人们对那个不合理制度的普遍不满。诗中女主人公，举止娴静，仪态幽雅，容貌秀丽。她与心爱男子，墙头、马上，一见钟情。她相信了男子爱情的誓言，随其私奔而去。岂知同居五六年之后，终被抛弃。表面上是“大人”频频有言，实际上是男子的负心。否则，开始为什么可以不听“大人”之言，五六年以后才有变卦？诗中的女子是刚毅的，她看出爱人的负心，干脆自己先出门离去。只是离去后不知归往何处，私奔的行为使她遭社会唾弃。女主人公的下场必然是十分可悲的，她只能以自身的教训来劝告后人。元代白朴根据这首诗改编成《墙头马上》的戏剧，结局改为大团圆，表达了广大读者对这位女子的同情与良好的祝愿，这正是白居易诗歌获得的相反的社会效果。

长恨歌

汉皇重色思倾国，御宇多年求不得[1]。
杨家有女初长成，养在深闺人未识。
天生丽质难自弃，一朝选在君王侧。
回眸一笑百媚生，六宫粉黛无颜色[2]。
春寒赐浴华清池，温泉水滑洗凝脂[3]。
侍儿扶起娇无力，始是新承恩泽时[4]。
云鬓花颜金步摇，芙蓉帐暖度春宵[5]。
春宵苦短日高起，从此君王不早朝。
承欢侍宴无闲暇，春从春游夜专夜。

后宫佳丽三千人，三千宠爱在一身。
金屋妆成娇侍夜，玉楼宴罢醉和春。
姊妹弟兄皆列土，可怜光彩生门户[6]。
遂令天下父母心，不重生男重生女。
骊宫高处入青云，仙乐风飘处处闻。
缓歌慢舞凝丝竹，尽日君王看不足。
渔阳鼙鼓动地来，惊破霓裳羽衣曲[7]。
九重城阙烟尘生，千乘万骑西南行。
翠华摇摇行复止，西出都门百余里[8]。
六军不发无奈何，宛转蛾眉马前死。
花钿委地无人收，翠翘金雀玉搔头[9]。
君王掩面救不得，回看血泪相和流。
黄埃散漫风萧索，云栈萦纡登剑阁[10]。
峨嵋山下少人行，旌旗无光日色薄。
蜀江水碧蜀山青，圣主朝朝暮暮情。
行宫见月伤心色，夜雨闻铃肠断声。
天旋日转回龙驭，到此踌躇不能去[11]。
马嵬坡下泥土中，不见玉颜空死处[12]。
君臣相顾尽沾衣，东望都门信马归。
归来池苑皆依旧，太液芙蓉未央柳[13]。
芙蓉如面柳如眉，对此如何不泪垂？
春风桃李花开夜，秋雨梧桐叶落时。
西宫南苑多秋草，宫叶满阶红不扫。
梨园弟子白发新，椒房阿监青娥老[14]。
夕殿萤飞思悄然，孤灯挑尽未成眠。
迟迟钟鼓初长夜，耿耿星河欲曙天[15]。
鸳鸯瓦冷霜华重，翡翠衾寒谁与共[16]？
悠悠生死别经年，魂魄不曾来入梦。
临邛道士鸿都客，能以精诚致魂魄[17]。

为感君王展转思，遂教方士殷勤觅。
排空驭气奔如电，升天入地求之遍。
上穷碧落下黄泉，两处茫茫皆不见[18]。
忽闻海上有仙山，山在虚无缥缈间。
楼阁玲珑五云起，其中绰约多仙子[19]。
中有一人字太真，雪肤花貌参差是[20]。
金阙西厢叩玉扃，转教小玉报双成[21]。
闻道汉家天子使，九华帐里梦魂惊。
揽衣推枕起徘徊，珠箔银屏迤逦开[22]。
云鬓半偏新睡觉，花冠不整下堂来。
风吹仙袂飘飖举，犹似霓裳羽衣舞。
玉容寂寞泪阑干，梨花一枝春带雨[23]。
含情凝睇谢君王，一别音容两渺茫[24]。
昭阳殿里恩爱绝，蓬莱宫中日月长[25]。
回头下望人寰处，不见长安见尘雾。
唯将旧物表深情，钿合金钗寄将去[26]。
钗留一股合一扇，钗擘黄金合分钿[27]。
但教心似金钿坚，天上人间会相见。
临别殷勤重寄词，词中有誓两心知。
七月七日长生殿，夜半无人私语时[28]。
在天愿作比翼鸟，在地愿为连理枝。
天长地久有时尽，此恨绵绵无绝期。

【注释】

[1]汉皇：汉武帝，这里代指唐玄宗。这首诗多处以汉代唐。御宇：治理天下。

[2]六宫粉黛：指宫中所有的嫔妃。无颜色：相形之下，她们的美色都不值一提。

[3]华清池：在今陕西临潼南骊山上。此地有温泉，唐玄宗建温泉宫，

后改名“华清宫”。凝脂：形容洁白滑润的肌肤。

[4] 新承恩泽：指杨贵妃初次受到玄宗的恩宠。

[5] 金步摇：一种首饰，上有珍珠垂挂，步行时不断颤动。

[6] 列土：封爵赐邑。杨贵妃得宠时，她的三位姐姐和兄弟杨国忠皆得封赐。可怜：可爱。

[7]“渔阳”句：指安禄山、史思明的叛乱。渔阳：唐郡名，属范阳节度使安禄山的辖区，安史叛军就是从这里出发。在今河北蓟县一带。鼙(pí)鼓：军中使用的小鼓。霓裳羽衣曲：舞曲名，由西域流入中原，经唐玄宗润色。

[8] 翠华：代指皇帝的车驾，因前面有翠羽装饰的旌旗仪仗。摇摇：飘扬摇荡。

[9] 花钿、翠翘、金雀、玉搔头：都是妇女的各种名贵首饰。

[10] 云栈：高入云霄的栈道。萦纡：盘绕曲折。剑阁：剑门关，今四川剑阁县北。

[11] 天旋日转：喻唐军收复长安。龙驭：皇帝的车驾。

[12] 马嵬坡：杨贵妃被逼自尽之处。

[13] 太液、未央：汉代宫池名，代指唐内宫池苑。

[14] 梨园弟子：玄宗曾经挑选教坊乐师、宫女，在梨园亲自教练歌舞，称“皇帝梨园弟子”。椒房：后妃居住的宫殿。阿监：宫中女官。青娥：青春美好的容颜。

[15] 耿耿：微明的样子。

[16] 衾：被子。

[17] 临邛(qióng)：县名，今四川邛崃县。鸿都：东汉洛阳宫门名，借指长安。

[18] 碧落：天空，道家的称呼。

[19] 绰约：美好轻盈的样子。

[20] 太真：杨贵妃被度为女道时号太真。参差：仿佛，约略。

[21] 扃(jiōng)：门户。小玉、双成：都是古代神话中的女子。

[22] 珠箔(bó)：珠帘。迤逦(yǐ lǐ)：曲折连绵的样子。

[23] 阑干：泪水纵横的样子。

［24］凝睇：深情注视。

［25］昭阳殿：汉宫殿名，赵飞燕姊妹所居。借指杨贵妃生前寝宫。蓬莱宫：泛指仙境，指杨贵妃死后所在。

［26］钿合：用珠宝镶嵌的金盒。

［27］擘（bò）：剖开。

［28］长生殿：在华清宫内。

【解读】

诗人创作此诗的主观目的是为了揭露帝王骄奢荒淫的生活给国家带来的深重灾难，追究“安史之乱”爆发乃至大唐帝国中衰的历史原因，以作为当时统治者的借鉴。诗歌的前半部分详细地刻画了杨贵妃的入宫、专宠、恃宠骄横，和唐明皇的沉湎女色、不恤国事。他们歌舞游乐，纵情享受，乐不思返，终于酿成了震动天下、颠覆朝廷的“安史”叛乱，将国家与百姓拖入苦难的深渊。唐明皇与杨贵妃自身也成了这场动乱的牺牲品，杨贵妃被迫自尽，唐明皇被迫退位。两人放纵享乐，是祸国殃民的罪魁祸首。然而，唐明皇又代表着大唐最昌盛的一个时代，对比眼前的衰乱，渴望帝国中兴的诗人不禁向往唐明皇的功业。杨贵妃之艳丽，令后代文人怦然心动，他们不能不为她的悲剧下场洒一掬同情之泪水。唐明皇与杨贵妃的悲剧，也是那个离乱时代千百个家庭苦难的典型代表。交织着这样复杂的情感，诗歌的后半部分批判逐渐让位给同情，诗人在无意识中逐步淡忘批判的主旨，转而热情歌颂两人的坚贞爱情。这里有诗人的美化，更有民间的传说成分。帝王的不幸遭遇更容易引起常人的同情，《长恨歌》后半部分所表现的还是一种时代情绪。其中“七月七日长生殿，夜半无人私语时。在天愿作比翼鸟，在地愿为连理枝”的密约誓言，令天下恩爱男女心驰神往。“天长地久有时尽，此恨绵绵无绝期”的绝望痛苦，又令所有的人为之落泪。诗歌的后半部分脱离了主观设定的批判题旨，抒情性大大增强，更具有艺术感染力。后代读者，恐怕更醉心于后面的抒情表达，而多多少少地忽略了前半部分的主题思想。清人袁枚在《马嵬驿》中见解则不一样，他说：“石壕村里夫妻别，泪比长生殿里多。”

琵琶行[1]

浔阳江头夜送客，枫叶荻花秋瑟瑟[2]。
主人下马客在船，举酒欲饮无管弦。
醉不成欢惨将别，别时茫茫江浸月。
忽闻水上琵琶声，主人忘归客不发。
寻声暗问弹者谁，琵琶声停欲语迟。
移船相近邀相见，添酒回灯重开宴[3]。
千呼万唤始出来，犹抱琵琶半遮面。
转轴拨弦三两声，未成曲调先有情[4]。
弦弦掩抑声声思，似诉平生不得意[5]。
低眉信手续续弹，说尽心中无限事。
轻拢慢捻抹复挑，初为霓裳后六幺[6]。
大弦嘈嘈如急雨，小弦切切如私语[7]。
嘈嘈切切错杂弹，大珠小珠落玉盘。
间关莺语花底滑，幽咽泉流冰下难[8]。
冰泉冷涩弦凝绝，凝绝不通声暂歇[9]。
别有幽愁暗恨生，此时无声胜有声。
银瓶乍破水浆迸，铁骑突出刀枪鸣[10]。
曲终收拨当心画，四弦一声如裂帛[11]。
东舟西舫悄无言，唯见江心秋月白。
沉吟放拨插弦中，整顿衣裳起敛容[12]。
自言本是京城女，家在虾蟆陵下住[13]。
十三学得琵琶成，名属教坊第一部[14]。
曲罢曾教善才伏，妆成每被秋娘妒[15]。
五陵年少争缠头，一曲红绡不知数[16]。
钿头云篦击节碎，血色罗裙翻酒污[17]。
今年欢笑复明年，秋月春风等闲度[18]。
弟走从军阿姨死，暮去朝来颜色故。

门前冷落鞍马稀，老大嫁作商人妇。
商人重利轻别离，前月浮梁买茶去[19]。
去来江口守空船，绕船月明江水寒。
夜深忽梦少年事，梦啼妆泪红阑干[20]。
我闻琵琶已叹息，又闻此语重唧唧[21]。
同是天涯沦落人，相逢何必曾相识。
我从去年辞帝京，谪居卧病浔阳城。
浔阳地僻无音乐，终岁不闻丝竹声。
住近湓江地低湿，黄芦苦竹绕宅生[22]。
其间旦暮闻何物？杜鹃啼血猿哀鸣。
春江花朝秋月夜，往往取酒还独倾。
岂无山歌与村笛，呕哑嘲哳难为听[23]。
今夜闻君琵琶语，如听仙乐耳暂明。
莫辞更坐弹一曲，为君翻作琵琶行。
感我此言良久立，却坐促弦弦转急。
凄凄不似向前声，满座重闻皆掩泣。
座中泣下谁最多，江州司马青衫湿[24]。

【注释】

［1］诗前原序："元和十年，予左迁九江郡司马。明年秋，送客湓浦口，闻舟中夜弹琵琶者，听其音，铮铮然有京都声。问其人，本长安倡女，尝学琵琶于穆、曹二善才。年长色衰，委身为贾人妇。遂命酒，使快弹数曲，曲罢悯默。自叙少小时欢乐事，今漂沦憔悴，辗徙于江湖间。予出官二年，恬然自安，感斯人言，是夕始觉有迁谪意。因为长句，歌以赠之，凡六百一十二言。名曰《琵琶行》。"

［2］浔阳江：在江西九江市北，长江的一段。瑟瑟：风吹声响。

［3］回灯：重新张灯。

［4］"转轴"句：指演奏前的调整弦音。

［5］掩抑：形容乐声抑郁低沉。

[6]拢、捻、抹、挑：都是弹琵琶时的几种指法。霓裳：《霓裳羽衣曲》。六么：本名《录要》，又名《绿腰》，是当时流行的曲调。将乐工所进曲调录要成谱，以此得名。

[7]大弦：粗弦。小弦：细弦。琵琶弦按粗细排列。

[8]间关：鸟鸣声。滑：形容音乐声流利轻快。幽咽：形容乐声的微弱，若有若无。

[9]凝绝：指乐声逐渐静止下来。

[10]"银瓶"二句：形容乐声重起，一变为雄壮激昂之声。

[11]拨：套在手指上拨弦的工具。画：划。四弦一声：四根弦同时发声。裂帛：形容乐声的尖锐、清脆。

[12]敛容：重整脸部神色，显得矜持严肃。

[13]虾模陵：在长安城东南曲江的附近。西汉董仲舒墓在此，其门人经此，都要下马致敬，所以叫"下马陵"，后讹为"虾蟆陵"。

[14]教坊：唐代宫廷设置的音乐官署，掌管乐伎、教练歌舞。

[15]善才：琴师的通称。秋娘：唐代长安著名乐伎，这里泛指歌妓。

[16]五陵年少：长安富贵家子弟。五陵，指汉代的长陵、安陵、阳陵、茂陵、平陵，豪门富族多住这一带。缠头：当时风俗，乐妓表演完毕，客人以锦罗之类作赏赐，称"锦缠头"。绡：一种丝织品。

[17]钿头云篦（bì）：一种发饰。击节：打拍子。血色：鲜红色。

[18]等闲度：轻易、随便地度过。

[19]浮梁：县名，在今江西景德镇北。

[20]阑干：泪水纵横的样子。

[21]唧唧：叹息声。

[22]湓江：即湓水，源出江西瑞昌西清湓山。

[23]呕哑嘲哳（ōu yā zhāo zhā）：形容乐声杂乱琐碎。

[24]江州司马：白居易当时被贬为江州司马。

【解读】

这首诗写于诗人被贬江州的第二年，诗中借琵琶女的乐声与遭遇，诉说了自己遭受贬谪的愁苦牢骚。首先，这首诗以擅长描写音乐而著名。琵琶女演奏“轻拢慢捻抹复挑”的系列动作被刻画得十分详尽。乐声或悲抑、或优美、或急速、或舒缓、或低沉以至无声、或铿然一声“如裂帛”，其繁复错综之变化，被展示得淋漓尽致。中间部分琵琶女自述身世，诗人也作详细的转述，为的是引出“同是天涯沦落人，相逢何必曾相识”的感慨。因此，诗歌的最后部分很自然地转入自我身世的感伤。被贬居所的荒凉偏远，日常生活的孤寂无聊，被贬之后的抑郁苦闷，都被一一牵引出来。诗人能将聆听音乐的感受与身世的感伤结合在一起，双方相互烘托，相得益彰，在唐代描写音乐的诗篇中独树一帜，是唐代描写音乐最出色的诗篇。

花非花

花非花，雾非雾。夜半来，天明去。

来如春梦几多时？去似朝云无觅处[1]。

【注释】

[1]朝云：宋玉《高唐赋序》载：楚王游玩高唐，曾遇见巫山神女，自献其身。离别时说：“妾在巫山之阳，高丘之阻，旦为朝云，暮为行雨，朝朝暮暮，阳台之下。”

【解读】

这是白居易写的一首朦胧诗。诗中所描写的究竟为何种事物或何种情感，需要读者自己品味，乃至猜测。“花非花，雾非雾”，换一个角度说：也像花、也像雾，像花一样美丽，像雾一样迷蒙。诗人进一步给出时间限定：“夜半来，天明去。”根据这样的提示，这应该是夜晚的一场美梦，美梦的内容大约与一位自己思念的女子相关。对方的美丽给诗人留下了深刻的印象，又因多年未见而变得稍稍模糊。尤其是在梦中出现时，显得更加扑朔迷离。这就是所说的“花非花，雾非雾”。诗歌结尾二句，为这种分析提供了根据。“来如春梦几多时”，意味着昨夜的梦性质与“春梦”近似。春梦是出于对异性情感的渴望，昨夜之梦是思恋一位不再见面的女子，两者有共通之处。“去似朝云无觅处”之“朝云”，采用了巫山神女的典故，清晰地表明昨夜所梦的内容。这位女子极其可能与诗人曾经有过一度肌肤之亲，诗人不好在诗中明确抒写思念，便采用这样的朦胧写法。

舟中读元九诗[1]

把君诗卷灯前读，诗尽灯残天未明。
眼痛灭灯犹暗坐，逆风吹浪打船声。

【注释】

[1] 元九：元稹，字微之，行九，世称“元九”，河南（今洛阳）人，贞元十九年（803），与白居易同入秘书省任校书郎，成为好友。

【解读】

元稹小白居易七岁，白居易与元稹的终身友谊令人感动，两人的友谊还成就了诗坛的诸多佳话。例如，两人讨论诗歌创作、相互声援，掀起了诗坛上“新乐府”创作的高潮。又如，两人诗歌相互酬答，用竹筒装诗篇传递，留下“诗筒”的雅致典故。这首诗写于诗人被贬谪江州司马的途中。此时，白居易接到老友的诗篇，其中不少是挂念白居易、为白居易担忧的。舟中灯前，长夜把卷，一气阅读，直到“诗尽灯残”。读完元稹诗歌，诗人内心情绪波动很大。诗人不直接写自己的所思所想，而是掉转笔头写动作和景物。动作是“眼痛灭灯犹暗坐”，眼痛灭灯，夜深人静，正该去卧床休息，为何“犹暗坐”？“眼痛灭灯”强化了“犹暗坐”的效果。内心难以平静，无法入眠，由此可见。景物是“逆风吹浪打船声”，这里让诗人联想起的，恐怕是仕途上的“逆风吹浪”，是人生的坎坷遭际。诗歌通俗流畅，不避字句重复，却含蓄蕴藉，情思悠远。

放　言[1]

赠君一法决狐疑，不用钻龟与祝蓍[2]。
试玉要烧三日满，辨才须待七年期[3]。
周公恐惧流言后，王莽谦恭未篡时[4]。
向使当初身便死，一生真伪复谁知[5]？

【注释】

[1]放言：白居易《放言》诗一组五首，这是第三首。诗前有序，云："元九在江陵时，有《放言》长句诗五首，韵高而体律，意古而词新，予每咏之，甚觉有味。虽前辈深于诗者，未有此作。唯李颀有云：'济水自清河自浊，周公大圣接舆狂。'斯句近之矣。予出佐浔阳，未届所任。舟中多暇，江上独吟，因缀五篇，以续其意耳。"

[2]钻龟与祝蓍：古代两种占卜方法。古人用龟壳占卜，要钻和灼。蓍（shī）：草名，古代用其茎占卜。

[3]"试玉"句：作者自注："真玉烧三日不热。""辨才"句：作者自注："豫章木生七年而后知。"

[4]"周公"句：周公姬旦，周武王弟，周成王叔。周武王死，周成王年幼，周公摄政。管、蔡、霍三人造作流言诬蔑周公，周公避居于东。后成王悔悟，迎归周公。管、蔡、霍叛乱，周公亲征平叛，西周大治。"王莽"句：西汉末年，王莽秉政。汉哀帝死，王莽迎立平帝，独揽朝政。后篡位自立，国号"新"。王莽秉政初期，假装谦退，时论对其评价甚高。

[5]向使：从前假如。

【解读】

这是一首哲理诗。诗人经历了世事风波，看多了人情真伪，深有感慨。诗歌主题是：日久见人心，路遥知马力。自然界，诗人以"试玉""辨才"为例；人世间，诗人以"周公""王莽"印证。周公和王莽的故事，熟为人知，非常具有说服力。这首诗的后四句因此成为流传千古的名句。唐朝诗人少写哲理诗，中唐以后逐渐增加。这首诗可见唐诗又一风貌。

赋得古原草送别

离离原上草，一岁一枯荣[1]。
野火烧不尽，春风吹又生。
远芳侵古道，晴翠接荒城[2]。
又送王孙去，萋萋满别情[3]。

【注释】

［1］离离：茂盛的样子。

［2］远芳：远处的芳草。侵：蔓延。晴翠：碧草在阳光的照射下所呈现出的一片碧绿色。

［3］王孙：指离家的友人。萋萋：茂盛的样子。

【解读】

这是诗人十六岁时所写的一首送别诗，显示出诗人早年的非凡才华。诗人的敏锐、特异的禀赋，也是每一位一流作家必须具备的条件。据张固《幽闲鼓吹》记载：白居易初到长安，拜见前辈诗人顾况，顾况拿他的姓名开玩笑说："米价方贵，居亦弗易。"读此诗后立即改口，说："道得个语，居即易矣。"白居易因此成名。"离离原上草，一岁一枯荣。"蓬勃旺盛的野草啊，生长在古老的原野上，每年枯萎一次后，又开始一次新的繁荣。首句袭用《诗经》语而又翻出新意，并在野草的枯荣间见出其生命力之顽强。接着便引出了两句饱蕴生命哲理的警句："野火烧不尽，春风吹又生。"秋去冬来，野草枯萎，肆虐的野火烧尽了小草的茎叶，但深埋于地下的根却保持着无限的生机，只要春风吹到的地方，到处是青青的野草。诗人以自己充满朝气的年轻生命去关照野草的顽强生命力，这是富有象征意义的"生命之草"；诗人是在赞美野草，同时更是在讴歌生命之永存。生命是绚丽的，生命的旅程是艰险的，只要经得住烈火的考验，定能迎来生命的春天。前四句写芳草的顽强生命力，富有哲理意蕴，成为千古传诵的名句。“远芳侵古道，晴翠接荒城。”无边无际的野草一直延伸向远方，连接着遥远的荒城，漫掩了古老的道路，在阳光的照耀下显得格外翠绿。在古道、荒城的对比下，翠绿蓬勃的古原草呈现出一种永恒的生命之美，而古道、荒城和芳草又牵系着离愁别恨。这就自然引出了“又送王孙去，萋萋满别情”。这两句诗直接化用“春草生兮萋萋，王孙游兮不归”(《楚辞·招隐士》)，来表达朋友离别的伤感与哀怨，既照应了诗题，又给人以古雅、渊博的感觉。诗歌以漫天遍野生长的“原上草”，烘托离人的依依情意。而离人的别愁，也像这生生不息的野草一样，追随友人一直到天涯。此诗语言朴实平淡，精警流畅，化用古人诗句自然天成，毫无斧凿之痕。

后宫词

泪湿罗巾梦不成，夜深前殿按歌声。

红颜未老恩先断，斜倚熏笼坐到明。

【解读】

后宫多怨旷，白居易新乐府《上阳白发人》写这个主题，这首诗也是表现这样的主题。后宫宫女数量庞大，诗人将其作为重大社会问题，一再向帝王进言，希望帝王能够拣放宫女出宫。宫女数量众多，一方面增加宫廷的经济支出，更重要的一方面，是违背人的本性的。白居易的诗歌主要从后一个方面发表感慨。后宫女子无数，难得有几人能够被帝王看中，其他人则寂寞一生，在凄凉孤寂中度过无性的不人道的生活。她们长夜难眠，渴望异性又毫无希望，连好“梦”也难成，只能用罗巾揩拭泪水。夜晚寂静，她们能够清晰地听到前殿传来的喧哗歌声，这引她们向往、嫉妒、愤恨、怨怒。红颜未老，无人赏识，只好“斜倚熏笼坐到明”。后宫诸多女子就是在这样非人性的折磨中走完一生。这首诗以其凝练含蓄，与《上阳白发人》的铺叙展衍，各臻其妙。

暮江吟

一道残阳铺水中，半江瑟瑟半江红[1]。
可怜九月初三夜，露似真珠月似弓[2]。

【注释】

［1］瑟瑟：碧珠，喻江水似碧玉般澄清。

［2］可怜：可爱。

【解读】

傍晚以至入夜时刻的江景，被诗人描绘得生动真切，诗人对生活之美、景物之美，真是有着细腻的观察、敏锐的捕捉、贴切的描写。一道残阳辉映江中，江水红碧相间，景色绚丽多彩。一弓弯月升起，露水似珍珠，清淡秀丽，与傍晚的灿烂相比，又是一幅令人陶醉的美景。两幅画面组合在一起，暮江的美景琳琅满目，充分显示出诗人对大自然的热爱。

问刘十九[1]

绿蚁新醅酒，红泥小火炉[2]。
晚来天欲雪，能饮一杯无？

【注释】

［1］刘十九：诗人在江州结识的友人刘轲，河南登封人，曾隐居庐山，元和末年进士。

［2］绿蚁：酒的别名。新酿的米酒，未经过滤，上面有米渣漂浮，显淡绿色，故称。醅：未经过滤的酒。

【解读】

雪夜酷寒，围着红泥火炉，斟出绿蚁新酒，邀友人共饮，是令人惬意的美事。诗人用诗的语言，将这种美事表达出来。这样的邀请太富有魅力了，没有人能够拒绝。短短数语，大雪夜，红泥炉，绿蚁酒，构图也非常漂亮。白居易就是有此出色的诗才，任何一种意愿，可以用诗歌轻松表达。

钱塘湖春行

孤山寺北贾亭西，水面初平云脚低[1]。
几处早莺争暖树，谁家新燕啄春泥[2]。
乱花渐欲迷人眼，浅草才能没马蹄。
最爱湖东行不足，绿杨阴里白沙堤[3]。

【注释】

［1］孤山：西湖上的一处名胜，山上有孤山寺。贾亭：唐贞元中杭州刺史贾全在西湖所建的亭子。云脚：接近地面的云气。

［2］暖树：向阳的树木。

［3］白沙堤：又称“白堤”“白公堤”，在西湖东畔。白居易所筑。

【解读】

这首诗描写西湖的早春景色，处处扣住“初春”做文章。这里，春水才涨平湖岸，早莺在暖树上歇息，享受和煦的阳光；新燕在辛勤劳作，修补旧巢。渐渐开放的杂乱的花卉，让人眼花缭乱，冒绿的小草，短浅刚刚能淹没马蹄。到处洋溢着早春的生机，春意盎然的日子指日可待。诗人陶醉于此，就有赏玩不够的感觉了。白居易在杭州为官时，心态已经比较平和，因此有了闲暇的心境从容地欣赏大自然的慷慨赐予。

与梦得沽酒闲饮且约后期

少时犹不忧生计，老后谁能惜酒钱？
共把十千酤一斗，相看七十欠三年[1]。

闲征雅令穷经史，醉听清吟胜管弦[2]。

更待菊花家酿熟，共君一醉一陶然[3]。

【注释】

[1] 十千：十千钱。古人诗歌经常用一斗酒需“十千”钱的高价来夸张美酒的价值。曹植《名都篇》说“美酒斗十千”，李白《行路难》之一说“金尊美酒斗十千”，王维《少年行》说“新丰美酒斗十千”。酤：买酒。

[2] 征：征引。雅令：高雅的酒令。清吟：清声吟唱诗篇。

[3] 家酿：自家酿制的美酒。

【解读】

中唐宪宗在位前后时期，国家一度出现中兴局面。朝廷平定了地方的部分割据势力，裴度等较有政治才干的人士主持朝廷大政，社会面貌有了更新的气象。当政者注意通过科举考试从中下层知识分子中选拔有用人才，有时一榜所录取的多才俊之士，被时人称为“龙虎榜”。白居易、刘禹锡都是在这一时期通过科举考试进入官场的。而且，他们一旦进入官场，立即成为众人注目的后起之秀。这些来自社会中下层的文人，看到了国家中兴的希望，热情洋溢，雄心勃勃，期待自己在仕途上能够发挥充分的作用，为大唐帝国的复兴作出自己最大的贡献。白居易、刘禹锡等文人进入仕途时的政治热情是非常高涨的。

然而，现实毕竟是复杂的，是无情的。唐王朝的腐朽之气已经根深蒂固，非一两个人可以彻底改变。青年人的政治热情，很快使他们在官场中碰得头破血流。先是三十四岁的刘禹锡积极参加“永贞变革”，失败后被远贬荒凉异乡，在艰难困窘的境遇中煎熬了二十三年。他的《酬乐天扬州初逢席上见赠》说：“巴山楚水凄凉地，二十三年弃置身。”后来虽然从贬谪之地回来，但是仍然被弃置东都洛阳，身居闲职，无所事事。而后，四十四岁的白居易因为大胆的言论得罪权贵，也被贬作江州司马。经过仕途的风波挫折，白居易也变得“面上灭除忧喜色，胸中消尽是非心”了。他心甘情愿地到东都洛阳做一个无所事事的闲官。

两位老友晚年在洛阳重聚，年近古稀，感慨万千。当年的豪情与壮志已经不堪回首，只能在畅饮中求得情绪的宣泄与心理的安慰。诗人叹息自己年龄的老大，光阴虚度、一事无成的悲慨隐含其中。“少时犹不忧生计”，颇有“初生牛犊不怕虎”的闯劲。老来重温少年豪情，有自豪，有唏嘘。眼前的不“惜酒钱”，是无可奈何中的自我排遣。何况人生已近黄昏，“相看七十”，只“欠三年”，还有什么不能放开胸怀的？老友有共同的志愿、共同的挫折、共同的经历，相聚的时候酒当然是喝不够的，也就根本不必吝惜酒钱。狂放的姿态背后，遮掩着失落与痛苦。诗人陶醉于穷读经史、闲征酒令、清吟诗歌的自在无为的生活，这固然有晚年的彻悟和超脱，同时也有失意的颓唐和放纵。诗人生活的情趣是高雅的，他更加喜欢友人之间的清吟酬唱，而不是仅仅沉醉在灯红酒绿的“管弦”喧闹之中。诗人更重友情的心意也被表现出来。结尾亲切又不见外地重约后会之期，显示了友人之间友谊的醇厚。孟浩然《过故人庄》说：“待到重阳日，还来就菊花。”白居易此诗结句受到孟诗的影响。全诗是在写“沽酒闲饮”，也是在写两人的友谊，更是在写政治失意后的无可奈何的寄托。

杨柳枝词

一树春风千万枝，嫩于金色软于丝。

永丰西角荒园里，尽日无人属阿谁[1]？

【注释】

［1］永丰：地名。唐长安有永丰坊。或以为东都洛阳也有永丰坊。

【解读】

咏柳词无数，诗人要善于选取角度，别出心裁。春风吹拂，柳条万千，嫩黄丝软，这些都是人们所熟知的。诗人笔锋一转，怜惜起“永丰西角荒园里”无人赏玩的柳枝。这里的柳条在春风里也是如此婀娜多姿，因为生长在荒园，终日寂寞。诗人此处是否别有寓意，应该任由读者补充想象。有人理解，这是喻指人才遗漏。据说唐宣宗听到这首诗，特地追问永丰在哪里，并命人取永丰柳两枝种在宫苑中，以免永丰柳之孤寂。这也能见出白居易诗歌的艺术魅力，不知宣宗对白居易这首诗理解是否正确？

白云泉

天平山上白云泉，云自无心水自闲[1]。
何必奔冲山下去，更添波浪向人间？

【注释】

[1] 天平山：在苏州西二十里。山上有白云泉，号称“吴中第一水”。因白居易此诗而著名。

【解读】

咏物诗，浅显易懂，又寓意深远，富有哲理韵味，方为佳作。这首诗就达到了这种境界。首句点题，次句写云与水的境界。白云飘浮，泉水潺湲，超尘脱俗，自由自在。陶渊明《归去来兮辞》说：“云无心以出岫。”羡慕、称颂的就是白云的这种境界。白云和泉水坦荡悠闲，令诗人向往。后二句诗意忽转，追问泉水为什么奔流到山下，掺杂到喧哗庸俗的人世间，并在那里增添波浪，多生事端？这是白居易对自己一生的某种反思和追悔。当然，中国古代知识分子在儒、道两种思想的夹击下，大都会有这样的反思。所以，白居易这首咏物兼寓言诗，能够引起古人的普遍共鸣。

刘禹锡

刘禹锡（772—842），字梦得，籍贯河南洛阳，出生于嘉兴。贞元六年（790）前后游学长安，在士林中获得很高声誉。贞元九年（793）与柳宗元同榜进士，同年登博学鸿词科，两年后再登吏部取士科，释褐为太子校书。不久丁忧居家。贞元十六年（800）入淮南节度使兼徐泗濠节度使杜佑幕，为掌书记。十八年（802）调回京城，不久迁监察御史。贞元二十一年（805）顺宗登基，参与“二王集团”变革，被任命为屯田员外郎、判度支盐铁案，参与国家财政管理，时有“二王、刘、柳”之称。变革失败，被贬为朗州（今湖南常德）司马，前后近十年。元和九年（814）十二月回京，再贬播州（今贵州遵义市西）。得裴度、柳宗元帮助，贬为连州（今广东连县）刺史。元和十四年（819）因母丧离开。后任夔州（今四川奉节）、和州（今安徽和县）等地刺史。敬宗宝历二年（826）调回洛阳，任职于东都尚书省。大和二年（828）回朝任主客郎中，会昌二年（842）病卒，享年七十一。有《刘梦得文集》。

西塞山怀古[1]

王浚楼船下益州，金陵王气黯然收[2]。
千寻铁锁沉江底，一片降幡出石头[3]。
人世几回伤往事，山形依旧枕江流。
今逢四海为家日，故垒萧萧芦荻秋[4]。

【注释】

[1] 西塞山：在今湖北省大冶县东，是长江中流的一个要塞。

[2] 王浚：晋武帝时大将，率军平定东吴。楼船：王浚所修建的战舰。下：顺流而下。益州：今成都市。金陵：今南京市。黯然：暗淡无光的样子。

[3] 铁锁：东吴为了抵抗晋军，在长江要害处布上铁锁，以阻拦船舰的通过。王浚于是以大火烧之，铁锁被烧断，晋军战舰直抵金陵。石头：石头城，即南京。

[4] 四海为家：指南北统一。萧萧：萧索，萧条。

【解读】

刘禹锡的咏史诗往往抓住前朝史实有关的风景遗迹，抒发家国兴亡、时代变迁之感慨，精辟的议论发人深思，着重点落实在“兴废由人事，山川空地形”(《金陵怀古》)上。这首诗咏叹王浚平定东吴的史实，目的是针对现实中的藩镇割据而发。诗人的主旨在歌颂统一，反对分裂割据。诗歌的开篇极力渲染王浚出兵的赫赫声势，大军势如破竹的进程，所到之处，摧枯拉朽。东吴简直组织不起来有效的抵抗，哪怕是江中的铁索也无法阻挡王浚大军进攻的步伐。金陵王气的黯然与一片降幡的高挂，彻底宣告了割据分裂的失败。人世沧桑，山形依旧，古垒萧萧，历史的教训值得汲取。“今逢四海为家日”，诗人是希望地方势力认清形势，不要做出违背历史潮流的事情来。

石头城

山围故国周遭在，潮打空城寂寞回[1]。
淮水东边旧时月，夜深还过女墙来[2]。

【注释】

[1] 周遭：四周，周围。

[2] 淮水：秦淮河。女墙：城上的矮墙。

【解读】

金陵是六朝的故都，此地有许多古迹供后人凭吊。六朝建国都比较短暂，繁华转瞬即逝，留下的只有寂寞冷清，这引起了后人的深深思索。刘禹锡这首诗只是描摹了石头城今日的冷落，江潮汹涌，拍打空城，寂寞而退。当年的繁盛已经没有踪迹可寻。其间的原因，诗人留给读者共同思考。唐代的金陵，恐怕不会这么荒凉。诗人要表达自己对历史深沉的忧思，有意如此选景写作。刘禹锡的咏史诗，相对于前人，境界有了全新的提高。左思以来的咏史诗，大都通过咏史发泄个人的失意牢骚，或写个人的志向抱负。刘禹锡关注国家命运，不在乎个人得失。他的咏史诗，总是从国家、历史等大角度立意，胸襟非同凡响。

乌衣巷

朱雀桥边野草花，乌衣巷口夕阳斜[1]。
旧时王谢堂前燕，飞入寻常百姓家[2]。

【注释】

[1]朱雀桥：南京秦淮河上的一座桥，面对金陵朱雀门，建于东晋。乌衣巷：在秦淮河南岸，靠近朱雀桥。三国时，吴国在此驻军，士兵都穿乌衣，因此得名。东晋时，成为豪门世族的聚居之地。

[2]王谢：东晋时世族大家王氏与谢氏。

【解读】

刘禹锡是一位有政治抱负的诗人，但他一生多次遭贬，经历颇为坎坷。唐文宗太和二年（828），诗人因写《再游玄都观》讽刺宦官权贵，被贬到苏州、汝州、同州等地做刺使。他从和州入京回家乡洛阳途经金陵（今江苏南京）时，写了一组吊古诗《金陵五题》，这是其中的第二首，也是一首讽刺诗。乌衣巷当年名盛一时，居住此地者都是世族达贵，而今也避免不了萧条冷清。诗人不直接描写乌衣巷当年的盛况或眼前的萧条，只是以住宅主人的变迁来表现历史的盛衰。住宅主人身份的改变，通过喜欢回归旧巢的燕子来表现，曲折层深。施补华《岘佣说诗》评后二句说："若作燕子他去，便呆。盖燕子仍入此堂，王谢零落，已化作寻常百姓矣。如此则感慨无穷，用笔极曲。"

台　城[1]

台城六代竞豪华，结绮临春事最奢[2]。
万户千门成野草，只缘一曲后庭花[3]。

【注释】

［1］台城：六朝宫城，故址在今南京玄武湖畔。

［2］结绮、临春：陈后主为张丽华等所修建的阁名。《南史·张贵妃传》："至德二年，乃于光昭殿前起临春、结绮、望仙三阁，高数十丈，并数十间。"

［3］后庭花：即《玉树后庭花》，陈后主时创作的歌曲名。在宫廷游乐时演奏，称颂张贵妃等的美貌。

【解读】

六朝奢华，陈后主尤为著名，最后身败国亡，为后人所耻笑。刘禹锡咏叹六朝史实，拈出最具典型意义的个例，发表感慨。六代小帝王，不思有所作为，只是在生活享受、宫殿建筑豪华方面争取压倒前人。陈后主是六朝最后一位小皇帝，他的奢侈也超过了以往的帝王。他为张贵妃等修建起结绮、临春等阁。这一切只是加速了小国家的灭亡。诗人故地重游，眼前的"万户千门"都已经荒凉冷落，野草杂生。诗人将六朝破灭的原因，归结到"一曲后庭花"，也就是帝王的奢靡而不顾国事，精粹凝练。

望夫山[1]

终日望夫夫不归，化为孤石苦相思。
望来已是几千载，只似当时初望时。

【注释】

［1］望夫山：在今安徽当涂县西北，唐代属和州。此诗题目下原注："正对和州郡楼。"

【解读】

这首诗也完全是民歌风调。望夫山、望夫石，反复被古代诗人咏叹，只有写出新意，才能流传人口。望夫山，从动作的角度来说，是永久地伫立眺望，诗歌的首二句突出一个“望”字；从情感的角度来说，是令人感动的坚贞，诗歌的末二句歌颂其品格。刘禹锡深得民歌精髓，这首诗写得通俗流畅、情韵悠长。这类诗歌，换角度思考，也折射出古代女子的痛苦和无奈。她们“嫁鸡随鸡，嫁狗随狗”，一旦丈夫远离家乡，只能永远地等待，乃至化而为石。从男子的角度来说，他们是指望女子永远对他们这么坚贞的。这类诗同时写出男性的一种心理渴求。

竹枝词

杨柳青青江水平，闻郎江上唱歌声。

东边日出西边雨，道是无晴却有晴[1]。

【注释】

[1] 晴：谐音“情”，暗指男女爱情。

【解读】

诗人被流放到巴蜀，向当地民歌学习，创作了许多富有民歌情调的诗篇。这首诗歌唱民间男女传递情爱之清新明朗。在杨柳青青的美好春季，江水涨涌，正是水乡男女劳动繁忙的日子。在劳动中，青年男女活泼欢快，不忘对生活的美好追求。男子的唱歌声，是以歌声传递情意，女子心领神会，但又很含蓄地用谐音法婉转表明自己的领悟。受儒家思想的影响，秦汉至唐朝以来的诗人很少写男女爱情。六朝诗人时而放纵自我，又偏于色情。刘禹锡有很强的个性，有铮铮硬骨，做事、作诗常常不顾流俗。刘禹锡就敢向民歌学习，唱出如此健康开朗、美好动人的民歌。

秋　词

自古逢秋悲寂寥，我言秋日胜春朝。
晴空一鹤排云上，便引诗情到碧霄。

【解读】

刘禹锡生性倔强，无论遭受何等挫折，总是不悲观，不颓丧。悲秋是历代骚人墨客的共同情结，到了刘禹锡笔下，一改旧调，变为激扬抖擞。开篇就否定了历来“逢秋悲寂寥”的陈词滥调，独标“秋日胜春朝”的观点。请看：秋高气爽，晴空万里，一鹤排云而上，是多么高扬豪迈。诗人的诗情也因此被引向了碧霄，变得视野开阔，心胸爽朗。能够改变秋愁基调的诗人，在中国古代没有几位，他们往往都是有博大心胸的作家。如：晚唐诗人杜牧出身名门，才华出众，自视甚高，一生积极想有所作为，他对秋日景色也有另一番赏识，《山行》说：“远上寒山石径斜，白云生处有人家。停车坐爱枫林晚，霜叶红于二月花。”宋朝诗人李清照作为女子世界中的豪俊，其豁达的胸襟、爽朗的个性、开阔的视野，毫不逊色于前辈优秀诗人。面对“红稀香少”的暮秋季节，词人不是在为荷花稀落、荷叶枯萎等流逝的风光景色而惋惜感伤，而是兴趣盎然地与“水光山色”相亲，《怨王孙》上阕说：“湖上风来波浩渺，秋已暮、红稀香少。水光山色与人亲，说不尽、无穷好。”这些作品，可以与此诗对照阅读。

竹枝词

其二

山桃红花满上头，蜀江春水拍山流。
花红易衰似郎意，水流无限似侬愁。

其九

山上层层桃李花，云间烟火是人家[1]。
银钏金钗来负水，长刀短笠去烧畲[2]。

【注释】

［1］烟火：炊烟。

［2］银钏金钗：代指少数民族妇女，银钏金钗是她们的日常装饰。长刀短笠：代指少数民族男子，长刀短笠是他们劳动时的装束。烧畲（shē）：即落后山区的火耕方法。在耕种前，先用刀砍荆棘，烧草木积灰，以为肥料。

【解读】

这一组《竹枝词》描写了当地生活的诸多方面。第一首是痴情女子对负心男子的怨诉。诗歌用了“山桃红花”与“蜀江春水”两个非常形象的比喻，以“花红易衰”喻男子的薄情负心，以“水流无限”喻女子被抛弃后的不尽悲伤。民歌时常有新鲜生动的比喻，直接从生活中来，带着泥土的芬芳。刘禹锡充分汲取了民歌的这些优点。第二首写巴蜀山间百姓的现实生活场景，似一幅幅惟妙惟肖的风俗人情画面。高山之上，桃李盛开，云烟袅袅处就是山民定居的地方。他们应该是当地的土著部落，女子们“银钏金钗来负水”，男子们“长刀短笠去烧畲”。今天的少数民族有的还保留这种生活习俗。

浪淘沙

其一

九曲黄河万里沙，浪淘风簸自天涯。
如今直上银河去，同到牵牛织女家。

其五

濯锦江边两岸花，春风吹浪正淘沙[1]。
女郎剪下鸳鸯锦，将向中流匹晚霞[2]。

其六

日照澄洲江雾开，淘金女伴满江隈[3]。
美人首饰侯王印，尽是沙中浪底来。

【注释】

[1] 濯锦江：即锦江，流经成都。

[2] 将向：携向。

[3] 江隈：江水的弯曲处。

【解读】

这组《浪淘沙》也是向民歌学习而作。第一首咏九曲黄河，赞叹黄河的源远流长，波浪滔天，气势磅礴。仿佛可以直通银河，去拜访牵牛、织女。黄河直通银河，想象独特，黄河的壮阔汹涌，读者可以想象而知。第二首写江上浣纱女郎的劳作。岸边春风吹拂，鲜花盛放，江中晚霞铺满。女郎拿着鸳鸯图案绚丽的锦缎，是在浣洗，又好像是在随意嬉戏。女郎与春花，鸳鸯锦与晚霞，相映成趣。这一幅不经意间所见的劳动场景，被描写得格外绚丽多彩。第三首写江中女郎的另外一个劳动场面。旭日初生，江面上云雾散尽，江边已经到处是辛勤劳作的淘金女郎。下二句诗意一转，用对比手法，揭示上层社会奢华的生活都是下层百姓勤劳创造的结果。诗人对现实政治、对中唐社会始终抱有相当的热情，他观察问题的角度就与常人不同。他会关心下层百姓，关心民生国计。这种可贵的精神，在诗歌中不时流露。

元和十年自朗州召至京，戏赠看花诸君子[1]

紫陌红尘拂面来，无人不道看花回。

玄都观里桃千树，尽是刘郎去后栽[2]。

【注释】

[1] 这是元和十年（815）刘禹锡自贬谪地朗州被召回京，在京等待重新被任命期间所作。

[2] 玄都观：在长安朱雀街西。刘郎：刘禹锡自称。

【解读】

刘禹锡生性倔强，永远不向政敌低头。被贬十年回京，内心的愤恨郁勃难消，于是，通过游览玄都观之桃花，以象征的笔法写出。首二句用夸张手法写玄都观桃花盛开、游人如潮的热闹场面。桃花之繁盛，甚至将道路、尘土都染成紫红色。后二句冷然一笔补充说，今日盛开的桃树，都是诗人被贬以后所栽种，语调的冷落与前二句之喧闹也形成对比。诗人隐喻朝廷擅长钻营得宠的新贵们，都是自己被贬以后爬上来的。据说此诗惹怒了朝廷新贵，刘禹锡及其同志的第二次被贬，与此诗也有关系。

再游玄都观[1]

百亩庭中半是苔，桃花净尽菜花开。
种桃道士归何处？前度刘郎今又来。

【注释】

[1] 诗前原序：“余贞元二十年为屯田员外郎，时此观未有花。是岁出牧连州寻贬朗州司马。居十年，召至京师，人人皆言有道士手植仙桃，满观如红霞。遂有前篇以志一时之事。旋又出牧。今十有四年，复为主客郎中。重游玄都，荡然无复一树，唯兔葵燕麦动摇于春风耳。因再题二十八字以俟后游。时大和二年三月。”

【解读】

刘禹锡从第二次被贬，重回京都时又过了十四年。前度玄都观游赏、作诗导致再度贬官，倔强的诗人这次就特地再去玄都观看看，向政敌示威。岂知十四年过去，玄都观已经完全萧条败落，百亩庭院被苔藓占去一半，桃花无处寻觅，野菜花却处处开放。一副人去观空、衰败荒凉的景象。诗人不禁自豪地追问：当年种桃的道士哪里去了，而备受挫折的“前度刘郎”，今天我又来了。诗人是在追问，当年那些迫害他的政敌哪里去了。诗人不屈的个性，乐观的态度，对政敌的蔑视，都表现在这追问之中。

酬乐天扬州初逢席上见赠[1]

巴山楚水凄凉地，二十三年弃置身[2]。
怀旧空吟闻笛赋，到乡翻似烂柯人[3]。
沉舟侧畔千帆过，病树前头万木春。
今日听君歌一曲，暂凭杯酒长精神[4]。

【注释】

[1] 乐天：白居易，字乐天。唐敬宗宝历二年（826），刘禹锡与白居易在扬州相逢，酒宴上白居易有诗相赠，云："为我引杯添酒饮，与君把箸击盘歌。诗称国手徒为尔，命压人头不奈何。举眼风光长寂寞，满朝官职独蹉跎。亦知合被才名折，二十三年折太多。"刘禹锡即席答赠此诗。

[2]巴山楚水：刘禹锡二十多年被贬生涯中，所历之地大都属古代的巴国、楚国，属于南方荒蛮之地。

[3] 闻笛赋：指"竹林七贤"之一向秀的《思旧赋》。"竹林七贤"中的另一位友人嵇康被司马氏所杀，向秀被迫应郡举。经嵇康旧居，闻邻人笛声悲苦，作《思旧赋》，以寄托对亡友的哀思。烂柯人：据《述异记》载：晋王质入山砍柴，见二童子下棋，便旁观至终局，发觉手中斧柄已经腐烂。到家才知道已经过了百年。

[4] 长：振作。

【解读】

这首诗是赠答之作，开篇就延续白居易的诗意，自叙被贬二十三年凄风苦雨的生活。今日归来，恍如隔世，人事全非，许多老友已不在人世。诗人连用两个典故含蓄地表达自己归来时的心境。但诗人是倔强的，"沉舟侧畔千帆过，病树前头万木春"，表达了对现实、对人生达观的态度。结尾就是自我振作，与友人饮酒听歌，开怀对待人生挫折打击。这首诗以简洁的文字、精选的意象，表现了阅尽沧桑后的沉思，蕴含着对现实与历史的深邃认识。

李　绅

李绅（772—846），字公垂，润州无锡（今属江苏）人。元和元年（806）进士，曾官翰林学士。后官至宰相。首创《新题乐府》二十首，失传。《全唐诗》录其诗四卷。

悯　农

其一

春种一粒粟，秋收万颗子。
四海无闲田，农夫犹饿死。

其二

锄禾日当午，汗滴禾下土。
谁知盘中飧，粒粒皆辛苦？[1]

【注释】

[1] 飧（sūn 孙）：晚饭，这里泛指饭食。一作“餐”。

【解读】

李绅是较早写新题乐府的，元稹等受李绅的启发而开始新乐府创作。李绅的新题乐府虽然失传，但是从这二首《悯农》诗中可以看出诗人关怀现实的态度。诗人以精练的语言，直切主题。第一首写天下农人辛勤耕作，秋天收获丰盛，却依然逃不脱饿死的悲剧下场。“春种一粒粟，秋收万颗子”，说明这是一个丰收年。“四海无闲田”，说明农人之辛勤，已经地尽其用。然而，

“农夫犹饿死”，其原因何在呢？这是诗歌留给时人思考的一个问题。第二首告诫人们要珍惜粮食，珍重农人的劳动。“锄禾日当午，汗滴禾下土”，把农人的辛劳写得十分形象，以下“谁知盘中飧，粒粒皆辛苦”的告诫就有充分的说服力。

元　稹

元稹（779—831），字微之，行九，世称“元九”，河南（今洛阳）人，六世祖迁往长安。八岁丧父，母亲郑氏抚养其长大。十五岁明经擢第。贞元十九年（805），与白居易同入秘书省任校书郎，成为好友。元和元年（806），登才识兼茂明于体用科第一名，授左拾遗，历仕监察御史，上书论政，屡遭贬谪。元和五年（810），与宦官争上厅，被马鞭击伤面，贬为江陵士曹参军。元和十年（815）正月回京，不久外任通州司马。后受宰相赏识，仕途通达，长庆二年（822）曾官至宰相。又出任过浙东观察使、尚书左丞、武昌节度使等职。终年五十二岁，赠尚书右仆射。生前多次自编《元氏长庆集》，存诗约八百首。

连昌宫词

连昌宫中满宫竹，岁久无人森似束[1]。
又有墙头千叶桃，风动落花红蔌蔌[2]。
宫边老翁为余泣，小年进食曾因入[3]。
上皇正在望仙楼，太真同凭阑干立[4]。
楼上楼前尽珠翠，炫转荧煌照天地[5]。
归来如梦复如痴，何暇备言宫里事。
初过寒食一百六，店舍无烟宫树绿。
夜半月高弦索鸣，贺老琵琶定场屋[6]。
力士传呼觅念奴，念奴潜伴诸郎宿[7]。
须臾觅得又连催，特敕街中许然烛。

春娇满眼睡红绡，掠削云鬟旋装束[8]。
飞上九天歌一声，二十五郎吹管逐[9]。
逡巡大遍凉州彻，色色龟兹轰录续[10]。
李謩压笛傍宫墙，偷得新翻数般曲[11]。
平明大驾发行宫，万人鼓舞途路中[12]。
百官队仗避岐薛，杨氏诸姨车斗风[13]。
明年十月东都破，御路犹存禄山过[14]。
驱令供顿不敢藏，万姓无声泪潜堕[15]。
两京定后六七年，却寻家舍行宫前。
庄园烧尽有枯井，行宫门闭树宛然。
尔后相传六皇帝，不到离宫门久闭[16]。
往来年少说长安，玄武楼成花萼废[17]。
去年敕使因斫竹，偶值门开暂相逐[18]。
荆榛栉比塞池塘，狐兔骄痴缘树木[19]。
舞榭欹倾基尚在，文窗窈窕纱犹绿[20]。
尘埋粉壁旧花钿，乌啄风筝碎珠玉[21]。
上皇偏爱临砌花，依然御榻临阶斜。
蛇出燕巢盘斗栱，菌生香案正当衙[22]。
寝殿相连端正楼，太真梳洗楼上头[23]。
晨光未出帘影动，至今反挂珊瑚钩。
指似傍人因恸哭，却出宫门泪相续[24]。
自从此后还闭门，夜夜狐狸上门屋。
我闻此语心骨悲，太平谁致乱者谁？
翁言野父何分别，耳闻眼见为君说。
姚崇宋璟作相公，劝谏上皇言语切[25]。
燮理阴阳禾黍丰，调和中外无兵戎[26]。
长官清平太守好，拣选皆言由相公。
开元之末姚宋死，朝廷渐渐由妃子。
禄山宫里养作儿，虢国门前闹如市[27]。

弄权宰相不记名，依稀忆得杨与李[28]。
庙谟颠倒四海摇，五十年来作疮痏[29]。
今皇神圣丞相明，诏书才下吴蜀平[30]。
官军又取淮西贼，此贼亦除天下宁[31]。
年年耕种宫前道，今年不遣子孙耕。
老翁此意深望幸，努力庙谟休用兵[32]。

【注释】

[1] 连昌宫：唐代皇帝行宫之一，在河南郡寿安县（今河南宜阳县）。森似束：形容宫竹一丛一丛，生长茂密。

[2] 千叶桃：碧桃，花开重瓣。簌簌：纷纷飘落的样子。

[3] 小年：少年。进食：给皇帝送食品。

[4] 上皇：唐玄宗。太真：杨贵妃为女道时号太真。

[5] 炫转荧煌：形容光彩炫目。

[6]贺老：贺怀智，唐玄宗时艺人，善弹琵琶。定场屋：压场之意，即最好的。

[7] 力士：高力士，唐玄宗宠信的宦官。念奴：天宝年间著名歌女。诸郎：皇帝的随从侍卫人员，都是贵族子弟。

[8] 掠削：用手轻轻整理头发。旋：不久。

[9] 九天：指皇宫。二十五郎：邠王李承宁善吹笛，排行二十五。逐：指以笛声伴奏。

[10]逡巡：形容歌唱时节拍之舒缓。大遍：古代音乐术语，指成套的乐曲。凉州：曲调名。这里指演奏完了一整套凉州大曲。彻：曲终。色色：各种各样的。龟兹（qiū cí）：汉西域国名，在今新疆库车一带。这里指龟兹乐。录续：即“陆续”，指轮番演奏。

[11] “李謩”二句：自注说：“玄宗尝于上阳宫夜后按新翻一曲。属明夕正月十五日，潜游灯下，忽闻酒楼上有笛奏前夕新曲，大骇之。明日，密遣捕捉笛者诘验之。自云：‘其夕窃于天津桥玩月，闻宫中度曲，遂于桥柱上插谱记之。臣即长安善笛者李謩也。’玄宗异而遣之。”謩，同“谟”。压笛：按笛。

[12] 大驾：皇帝的车驾。

［13］队仗：车驾前的仪仗队。岐、薛：岐王李珍、薛王李瑁，都是玄宗的侄辈。这里代指皇亲。杨氏诸姨：指杨贵妃姐妹。车斗风：形容车跑得飞快。

［14］“明年”二句：指安禄山、史思明叛军攻陷东都洛阳。

［15］驱令：驱赶，迫令。供顿：供应军需。

［16］六皇帝：实际应该是五位皇帝，即肃宗、代宗、德宗、顺宗、宪宗。

［17］玄武楼：德宗新建，在大明宫北面。花萼：花萼楼，玄宗所建，在兴庆宫的西南角。

［18］敕使：皇帝的使者。斫（zhuó）：砍。暂：一会儿。相逐：跟随进去。

［19］栉（zhì）比：像梳子齿一样密密麻麻地排着。缘：围绕。

［20］欹倾：歪斜倒塌。文窗：雕花的窗格。窈窕：美好的样子。

［21］花钿：古代妇女佩带的镶嵌珠宝的首饰。

［22］斗栱：我国古代木结构中梁柱之间的一种支承结构，由斗形方木与弓形横木组成，可以使屋檐外伸。香案：供焚香的桌案。衙：正门。

［23］端正楼：在华清宫，这里是借用。

［24］指似：同“指示”。却出：退出。

［25］姚崇、宋璟：玄宗开元年间两位著名的宰相。相公：宰相的尊称。

［26］燮理：调和。

［27］“禄山”句：安禄山曾经为杨贵妃养子，可以自由出入宫廷。虢国：虢国夫人，杨贵妃的姐姐。

［28］杨与李：杨国忠与李林甫。

［29］庙谟：朝廷的重大决策。谟，谋划。疮痏（wěi）：疮疤痕。这里指国家的残破局面。

［30］今皇：指宪宗。丞相：指裴度。吴蜀平：吴，指江南东道节度使李锜；蜀，指西川节度副使知节度事刘辟。他们都曾经兴兵叛乱，被朝廷平定。

［31］淮西贼：指淮西节度使吴元济，是当时叛军中军事势力最强大的。

［32］深望幸：殷切地盼望着皇帝的临幸。

【解读】

这首长篇叙事诗，通过连昌宫的盛衰变迁，探索开元、天宝年间政治由开明转向腐败的原因，为当朝皇帝提供前车之鉴。前四句概写今日连昌宫的萧条冷落景况，引出“宫边老人”的泣诉。以下至“杨氏诸姨车斗风”，写连昌宫往日的兴盛。当年唐明皇与杨贵妃出游至此，宫内奢华不减长安。寒食时节，灯火辉煌，音乐声喧，乐声响彻九霄。这样一幅宫中放纵享乐的场面，已经为“安史之乱”的爆发埋下了祸根。“明年十月东都破”至“夜夜狐狸上门屋”，写“安史之乱”爆发，连昌宫因此荒废。即使叛乱平定以后，宫门仍然紧闭。只是一次宫内整理，老人跟随进去看了一看。只见荆棘丛木横生，池塘荒芜，狐兔出没，舞榭歌台倾塌，四处残破荒凉。对连昌宫昔盛今衰的现实做了充分铺叙之后，诗人开始进一步探索变迁的原因，但还是以“宫边老人”的口说出。玄宗在位前期，知人善用，宰相开明，政通人和，天下太平。而后，杨贵妃兄妹渐渐得宠，又有奸相李林甫败坏朝纲，国家大祸就此酿成。诗人最终归结到对现实的歌颂。当时朝廷逐渐平定了几股较大的地方割据势力，让人们看到了中兴的希望。诗人期望皇帝能以玄宗作为为鉴，将大唐帝国导向新的昌隆繁盛。

闻乐天授江州司马[1]

残灯无焰影幢幢，此夕闻君谪九江[2]。
垂死病中惊坐起，暗风吹雨入寒窗。

【注释】

［1］元和十年（815），元稹为通州（今四川达县）司马。听说友人白居易被贬为江州司马，作此诗。

［2］幢幢（chuáng）：昏暗不明的样子。九江：唐代江州属九江郡。

【解读】

元稹与白居易是志同道合的好友，友人被贬的消息传来，诗人为之牵挂、悲痛。首二句渲染了一种暗淡凄凉的氛围，残灯欲灭，灯火摇曳，周围的景色一片昏暗，诗人又得重病卧床，心境本来就凄苦沉重。此时，忽然听到友人贬谪的坏消息，心情大恸，不由得惊坐而起。诗人不直接写心中的悲苦，却以“暗风吹雨入寒窗”的景色作结，寓情于景，含蓄婉转。

得乐天书

远信入门先有泪，妻惊女哭问何如。
寻常不省曾如此，应是江州司马书。

【解读】

元稹与白居易的友谊非常感人，这首诗所写可见一斑。接到白居易的来信，诗人的情绪被牵动，得书信之欣喜，为友人之不平和担忧，诸多情感涌上心头。书信未启封先有眼泪。元稹应该是一位冷静的人，家中妻女没见过他有如此强烈的表情，才会有“妻惊女哭问何如”的场面。或者是诗人为了突出情感效果所特意设置的情景。后二句，可以看成是妻子的猜测，合理地解释了丈夫的情感波动。也可以理解为诗人的解释，回答了“妻惊女哭”，诉说自己与白居易非同寻常的友谊。

菊　花

秋丛绕舍似陶家，遍绕篱边日渐斜[1]。
不是花中偏爱菊，此花开尽更无花。

【注释】

［1］秋丛：指一丛丛菊花。陶家：东晋陶渊明，喜种菊。

【解读】

这首赏菊诗，表现的是诗人的隐逸情怀。秋日菊花盛开，屋舍旁、篱笆外，处处环绕。这让诗人联想起东晋隐士陶渊明，因此也牵引出诗人对隐逸生活的向往。后二句补充说明爱菊的理由。菊花在秋日的萧条时节开放，给大地带来了生机。秋日转寒，菊花开后，大自然将一片荒凉，这就令人倍加珍惜了。

行宫

寥落古行宫，宫花寂寞红。
白头宫女在，闲坐说玄宗。

【解读】

这首诗也是追寻、探索玄宗之事，通过一位白头宫女的口吻说出。这位白头宫女，一定是玄宗时的“遗老”，她见过了开元、天宝年间的国家兴盛，也目睹了杨贵妃的骄横，更经历了将国家拖入深重灾难的“安史之乱”，她是一位历史的见证人。今日“闲坐说玄宗”，有多少话题，有多少感慨，诗人不必一一言明。潘德舆《养一斋诗话》卷三说：“‘寂寞古行宫’二十字，足赅《连昌宫词》六百余字。”诗贵含蓄，《行宫》的出色就在这里。

离思

曾经沧海难为水，除却巫山不是云[1]**。**
取次花丛懒回顾，半缘修道半缘君[2]**。**

【注释】

[1]“曾经”二句：语本《孟子·尽心》：“观于海者难为水，游于圣人之门者难为言。”巫山之云，据宋玉《高唐赋序》所言，是由美丽的巫山神女变幻而成。

[2]取次：任意，随便。缘：因为。修道：指专心于品德学问修养的磨炼。

【解读】

这首诗悼念亡妻韦丛，表达了对亡妻深深的眷恋之情。沧海之大，容纳百川；巫山之美，云雨翻腾，诗人经历过最好的，便对寻常之“水”、之“云”兴味索然了。诗人用这象征的手法喻指自己夫妻情感如沧海之水一样深广，如巫山之云一样美好。有了这样情感经历，从花丛中经过时，诗人就不会对一般的花卉发生兴趣。这里还是以花喻女子。诗人将原因解释为一半是修道，一半是思念亡妻。在他人读来，“修道”也是悼念亡妻时的无奈之举。

遣悲怀[1]

昔日戏言身后意，今朝皆到眼前来。
衣裳已施行看尽，针线犹存未忍开[2]。
尚想旧情怜婢仆，也曾因梦送钱财。
诚知此恨人人有，贫贱夫妻百事哀。

闲坐悲君亦自悲，百年都是几多时？
邓攸无子寻知命，潘岳悼亡犹费词[3]。
同穴窅冥何所望？他生缘会更难期[4]。
惟将终夜长开眼，报答平生未展眉[5]。

【注释】

［1］遣悲怀：这是元稹悼念亡妻韦丛（字蕙丛）的组诗，共三首，这里选录第二首和第三首。

［2］施：施舍。行看尽：眼看不多了。行：快要。

［3］“邓攸”句：邓攸，字伯道，西晋人。《晋书·邓攸传》载：西晋末年永嘉年间战乱，邓攸舍子保侄，最终无子。“潘岳”句：潘岳，字安仁，西晋人。其妻去世，作《悼亡诗》三首，传诵于世。

［4］窅冥：深暗的样子。

［5］展眉：眉头舒展，心情舒畅。

【解读】

唐人中元稹写的悼亡诗最为出色。前一首诗，诗人从夫妻平常琐碎小事写起，絮絮叨叨中渐见深情。这一份絮叨，只有“贫贱夫妻”之间才有。往日两人闲聊，曾言及身后将如何如何，这都是一时的戏言，岂知今日都成现实。诗人以极其沉痛的口吻叙述这一切。不耐亡妻之伤悲，诗人施舍衣裳，不愿面对旧针线，都是怕睹物思人。“尚想”二句更显出诗人的情痴。“诚知”二句的概括，平平常常，又哀怨无限。

后一首诗，是诗人孤坐寂寞时的种种思绪。空闲下来，独自无聊，便又会想起亡妻。既悲痛妻子的去世，又无法排解自己的苦痛，人生一世，又能有多少时间可以消磨？人生有限，心爱的人又阴阳隔绝，当然“悲君亦自悲”。诗歌用“邓攸”和“潘岳”的典故，一方面写自己的哀痛凄悲；另一方面写人生的无奈，只能接受现实的安排。想起死葬同穴，或者约定他生再为夫妻，都是遥远虚幻、不可期待的事。今夜不眠枯坐，思念亡妻，也是对亡妻往日情意以及与自己共度艰辛生活的一番报答。

杨敬之

杨敬之，字茂孝，唐宪宗元和年间进士。曾官屯田、户部郎中，贬连州刺史。唐文宗时，官国子祭酒，兼太常少卿。《全唐诗》存其诗二首。

赠项斯[1]

几度见诗诗总好，及观标格过于诗[2]。
平生不解藏人善，到处逢人说项斯[3]。

【注释】

［1］项斯：字子迁，唐武宗会昌年间进士。明人辑有《项斯诗集》。

［2］标格：风范，风度。

［3］不解：不会，不能。

【解读】

唐代科举考试，试卷上考生的姓名没有弥封，判卷官清楚地知道手中的考卷属于哪一位考生。在封建专制社会，官官相护，裙带风盛行，所以，唐代科举考试弊案丛生。朝廷为了通过科举考试尽量选拔人才，后来又辅助性地增加纳卷制度，衍化为行卷风习。所谓纳卷，就是唐代进士应省试（礼部考试）前，选择自己的优秀作品交纳给主试官。“所谓行卷，就是应试的举子将自己的文学创作加以编辑，写成卷轴，在考试以前送呈当时在社会上、政治上和文坛上有地位的人，请求他们向主司即主持考试的礼部侍郎推荐，从而增加自己及第的希望的一种手段。”（程千帆《唐代进士行卷与文学》第

3 页）因此，唐代知识分子必须“读万卷书，行万里路”，需要自我推销，类似于今天的“跑官”。许多诗歌因“行卷”而产生。真正爱才的社会名流，见到考生的优秀“行卷”之作，会不遗余力地推荐，考生也会因此科举中第。这首诗就是一个典型事例。杨敬之夸奖项斯说：以前我读你的诗歌，每次都觉得你的诗歌写得好；等我见到你本人，更为你的为人风范所折服，你风范之出众，又在诗歌之上。有了这样的认识，杨敬之逢人便说项斯优秀，项斯第二年果然登进士第。这首诗也演化为一个固定的词语：“说项。”

张 祜

张祜，字乘吉，南阳（今河南南阳）人，一说清河（今河北清河）人。曾得到令狐楚的推荐，却被元稹所抑制，布衣终身。后客淮南，得度支使杜牧善待。宣宗大中时，卒于丹阳。存诗三百六十余首。

何满子[1]

故国三千里，深宫二十年。
一声何满子，双泪落君前[2]。

【注释】

［1］何满子：唐玄宗开元年间，沧州有歌者名何满子，触犯刑律，当斩。进歌曲赎死，曲名《何满子》。

［2］君：指唐武宗。

【解读】

这首宫怨诗虽短小，但涵括面却极其宽广。“故国三千里”，写相隔空间的辽阔，宫人被征入宫，远离家人，与故乡相隔三千里。“深宫二十年”，写幽闭时间之长久。宫女不幸的遭遇，被浓缩在这十个字中。所有的怨苦，都通过“一声何满子”来表达。一声悲歌，双泪齐落，包含宫人的多少辛酸。

集灵台[1]

虢国夫人承主恩，平明骑马入宫门[2]。

却嫌脂粉污颜色，淡扫蛾眉朝至尊[3]。

【注释】

[1] 集灵台：即长生殿，在华清宫内。

[2] 虢国夫人：杨贵妃三姊的封号，嫁裴家。平明：天刚亮时。

[3] “却嫌”二句：乐史《太真外传》载：“虢国不施脂粉，自炫美艳，常素面朝天。”至尊：皇帝，指唐玄宗。

【解读】

杨贵妃得宠，兄妹皆骄横一时。这首咏史诗以虢国夫人为代表，写出杨氏兄妹的跋扈，讥刺唐玄宗与虢国夫人之间的暧昧关系。首句“承主恩”就语带讽刺，虢国夫人又非后妃，何以得此恩宠？第二句直写其骄横，宫门禁地，也可骑马出入。后二句转到虢国夫人之淡妆美艳。诗人不必明确点破，读者也知道这是虢国夫人得宠的唯一原因。于是，唐玄宗之荒唐、昏庸，就昭然若揭。

题金陵渡

金陵津渡小山楼，一宿行人自可愁。
潮落夜江斜月里，两三星火是瓜洲[2]。

【注释】

[1] 金陵渡：在今江苏镇江附近。唐代镇江也称“金陵”。

[2] 瓜洲：在今江苏邗江南部。

【解读】

这首诗写旅途愁绪。金陵渡口，行人的愁苦意绪阵阵涌来。今夜又是一个无眠之夜。诗人伫立在小山楼，眺望江上夜景，唯见潮落月斜，星火点点，那是远处的瓜洲。这么一幅静谧恬淡的江上夜景图，也是给今夜的行人一点旅途的安慰。

贾　岛

贾岛（779—843），字浪仙（阆仙），范阳（今北京附近）人。出身卑微，早年做过和尚，法名无本。大约二十三岁时结识韩愈、孟郊，在韩愈劝说下还俗。长庆二年（822）应进士第，屡试不第，作愤激的讽刺诗，结果遭主司贬斥，时称“举场十恶”，曾多次落第。终身不第。开成二年（837），任命为长江县（今四川蓬溪县）主簿。终年六十五岁。有《长江集》，《全唐诗》录其诗四卷，约四百首。

渡桑乾[1]

客舍并州已十霜，归心日夜忆咸阳[2]。
无端更渡桑乾水，却望并州是故乡[3]。

【注释】

[1]桑乾（gān）：桑乾河，今名永定河。源自山西马邑县北，东流入海。

[2]客舍：客居他乡。并（bīng）州：今山西太原。咸阳：这里指京都长安。

[3]无端：无来由。更：再。

【解读】

客居并州，日夜思念京城，期望能回到京都得到朝廷重用。“十年”可以视作虚指，言长期滞留他乡。岂知命运逼迫诗人远渡桑乾，此时再望并州，反而显得亲切可留恋。这种表达中蕴含了诗人无奈的凄苦。“却望并州是故乡”，这样的构思在思乡之作中也是别具一格的。思乡之切，漂流他乡的无奈，都得到更加淋漓尽致的表达。“无端”是自我怨苦，其实是知道原因。

剑　客

十年磨一剑，霜刃未曾试。
今日把示君，谁有不平事?

【解读】

从这首诗来看，诗人是有抱负、有志向的。他的出家应该有一定的原因，所以，他才会还俗，会参加进士考试，会孜孜不倦地在仕途上追求。“十年磨一剑”，可以视为隐喻，指诗人长期学习各种本领技艺以及他的才能与修养自我完善的过程。“霜刃未曾试”，则指未得施展才能的机会。“今日把示君，谁有不平事”，是诗人亟欲用世的心态流露。这样的人，当然不适宜当和尚了。

题李凝幽居

闲居少邻并，草径入荒园[1]。
鸟宿池边树，僧敲月下门。
过桥分野色，移石动云根[2]。
暂去还来此，幽期不负言[3]。

【注释】

[1] 邻并：紧邻，比邻。

[2] 云根：古人认为云生石上，石为云根。

[3] 幽期：约定相聚隐居的日期。

【解读】

诗人有过出家的经历，还俗后又事事不得意，内心郁闷蓄积到一定程度，就转向山水景物，寻求慰藉。这首诗是题友人的隐居处所，流露的是诗人自己的向往情趣。幽居周围的景色，荒僻静谧，这是贾岛喜欢的格调。诗人转向隐逸之际，摆脱不了内心的悲苦。而这些山水在悲苦心境的投射中，变得寂寞、衰飒、冷清。“鸟宿池边树，僧敲月下门”是诗中名句，据说贾岛考虑是用“敲”字还是“推”字，过于出神，误闯了京兆尹韩愈的仪仗队，韩愈以为“僧敲月下门”更佳，两人从此结下友谊。

忆江上吴处士

闽国扬帆去，蟾蜍亏复团[1]。
秋风生渭水，落叶满长安。
此地聚会夕，当时雷雨寒。
兰桡殊未返，消息海云端[2]。

【注释】

［1］闽国：指今福建地区。蟾蜍：月亮。传说月亮中有蟾蜍，故用作代称。亏复团：月亮亏缺又团圆，指时间的流逝。

［2］兰桡：木兰舟，舟船的美称。

【解读】

这首诗遥忆友人，深情款款。友人扬帆前往闽地，至今已有时日。秋风吹起，落叶满长安。在这萧条凄苦的季节里，更令人思念远离的友人，牵挂友人的冷暖。诗人不禁回忆起当年此地相聚的情景，户外是雷雨大作，友人则聚首谈心，相得甚欢。今日友人未还，音信不通，诗人只得遥望“海云端”，以寄思念之情。

雪晴晚望

倚杖望晴雪，溪云几万重。
樵人归白屋，寒日下危峰[1]。
野火烧冈草，断烟生石松。

却回山寺路，闻打暮天钟。

【注释】

[1] 樵人：砍柴的人。白屋：茅草屋。危峰：高高的山峰。

【解读】

诗人喜欢傍晚落寞的景色，愿意忍受雪天的凄寒，在阴冷惨淡中宣泄自己的苦闷。诗人今晚“倚杖望晴雪”，依然是天色阴沉，“溪云”重重。所见的景色都趋于荒僻怪诞：巍峨高耸的峰峦，山间独行的樵夫，贫瘠的白屋，被寒气笼罩的落日，焦黄枯萎的野草，石壁间横生的松树，在山野情趣中渗透着森冷的寒意。诗人欣赏的就是这样的景色与气氛，在“暮天钟”声里踏雪回山寺，似乎是走向一种冷清的归隐生活。

暮过山村

数里闻寒水，山家少四邻。
怪禽啼旷野，落日恐行人。
初月未终夕，边烽不过秦[1]。
萧条桑柘外，烟火渐相亲。

【注释】

[1] 边烽：边境的烽火。秦：指古代秦国属地，在今陕西、甘肃一带。

【解读】

傍晚时候路过山村，进入诗人眼帘的都是那些荒凉阴暗的景物。山间人家稀落，唯闻寒水潺潺流淌。诗人的心境如此，所以对山村抱着这样的先入之见，数里之外，就做这样的揣想。于是，周围的一切景物都变得阴森恐怖，旷野里怪禽的啼叫，奄奄一息的落日，都让行人惊惧不安。此地生活还是宁静的，初月升起，不闻边烽。渐近山村，渐近烟火，诗人在萧条中还是感到一丝亲切。

寻隐者不遇

松下问童子，言师采药去。

只在此山中，云深不知处。

【解读】

这位隐者是诗人理想生活的表现。在白云深处的丛山之间，采摘草药，潇洒度日。所居住的环境也是松树环绕，清冷脱俗。又有童子侍奉，俗务不劳烦心。诗人向往的是这样的隐逸生活，对所拜访的“隐者”之描述中寄寓了自己精神上的寄托与安慰。但是，从另一个角度来看，这样的生活情景，仅仅是绝大多数中国古代文人虚构出来的精神家园。要真正在现实生活中落实，恐怕就没有几个人了，更多的时候是仕途失意的一种牢骚。

刘　叉

刘叉，唐宪宗元和年间在世。少任侠，使酒杀人，后获赦免。曾为韩愈门下客，与人不合，得韩愈数金离去，归齐鲁。存诗二十七首。

偶　书

日出扶桑一丈高，人间万事细如毛[1]。
野夫怒见不平处，磨损胸中万古刀。

【注释】

[1]扶桑：古代传说中海上的神树，是太阳升起的地方。《海内十洲记》载："扶桑在碧海中，树长数千丈，一千余围，两干同根，更相依倚，日之所出。"

【解读】

中唐以后，社会弊端丛生。诗人富于正义感，"尚义行侠"(《唐才子传》)，对黑暗现实不能无动于衷，便写下这首豪气干云的小诗。太阳升起，高高在上，照见人世间的万事，连"细如毛"的小事也逃不过光照。所有的"不平"事暴露在阳光底下，有正义感的"野夫"当然怒从中生。在风雨如磐的黑暗现实前面，个人的力量是非常有限的。野夫虽怒，更多的时候也只能旁观无奈，"磨损胸中万古刀"。所磨损的之所以是"万古刀"，是因为这样的黑暗不平事，自古而然。古往今来，有多少富于正义感的"野夫"，强忍怒火，徒唤无奈。诗歌结句就把眼前推溯到"万古"，扩大了诗歌的表现面。

李　贺

李贺（约791—约816），字长吉，福昌昌谷（今河南省宜阳县三乡）人。唐宗室郑王的后裔，是王室远支。早年丧父，与寡母共同煎熬贫寒的日子。成名初，极得文坛前辈领袖人物韩愈的赏识。因避父亲李晋肃讳，不能参加进士考试，韩愈为作《讳辨》，终归无用。只做过太常奉礼郎一类的小官。抑郁不得志，英年早逝。有《李长吉歌诗》，存诗二百四十余首。

李凭箜篌引[1]

吴丝蜀桐张高秋，空白凝云颓不流[2]。
江娥啼竹素女愁，李凭中国弹箜篌[3]。
昆山玉碎凤凰叫，芙蓉泣露香兰笑[4]。
十二门前融冷光，二十三丝动紫皇[5]。
女娲炼石补天处，石破天惊逗秋雨。
梦入神山教神妪，老鱼跳波瘦蛟舞[6]。
吴质不眠倚桂树，露脚斜飞湿寒兔[7]。

【注释】

［1］李凭：是当时善弹箜篌、供奉宫廷的梨园弟子。箜篌（kōng hóu）：古代的一种弦乐器，根据弦数的多少有大、小箜篌之分，又分竖式、卧式两类。

［2］吴丝：指箜篌的弦。吴地蚕丝最精美，是制作箜篌弦的最适宜材料。蜀桐：指箜篌的身干。四川桐木古称宜制作琴瑟。张：张开，指弹奏起来。空白：天空。颓：颓然。这里指云朵的凝聚、滞留。

［3］江娥：即湘娥，湘水女神。传说舜死于苍梧之野，舜之二妃娥皇、女英追之洞庭，向南痛哭，泪洒竹枝，竹上尽留斑点。所以，湘江一带有斑竹。素女：传说中的神女。《史记·封禅书》："太帝使素女鼓五十弦瑟，悲，帝禁不止，乃破其瑟为二十五弦。"中国：即国中，指京城。

［4］昆山：昆仑山，盛产美玉。玉碎、凤凰叫：形容乐声的清脆激越。泣露：形容乐声的幽咽。香兰笑：形容乐声的欢快明丽。

［5］十二门：长安城有十二座城门，这里代指长安。二十三丝：李凭所弹的箜篌是二十三弦的。紫皇：天神名。

［6］"梦入"句：干宝《搜神记》载："有妪号成夫人，好音乐，能弹箜篌，闻人弦歌，辄便起舞。"这里意指神妪的所长乃李凭梦入神山时所教。"老鱼"句：老鱼、瘦蛟都被乐声感动得起舞。

［7］吴质：即月宫中的神人吴刚。寒兔：月亮。传说月宫中有玉兔，故称。

【解读】

清人方拂南将这首诗与韩愈的《听颖师弹琴》、白居易的《琵琶行》相提并论，认为是"摹写声音至文"(《李长吉诗集批注》卷一)。秋高气爽时节，诗人听到了李凭美妙的演奏。李贺擅长结合神话传说，用幻觉描述自己聆听乐声后的感受，而且将这种幻觉转移到外物之上。箜篌声之动听，居然让空山浮云为之颓然凝滞，让善于鼓瑟的湘娥与素女为之悲愁而潸然泪下。乐声之清脆繁杂，如"昆山玉碎"；乐声之情感多变，悲抑时如"芙蓉泣露"，欢快时如"香兰"含笑；乐声之高亢嘹亮，如石破天惊。音乐的出神入化效果真是"动天地，惊鬼神"，神山中的神妪也要向李凭学习；甚至可以让"老鱼跳波"，瘦蛟起舞；让月宫中的仙人为之痴迷而忘记了睡眠。诗人用幻意识组合神话及怪诞意象，光怪陆离，所用的词汇丰富多彩，所用的比喻形象灵巧，令人耳目一新。

苏小小墓[1]

幽兰露，如啼眼。

无物结同心，烟花不堪翦。

草如茵，松如盖[2]。

风为裳，水为佩。

油壁车，久相待[3]。

冷翠烛，劳光彩[4]。

西陵下，风吹雨。

【注释】

[1] 苏小小：南朝齐时钱塘名妓。《古乐府·苏小小歌》：“我乘油壁车，郎乘青骢马。何处结同心？西陵松柏下。”

[2] 茵：形容绿草茸茸，长得非常茂盛。盖：伞。

[3] 油壁车：古代妇女所乘之车，因车壁以油涂饰而得名。

[4] 翠烛：喻磷火。

【解读】

诗人描写了一个幽冷怪异的鬼的世界，仿佛那艳丽女鬼苏小小的幽灵始终飘荡于西湖。诗人写苏小小的美貌，总是带着几分森森鬼气。她那流泪的眼睛，如同幽兰上晶莹的露珠；清风是她的衣裳，流水叮咚是她的佩饰；她所居住的环境，绿草如茵，青松如盖。身在幽冥，她仍然为相约的成空、爱情的失落而哀怨。她只能在西陵之凄风苦雨中寂寞地忍受着无聊的时光。人称李贺为“鬼才”，除了他擅长运用怪异的意象之外，还指他非常出色地描写了空灵缥缈的鬼怪世界。

雁门太守行

黑云压城城欲摧，甲光向日金鳞开[1]。

角声满天秋色里，塞上燕脂凝夜紫[2]。

半卷红旗临易水，霜重鼓寒声不起[3]。

报君黄金台上意，提携玉龙为君死[4]。

【注释】

[1] 摧：崩毁。甲光：阳光照射在铠甲上的反光。金鳞：铠甲闪光犹如金色的鱼鳞。

[2]“塞上”句：长城附近多紫色泥土，故称“紫塞”。燕脂：即胭脂，深红色。喻指紫色的塞土。

[3] 易水：在今河北易县境内。

[4] 黄金台：相传燕昭王筑高台，置黄金于其上，招揽天下贤才。故址在易县东南。玉龙：宝剑。

【解读】

这首诗歌颂了在入侵之敌大军压境、景况极其危急艰险的时刻，守城将士大无畏的英雄气概与为国捐躯、死而无憾的决心。首二句用强烈的色彩对比，写出两军对阵的严峻形势。一方面是黑压压的围城军队，另一方面是金光反射的守军，色彩的对比中已经透露出诗人的褒贬情感。中间四句写战争的过程。呜咽的军中号角声吹起，表明一场你死我活的战斗正在进行。战斗中牺牲之惨烈，以至战场上大片大片的鲜血在夕阳的映照下呈现出一片“夜紫”色。“半卷”二句可以理解为驰援军队的到来，也可以理解为守军组织的一次夜间偷袭反击战。黑夜行军，偃旗息鼓，在这种以攻为守的悲壮行为之中，包含了将士们为国捐躯、视死如归的英雄气概，所以结尾表明心迹就十分自然。全诗苍凉悲慨，风格与屈原的《九歌·国殇》相似。

梦　天

老兔寒蟾泣天色，云楼半开壁斜白[1]。
玉轮轧露湿团光，鸾佩相逢桂香陌[2]。
黄尘清水三山下，更变千年如走马[3]。
遥望齐州九点烟，一泓海水杯中泻[4]。

【注释】

[1]老兔、寒蟾：指月亮。民间传说月亮上的黑影是月宫中的玉兔或蟾蜍。云楼：月中楼阁。壁斜白：月光斜照在云楼壁上。

[2] 玉轮：喻圆月。鸾佩：雕着鸾凤的玉佩。这里指带着鸾佩的月宫中的仙女们。桂香陌：月宫里的道路。传说月宫中种有桂树。

[3] 黄尘：下界陆地。清水：沧海。三山：传说东海中有三神山，即蓬莱、方丈、瀛洲。

[4] 齐州：即中州，指中国。一泓：一汪。“遥望”两句写从天上向下望，所见陆地、大海的渺小。

【解读】

这首诗写梦游月宫的经历，以排遣诗人现实中屡受挫折的苦闷。诗人是在心情阴郁的状态下梦游天宫的，刚到月亮之中，天上的景色也是惨白阴冷、凄凉一片的。“玉轮”二句情绪才逐渐转变。一轮圆月被薄薄的湿气所包围，润洁光亮。诗人仿佛听到了月宫中仙女们相逢时发出了鸾佩叮咚声，仿佛闻到了月中桂树的清香，诗人被天上清幽宁静的景色所打动了。俯视人间，时间过得那么迅捷而显得格外短暂，中原大地在空间上也是分外渺小。与天宫相形，人间的孜孜追求还有什么意义呢？诗人这是一种自我安慰的方式，可以视为变相的牢骚。后四句的豪纵、雄阔，与李白近似。

秋 来

桐风惊心壮士苦，衰灯络纬啼寒素[1]。
谁看青简一编书？不遣花虫粉空蠹[2]。
思牵今夜肠应直，雨冷香魂吊书客。
秋坟鬼唱鲍家诗，恨血千年土中碧[3]。

【注释】

[1] 衰灯：残灯。络纬：虫名，即蟋蟀，俗名“纺织娘”。寒素：贫寒。

［2］青简：书册。古代用青竹简书写，用绳连贯成册，故曰一编。花虫：蠹虫，咬噬竹简的蛀虫。

［3］鲍家诗：南朝梁鲍照葬歌《蒿里吟》。土中碧：用《庄子》典故。《庄子·杂篇·外物》："苌弘死于蜀，藏其血，三年化为碧。"

【解读】

悲秋是一种普遍的情感，悲苦到李贺这种程度的，却比较少见。这首诗的又一个特点是造语新奇。李贺属于中唐"苦吟"诗人类群，追求"语不惊人死不休"的艺术效果，其《巴童答》自言："庞眉入苦吟。"开篇二句"桐风""衰灯""寒素"等组词就比较新奇，新奇的组词是为了强化秋日寒士悲苦的情怀。伴随寒士的只有"青简一编书"，没有"花虫"粉蠹，连这一点消遣也要被剥夺。李贺富于想象力，其诗意象空幻迷蒙。"思牵"二句，写今夜秋来、读书而引发的凄苦心境。"雨冷香魂"的遣词造句，诗人是否又想到了屈原的《招魂》？末二句写这种人生悲苦永远无法消解，哪怕化为鬼魂，也仍然会在秋坟中吟唱，其"恨血"要在土中千年长存。《庄子》说三年，李贺说"千年"，李贺的悲苦无人能及。

金铜仙人辞汉歌[1]

茂陵刘郎秋风客，夜闻马嘶晓无迹[2]。
画栏桂树悬秋香，三十六宫土花碧[3]。
魏官牵车指千里，东关酸风射眸子[4]。
空将汉月出宫门，忆君清泪如铅水[5]。
衰兰送客咸阳道，天若有情天亦老[6]。
携盘独出月荒凉，渭城已远波声小。

【注释】

［1］诗前原有小序说："魏明帝青龙九年八月，诏宫官牵车西取汉孝武捧露盘仙人，欲立置前殿。宫官既拆盘，仙人临载，乃潸然泪下。唐诸王孙李

长吉遂作《金铜仙人辞汉歌》。”汉武帝在建章宫立十二铜柱，上置铜盘，名仙人掌，以承接天露。魏代汉兴，明帝命宫官拆移铜人，运往洛阳。相传铜人被拆移时曾流泪。

[2]茂陵刘郎：指汉武帝。茂陵，汉武帝的陵墓，在陕西兴平县。秋风客：指汉武帝，因为汉武帝曾作《秋风辞》。

[3]三十六宫：汉代长安有宫殿三十六所。土花：苔藓。

[4]东关：长安东面城门。洛阳在长安东面。酸风：叫人酸鼻的冷风。眸子：瞳人。

[5]君：指汉武帝。铅水：形容泪水之清澈。

[6]客：铜人。

【解读】

大唐帝国自“安史之乱”以后就颓然中衰，中唐时期的一丝中兴辉光并不令人鼓舞振奋。作为唐宗室旁支，李贺十分自然地将自己的命运与唐王朝连接在一起。这首诗咏叹金铜仙人辞汉的一段史实，流露出的是自己对国家现实的殷忧。金铜仙人为汉武帝所铸，汉武帝在世时，汉王朝兴隆昌盛。但是，诗歌却从汉武帝辞世之后的凄冷孤寒写起，“茂陵刘郎”的魂魄在秋风萧瑟的夜晚归来而又匆匆离去，清晨之时，无迹可寻，只留下斑斑苔藓，一片阴暗荒凉。“魏官”四句，写亡国的凄苦。无知的金铜仙人，被迁移出故宫时，尚且“清泪如铅水”，承受亡国悲苦人们的心境可想而知。末四句写金铜仙人路途上的景象，渲染一路上的凄清，及铜人对故国的无尽思念之情。“天若有情天亦老”，想象奇绝，脍炙人口。

南　园

其一

花枝草蔓眼中开，小白长红越女腮[1]。

可怜日暮嫣香落，嫁与春风不用媒[2]。

其五

男儿何不带吴钩？收取关山五十州[3]。

请君暂上凌烟阁，若个书生万户侯[4]？

其十三

寻章摘句老雕虫，晓月当帘挂玉弓[5]。

不见年年辽海上，文章何处哭秋风？

【注释】

［1］“小白”句：喻花红红白白地盛开。

［2］嫣香：娇艳芳香，这里指鲜花。

［3］吴钩：一种弯头的宝刀，多为南方少数民族所使用。关山五十州：指当时藩镇割据的黄河南北五十余州。

［4］凌烟阁：唐初，太宗为表彰开国功臣，在凌烟阁上画二十四功臣像，亲笔为之写赞。若个：哪个。

［5］雕虫：雕虫小技。往往指注重辞章而轻视内容的一类文章。玉弓：残月。

【解读】

诗人所写的《南园》诗一组共十三首，这里选录三首。第一首写南园春日景色，慨叹花之凋零。春回大地，南园“花枝草蔓”，灿烂生长盛开，红红白白，如艳丽的越女，煞是可爱。转眼日暮花落，飘零于春风之中。伤春惜花，叹息盛颜难久、青春易逝，夹杂着自我身世感伤。第二首写报国志向。诗歌由两个问句构成，直抒胸臆，慷慨激昂。第一个问句引出内心远大志向，诗人亟盼为国平定外患战乱。第二个问句道出受压抑的苦闷，表现了怀才不遇的愤激情怀。凌烟阁上，没有一个是书生，诗人作为一介书生，在愤慨中对前程就有点悲观了。第三首诗意比较朦胧，大致是感慨书生无用，空读万卷诗书。面壁读书，经常苦读到“晓月当帘挂玉弓”的时候，只是落得“寻章摘句老雕虫”的结果。“辽海”应该是泛指边塞，文章到了这些地方当然无用。诗人是在愤慨自己的遭遇。

马　诗

大漠沙如雪，燕山月似钩。
何当金络脑，快走踏清秋[1]！

【注释】

［1］络脑：马络头。

【解读】

李贺写了一组《马诗》二十三首，每首诗写不同的马匹。其中时有名句，如："向前敲瘦骨，犹自带铜声。"此诗是这组诗中的第五首，写奔驰于边塞的战马，是组诗中写得最为出色的。"大漠""燕山"都是泛指边塞。诗歌设置了一个宏大开阔而略带苍凉意味的边塞疆场背景：大漠一望无际，白沙似雪；燕山突兀高耸，弯月如钩。战马驰骋在这样的疆场，豪情壮志满怀。但是，前提是要有人欣赏，懂得骏马的价值。后二句突出了这层含意：如果有人不惜用金络头，骏马得到充分的重视，就能够"快走踏清秋"，即驰骋沙场，努力立功，报效主人。

开愁歌

秋风吹地百草干，华容碧影生晚寒[1]。
我当二十不得意，一心愁谢如枯兰。
衣如飞鹑马如狗，临岐击剑生铜吼[2]。
旗亭下马解秋衣，请贳宜阳一壶酒[3]。
壶中唤天云不开，白昼万里闲凄迷。
主人劝我养心骨，莫受俗物相填豗[4]。

【注释】

[1] 华容碧影：红花绿叶。

[2] 衣如飞鹑（chún）：即鹑衣，鹌鹑的羽毛又短又花，故用来形容破烂不堪、补丁很多的衣服。岐：同“歧”，指歧路。

[3] 旗亭：酒楼。贳（shì）：赊欠。宜阳：李贺家乡福昌。

[4] 心骨：心力。填隧（huī）：排挤。

【解读】

诗人受排挤压抑、穷愁潦倒的愁苦牢骚铺天盖地而来，一泻千里，滔滔不绝，具有强烈的艺术感染力。秋风萧瑟季节，花草败落干枯，正是诗人愁苦心境的写照。诗人的贫困也到了极点，居然衣衫褴褛，坐骑瘦小似狗。面对歧路，前途茫茫，不知该如何选择，只能击剑以抒内心郁闷不平之气，典当秋衣，赊酒解闷。醉中对天狂呼，浓云密布，老天不应，万里凄迷。过度的失态引来酒店主人的劝告，事实上是诗人的自我排解。

苦昼短

飞光飞光，劝尔一杯酒！
吾不识青天高，黄地厚。
唯见月寒日暖，来煎人寿！
食熊则肥，食蛙则瘦[1]。
神君何在，太一安有[2]？
天东有若木，下置衔烛龙[3]。
吾将斩龙足，嚼龙肉。
使之朝不得回，夜不得伏。
自然老者不死，少者不哭。
何为服黄金，吞白玉[4]？
谁是任公子，云中骑碧驴[5]？
刘彻茂陵多滞骨，嬴政梓棺费鲍鱼[6]。

【注释】

［1］“食熊”二句：熊掌等是上等佳肴，富贵者食之；蛙则为穷人所食。

［2］神君、太一：传说中的各种神灵。

［3］“天东”句：若木是传说中的神木。据说，东方日出之处有神木名“扶桑”，西方日落之处有神木名“若木”。这句将两者结合在一起写。烛龙：神话传说，北方太阳照耀不到的地方有烛龙，衔烛放出光亮。又，据说六龙驾日车在空中行驶。这句是将这两个神话传说结合在一起写。

［4］服黄金、吞白玉：古代求取长生不老的方法。葛洪《抱朴子》卷十一云：“服金者寿如金，服玉者寿如玉也。”

［5］任公子：神话传说中骑驴得道升仙者，事迹无考。

［6］“刘彻”句：汉武帝刘彻，葬茂陵。滞骨，枯骨。《武帝内传》载王母语：“刘彻好道，然形慢神秽，骨无津液，恐非仙才也。”“嬴政”句：秦始皇嬴政，死于外巡途中。李斯、赵高等密不发丧，置棺材于车中。天气炎热，恐臭味发散，特意在车上放置咸鱼，混淆气味。鲍鱼，咸鱼。

【解读】

李贺二十七岁去世，在他活着的时候，还没有到感觉时光急促的年龄段。李贺对生活的感受非同寻常，他居然对时光有这么急迫的感受。这首诗开篇就以极其急促的语气呼喊，企图劝“飞光”一杯酒，将“飞光”留在身边。诗人自述，不在乎天高地厚，只在乎“月寒日暖，来煎人寿”。人世间，富贵者食熊，贫寒者食蛙，然生命的流逝却是共同的。“神君”“太一”等长寿不老的神灵，只存在于传说中，现实中又何曾能见到。诗人好写神话故事，又否定神灵的存在。他的神话题材描写，仅仅是服务于自己的情感表现。据说，神龙驾日车行驶空中，诗人神奇想象：如果“斩龙足，嚼龙肉”，让日车停止前进，不是可以将时光永远留在身边，不是可以长生不老吗？如此一来，就不必“服黄金”“吞白玉”，种种麻烦，祈求长寿了。当然，这一切只能存在于想象之中，现实却不一样，谁见过骑驴升仙的任公子？即使尊贵富足如秦始皇、汉武帝者，最终也身死尸臭，不得成仙，与凡夫俗子一样。换言之，长寿不可得，时光照样流逝，诗人的悲苦也就无可摆脱。

巫山高

碧丛丛，高插天，大江翻澜神曳烟[1]。
楚魂寻梦风飔然，晓风飞雨生苔钱[2]。
瑶姬一去一千年，丁香筇竹啼老猿[3]。
古祠近月蟾桂寒，椒花坠红湿云间[4]。

【注释】

［1］神曳烟：喻烟云缭绕。

［2］楚魂寻梦：用楚襄王梦遇巫山神女的故事。战国宋玉《高唐赋》载：楚王游玩高唐，曾遇见巫山神女，自献其身。离别时说："妾在巫山之阳，高丘之阻，旦为朝云，暮为行雨，朝朝暮暮，阳台之下。"飔（sī）：凉风。

［3］瑶姬：据《襄阳耆旧传》载：赤帝之女名瑶姬，未嫁而卒，葬于巫山南面，称巫山之女。就是后来所说的"巫山神女"。筇（qióng）竹：竹子的一种，因出自邛山而得名。

［4］蟾桂：传说月中有蟾蜍与桂树。椒花：蜀椒之花，今天所谓的花椒。

【解读】

这首诗以想象之笔写巫山景色，重点落实在楚襄王与巫山神女的传说上。巫山十二碧峰，高耸入云，山下长江翻腾，烟雾缭绕，如有神女往来其间。"神曳烟"，在景色描写与传说之间做了很自然的过渡。传说是当年之事，眼前只有楚王魂灵归来于凉风凄凄之中，寻求梦中的情人。但是，巫山处处苔藓横生，荒凉冷落，竹丛中哀猿啼鸣，神女的踪迹一去不可寻觅。只有古祠寂寞，月光寒冷，椒花自落，留给楚王，也是留给今人不尽的孤独凄凉。

致酒行

零落栖迟一杯酒，主人奉觞客长寿[1]。
主父西游困不归，家人折断门前柳[2]。
吾闻马周昔作新丰客，天荒地老无人识[3]。
空将笺上两行书，直犯龙颜请恩泽。
我有迷魂招不得，雄鸡一声天下白[4]。
少年心事当拏云，谁念幽寒坐呜呃[5]？

【注释】

［1］栖迟：困顿，落拓。

［2］“主父”两句：主父偃，西汉人。《汉书·主父偃传》载：主父偃是齐国临淄人，在齐地为诸儒生排挤，家贫，借贷无所得。漫游燕、赵等地，无人赏识，困顿愈甚。再西入关，见大将军卫青，得卫青赏识，多次向皇帝推荐，不被所用，在长安也为人所厌。后富贵，曾为齐相。

［3］“马周”二句：马周，字宾王，初唐时人。早年西游长安，宿于新丰客舍，为主人所轻视。后甚得唐太宗赏识，官至中书令。

［4］“我有迷魂”句：反用楚辞《招魂》意。或以为，《招魂》乃屈原自造其魂魄。

［5］拏云：拂云，高举云端。拏，拿。幽寒：贫寒。呜呃：悲叹之声。

【解读】

李贺出身皇族，少年成名，却在仕途上屡遭挫折，以至生活贫寒，内心抑郁悲苦。这首诗借主人劝解之际，诉说自己的穷愁牢骚。李贺为求仕进，必须要外出漫游，这次得到了主人的殷勤招待，且设宴奉酒劝饮。李贺是偏于内向忧郁型的诗人，主人为了劝解李贺开心，举出主父偃、马周两人为例。这两人早年漫游期间，都窘迫之极。后来上书帝王，得帝王赏识，遂大有作为。李贺年纪尚轻，应该有机会施展抱负。“主父西游”至“直犯龙颜”一段，同时也是李贺拿主父偃、马周自比，既表明自己有主父偃和马周一样的济世才华，又像两人早年一样落拓穷困。“我有迷魂”以下四句，是李贺对主人劝解的回答。诗人自称“我有迷魂招不得”，因听主人一番劝解，如同“雄鸡一声天下白”，心胸为之开朗。因此明白：少年应该壮志凌云，对未来抱有极大的期望，不应该如此穷愁悲叹。换言之，李贺也想从这种悲苦的境地中摆脱出来。从他一生的作为来看，最终他还是无法摆脱。

将进酒

琉璃钟，琥珀浓，小槽酒滴真珠红[1]。
烹龙炮凤玉脂泣，罗屏绣幕围香风[2]。
吹龙笛，击鼍鼓，皓齿歌，细腰舞。
况是青春日将暮，桃花乱落如红雨[3]。
劝君终日酩酊醉，酒不到刘伶坟上土[4]。

【注释】

[1] 琥珀：颜色黄净，与好酒的颜色相似，故常用来指美酒。

[2] 烹龙炮凤：指烤炙精美的食品。

[3] 青春：指大好春光。

[4] 刘伶：三国魏“竹林七贤”之一，嗜酒，放纵自由，有《酒德颂》。

【解读】

李贺的饮酒不是豪爽开朗、举杯痛饮，而是满怀愁苦，借酒浇愁。在罗幕屏风的华美环境里，美人歌舞伴酒。这里的饮具是“琉璃钟”，酒色呈“琥珀浓”，小槽新酒如珍珠滴红，宴席上“烹龙炮凤”，器具、酒食、人物、歌舞、环境，无一不精美。但诗人仍然摆脱不了内心愁绪的纠缠。他想到了春天过去，日暮天黑，桃花纷飞。好景不常的人生痛苦深深地困扰着诗人，结尾只能高呼在终日酩酊大醉中摆脱一切了。

朱庆馀

朱庆馀，名可久，字庆馀，越州（今浙江绍兴）人。唐敬宗宝历二年（826）进士，曾官秘书省校书郎。又曾客游边塞。

宫中词

寂寂花开闭院门，美人相并立琼轩[1]。
含情欲说宫中事，鹦鹉前头不敢言。

【注释】

[1] 琼轩：美玉廊台，是对宫中廊台的美称。

【解读】

这首宫怨诗选择一个新的角度表现宫女的凄怨生活。长日寂寥，花开花落，院门自闭，这是宫女的典型生活环境。尽管周围的一切都那么精美富丽，但还是掩饰不住内心的苦怨。关系比较要好的一对宫女"含情欲说宫中事"，旁边已肯定没有窃听者，不过，最终还是欲说还休，因为鹦鹉学舌，难保不泄露谈话的内容。后宫佳丽千万人，千万人争夺一人的宠爱，彼此之间有多少钩心斗角啊。那么多的女人聚集在一起，长日无聊，也只能靠你争我夺、流言蜚语，乃至阴毒卑下的手段打发时光。这首诗的语言相当美丽，却掩盖着这样一个残酷的现实。

近试上张水部[1]

洞房昨夜停红烛，待晓堂前拜舅姑[2]。
妆罢低声问夫婿，画眉深浅入时无[3]？

【注释】

［1］张水部：指张籍，时任水部员外郎。

［2］停：停放。舅姑：公婆。

［3］入时无：合流行时式。

【解读】

唐人参加进士考试之前有“温卷”的风俗，除了规定的向礼部缴纳诗文以外，还将自己的优秀作品送给当代文坛同时又是官场上的著名人物，以求其揄扬。朱庆馀这次将自己的二十六首作品呈现给张籍，同时作此诗以探听张籍的口气。结果大得张籍的赞扬，得以考中进士。诗歌以新嫁娘自喻，不知自己的妆饰是否合公婆之意，妆罢之后先低声地征询夫婿的意见。这里，公婆隐喻主考官，夫婿暗指张籍。诗人用这样喻托的方式，恰如其分地表达了自己的意思。如果仅仅将其作为新嫁娘面对公婆忐忑不安的心理描写与在夫婿之前的撒娇卖乖，也是十分出色的。张籍当即有《酬朱庆馀》的回答，诗云：“越女新妆出镜心，自知明艳更沉吟。齐纨未足时人贵，一曲菱歌敌万金。”明确了自己的赏识态度，告诉对方没必要为考试担心。

徐　凝

徐凝，睦州（今浙江建德）人，唐宪宗元和年间官至侍郎。《全唐诗》存其诗一卷。

忆扬州

萧娘脸薄难胜泪，桃叶眉长易觉愁[1]。
天下三分明月夜，二分无赖是扬州[2]。

【注释】

［1］萧娘：唐人泛称女子为萧娘。唐杨巨源《崔娘诗》：“风流才子多春思，肠断萧娘一纸书。”桃叶：晋代王献之妾名桃叶。献之送别桃叶，曾作《桃叶歌》，云：“桃叶复桃叶，渡江不用楫。但渡无所苦，我自迎接汝。”这里的萧娘和桃叶都代指扬州的歌妓。

［2］无赖：可爱。

【解读】

晚唐扬州，青楼妓馆遍地。“春风十里扬州路，卷上珠帘总不如。”（杜牧《赠别》）扬州月夜，正是达官贵人、文人墨客出入妓馆、寻欢作乐的时候，扬州的月夜因此显得格外可爱。诗歌从一个男性的角度描写扬州歌妓。在诗人看来，歌妓妩媚多情，总是为分别而愁苦，所谓“脸薄难胜泪”“眉长易觉愁”。后二句转写月色，其实，依然在含蓄表述“十年一觉扬州梦，赢得青楼薄幸名”（杜牧《遣怀》）之快乐。

杜　牧

杜牧（803—约852），字牧之，京兆万年（今陕西西安）人。远祖杜预为西晋著名政治家、学者。祖父杜佑为中唐著名政治家、史学家，为德宗、顺宗、宪宗三朝宰相，著《通典》二百卷。杜牧童年时期生活富裕、快乐。后祖父、父亲相继去世，家境日益贫困，折节苦读。文宗大和二年（828）进士及第。同年，考中“贤良方正直言极谏科”，授官。曾长期在各方镇为幕僚，以落魄公子、风流文人的身份出入于歌楼妓馆。四十岁以后当上州官，曾任黄州、池州、睦州刺史。官至中书舍人。终年五十。有《樊川诗集》。

过华清宫绝句

其一

长安回望绣成堆，山顶千门次第开[1]。
一骑红尘妃子笑，无人知是荔枝来[2]。

其二

新丰绿树起尘埃，数骑渔阳探使回[3]。
霓裳一曲千峰上，舞破中原始下来[4]。

【注释】

[1] 绣成堆：骊山右侧有东绣岭，左侧有西绣岭。玄宗时，岭上多植树木花卉，望之锦绣一片。次第：依次，一一。

[2]“一骑”二句：杨贵妃喜欢吃荔枝，玄宗便让南海每年飞驰进贡。

[3] 新丰：地名，故址在今陕西省临潼东北。渔阳：唐郡名，属范阳节度使安禄山的辖区，安史叛军就是从这里出发。在今河北蓟县一带。

[4] 霓裳：霓裳羽衣曲，舞曲名，由西域流入中原，经唐玄宗润色。

【解读】

杜牧的咏史诗往往寓意深长，借古讽今，针对现实的黑暗与腐朽，借历史上盛衰兴亡的经验教训加以讽喻。第一首诗咏写的是本朝的历史，唐明皇与杨贵妃在华清宫的纵情享乐，将唐帝国拖入最为深重的灾难。诗人选择了千里飞驰递送荔枝这样一个角度落笔。首二句是铺垫，写李、杨二人生活享受的排场。登上骊山，回望长安，锦绣成堆。一路盘旋到山顶，宫殿鳞次栉比，宫门迤俪打开。这样庞大的建筑，耗费了多少民脂民膏，凝结着多少百姓的血泪，诗人不作明白揭示。后二句转入传送荔枝的话题，却也是点到为止。为博取妃子一笑，皇帝不惜劳民伤财。诗人用“无人知是荔枝来”轻轻带过，语带讽刺，含蓄浑厚。苏轼《荔枝叹》说：“宫中美人一破颜，惊尘流血溅千载。”将触目惊心的悲惨结果完全揭示出来，这正是杜牧这首诗在含蓄中留给读者回味的。

唐玄宗迷恋杨贵妃，奢侈纵欲，最终引发“安史之乱”，成为大唐帝国由盛转衰的关键。第二首诗人抓住这个重要历史事件来描写。首二句即写尘烟四起、紧急军情从渔阳迅速传回京城，以此点明安史之乱的爆发，国家已经陷入血腥战争之中。后二句点大乱的原因，“舞破中原”的词语组合令人触目惊心。诗人还是有“红颜祸水”的观念，在诗歌里过多地谴责了杨贵妃。其实，真正的罪魁祸首是皇帝，是唐玄宗。

将赴吴兴登乐游原一绝[1]

清时有味是无能，闲爱孤云静爱僧。
欲把一麾江海去，乐游原上望昭陵[2]。

【注释】

[1] 吴兴：地名，今浙江湖州。乐游原：地名，在长安南，地势高敞，

是唐代的一个游览地。

［2］昭陵：唐太宗陵墓，在长安西面礼泉县。

【解读】

这首诗作于唐宣宗大中四年（850），杜牧当时马上要离开长安，赴湖州刺史任。杜牧有才华有抱负，在京城却只任吏部员外郎闲职，无所作为。这对杜牧来说当然是非常不满意的，所以，他宁愿出任外职。离开长安前，他登上乐游原，感慨颇多。诗歌从反语说起。诗人说：在这政治清明的时候，只有自己这种无能的人，才有爱风景爱隐逸的趣味。次句补足自己的趣味是“闲爱孤云静爱僧”，期望自己如“孤云”一样自由自在，如野僧一样清闲无事。孟浩然说“端居耻圣明”（《临洞庭》），杜牧此诗表层语意与之相同，实际上是正话反说。唐末政治黑暗，根本不是“清时”，杜牧也不是爱清闲之辈。诗人的愤懑和牢骚，如此婉转地表现出来。“欲把一麾江海去”也有两层含意：从表层来说，是将赴“江海”旁的湖州刺史任去；从深层来说，则承接前句语意，“江海”可以指一种隐逸的生活。诗人既然爱孤云爱僧，便渴望就此归隐江海，最后的眺望，却否定了自己前文的作秀。在乐游原上望唐太宗的昭陵，追忆唐太宗的丰功伟绩，追想大唐帝国的昌盛时光，杜牧一定是心潮起伏、豪情激扬。杜牧的个性是积极的，心胸是开阔的，归隐哪里是他的本意？最后眺望昭陵，才明白前文是反语，是无奈，是苦闷，是牢骚，是愤恨。末二句的笔法是模仿《离骚》结尾：“陟升皇之赫戏兮，忽临睨夫旧乡。”李白《古风》说：“恍恍与之去，驾鸿凌紫冥。俯视洛阳川，茫茫走胡兵。”用的也是这种笔法。

江南春

千里莺啼绿映红，水村山郭酒旗风。
南朝四百八十寺，多少楼台烟雨中［1］？

【注释】

［1］“南朝”句：南朝数位皇帝以及众多达官贵人好佛，在江南大建佛寺，

据说有五百余处。这里举其大概数字。

【解读】

描写江南的春景，既是眼前之所见，也是充分地发挥了想象力。江南的春天，花红水绿相互辉映，黄莺啼鸣，处处酒旗招展。“千里”清丽、繁华的画面，是就所见加上想象的补充而构成。“南朝四百八十寺”，金碧辉煌，同样是就想象之所及，今日都笼罩在烟雨霏霏之中，显得深邃迷离。其间，是如梦幻般的南朝历史的云烟，在景色的赏识过程中，渗透了幽深的历史感慨。其间，是对帝王佞佛的嘲讽，还是对六朝奢靡的抨击，任由读者补充。

九日齐山登高[1]

江涵秋影雁初飞，与客携壶上翠微[2]。
尘世难逢开口笑，菊花须插满头归[3]。
但将酩酊酬佳节，不用登临恨落晖。
古往今来只如此，牛山何必独沾衣[4]？

【注释】

[1] 九日：古历九月九日重阳节，又称“重九”。古人有重阳登高、饮酒、赏菊的风俗。齐山：山名，在今安徽池州贵池东南六里。

[2] 翠微：指齐山。山气青翠，故称。

[3]“尘世”句：《庄子·杂篇·盗跖》：“人上寿百岁，中寿八十，下寿六十，除病瘦、死丧、忧患，其中开口而笑者，一月之中不过四五日而已矣。”

[4] 牛山：在山东临淄南二十五里。《韩诗外传》卷十载：“齐景公游于牛山之上，而北望齐，曰：‘美哉国乎！郁郁泰山。使古而无死者，则寡人将去此而何之？’俯而泣，沾襟。”

【解读】

杜牧是开朗乐观的。身处晚唐乱世，才能不得施展，沉抑下僚，对许多文人士大夫而言，都是不堪忍受的事情，一定要愁苦满怀的。尤其是到了重阳秋日，无尽的秋愁一定要汹涌而来。杜牧此时为池州刺史，重阳佳节，与宾客携酒登齐山。“江涵秋影”之空旷，山中“翠微”之青绿，都叫人心旷神怡。尘世虽然难得“开口笑”，奉此佳节，还是应该尽情赏玩，满插菊花而归。这就是杜牧的生活态度，所以，他勤勤嘱托说：应该放怀畅饮，乃至酩酊大醉以酬佳节，而不要为夕阳西下、时光流逝而悲苦。时光流逝，“古往今来只如此”，像齐景公那样在牛山流泪真是没有必要。杜牧自己胸襟开阔，也劝导他人乐观对待生活。

早雁

金河秋半虏弦开，云外惊飞四散哀[1]。
仙掌月明孤影过，长门灯暗数声来[2]。
须知胡骑纷纷在，岂逐春风一一回。
莫厌潇湘少人处，水多菰米岸莓苔[3]。

【注释】

[1] 金河：在今内蒙古呼和浩特市南面，这里泛指北方少数民族地区。秋半：中秋季节。虏弦开：北方少数民族秋半时候从事打猎，这里借指发动战争。

[2] 仙掌：汉武帝在在建章宫立铜人，双手捧露盘，又名“仙人掌”。长门：宫名，汉武帝陈皇后失宠后所居。仙掌与长门在这里都是泛指长安一带。

[3] 菰米：一种水生植物，茎为茭白，果实为菰米。莓苔：苔藓。

【解读】

这首诗咏早雁，另有喻托，实际上是以早雁隐喻边民，写他们在战争的蹂躏下惊恐不安、流离失所的悲惨生活。金河秋半季节，“匈奴草黄马正肥”，外族侵略者往往在这个时候发动入侵战争，最先受到骚扰的就是边境的百姓。他们如早春的大雁，在弓弦声中哀鸣着四处逃散。这些失群的孤雁，逃难到中原，连京城也有了他们的身影。边境战争没有宁息之日，他们也就没有归家之时。“莫厌潇湘少人处，水多菰米岸莓苔”，是诗人为无家可归的大雁指出暂时歇息的地方，同时又害怕他们不习惯于此地的生活。

赤　壁

折戟沉沙铁未销，自将磨洗认前朝[1]。

东风不与周郎便，铜雀春深锁二乔[2]。

【注释】

［1］将：拿来。

［2］“东风”二句：指赤壁之战，周瑜借东风之便火烧曹军，大获全胜。铜雀：铜雀台：曹操所建，在邺城（今河北临漳）。曹操暮年享乐之处，他的姬妾歌妓都住在台中。二乔：即二桥，东吴著名美女。大桥嫁孙策，小桥嫁周瑜。

【解读】

这首诗直接评论历史人物、事件，对历史上兴亡成败的关键问题发表自己独到的见解。将赤壁之战的成功完全归结于“东风”的客观因素，当然是十分偏颇的。何文焕《历代诗话考索》说：“牧之之意，正谓幸而成功，几乎家国不保。”其实，杜牧的识见不会如此肤浅，他是故意作此偏颇惊人之论，以突出“时无英雄，使竖子成名”的内心感慨，抒发的是自己才能不得施展的愤懑牢骚。

泊秦淮

烟笼寒水月笼沙，夜泊秦淮近酒家[1]。

商女不知亡国恨，隔江犹唱后庭花[2]。

【注释】

［1］秦淮：河名，是六朝繁华喧闹的地方，在今南京市。

［2］商女：以卖艺为生的歌妓。后庭花：即《玉树后庭花》，为陈后主所作。被后人视为亡国靡靡之音。

【解读】

在各类题材中，杜牧以咏史诗最为出色，往往具有深沉的历史感。咏叹之际，融合了对自然、社会、历史的感慨，总有一种怀古伤今的忧患意识。今夜泊舟秦淮，烟雾弥漫，水月朦胧，水边是歌舞寻乐的酒家。随着《玉树后庭花》歌声传来，引出了诗人深深的忧患。南朝声色歌舞、纸醉金迷的生活如现眼前。这里有对历史的无限感慨，更有对现实的辛辣讽刺，道出了诗人内心的隐忧。

题乌江亭[1]

胜败兵家事不期，包羞忍耻是男儿[2]。
江东子弟多才俊，卷土重来未可知[3]。

【注释】

［1］乌江亭：即今安徽和县东北的乌江浦，相传项羽自刎于此。

［2］不期：不可预料。

［3］“江东”二句：据《史记·项羽本纪》载：项羽兵败，逃至乌江，乌江亭长劝项羽渡江组织江东子弟，卷土重来。项羽却认为“无面见江东父老”而自刎。

【解读】

杜牧对历史故意做相反的假设，实际上仅仅是表述自己的见解，显示自己的才智，倒不一定认为换种做法历史就是另外一种发展模式。这首诗要突出的是“胜败兵家事不期，包羞忍耻是男儿”的观点，对项羽的刚愎自用、不善听取他人意见，又不能忍一时之气提出批评。对《史记·项羽本纪》将项羽的自刎塑造成悲剧英雄的做法婉转表达不同观点。《苕溪渔隐丛话》评论此诗时说：“项氏以八千人渡江，败亡之余，无一还者，其失人心为甚，谁肯复附之？其不能卷土重来，决矣。”其评价就过于落实，不见诗人咏史的真实意图。

寄扬州韩绰判官

青山隐隐水迢迢，秋尽江南草木凋。
二十四桥明月夜，玉人何处教吹箫[1]？

【注释】

［1］二十四桥：扬州二十四桥有多种说法。一说即吴家砖桥，又名“红药桥”；一说是二十四座桥的总称；一说隋置二十四桥，以城门坊市为名。玉人：美人。

【解读】

江南月夜景色，是如此的清新秀丽，令人陶醉。青山逶迤，绿水迢迢，即使“秋尽江南”，草木凋零，山清水秀的江南依然不失清丽妩媚。当明月升起，扬州的景色更加迷人。那二十四桥间传来玉人的乐箫声，悠扬动听，令人想起其地歌舞的繁盛，歌妓的美艳，“春风十里扬州路”的情景恍如眼前，诗人不禁心驰神往。

遣　怀

落魄江南载酒行，楚腰纤细掌中轻[1]。
十年一觉扬州梦，赢得青楼薄幸名[2]。

【注释】

［1］载酒：携酒。楚腰：女子细腰。相传楚灵王好细腰，宫女多节食以讨君王欢心，故称“楚腰”。掌中轻：相传汉赵飞燕体轻，能做掌上舞。这里都是借指扬州歌妓。

［2］薄幸：薄情。

【解读】

这首诗回顾自己在扬州放浪形骸、纵情声色的生活，故作疏放中隐隐透露出落魄的枯涩。首句便点明“落魄”，“楚腰纤细掌中轻”之出入歌楼妓院的自我放纵其实是不得已的，是内心苦闷的排遣。“十年一觉扬州梦，赢得青楼薄幸名”，是对自己一事无成的不满，更是对不重用自己的社会的不满。这是晚唐士人的典型生活方式。随着唐帝国的没落，广大知识分子政治理想幻灭，他们看不到仕途上的前景，“夕阳无限好，只是近黄昏”，文人群体笼罩在亡国前的绝望哀伤之中。这就进一步促使他们退缩到自我生活的狭小圈子中，及时行乐，自我陶醉，以醇酒美女消磨时光。“杜牧少登第，恃才，喜酒色。初辟淮南牛僧孺幕，夜即游妓舍，厢虞候不敢禁。”（《唐语林》卷七）这首诗更多地表现出酒色风流的炫耀。

山　行

远上寒山石径斜，白云生处有人家。

停车坐爱枫林晚，霜叶红于二月花[1]。

【注释】

［1］坐：因为。霜叶：枫叶。

【解读】

秋日远上寒山，诗人不着眼于冷落萧条的景色，依然兴趣勃勃。当他遥望发现“白云生处有人家”时，一种欣慰喜悦的情感涌上心头。诗人浏览景色，发现了“霜叶红于二月花”的秋日别致景色，火红的色彩中充满了生机。杜牧写景抒怀的诗歌，常常以自我旷放来寻求解脱，希望能获得一种闲适的生活和恬静的心境。心胸比较开阔，其诗也时有一种高朗爽健、意气风发、俊逸明丽的特色。

秋　夕

银烛秋光冷画屏，轻罗小扇扑流萤[1]。
天阶夜色凉如水，坐看牵牛织女星[2]。

【注释】

［1］轻罗小扇：用非常薄的罗纨所制的扇子。

［2］天阶：宫中石阶。

【解读】

七夕之月夜，景色清淡秀丽。银烛、画屏，都被洒上了月色的冷光。少女们有七夕之夜向织女星乞巧的风俗，她们更是趁此机会欢闹嬉戏，手执轻罗小扇扑打流萤。少女的天真、活泼、好奇，都表现在这幅画面中。嬉戏困乏了，静静地抬头遥望，指点着牵牛、织女二星，大约在相互传说着他们爱情故事。诗笔就此打住，少女们“坐看”时的言行，尽随读者想象。蘅塘退士《唐诗三百首》评此诗云：“层层布景，是一幅着色人物画。只‘坐看’二字，逗出情思，便通身灵动。”

赠　别

其一

娉娉袅袅十三余，豆蔻梢头二月初[1]。
春风十里扬州路，卷上珠帘总不如。

其二

多情却似总无情，唯觉尊前笑不成[2]。
蜡烛有心还惜别，替人垂泪到天明。

【注释】

［1］娉娉、袅袅：都是形容女子体态的婀娜柔美。豆蔻：豆蔻夏初开花，二月初尚含苞欲放，故用来比喻处女。

［2］尊：酒杯。

【解读】

这组诗是赠别歌妓的。第一首写给自己喜爱的一位雏妓。她只有十三出头，如二月初豆蔻梢头含苞欲放的花蕾。这种比喻非常贴切形象，后人因此称女子的这一年龄阶段为“豆蔻年华”。这位雏妓的容颜在扬州也是出众的。十里扬州，青楼鳞次栉比，美艳歌妓无数，当春风吹过，珠帘一一卷起，所有的歌妓都露出了她们的庐山真面目，没有一位比得上诗人心爱的雏妓。当然，这种美化的诗笔，肯定是“情人眼里出西施”。第二首写送别，诗人沉浸在悲伤痛苦之中，难以自我解脱。今夜的送别酒宴，应该趁机多一点笑语，以告慰别后的寂寞。但即将分手的事实沉重地压在心头，使离人无法宽怀一笑。这就是“多情却似总无情，唯觉尊前笑不成”的原因。后二句以蜡烛为喻，写二人长夜无眠，面对蜡烛，默默垂泪惜别。用眼前景物作生动新颖的比喻，与李商隐“蜡炬成灰泪始干”有异曲同工之妙。

叹　花

自是寻春去较迟，不须惆怅怨芳时。
狂风落尽深红色，绿叶成荫子满枝。

【解读】

关于这首诗，有一个故事传说：杜牧早年游湖州，结识一位民间绝色女子，仅十余岁。杜牧与该女的母亲相约，十年以后来娶亲。后十四年，杜牧出任湖州刺史，才故地重游。该女子已经嫁人三年，且生育二子，杜牧感慨而作此诗。故事情节与这首诗的内容完全合拍，有一定的可能性。诗歌的表层写寻春太迟，花瓣飞尽，只剩“绿叶成荫子满枝”。诗人用隐喻手段，写女子的嫁人和自己的叹惋。同时，也在自我劝解，摆脱无奈和懊恼。

金谷园[1]

繁华事散逐香尘，流水无情草自春[2]。
日暮东风怨啼鸟，落花犹似坠楼人[3]。

【注释】

［1］金谷园：地名，在洛阳市西北。西晋石崇在此筑园林，十分奢华。

［2］香尘：石崇为了教练家中歌妓舞步，以沉香屑铺象牙床上，无印迹者赐以珍珠。

［3］坠楼人：孙秀欲占有石崇的爱妾绿珠，被石崇拒绝，孙秀便在赵王司马伦前陷害石崇，石崇因此被捕。绿珠为此跳楼自尽。

【解读】

金谷园是晋朝豪富石崇所筑，诗人对此，既感慨石崇当年的豪奢，也联想到绿珠的悲惨下场。首句蕴藏了诗人无限的慨叹，金谷园的繁华，已经成为往事，与芳香尘屑一起消失得无影无踪。唯有周围的流水，不管人世转换，沧桑巨变，依旧潺潺流淌，春草也随季节而碧绿。诗人正沉浸在往事的遐想之中，一直彷徨到傍晚，耳边传来啼鸟的怨鸣声，眼前的一片飞花使他想起了坠楼自尽的绿珠，惋惜之情油然而生。

清　明

清明时节雨纷纷，路上行人欲断魂[1]。
借问酒家何处有？牧童遥指杏花村。

【注释】

［1］断魂：悲伤欲绝。

【解读】

清明佳节，细雨纷纷，家家上坟祭祖，路上不同的行人有着相近的哀思，诗人用“欲断魂”做概括一笔描写。“断魂”者同时包括旅途漂泊的诗人，于是，他想寻找一家酒店，暂时歇息，以安慰旅途的孤寂，以躲避纷纷细雨。牧童遥指之处所，杏花烂漫，酒店掩映其中。可以想见，行人能够找到一个很好的休息场所了，一丝欣慰涌上心头。

许　浑

许浑，字用晦，润州丹阳（今江苏镇江）人。少年苦读，屡试不第。直到唐文宗大和六年（832）才进士中第。曾任县令、司马、监察御史等，官至睦州、郢州刺史。后抱病退居润州丁卯桥，自编《丁卯集》。《全唐诗》录其诗十一卷，存诗五百余首。

咸阳城东楼

一上高城万里愁，蒹葭杨柳似汀洲[1]。
溪云初起日沉阁，山雨欲来风满楼。
鸟下绿芜秦苑夕，蝉鸣黄叶汉宫秋[2]。
行人莫问当年事，故国东来渭水流。

【注释】

[1] 蒹葭：芦苇。汀洲：水边平地。

[2]“鸟下”二句：咸阳一带是秦汉故都，这两句写秦汉宫苑的荒废。

【解读】

这首诗抒写登临时的愁绪，诗中没有明确点出是为何而愁，仔细品味，大约是为故国的衰败而发。诗人是带着满腹的愁绪登上咸阳城楼的，蒹葭凄凄，杨柳依依，放眼望去，都是凄寒落寞的景色。又值傍晚日沉，溪上云雾蒸腾，空气越来越压抑，酝酿着一场山雨，诗人已经从“风满楼”中感觉到即将到来的来势凶猛的雨意。“山雨欲来风满楼”，十分形象地写出暴风骤雨来临之前那种紧张的气氛，是晚唐危机四伏的社会现实的写照。后人常用来描述巨变即将发生前空气中那种不安宁、不平静。咸阳一带为秦汉故都，“鸟下”二句慨叹故都的荒芜凄凉，流露出对现实的隐忧。愁苦已极，自我排解，只好“莫问当年事”。世事沧桑，尽如“东来渭水流”，滔滔而去。

谢亭送别[1]

劳歌一曲解行舟，红叶青山水急流[2]。
日暮酒醒人已远，满天风雨下西楼。

【注释】

[1]谢亭：谢公亭，在安徽宣城北面，南朝诗人谢朓任此地太守时所建。

[2]劳歌：本指在劳劳亭（在今南京南面）送客时所唱的歌。后泛指送别之歌。

【解读】

这首诗为送别友人而作。一曲送别之歌，行人解舟匆匆离去，伫立者有无限挽留之意。两岸红叶青山相送，秋日典型的景色更增添了离别的愁绪。诗人只能埋怨流水太急，瞬间就带友人的行舟远去。后二句写别后怅惘空寂的情景。送别的宴席，醉不成欢，浑噩中进入梦乡。一觉醒来，日薄西山，离人已远，诗人只得在满天凄风苦雨中独下西楼。黄昏的暮色，风雨的凄寒，醉后的朦胧，很好地协调在一起，共同烘托出黯淡的心境，悲苦的离情。《苕溪渔隐丛话》卷二十四引《桐江诗话》说：“许浑集中佳句甚多，然多用‘水’字。故国初士人云：‘许浑千首湿是也’。”“山雨欲来风满楼”“满天风雨下西楼”，这些佳句都与“水”字有关。

温庭筠

温庭筠（约812—约870），本名岐，字飞卿，太原祁（今山西祁县）人。才思敏捷，每入试，押官韵作赋，于八叉手之间作成，故有“温八叉”之称。屡试进士不第，又曾得罪当时宰相令狐绹而受打击。一度官方城（今河南方城）尉，官终国子助教。世称温方城、温助教。有《温飞卿诗集》和词集《金荃集》。

赠少年

江海相逢客恨多，秋风叶下洞庭波[1]。
酒酣夜别淮阴市，月照高楼一曲歌[2]。

【注释】

[1]“秋风”句：《楚辞·湘夫人》：“嫋嫋兮秋风，洞庭波兮木叶下。”

[2]淮阴：地名，今属江苏。

【解读】

赠少年的时候，也激发出诗人内心的一丝豪情。温庭筠在晚唐的时候，以放浪形骸、颓唐不振著称。读这首诗，才知道诗人有另一种精神风貌，诗人的颓放乃晚唐社会环境和朝廷政治局面所逼迫的。秋风吹起，落叶萧萧，随洞庭波水飘逝而去。此时，与少年在江海相逢，各怀客恨。于是，共至淮阴市场酒楼畅饮。“月照高楼一曲歌”，写出饮酒时的豪爽畅快，胸中不平的郁闷也要随歌声倾诉而出。

商山早行[1]

晨起动征铎，客行悲故乡[2]。
鸡声茅店月，人迹板桥霜。
槲叶落山路，枳花明驿墙[3]。
因思杜陵梦，凫雁满回塘[4]。

【注释】

[1] 商山：又名楚山，在今陕西商县东南。

[2] 征铎（duó）：驿站的铎铃。

[3] 槲：松心木。枳：枳树。

[4] 杜陵：地名，在长安东南。凫（fú）：野鸭。

【解读】

温庭筠虽然出身名门，却是终身困顿。他屡试进士不第，又曾得罪当时宰相令狐绹而受打击，一生也只做过国子助教之类的小官。他时常宦海奔波，为生计、为前途而劳碌，个人生活总是没有太多起色。写这首《商山早行》时，已年纪老大，约五十岁左右。旅途颠簸的劳苦中，渗透着个人不得意的怨愁。

这首诗写旅途早行情景，十分典型概括。铎铃摇动，清晨起身，旅途匆匆，不得已赶路。这是在外奔波的游子时常要遇见的一种共同情景。清晨的寒冷，早起的困倦，旅途的劳苦，都是赶路的行人所不得不忍受的。行程遥遥，旅途艰辛，不由人思念起故乡的温暖、安定。“客行悲故乡”，一句最平常的话语，说出了游子共同的心声，也是全诗的点题话语。“客行”的目的有许多，如果是人生得意，仕途光明，诗人的心境就会变得开朗明快。“悲”，奠定了全诗的基调，也隐隐透露出诗人目前困窘的处境。“鸡声茅店月，人迹板桥霜”是诗中名句，写早行景物，特征鲜明。茅店外月亮还未完全落下，晨鸡啼鸣，板桥上的霜露因初行者的践踏而留下印迹。可见诗人是今天第一个起早的赶路人。诗人为什么要如此的风尘仆仆呢？苦苦劳顿的最终结果将会是什么呢？这些问题都潜藏在这一组景物背后。诗人的悲苦也因这一组凄清荒寒的景物而表达得更加落实。这种具有特征性的景物，只有清晨早起的第一批赶路的游子才能体会得到，细节的描绘，突出了“早行”的主题。诗人的观察细致入微，景物的描写正确细腻。“槲叶”二句写早行所见，落叶纷纷，山路萧条，使晨起赶路的游子备感寂寞冷清。因拂晓天色还有些灰蒙，所以，白色的枳花就成为“明”色调而格外醒目，倒映在“驿墙”之上。色调的略略改变，没有给诗人带来好的心境。这里的明色调，正是用来凸现清晨的灰蒙暗色调。诗人内心的感受也是暗灰色的。诗人从听觉、视觉两个角度，反复写足“早行”的特征景物，渗透于景物中的情绪则由读者体会。

看来，这是一个秋日的清晨，萧条的景色更增添了行人的痛苦。在寂寞凄苦中，诗人想起昨夜梦见了京城，京城与故乡已混为一气，心中泛漾出对前程的一丝幻想。温庭筠籍贯是太原祁县（今山西祁县），年轻时迁居鄠县（今陕西西安市郊户县，当时属京兆府）。所以，“杜陵”也可以代指诗人的家乡，或许诗人还有一些家人寄居在那里。但是，京城永远与人们的仕途热望联系在一起，温庭筠将京郊作为故乡怀想，恐怕还是在仕途上不能死心的原因作怪。最后两句，照应“早行”思乡的主题，又暗暗点出悲苦的根本原因。诗人仕途不得意的时候，在外地过着飘零的生活，内心寂苦。清晨赶早，匆匆上路，这情景诗人不知经历了多少回，所以，体验才会如此真切细致，描写才会如此具体深入。

瑶瑟怨

冰簟银床梦不成，碧天如水夜云轻[1]。
雁声远过潇湘去，十二楼中月自明[2]。

【注释】

[1] 冰簟（diàn）：凉席。银床：指华丽的床。

[2] 潇湘：潇水与湘江，都在湖南境内。古代有湘水女神鼓瑟的传说，这里借用此典。十二楼：传说中仙人居所，这里借指鼓瑟女子所居的楼阁。

【解读】

这首诗写鼓瑟女子内心的幽怨，这是一种相思离别的愁怨。“冰簟银床”，居住华丽，但昨夜依然无法入睡。这意味着昨夜是一个辗转反侧、备受相思痛苦的夜晚，可怜这位女子连梦中远寻情人的机会都没有得到。“碧天如水夜云轻”是补充说明昨夜的景色，女子睁眼对此景色一夜，尝尽孤眠滋味。传说大雁能够传递书信，“雁声远过”之际，带去了女子的思念，似乎要告诉情人：“十二楼中月自明”，即女子夜夜无寐相思。蘅塘退士《唐诗三百首》评云：“通首布景，只‘梦不成’三字露怨意。”

陈　陶

陈陶，字嵩伯。唐宣宗大中时游学长安，后隐居南昌西山。后人辑有《陈嵩伯诗集》一卷。

陇西行

誓扫匈奴不顾身，五千貂锦丧胡尘[1]。
可怜无定河边骨，犹是春闺梦里人[2]。

【注释】

［1］貂锦：指精锐部队。汉代御林军衣着锦衣貂裘，故称。

［2］无定河：河名，属黄河中游支流，在今陕西北部。这里代指边塞。

【解读】

这首诗痛悼抛尸疆场的将士。晚唐以来，国势衰弱，对外战争，亦遭挫折。这首诗并不指向某次固定的战争，而是悲悼所有战死疆场的将士。将士们是英勇无畏的，他们为了抗击匈奴、保家卫国，奋不顾身。汉军精锐部队全部覆灭的原因是什么，诗歌并不关注，而是关注因此造成了多少家庭悲剧：“可怜无定河边骨，犹是春闺梦里人。”妻子在家日日苦苦思恋，岂知丈夫已经化为朽骨，永无归期。两相对应，凄惨悲苦。与盛唐“醉卧沙场君莫笑，古来征战几人回”的豪迈豁达迥然不同。

李商隐

李商隐（约813—约858），字义山，号玉谿生，又号樊南生。原籍怀州河内（今河南沁阳），自祖辈移居郑州荥阳（今河南荥阳）。为李唐王室旁支。不到十岁，父亲去世，随母还乡过着清贫的生活。十六岁时，因擅长古文而知名。大和三年（829）移家洛阳，结识白居易、令狐楚等前辈。“牛党”令狐楚欣赏他的文才，让李商隐与其子令狐绹交游，亲自授以今体（骈俪）章奏之学，并给予资助。后又聘其入幕。其间数次应试失败，至开成二年（837），因令狐绹延誉，考中进士。及第后再入令狐楚幕，令狐楚死后，入“李党”泾原节度使王茂元幕，不久娶王女为妻。从此陷入“牛李党争”旋涡，被“牛党”视为“背恩”“无行”。次年应“博学鸿词科”考试，已被录取再遭刷落。开成四年（839）出仕秘书省校书郎。会昌二年（842）应“书判拔萃试”，被授秘书省正字。宣宗即位，牛党得势，李商隐随即放弃京职，随李党郑亚赴桂海。后期十几年时间，都漂流各地，为各地幕僚，开始笃信佛教。大中十二年（858），因病退职还乡，在郑州去世。有《玉谿生诗集》。

锦　瑟

锦瑟无端五十弦，一弦一柱思华年[1]。
庄生晓梦迷蝴蝶，望帝春心托杜鹃[2]。
沧海月明珠有泪，蓝田日暖玉生烟[3]。
此情可待成追忆，只是当时已惘然。

【注释】

［1］锦瑟：古代的一种弹奏弦乐器，有五十弦。无端：平白无故。华年：美好年华。

［2］“庄生”句：《庄子·齐物论》载：“昔者庄周梦为胡蝶，栩栩然胡蝶也。自喻适志与！不知周也。俄然觉，则蘧蘧然周也。不知周之梦为胡蝶与？胡蝶之梦为周与？”后以此典写人生如梦，变幻莫测。“望帝”句：相传周末蜀王杜宇，号望帝，死后魂魄化为啼血的杜鹃鸟，啼声凄楚哀苦。

［3］珠有泪：相传南海有鲛人，哭泣所流的眼泪都是珍珠。蓝田：地名，今陕西省蓝田县。此地盛产美玉。

【解读】

李商隐有大量“无题”诗或摘取篇中二字为题的，约占其创作总数的十分之一。这类无题诗的主旨向来众说纷纭，如《锦瑟》一诗的主题就有爱情、悼亡、咏物、追叙生平、听音乐有感诸说。从字面理解，应该是诗人聆听锦瑟时引发的诸种感受，至于这些感受来自何种人生体验，只能是“仁者见仁，智者见智”。诗的开篇就以“无端”二字发出怨言，埋怨锦瑟声引发了自己的思绪与伤感。诗人不直接去写伤感的内容，而是连用两个典故，是在写往事如梦，人生悲苦，这也是听锦瑟所触发的诸多情感。“沧海”二句写演奏的效果，迷蒙怅惘，不胜凄清幽怨。结尾对往事旧情归结一笔，表达一种永远失去的悲痛欲绝的心理。诗歌擅长用典故，所取意象大都色彩秾丽、神秘谲诡，如“庄生晓梦”“望帝春心”“沧海月明”“蓝田日暖”等，这些意象又含有哀愁、彷徨、伤感的感情色彩。

日　射

日射纱窗风摇扉，香罗拭手春事违。

回廊四合掩寂寞，碧鹦鹉对红蔷薇。

【解读】

这首诗也是无题，含意朦胧。品味诗意，乃是写闺中春情寂寞。“日射纱窗风摇扉”，指闺人闷坐室中，无聊度日，看到了阳光投射纱窗和微风吹拂的每一点变化。观察的仔细意味着长日之百无聊赖。次句点明闺人发闷寂寞的原因：“春事违。”香罗拭手，是无聊中的消磨，是百般寂寞中的排遣，如此正可以说明闺人实在闲得发慌，无事可消遣。“春事违”，可以理解为错过了春天的大好景色，实际上是闺中女子不能觅得如意情郎的苦闷焦虑。否则，女子完全可以立即走出闺门，抓紧时间欣赏春色。后二句重笔涂抹闺中寂寞。回廊四合，周遭无人，只有“碧鹦鹉对红蔷薇”，闺人何以打发这漫漫时光。如此闷坐，入夜以后还能有一个好睡眠吗？环境精美，色彩鲜艳，见出闺人生活的优裕。她的愁闷就不是为了基本生活，而是青春的寂寞，是性的觉醒，是欲望的骚动。这样的话题，在古代社会当然不可明白无误地表述，只能无题朦胧了。

端　居

远书归梦两悠悠，只有空床敌素秋。
阶下青苔与红树，雨中寥落月中愁。

【解读】

闲居所思，各有不同，这首诗所抒写的是一种思念之愁。“远书”写行人，“归梦”写闺中，两处所思，一种闲愁，悠悠不尽。素秋时节，萧瑟冷落，独守空床，又添寂寞。唯有“阶下青苔和红树”，终日相伴，默默无言。雨中、月中，阴冷寂寥，叫人更何以堪？以鲜艳的色彩写寂寞情怀，此诗别具一格。

安定城楼[1]

迢递高城百尺楼，绿杨枝外尽汀洲[2]。
贾生年少虚垂泪，王粲春来更远游[3]。

永忆江湖归白发，欲回天地入扁舟。

不知腐鼠成滋味，猜意鹓雏竟未休[4]。

【注释】

[1]安定城楼：即泾州城楼，在今甘肃泾川县北。唐泾原节度使府设于此。

[2]迢递：形容高远。汀洲：水边沙地。

[3]“贾生”句：汉代贾谊上书朝廷议论时政，其中有“可为痛哭者一，可为流涕者二”等句子。然不得朝廷重视，故云“虚垂涕”。“王粲”句：王粲，字仲宣。东汉末北方大乱，曾飘零他乡，至荆州依刘表。有《登楼赋》抒思乡之情。这两句是以贾谊、王粲自比。

[4]“不知”二句：《庄子·秋水》载：“惠子相梁，庄子往见之。或谓惠子曰：‘庄子来，欲代子相。’于是惠子恐，搜于国中三日三夜。庄子往见之，曰：‘南方有鸟，其名为鹓雏，子知之乎？夫鹓雏发于南海而飞于北海，非梧桐不止，非练实不食，非醴泉不饮。于是鸱得腐鼠，鹓雏过之，仰而视之曰：吓！今子欲以子之梁国而吓我邪？’”腐鼠：喻禄位。猜意：猜疑。鹓（yuān）雏：凤凰类的鸟，性高洁。

【解读】

这首诗表明自己的高洁心志，对无端猜忌、诽谤诗人的种种小人予以充分的蔑视。诗人登上城楼，眺望远方，是为了宣泄受压抑、受嫉恨的郁愤。因此，诗人没有去描写登临所见的景物，而是用典故诉说自己的不幸与悲苦。“贾生”故事说明自己非常关心国事、才高被抑、悲愤莫名；“王粲”故事写自己远离家乡、亲人，流落而一事无成。现实不可为，自己也曾不断产生“江湖”归隐的念头，只是心中有所牵挂，不能释怀。诗人期待自己能够建立天地回旋、扭转乾坤的功业，然后白发扁舟归隐而去。这样远大美好的志向、高尚开阔的胸襟，在现实中总是不被理解，总是被认为仅仅是为了争夺个人点滴得失、狭小利益。诗人在彻底蔑视这些卑俗肤浅的见解时，再次流露出在现实中深受抑制、身心不自由的极端痛苦。

宿骆氏亭寄怀崔雍崔衮[1]

竹坞无尘水槛清，相思迢递隔重城[2]。
秋阴不散霜飞晚，留得枯荷听雨声。

【注释】

[1] 崔雍、崔衮：兄弟俩。崔雍曾官和州刺史，崔衮曾官漳州刺史。

[2] 竹坞：栽种有竹子的泊船处。水槛：临水的厅堂。迢递：遥远的样子。

【解读】

秋日夜晚，诗人寄宿在骆氏人家的园亭里，寂寞无眠，听秋雨“沙沙”地敲打着枯荷，无聊中思念起相隔重重的崔氏兄弟。首句描绘了今夜居所的清净幽凉，清澈湖水环抱的船坞，种满了青青翠竹，寄宿此间，就有了远离尘嚣的清幽雅洁之感。环境的静谧，触动的是诗人的寂寥之感，于是便怀念“迢递隔重城”的友人。相思之下，心情转为凄暗，气候也随之阴沉。一天的阴云，秋霜晚飞，酝酿着浓浓的雨意。转眼间，果然下起淅沥细雨。这一切都令人心情更加黯淡，更增添了诗人沉重的相思愁苦。

重有感

玉帐牙旗得上游，安危须共主君忧[1]。
窦融表已来关右，陶侃军宜次石头[2]。
岂有蛟龙愁失水，更无鹰隼与高秋[3]。
昼号夜哭兼幽显，早晚星关雪涕收[4]。

【注释】

[1] 玉帐：军中主将的营帐。牙旗：大将出征所用的军旗，旗杆上用象牙装饰。得上游：指占据战略上有利地势。

[2]“窦融”句：窦融是东汉初年人，任凉州牧。他见隗嚣盘踞一方，不

服从朝廷，便秣马厉兵，上表光武帝刘秀，请求出兵讨伐。“陶侃”句：陶侃是东晋名将。苏峻叛乱，京都建康（今南京）失守，陶侃被诸军推举为盟主，率军平定了叛乱。宜：应该。次：驻扎。石头：城名，即今南京。

[3] 蛟龙：喻皇帝。隼（sǔn）：又名“鹘”，一种凶猛的大鸟。鹰隼，都是喻指效忠朝廷的将帅。与高秋：向秋天的高空中翱翔。

[4] 幽显：阴间与阳间。星关：即北极星座，喻皇帝的居所。

【解读】

唐文宗大和九年（835）十一月，宰相李训、凤翔节度使郑注在皇帝的授意下密谋诛杀朝廷宦官，不幸败露，连累朝官甚多，京城“流血千门，僵尸万计”，史称“甘露之变”。次年二三月，昭义军节度使刘从谏两度上表，力辨王涯等无辜被杀，斥责宦官的跋扈嗜杀，表明要领兵清君侧，宦官气焰有所收敛。有感于这一系列事实与朝廷的灾难，诗人写下此诗，表达对专横宦官们的愤慨，以及对地方军事势力的期望。首二句称颂刘从谏手握重兵，占据有利地势，对朝廷忠心耿耿。颔联用两个典故写刘从谏上表、进兵的作为，期待之意洋溢言表。颈联愤慨皇帝受制宦官，认为朝廷应该多出几位刘从谏似的忠臣义士。末联写自己的忧心如焚，渴望早日铲平宦官势力，恢复朝廷正常局面。

乐游原[1]

向晚意不适，驱车登古原[2]。
夕阳无限好，只是近黄昏。

【注释】

[1] 乐游原：在长安南，地势高敞，是唐代的一个游览地。

[2] 向晚：傍晚。

【解读】

傍晚时刻，诗人心情不佳，驱车登上了古原。其用意是放目远眺，浏览景物，排遣苦闷。所见的乃是大地景物都笼罩在夕阳之中，绚丽的色彩给人一种无限凄艳的美感。心情落寞的诗人，无论何种景色映入他的眼帘，都无法获得欣慰的感觉。夕阳虽好，但转瞬即逝，诗人的特殊心境使他特别容易联想起悲剧的结局。诗歌传达出一种江河日下、黄昏渐近的时代气氛，所谓“亡国之音哀以思”。

夜雨寄北

君问归期未有期，巴山夜雨涨秋池。

何当共剪西窗烛？却话巴山夜雨时[1]。

【注释】

[1] 何当：何时。却：回顾。

【解读】

这首诗的题目又作“夜雨寄内”，明确是写给妻子的，后人也习惯这种理解。其实，从“夜雨寄北”的角度理解，更可能是寄给友人，抒发友情的。“夜雨寄内”的题目是后人妄改的。诗人流落巴蜀，不知回归朝廷的日期。思念长安友人，其实是对回到朝廷、仕途有所转变的渴望，然诗人婉转地借友人的问讯来表达。次句以滞留处所的天色气候烘托自己的愁绪。诗人在巴蜀的蛮风瘴雨中，凄苦度日，夜雨也阻隔了归程。如果回到长安，闲聊这一段孤寂无聊的时光，一定是一种全新的感受。诗人的设问，再度流露亟欲归去的焦急心理，也是亟欲在仕途上重新有所作为的心态表现。李商隐的诗歌，涉及男女情爱描写，立刻变得晦涩朦胧起来，儒家创作观念立即产生钳制作用，甚至到了连诗歌题目都不敢明言，只以“无题”代替。这首诗抒写思念之情，如此清晰明朗，从风格的角度考察，也是寄给北方男性友人的。

夕阳楼

花明柳暗绕天愁，上尽重城更上楼。

欲问孤鸿向何处，不知身世自悠悠。

【解读】

夕阳垂地，登楼远望，满怀愁绪，心事无限。诗人究竟为何而愁？登楼所见，是“花明柳暗”的春日美好景色，在诗人的眼中却是“绕天愁”。“上尽重城更上楼”是为了望得更远一些。诗人是在思念亲人，思念家乡，思念朝廷？三者大约结合在一起，不可区分。“孤鸿”是诗人此刻身世的象征，天涯飘零，不知归向何处。结句点明愁苦意绪的缘由，是为自己身世而感伤。生活在“只是近黄昏”时代的诗人，卷入“牛李党争”，永远被凄苦情绪所缠绕，心情永远是黯淡的。

筹笔驿[1]

猿鸟犹疑畏简书，风云常为护储胥[2]。
徒令上将挥神笔，终见降王走传车[3]。
管乐有才真不忝，关张无命欲何如[4]？
他年锦里经祠庙，梁父吟成恨有余[5]。

【注释】

[1] 筹笔驿：又名“朝天驿”，在今四川广元县北面。三国时，诸葛亮出兵伐魏，曾在此驻扎。

[2]“猿鸟”句：因诸葛亮的军令严明，至今连猿猱与飞鸟都感到畏惧。简书：军令文书。古人在竹简上写字，故称。储胥：军中营垒之藩篱。

[3] 上将：指诸葛亮。神笔：指诸葛亮用笔指挥用兵，如有神助。降王：指蜀后主刘禅。传（chuán）车：驿站专备的车辆。

[4] 管乐：管仲与乐毅。管仲春秋时相齐桓公，成就齐国霸业。乐毅是战国时燕国的主帅，曾率军大败齐军。诸葛亮隐居南阳时，常以管仲、乐毅自比。真不忝（tiǎn）：确实没有愧色。关张：关羽与张飞。

[5] 锦里：即锦城，今成都。祠庙：成都的武侯祠。梁父吟：汉乐府曲名，

诸葛亮隐居时喜欢吟唱此曲。

【解读】

这首诗咏怀古迹，凭吊诸葛亮，抒发自己才智不得施展、抱负落空的愤慨。首联通过自然界无知之猿鸟、风云，来突出诸葛亮治军的威严。斯人已逝，景物犹存，诗人从这些景物出发，凭想象落笔，遥想当年诸葛亮军容的整齐、军纪的严明，这应该是诸葛亮率军屡建奇功的原因之所在。但诸葛亮的一生心血，终于毁于昏庸的君王刘禅之手，诗人为此惋惜不已。颈联慨叹蜀国无论有多少出色的谋臣武将，无论曾经建立过多少功业，最终都葬送在庸主之手。大唐曾经有过辉煌的时光，令人缅怀，眼前的颓势却不可挽回。诗人在咏古之时，渗透的是现实的感慨。末联为诸葛亮深深痛惜，隐隐是在为自己的身世而慨叹。

无　题

昨夜星辰昨夜风，画楼西畔桂堂东。
身无彩凤双飞翼，心有灵犀一点通[1]。
隔座送钩春酒暖，分曹射覆蜡灯红[2]。
嗟余听鼓应官去，走马兰台类转蓬[3]。

【注释】

[1] 灵犀：相传犀牛是神兽，犀角中心有一条白纹贯穿，叫“通天犀”，感应灵敏。用来比喻心意相通。

[2] 送钩：古代宴席之间的一种游戏，一人藏钩在手中让他人猜，不中者罚酒。分曹：分成几拨。射覆：古代的一种游戏，在器皿下覆盖物品让人猜。射，猜。

[3] 听鼓：听到报晓的更鼓。应官去：到衙门应付公事。兰台：秘书省。唐高宗时一度改秘书省为兰台，后习惯以兰台称呼秘书省。李商隐曾任秘书省校书郎。转蓬：被风吹动到处飘转的蓬草。

【解读】

李商隐的“无题诗”，主题有以下诸说：艳情（宫女、女冠、歌妓、友人妾）、悼亡、自伤、咏物、政治影射、寄托不明。这些诗歌不着重记述具体的人物与事件，而在于抒发强烈的主观感受，表达人生经历的内心深层体验，故容易走向朦胧晦涩。这类诗擅长用精美华丽的语言，含蓄曲折的表现方式，回环往复的结构，构成朦胧幽深的意境，来表现心灵深处的情绪与感受。诗歌开篇是对昨夜的回忆，那是一个“画楼西畔桂堂东”的宴席场面。诗人看中了酒宴上的一位女子，大约这是一位“陪唱”歌妓，或已成他人禁脔。在诗人的自我意识中，对方也对他脉脉多情，只是无路可通，无法直接传递心意。诗人在颔联用了非常美丽的比喻：“身无彩凤双飞翼，心有灵犀一点通。”后人都用此联描述心意相通又不得相会堕入情网的男女双方。诗人于是从酒宴间的游戏中体会伊人对自己的情谊。匆匆的离别，使他失去了进一步沟通的机会，令诗人怅恨不已。如果不去追究诗歌的深层寓意，作品所表现的只能是诗人窃香怜玉的心态。

无　题

相见时难别亦难，东风无力百花残。
春蚕到死丝方尽，蜡炬成灰泪始干[1]。
晓镜但愁云鬓改，夜吟应觉月光寒。
蓬山此去无多路，青鸟殷勤为探看[2]。

【注释】

[1]“春蚕”句：以蚕丝象征情思。

[2]蓬山：蓬莱仙境。借指心爱女子居住的地方。青鸟：神话中西王母的使者，后人因称使者为“青鸟”。

【解读】

这是写爱情的名篇。首句回顾了两人交往的历史：短暂相见的幸福，痛苦难忍的别离，间隔久远的苦恋。次句“东风无力百花残”描绘了一幅美好景色无可奈何流逝而去的景象，作为今日离别思念的背景衬托。颔联是歌颂爱情的名句，诗人巧妙地用“春蚕”“蜡炬”为喻，写出恋人之间缠绵往复、至死不休的痴情，和相思无益、肝肠寸断的深哀巨痛。“晓镜”句写己，愁苦而使云鬓改色；“夜吟”句写对方，相思无眠，在月光下沉吟。末联点明两人相隔不远，只是因某种阻隔而不得相见，只能托信使传递消息。

无　题

来是空言去绝踪，月斜楼上五更钟。
梦为远别啼难唤，书被催成墨未浓。
蜡照半笼金翡翠，麝熏微度绣芙蓉[1]。
刘郎已恨蓬山远，更隔蓬山一万重[2]。

【注释】

［1］金翡翠：以金线、翡翠装饰的珠被。绣芙蓉：芙蓉绣帐。

［2］刘郎：汉代刘晨入天台山采药，遇仙女被留。这里借指自身。蓬山：蓬莱，传说是东海上的神仙居住的仙境。

【解读】

不管李商隐的“无题诗”是否另有喻托，但他肯定是从自己的情爱体验出发来写作的。从这个层面上讨论，将他的“无题”视作爱情诗篇是没有错误的。这首诗诗人代闺中怨妇抒情。这位女子怨恨情人的相约成空、一去无踪，只留下自己在闺楼上长夜无眠，苦苦等待。梦中有时曾寻觅情人而去，匆匆写就的书信也难以传达心意。精美的居室环境不能给人任何安慰。末联将相思苦恨明确点出，上文所有的情感都得到串联。

无　题

飒飒东风细雨来，芙蓉塘外有轻雷[1]。

金蟾啮锁烧香入，玉虎牵丝汲井回[2]。
贾氏窥帘韩掾少，宓妃留枕魏王才[3]。
春心莫共花争发，一寸相思一寸灰。

【注释】

[1] 飒飒：风声。

[2] 金蟾：一种金属蟾型的香炉，蟾鼻上有锁钮。玉虎：辘轳，古代安在井上绞起汲水斗的工具。

[3]“贾氏”句：据《世说新语·惑溺》载：韩寿姿容俊美，被贾充辟为掾。贾充女儿暗中喜欢上韩寿，遂与私通，且将外国进贡、皇帝转赐其父的异香偷送给韩寿。贾充闻韩寿身上的异香而起疑心，探知真实情况后就将女儿嫁给了韩寿。掾（yuàn）：古代官署属员的通称。“宓妃”句：据《文选注》载：三国魏曹植喜欢甄后，魏文帝曹丕便将甄后的玉镂金带枕送给曹植。而后，曹植过洛水，梦见甄后自荐枕席。曹植因此作《感甄赋》，魏明帝将其改名为《洛神赋》。这里用这两个典故都是写女子对自己的爱慕。

【解读】

这首诗以女子口吻抒情，写美好的情爱追求不得的悲苦。前四句是女子居住环境的描写。首联写比较开阔的外景，东风吹拂，细雨蒙蒙，芙蓉池塘，轻雷阵阵，这是一个凄清黯淡的日子。颔联转到室内外的近景描绘，室内香炉烟雾袅袅，室外辘轳汲井而回。诗人以此写女子的长日寂寥，时光无法排遣。写足孤寂的苦闷之后，后四句直抒其情。颈联用两个典故写自己对年轻貌美、才华横溢、多情温柔男子的渴慕。春天里，妙龄女子的春心萌动是难以人为遏止的。相思无益，古代女子有那么多的束缚，怎么可能自由寻找恋爱伴侣？每次相思的落空都带来身心的极大痛苦，女子已经反复品尝了相思痛苦的滋味，故劝说自己“春心莫共花争发”，“一寸相思一寸灰”的滋味太令人难以忍受了。

无 题

重帏深下莫愁堂，卧后清宵细细长[1]。
神女生涯原是梦，小姑居处本无郎[2]。
风波不信菱枝弱，月露谁教桂叶香？
直道相思了无益，未妨惆怅是清狂。

【注释】

[1] 莫愁：古代洛阳女子，嫁为卢家妇。这里代所思念的女子。

[2] “神女”句：指巫山神女。宋玉《高唐赋序》载：楚王游玩高唐，曾遇见巫山神女，自献其身。离别时说：“妾在巫山之阳，高丘之阻，旦为朝云，暮为行雨，朝朝暮暮，阳台之下。”“小姑”句：古乐府《清溪小姑曲》：“开门白水，侧近桥梁。小姑所居，独处无郎。”

【解读】

这首隐约迷蒙的无题诗是代独居女子所写的。经历过两情相悦，分手后长久思恋，积淀成无限的苦痛，在这首诗中曲折说出。“重帏深下莫愁堂”，足见环境之冷清幽僻，也到了夜晚睡眠的时候了。“卧后清宵细细长”，则写无眠之长夜，女子是在细细地品味旧情，细细地思念恋人，细细地咀嚼痛苦。细细，写出时间的漫长，以及苦痛对心灵的逐渐咬噬。“神女生涯原是梦，小姑居处本无郎”，应该是细细思量的主要内容。想起以往两人欢聚相爱，有无限的旖旎情景，到如今却似“神女生涯”，终归一梦。小姑独居无郎，寂寞是深沉的，永远的。两人的分手，有外界强迫的原因，所以，“风波不信菱枝弱”。想不到，风波险恶，菱枝脆弱，两人的情感无法面对外界的压力。“月露”句语带怨言，正是对方的出色，才叫人难以忘记，所以说“月露谁教桂叶香”。诗人此时已经忘记是在替这位女子诉说愁怨，还是直接倾吐自己的心怀。感情至此，已经无法抑制，结句便一变朦胧作风，畅快抒情。相思无益，但又不能不相思，真是无法摆脱的痛苦折磨。被折磨到极点，时而表现为“清狂”之态。

蝉

本以高难饱，徒劳恨费声。

五更疏欲断，一树碧无情[1]。

薄宦梗犹泛，故园芜已平[2]。

烦君最相警，我亦举家清[3]。

【注释】

[1] 疏：稀疏，疏落。指蝉的鸣声凄咽欲断。

[2] 薄宦：卑微的官职。梗：桃梗。《战国策·齐策》载：一泥人对桃梗所刻的木人说：大水来临。桃梗木人就随处飘荡。这里喻指自身的漂泊。芜：荒芜。平：指野草长得茂盛，湮没了田地。

[3] 举家：全家。清：清贫。

【解读】

这首咏物诗托物寓意，表明自己的心志。蝉声凄切，诗人闻声而有所感慨。诗人想象蝉的哀鸣是因为居高食难饱所导致。传说蝉餐风饮露，故难以果腹，再加上停栖树枝之高，饮食更少。诗人是在暗示自己的清高与清贫，以及内心的怨苦。寒蝉这凄切的鸣叫声，持续到五更，已经声嘶力竭，然一树的碧绿，依然无动于衷，冷酷无情。诗人是在写自己的身世遭遇与环境的无情，否则碧树本无所谓“无情”。后四句直接从寒蝉转到自身，写自己官职卑微、天涯漂泊、故园难归。这与寒蝉居高难饱、恨声不断隐隐对应。末联照应双方，写出蝉与己身共同的悲苦命运。

北　齐

一笑相倾国便亡，何劳荆棘始堪伤[1]。

小莲玉体横陈夜，已报周师入晋阳[2]。

【注释】

[1]“何劳荆棘”句：写亡国后之荒凉冷落情景。《吴越春秋》载伍子胥劝谏吴王夫差说：“以曲作直，舍馋攻忠，将灭吴国，城郭丘墟，殿生荆棘。”

[2]小莲：北齐后主妃冯淑妃，名小莲，善琵琶歌舞，甚得后主宠爱。晋阳：今山西太原，是北齐的军事中心，齐后主武平七年（576）末，为周师攻占。后一年，齐后主出逃被俘。

【解读】

红颜祸水，美色亡国，这是封建时代文人特别愿意追究的历史问题。这样讨论问题，潜含着帝王神圣的命题，在悄悄地为亡国昏君减轻罪责。李商隐这首诗从表面来看，是在大张旗鼓地谴责红颜祸水，真实的用意却是直指亡国昏君。“一笑相倾国便亡，何劳荆棘始堪伤”，用了极其夸张的手段。宫中美艳嫔妃一笑国家就灭亡了，不必等到国事破败、宫殿荒凉的时候。将美人一笑作为亡国的唯一原因，且予以极度夸张，反而令人不能相信。这正是诗人的意图，以极端语来暗中驳斥“红颜祸水”的言论，矛头转向帝王。后二句落实前文的谴责。国事危急，帝王依然在纵欲享受。当时晋阳大战，齐师败绩，齐后主弃军逃回都城，留安德王延宗等守晋阳。回都城后，后主不思进取，仍旧与小莲等纵情声色，亡国不是必然的吗？“小莲玉体横陈夜”，已经是露骨的色情字面，以此痛斥帝王的荒淫误国。诗歌都是史实的叙述，诗人的态度潜含其中。后来罗隐《西施》说：“西施若解倾吴国，越国亡来又是谁？”将李商隐此诗之意直接点明。

马　嵬[1]

海外徒闻更九州，他生未卜此生休[2]。
空闻虎旅传宵柝，无复鸡人报晓筹[3]。
此日六军同驻马，当时七夕笑牵牛[4]。
如何四纪为天子，不及卢家有莫愁[5]？

【注释】

［1］马嵬：马嵬坡，杨贵妃被缢杀之处。

［2］“海外”句：据说海外还有九州，是神仙所居的地方。古代以为中国是小九州，海外还有大九州。

［3］虎旅：皇帝禁卫军。宵柝（tuò）：夜间巡逻打更的刁斗。鸡人：宫中掌报时的卫士，鸡叫时向宫中报晓。

［4］“此日”：即指六军不发，逼迫玄宗杀死杨贵妃之事。“当时”句：据说七夕之夜，唐玄宗曾与杨贵妃在长生殿密约世世为夫妇。

［5］四纪：四十八年，一纪为十二年。唐玄宗在位四十五年，这里举其大概数字。莫愁：古代洛阳女子，嫁为卢家妇。这里泛指民间所娶妻子。

【解读】

马嵬事变，是“安史之乱”过程中的一个重大事件。不仅仅是杨贵妃被迫自尽，从此，唐玄宗失去了对大局控制的能力。唐代诗人有许多咏马嵬之变的诗歌。唐玄宗是一个复杂的人物。他做皇帝前期开明而才智，“开元之治”成为大唐帝国的又一个昌盛期；后期则沉湎于声色之中，昏聩到极点，将唐王朝拖入了动乱的深渊。唐朝诗人对这样一位皇帝的情感也是复杂的。他们缅怀开元时代的盛况，讴歌唐玄宗，又抨击唐玄宗后来的荒淫误国，对唐玄宗悲剧性的晚年给予充分的同情。以《长恨歌》为例。诗歌的前半部分详细地刻画了杨贵妃的入宫、专宠、恃宠骄横，和唐明皇的沉湎女色、不恤国事。他们歌舞游乐，纵情享受，乐不思返，终于酿成了震动天下、颠覆朝廷的“安史”叛乱，将国家与百姓拖入苦难的深渊。然而，诗歌的后半部分批判逐渐让位给同情，诗人在无意识中逐步淡忘批判的主旨，转而热情歌颂两人的坚贞爱情。这里有诗人的美化，更有民间的传说成分。其中“七月七日长生殿，夜半无人私语时。在天愿作比翼鸟，在地愿为连理枝”的密约誓言，令天下恩爱男女心驰神往。“天长地久有时尽，此恨绵绵无绝期”的绝望痛苦，又令所有的人为之落泪。唐玄宗与杨贵妃的爱情神话就是这样被白居易等诗人编织出来的。

李商隐的目光则超越众人之上，显得深邃独到。他没有因为皇帝头上的光环而眩晕，也没有陈词滥调地重复“女人祸水”的观点，而是把所有的批判与讥讽都给了唐玄宗。有的只是无情的揭露，辛辣的讽刺，揭下皇帝的伪善面罩，还他以自私、刻薄、无情、无耻的本来面目。诗歌从李、杨二人身后的民间传说入题。据说贵妃死后为海上仙山之仙子，唐玄宗因此保留了他生寻找贵妃、两人再度重聚的希望。诗人开篇就对此加以否定，海上仙境只能是徒自听闻，今生的幸福尚且不保，谈何他生！这种企求他生再会的愿望，是为自己在性命紧要关头无情抛弃杨贵妃的丑行遮羞，是对被玩弄过的美貌女子的念念不忘，还是对自己被迫退位做太上皇之寂苦冷清的晚年生活的哀怨？无论是哪一种动机，其出发点都是极其自私的，是没有廉耻的。开篇李商隐就揭露了“在天愿作比翼鸟，在地愿为连理枝”的谎话，摧毁了白居易之类诗人精心构造出来的李、杨爱情神话。任何一位女子，将自己的情爱付与这样一个自私无情的男子，她的结局必然是悲剧的。中间四句写马嵬事变、贵妃自缢的惨剧，始终用对比手法突出艺术效果。禁卫虎旅的哗变，与当年宫中鸡人报晓的和平生活形成对比，与当年李、杨二人七夕的嬉笑亲昵也相成对比。第一个对比揭露了唐玄宗的荒淫无耻，给国家带来了深重的灾难。第二个对比，再次揭示了唐玄宗的虚伪自私。禁军哗变，皇帝立即抛出一位弱女子做替罪羊，当年七夕笑指牵牛星的甜言蜜语场景在此刻看来是绝妙的讽刺。二次对比，就将这样一个尖锐的问题摆到人们面前：“如何四纪为天子，不及卢家有莫愁？”其间深刻的历史教训，值得诗人与读者反复思索。诗人不必明言，唐玄宗的咎由自取、自作自受，昭然若揭。

从咏史的角度，李商隐丝毫不为唐玄宗开脱，矛头直指皇帝，揭露是大胆而无情的。这与以往诗人畏服于皇权的尊严之下而做的一定程度的揭露比较，李商隐当然是卓越的。李商隐《龙池》诗说：“夜半宴归宫漏永，薛王沉醉寿王醒。”直接揭露了唐玄宗乱伦的污秽行为。杨玉环原来是唐玄宗儿子寿王的妃子，被唐玄宗无耻霸占。这样一个人人皆知的丑行，唐朝无人敢触及，李商隐却在这里毫无顾忌。李商隐思想的开放与锐利使他卓然众人之上。这首《马嵬》语气虽然平和，揭露却是尖锐的。

龙　池[1]

龙池赐酒敞云屏，羯鼓声高众乐停[2]。
夜半宴归宫漏永，薛王沉醉寿王醒[3]。

【注释】

［1］龙池：唐玄宗登基前居住在长安城东南角隆庆坊，后以其故居为兴庆宫。龙池在兴庆宫内。

［2］羯鼓：出自少数民族的乐器，是唐玄宗非常喜欢的乐器。

［3］寿王：玄宗子李瑁。杨玉环原来是寿王妃。

【解读】

古代帝王，自称天子，自封为道德楷模。私下里，诸多行为龌龊不堪。涉及男女性爱，他们要求子民“授受不亲”，要求百姓守贞节，对下民实行“性禁锢”，自己却荒淫无耻，乃至上下乱伦，无视儒家道德要求。武则天原来是唐太宗的妃子，却被太宗儿子高宗纳为妃子。这样的行为发生在小民家庭，就是大逆不道，在帝王那里却是寻常小事。杨玉环原来是玄宗儿子寿王妃，被玄宗看中后，居然强占为己有。唐人对这段丑事都采取回避的态度。李商隐内心君王神圣的观念已经比较淡漠，经常以露骨的笔调直接揭露帝王的丑行。这首诗将矛头指向当朝皇帝，胆子之大，令人瞠目结舌。龙池赐酒，应该是一场家宴。家宴一直持续到夜半，其中寿王始终是痛苦的，是清醒的，目睹着自己心爱的女人被父亲霸占。诗中薛王是哪一位，有数种说法，一般认为只是诗人随意拿来对比的，不必落实。

嫦　娥

云母屏风烛影深，长河渐落晓星沉[1]。
嫦娥应悔偷灵药，碧海青天夜夜心[2]。

【注释】

［1］长河：银河。渐落：指天将拂晓时银河渐渐隐没。

［2］“嫦娥”句：相传嫦娥乃羿之妻，羿从西王母处请得不死药，被嫦娥偷食，嫦娥因此奔月而去。

【解读】

这首诗咏写嫦娥冷清的生活环境以及内心的孤寂，反映的是人间女子的情感，而且也是从民间女子的观察角度出发。首句写女子的长夜无眠，蜡烛光越来越黯淡，投射在“云母屏风”上，留下了一层深深的暗影。长夜渐渐煎熬过去，拂晓即将来临，这位女子遥望户外的星空，不禁为与自己有着共同寂寞处境的嫦娥伤悲，揣想嫦娥应该为自己偷吃灵药、奔月而去的行为后悔。从这个角度咏叹嫦娥是全新的。

贾　生［1］

宣室求贤访逐臣，贾生才调更无伦［2］。
可怜夜半虚前席，不问苍生问鬼神［3］。

【注释】

［1］贾生：西汉贾谊，年少才高，曾得皇帝重视。

［2］“宣室”二句：贾谊的才华极得皇帝之赏识，曾引起朝中权贵的嫉妒，他们进谗言诋毁贾谊，贾谊因此被贬为长沙王太傅。后来，文帝思念贾谊，便将他召回朝廷。宣室：汉未央宫前的正室，代指汉文帝。无伦：无与伦比。

［3］“可怜”二句：汉文帝召回贾谊，祭祀完毕后接见他，一直与贾谊谈论鬼神之事，直到夜半。汉文帝听得入神，不觉移席靠前。可怜：可惜。苍生：百姓。

【解读】

诗人以贾谊自我比拟，写才高不得重用的痛苦，矛头直指不能识别人才的帝王。西汉文帝、景帝被称为贤明君王，人称“文景之治”。然文帝贬谪贾谊在前，招回后只询问鬼神之事在后。明君尚且如此，何况等而下之者。诗人在现实中的失意落魄也就是必然的。古代宣扬君王神圣，这样的观念深入人心。传统文化又是厚古薄今的，古代帝王更是英明圣贤。唐人喜欢拿汉代自比，汉文帝是汉代著名的英明君主。到李商隐笔下，却完全改换一个角度思考问题：“可怜夜半虚前席，不问苍生问鬼神。”破除人们对古代的迷信，破除人们对帝王的崇拜，此诗有其特殊贡献。晚唐时期，帝王荒淫无道，君王神圣的观念在实际中已逐渐消解。李商隐由于自身的遭遇，感觉更加敏锐，思想更加开放。他的咏史诗经常矛头直指帝王。这首诗体现了诗人思想的新锐和晚唐思想界的动向。

富平少侯[1]

七国三边未到忧，十三身袭富平侯[2]。
不收金弹抛林外，却惜银床在井头[3]。
彩树转灯珠错落，绣檀回枕玉雕锼。
当关不报侵晨客，新得佳人字莫愁[4]。

【注释】

[1] 富平少侯：汉代张安世封富平侯，传位至其孙张放。张放，乃敬武公主所生，娶皇后弟平恩侯许嘉女，甚得皇帝亲昵。这里泛指权豪富贵家少年弟子。文献没有记载张放袭位的年龄，这里的“十三”是诗歌虚构。

[2] 七国：指汉景帝时七国，后七国叛乱。

[3] 金弹：金子作的弹丸。《西京杂记》：“韩嫣好弹，常以金为丸，所失者日有十余，长安为之语曰：‘苦饥寒，逐金丸。’儿童每闻嫣出弹，辄随之，望丸之所落，辄拾焉。”银床：银制的井栏。床，井上的围栏。

[4] 侵晨客：一大早来访的客人。莫愁：古代洛阳女子，嫁为卢家妇。这里代指美女。

【解读】

这首诗斥责富家子弟的穷奢极欲的生活，诗中的“富平侯”“金弹”之类人物或典故，都是用来泛指的。诗歌设汉景帝时的富平侯张放为咏叹对象，将诸多富家少年的行为都集中到他身上。当时七国还没有叛乱，天下太平，富贵少年早早世袭为侯。他们生活无虑，奢华豪纵。出游用金丸弹鸟，不知收捡；家中井床，用银制成，则时时爱惜。或以为这是写富贵少年的憨态，不知爱金却惜银。“彩树”二句继续重笔渲染其富贵豪奢的生活。结句写新得佳人，所以日高不起。全诗都是以夸张笔法写富家少年的奢靡，似乎都是客观叙述。但是，夸张的笔调中已经透露出诗人的针砭。

隋　宫[1]

乘兴南游不戒严，九重谁省谏书函[2]？
春风举国裁宫锦，半作障泥半作帆[3]。

【注释】

[1] 隋宫：指隋炀帝在江南所建的行宫。

[2]“乘兴”句：隋炀帝在位期间曾三次南游江都（今江苏扬州），穷奢极欲。九重：皇帝居所，代指皇帝。省（xǐng）：省悟。

[3] 障泥：马鞯，垫在马的两侧，用来遮蔽泥土。

【解读】

隋炀帝穷奢极欲，荒淫无耻，使隋成为一个极其短命的王朝。这首诗选取隋炀帝南游一事，揭露了他祸国殃民、自取灭亡的荒唐行为。首句直切主题，隋炀帝随心所欲、不恤民情、骄横昏庸的面目可见一斑。次句补充隋炀帝南游的不得人心，他却一意孤行，自绝于国人。后二句抓住南游的一个细节，“春风举国裁宫锦”，动用了大量的民力，花费了无数的民财，铺张浪费的结果仅仅都是为了帝王的一时享乐：“半作障泥半作帆。”至此，隋炀帝的昏庸嘴脸已经完全暴露，隋朝不灭，那才叫没有天理。施补华《岘傭说诗》云：

"义山七绝以议论驱驾书卷，而神韵不乏，卓然有以自立。此体于咏史最宜。"

隋 宫

紫泉宫殿锁烟霞，欲取芜城作帝家[1]。
玉玺不缘归日角，锦帆应是到天涯[2]。
于今腐草无萤火，终古垂杨有暮鸦[3]。
地下若逢陈后主，岂宜重问后庭花[4]？

【注释】

[1] 芜城：扬州。南朝鲍照有《芜城赋》写扬州，故称。隋炀帝时，征民夫十万，从长安至扬州修离宫四十余所。

[2] 玉玺：帝王之印。这里指政权传授。日角：帝王之相。天庭中骨隆起，称"日角"。刘孝标《辨命论》："龙犀日角，帝王之表。"

[3] "于今腐草"句：古人以为，腐草变为萤火。隋炀帝曾在洛阳景华宫派人捕萤火数斛，夜游时放回山中，"光遍岩谷"。后在扬州也取萤为乐。"终古垂杨"句：隋炀帝为南游开凿运河，在河两岸种植杨柳。

[4] "地下"二句：《南史·张贵妃传》载：陈后主等游宴时所创制的新诗，有《玉树后庭花》《临春乐》等，其略曰："璧月夜夜满，琼树朝朝新。"都是用来形容张贵妃等美色的。被后人认为是亡国之音。隋军攻破陈宫城后，陈后主与张贵妃等逃入井中，被活捉。

【解读】

专制帝王，永远无法满足已经所获得的，欲壑难填。京城宫殿建筑，已经足够富丽堂皇，却"欲取芜城作帝家"。有了这样穷奢极欲的追求，就有了开凿运河、修建离宫、多次南游等祸国殃民之事了。诗人设想：如果朝代不更替、政权不归唐高祖李渊所有，隋炀帝乘坐"锦帆"甚至一直能够游玩到"天涯"。"于今腐草无萤火"，写当日奢华；"终古垂杨有暮鸦"，写今日凄凉，奢靡亡国的历史教训又一次被提出。结句非常有新意。不说隋炀帝羞见祖宗于地下，写其无言面对陈后主。共同的作为，有共同的下场，这是历史的讽刺。

离亭赋得折杨柳

含烟惹雾每依依，万绪千条拂落晖。
为报行人休尽折，半留相送半迎归。

【解读】

折柳送别，是唐人的风俗，杨柳因此牵引出诗人无数的离情别绪。李商隐总是以新颖的构思给读者留下深刻印象。这首诗前两句写景。柳条“含烟惹雾”，已经纠缠了许多离别的愁苦意绪。“万绪千条拂落晖”，是相送直至黄昏落晖，还是落晖时分更愁人？后二句语意一转，恳求出行的人不要将柳条折完，留一半迎待行人的归来。未送别，先思归，惜别之意已在言外。恳劝行人，这种构思未经人道。

宫　辞

君恩如水向东流，得宠忧移失宠愁。
莫向尊前奏花落，凉风只在殿西头[1]。

【注释】

［1］花落：梅花落，笛曲名，声情哀怨。

【解读】

这首诗代写宫怨。写深宫女子幽闭的愁怨，一般都写其不得宠的长日寂寞、内心煎熬和红颜衰残的悲苦。这首诗主要内容还是这些，不过，诗人有更开阔更深入的描写，即使得宠者日子也不好过。“得宠忧移失宠愁”，将内宫所有女子都涵括进来了。“后宫佳丽三千人，三千宠爱在一身。”数千双嫉妒的眼睛盯着你，寻找时机抢夺恩宠，甚至不择手段陷害你，这是多大的生存压力？这也是后宫频繁上演的悲剧。从这样的角度写宫愁，李商隐是第一人。诗人的感觉就是比常人敏锐，思考就是比常人深入。这首诗还有很好的暗示。“君恩如水向东流”，表明现在得宠者居住在宫殿的东面；“凉风只在殿西头”，则写自己眼前的处境。“君恩如水”，一去不返，“殿西头”的失宠者也曾经有过风光的时候？殿东头得宠者将来也是同样的下场？一切都在不言之中。

为有

为有云屏无限娇，凤城寒尽怕春宵。
无端嫁得金龟婿，辜负香衾事早朝[1]。

【注释】

[1]无端：不料。金龟婿：做高官的丈夫。《新唐书·车服志》：“天授二年，改佩鱼皆为龟。其后，三品以上龟袋饰以金。”

【解读】

诗写富贵少妇“悔教夫婿觅封侯”的内心情感。李商隐此诗改变叙述角度，与王昌龄诗异曲同工。云屏设在床旁，云屏上的绘画无限娇美，云屏所遮掩的床上的少妇也一样娇美，年少夫妇在床上的亲昵更无限娇美。一夜寒尽，少妇就要“怕”春宵了。后二句交代“怕”的原因：因为丈夫在朝廷为官，必须晨起赴早朝，因此就要辜负“香衾”，辜负“云屏无限娇”，辜负美艳少妇。少年夫妇贪图床笫之乐胜过一切，在这首诗里有了很含蓄的表现。古典诗歌，极少写这种题材，即使王昌龄的《闺怨》，写得也没有这么直接。晚唐社会，风气已经转变，男女性爱之乐逐渐成为公开话题。

代赠

楼上黄昏欲望休，玉梯横绝月如钩。
芭蕉不展丁香结，同向春风各自愁。

【解读】

闺人多次登楼眺望，盼望情人归来，直至黄昏降临，又多次失望。有了这些经验和痛苦体验，闺人干脆劝说自己黄昏时节不要再登楼眺望了。“欲望休”的自我劝解，意味着抑制不住的登楼远眺的愿望。果然，闺人又不听自我劝解，登上高楼，重复着每天的远眺行为，直至月上中天，依然不见情人，所见只有“玉梯横绝月如钩”。后二句转向眼前的景物。在闺人眼中，这些景物全部被愁苦意绪所笼罩。“芭蕉不展丁香结，同向春风各自愁”，即使在如此美好的春天，也没有丝毫欢快心绪。这首诗是李商隐代女子抒发思恋之情，是所谓的“代言体”。这种“代言体”形式，在以后的唐宋词里面非常普遍。

谒　山

从来系日乏长绳，水去云回恨不胜。

欲就麻姑买沧海，一杯春露冷如冰[1]。

【注释】

[1]“欲就”句：麻姑是古代神话传说中的仙女，她自言曾三见沧海变为桑田。诗人因此发挥想象，认定沧海归麻姑所有。

【解读】

登山则与天空逼近，仿佛更能触摸到日月，诗人的思绪因此飞扬。时光流走，生命老去，如果有长绳绑住太阳，是不是能留住时光的脚步？西晋傅玄《九曲歌》说：“岁暮景迈群光绝，安得长绳系白日？”生活在晚唐的诗人，带有浓重的悲苦情绪，他不可能这么乐观。诗歌开篇就对“长绳系日”予以否定，时光如“水去云回”，不可逆转，只会给人们带来无限的愁恨。结尾两句忽发奇想：时光迅捷，诗人好像也能见到沧海桑田的变化。正想“欲就麻姑买沧海”，不料沧海竟化为“一杯春露冷如冰”。奇思异想，极度夸张，突出了时光流走的迅速。

李群玉

李群玉，字文山，澧州（今湖南澧县）人。举进士未第，以布衣游长安。献诗于唐宣宗，曾授弘文馆校书郎，后去职。有《李群玉集》。

火炉前坐

孤灯照不寐，风雨满西林。
多少关心事，书灰到夜深。

【解读】

忧国忧民，关心国事，是中国知识分子的优良传统。尤其在政治黑暗、社会动荡的晚唐时期，需要关心的事情数不胜数。读书，必然需要思考；思考，一定会关联到现实的诸多问题。一旦思绪翻腾，今夜就是一个不眠之夜。这首诗含蓄精练地将这种读书境界揭示出来。诗人并不说自己思考了一些什么问题，也不告诉读者自己阅读的是什么书籍。“风雨满西林”，是写今夜窗外景物？是写现实社会的风雨飘摇？还是写自己的思绪所及？三者恐怕是融在一起的。说“书灰”，组词别致，耐人寻味。应该是炉灰，香灰，或心灰，怎么会是书灰？诗人还是将数者融合在一起来写，突出“多少关心事”之后的心境。在晚唐时节，“关心多少事”又有什么作用？不直接写心灰，诗歌显得更加蕴藉。

黄陵庙[1]

黄陵庙前莎草春，黄陵女儿茜裙新[2]。
轻舟短棹唱歌去，水远山长愁杀人。

【注释】

[1] 黄陵庙：在湖南湘阴县北黄陵山上，濒临洞庭湖。传说舜之二妃墓在其上。

[2] 茜裙：红裙。茜，草名，根紫赤色，可作染料。

【解读】

黄陵庙是祭祀舜之二妃娥皇、女英的，来到黄陵庙，就容易引发奇艳的遐想。诗人这里不写二妃，写庙前经过的水面女子。莎草新绿的春天，风景秀美，当地“女儿”身着鲜艳的茜裙，由庙前乘舟而过，带来一阵婉转娇美的歌声，带来一片旖旎艳丽的风景。如此清新秀丽的女子渐渐远去，直至不见踪影，就要引发诗人的感慨：“水远山长愁杀人”。不知何时能再见这些美丽的女性，不知何时能重温这样旖旎的风光。

赵　嘏

赵嘏（约806—约853），字承祐，山阳（今江苏淮安）人。唐武宗会昌二年（842）进士，曾官渭南尉。有《渭南集》三卷。

长安秋望

云物凄清拂曙流，汉家宫阙动高秋[1]。
残星几点雁横塞，长笛一声人倚楼。
紫艳半开篱菊静，红衣落尽渚莲愁[2]。
鲈鱼正美不归去，空戴南冠学楚囚[3]。

【注释】

［1］拂曙：拂晓。

［2］红衣：荷花花瓣。渚：水中高地。

［3］“鲈鱼”句：《世说新语·识鉴》载：张翰在洛阳为官，见秋风起，便思念起家乡的莼菜羹、鲈鱼脍，说：“人生贵得适意尔，何能羁宦数千里以要名爵？”于是就辞官归隐。“空戴”句：《左传·成公九年》载：楚人钟仪为晋国所囚，依旧南冠而不忘故国。晋侯曾问：“南冠而絷者谁也？”

【解读】

这首诗写秋愁非常著名。写长安秋望之愁，其中最主要的原因就是仕途无成、仕进无望，由此牵动羁旅乡愁，引发出隐逸之思。清晨起来，眺望远方，秋日的景物都笼罩在凄清之中。以“汉家”写唐代，在这里增添了一些故旧的冷落气氛。诗人一大早就登楼望远，一定是心事重重，肯定昨夜没有很好的睡眠。诗人没有交代是什么心事，只是通过写景寄托情怀。“残星几点”，是所见；“长笛一声”，是所闻。“雁横塞”，既有长途跋涉之艰辛，又有候鸟回归之思念；“人倚楼”，则是补写诗人清晨的动作。两句诗所烘托出的是一种寂寞凄凉的气氛。据《唐诗纪事》卷五十六载：杜牧特别欣赏这一联诗歌，称诗人为“赵倚楼”。秋日里无名的“紫艳”花半开，菊花静默在篱笆旁边，水中荷花凋零枯萎。这一切景物，都涂抹上浓重的愁意，诗人的主观情绪外化到所有景物之中。有了这样的愁苦情绪，诗人感叹：家乡风味美好，为什么不就此归去，反而要学南冠楚囚，羁留在京城无所作为呢？答案诗人是清楚的，又有几人能够真正摆脱俗世的追求？诗人也只是发牢骚而已，如此浓重的秋愁也由此而来。

寒　塘

晓发梳临水，寒塘坐见秋。

乡心正无限，一雁度南楼。

【解读】

诗人特别擅长写秋日里的乡愁，擅长通过归雁、高楼等景物组合抒写乡思。拂晓起来，对水梳发，秋塘凄寒，令人愁苦。由此引出诗人的“乡心”，雁归人未归，思乡之情更是难以扼制。寥寥数语，明白晓畅，韵味深长。

江楼感旧

独上江楼思渺然，月光如水水如天[1]。

同来望月人何处？风景依稀似去年[2]。

【注释】

[1] 渺然：遥远幽深的样子。

[2] 依稀：仿佛。

【解读】

这首诗写相思之情。今日独上江楼，思绪无限，难以言说。“月光如水水如天”，清幽恬静，本应该是叫人心旷神怡的景物。“同来望月人何处”的追问，将今夜“渺然”的情思点明，更点明此夜月色所引发的完全是一种愁苦的思别情怀。风景如旧，去年之人则已不见踪影，思绪悠悠，愁从中来，不可断绝。

方　干

方干，字雄飞，新定（今浙江建德）人，弟子私谥为玄英先生。举进士不第，隐居会稽镜湖，以诗著名。有《玄英先生集》。

题君山[1]

曾于方外见麻姑，闻说君山自古无[2]。
元是昆仑山顶石，海风吹落洞庭湖[3]。

【注释】

[1] 君山：在洞庭湖中，又名“湘山”。

[2] 方外：尘俗之外，这里指仙界。麻姑：传说中的仙女。

[3] 昆仑：山名，传说中的天柱。

【解读】

游洞庭，登岳阳楼，观赏君山，这样的诗歌很多，方干的构思却出人意表。诗人说自己曾经在神仙世界里碰到麻姑，麻姑曾三见沧海变桑田，但是，麻姑说从前并没有君山。诗人能够与麻姑对话，身份也非同寻常。这里还透露出：诗人自视甚高。君山来自何处？诗人回答说：是昆仑山顶的石头，被海风吹落到洞庭湖中。君山之神奇秀丽，不必再用任何笔墨来描述了。

曹　邺

曹邺（816—875），字业之，一作邺之，桂州（今广西桂林）人。唐宣宗大中四年（850）进士及第。曾官祠部郎中、洋州刺史等。《全唐诗》存其诗二卷。

官仓鼠

官仓老鼠大如斗，见人开仓亦不走。

健儿无粮百姓饥，谁遣朝朝入君口[1]？

【注释】

［1］健儿：壮士，指士兵。

【解读】

以“官仓老鼠”比喻贪官污吏，新颖贴切。其一，两者都是依赖盘剥百姓、蚕食官粮而养肥自己；其二，两者虽然过着寄生的生活，却都胆大无比，公然犯奸作科；其三，两者都是贪婪成性，没有餍足的时候。诗人的比喻，揭露了晚唐社会租税繁重、官吏污浊、百姓与士兵饥肠辘辘的黑暗场景。

高　骈

高骈（821—887），字千里，幽州（今北京市）人。世代为禁军首领。曾官荆南节度观察使、淮南节度使等职。官至平章事，封渤海郡王。后拥兵割据，驻扎在扬州。终为部将所杀。《全唐诗》存其诗一卷。

山亭夏日

绿树阴浓夏日长，楼台倒影入池塘。
水精帘动微风起，满架蔷薇一院香。

【解读】

武人能诗，在唐代高骈是比较出色的。在晚唐末年大动乱的年代，高骈坐拥重兵，权倾一时。他的生活过得舒畅适意，有从容的心情去欣赏夏日的风光。这首诗因此就没有了晚唐诗坛特有的凄凉没落之悲慨。诗人坐在山亭中浏览景色，绿树浓荫，楼台倒影，满院花香。诗人就是如此惬意地享受着“夏日长”的清闲。诗歌细腻地刻画出夏日独有的景物，是一幅精致优美的夏日纳凉图。

郑　畋

郑畋（825—883），字台文，荥阳人。唐武宗会昌年间进士。官至宰相。《全唐诗》存其诗十六首。

马嵬坡[1]

玄宗回马杨妃死，云雨难忘日月新。
终是圣明天子事，景阳宫井又何人[2]？

【注释】

［1］马嵬坡：杨贵妃被缢杀之处。

［2］景阳宫井：《南史·陈后主本纪》载：隋军攻破陈宫城后，陈后主与张贵妃等逃入景阳宫井中，被活捉。

【解读】

晚唐时期，帝国衰败至极，追究历史原因，必然要回溯到唐玄宗。唐人写马嵬坡事变的诗歌非常多，此诗别具一格，警策动人。诗歌明扬暗贬，极尽讥讽之能事。前二句是叙事，马嵬事变，“玄宗回马杨妃死”，仿佛引发事变的罪魁祸首已经得到惩处，大唐帝国从此“日月新”，从字面上看，是颂扬的口气。“云雨难忘”，终究没有放过皇帝，暗暗提示人们：唐玄宗才是引发动乱的真正原因，是皇帝贪图“云雨”而导致天下大乱。“终是圣明天子事”接“日月新”歌颂，意谓：圣明天子终究能够当机立断，铲除祸乱。结句突然提出荒淫亡国的陈后主，落实前文的讥讽语意，表明所有的颂扬都是正话反说。这样嘲讽，比直接斥骂更甚，表现出对唐玄宗的极端不屑。

罗　隐

罗隐（833—909），本名横，字昭谏，自号江东生，新登（今浙江杭州新登）人，一说余杭（今浙江杭州余杭）人。十次应进士试不第。晚年投靠吴越王钱镠，官至谏议大夫。有《罗昭谏集》。

赠妓云英

钟陵醉别十余春，重见云英掌上身[1]。
我未成名君未嫁，可能俱是不如人。

【注释】

［1］钟陵：地名，今江西进贤县。掌上身：能做掌上舞的身姿。相传汉成帝皇后赵飞燕，初学歌舞，体态轻盈，能做掌上舞。

【解读】

罗隐江湖落魄，多年来在仕途上一事无成，其间有很多辛酸苦辣的体验。诗人不一一诉说，也诉说不尽，而是借一位歌伎之口表述出来。罗隐当年赴京城考试，路过钟陵，遇歌伎云英。十多年以后，多次落第后路过钟陵，再度碰到云英，引发了一段对话。诗人感慨重见云英婀娜舞姿，诧异她"未嫁"；云英则反过来奇怪诗人"未成名"。诗人回答说：我们两人遭遇相同，"可能俱是不如人"。然而，诗人以赵飞燕比拟云英，可见云英的轻盈美丽。换句话说，自己同样是才能出众。"可能俱是不如人"，那就当然是反话，是无限的牢骚愤懑语。

西　施

家国兴亡自有时，吴人何苦怨西施。

西施若解倾吴国，越国亡来又是谁？

【解读】

对于传统的“女色祸国”论，这首咏史诗提出了反驳意见，观点尖锐新颖。开头两句是翻案文章，“家国兴亡自有时”，这个“时”是由多种因素共同组成的，其中君王的昏庸无能恐怕是主要的，唯独与“女色”无关。“吴人何苦怨西施”，就明确排除了“女色”的因素。诗人似乎是在宣扬宿命论的观点，实际上是婉转地把亡国的根源追溯到君王身上。诗人为了进一步落实自己的观点，提出一个令人深思的问题：“西施若解倾吴国，越国亡来又是谁？”这时候，君王终于没有什么借口推脱了吧。晚唐时期，政治局面的黑暗使许多中下层知识分子失去了仕进的机遇，促使他们与中央政权离心离德，于是，他们的目光变得锐利，敢于将批判的矛头直指帝王。

自　遣

得即高歌失即休，多愁多恨亦悠悠。

今朝有酒今朝醉，明日愁来明日愁。

【解读】

牢骚愁怨过甚，需要自我排遣。特别是在晚唐如此黑暗的社会环境中，不自我排遣就无法生存。诗人的“自遣”，是晚唐知识分子一种典型的心理排泄方式。诗人宣扬自己的生活态度是：“得即高歌失即休。”但是，恐怕是失多得少，更多的时间在痛苦愁恨中度过，故自称“多愁多恨亦悠悠”。“今朝有酒今朝醉”，就是晚唐知识分子的典型生活态度，也是一切找不到人生出路、看不到个人或家国前景的颓放自任者的生活态度。诗人知道愁苦是无法真正摆脱的，只能劝解自己：“明日愁来明日愁。”其实，愁苦片刻没有离开诗人。否则，就没有必要这样大喊大叫、故作姿态了。

雪

尽道丰年瑞，丰年事若何[1]？
长安有贫者，为瑞不宜多。

【注释】

[1] 瑞：吉兆。若何：怎么样。

【解读】

俗云："瑞雪兆丰年。"诗人从相反的角度思考问题：长安流离失所的贫者，无土地可耕种，是否丰收与他们无关。遇大雪日，他们无衣裳挡寒，无片瓦遮掩，如何煎熬过这一关？"丰年事若何"的追问，将人们的目光引向另一个侧面。他们当然祈祷天空放晴，"为瑞不宜多"了。

绵谷回寄蔡氏昆仲[1]

一年两度锦江游，前值东风后值秋[2]。
芳草有情皆碍马，好云无处不遮楼。
山牵别恨和肠断，水带离声入梦流。
今日因君试回首，淡烟乔木隔绵州[3]。

【注释】

[1] 绵谷：地名，今四川省广元县。昆仲：兄弟。

[2] 锦江：水名，在四川成都南面。

[3] 绵州：地名，今四川省绵阳市。乔木：高大的树木。

【解读】

写对朋友的思念之情，这首诗构思精致，温婉淡雅。首二句是情景交代，诗人在这一年的春天和秋天两度游锦江，与蔡氏兄弟也有了两次见面的机会。诗人离去时，当地的芳草和白云都对诗人充满了依依惜别之情。芳草碍马，是有情的挽留，希望诗人在此地再做停留；好云遮楼，是善意的遮蔽，希望留者不要登高望远，牵动思念之愁。回归途中，青山牵恨，流水带愁。无论是白日，还是夜晚，行人都被离愁别恨所纠缠。诗人组织眼前景物，抒写居者和行者的相互思念，写得温情脉脉。结尾二句写回首眺望和思念，在“淡烟乔木”的遮挡下情思无由寄达。

蜂

不论平地与山尖，无限风光尽被占。

采得百花成蜜后，为谁辛苦为谁甜？

【解读】

这首咏蜂诗，视野独特。诗歌写蜜蜂辛苦勤劳一生，却得不到任何回报，直接对应晚唐社会现实。蜜蜂采蜜，出入春天的百花丛中，“不论平地与山尖”，不辞路途遥远，不辞辛劳。从表面上看来，是占尽了大好春天的风光。然而，“采得百花成蜜后”，蜜蜂并不享受自己的劳动果实。诗歌最后一句冷然追问：“为谁辛苦为谁甜？”将前文看似对蜜蜂的羡慕推翻。晚唐社会极其黑暗，罗隐等知识分子“深怨唐室”，他们对朝廷和皇帝已经失去信心和信任，这一类揭露社会极端不公的诗歌大量出现。罗隐这首咏物诗，浅显易懂，寓意深远，是这类作品中的佼佼者。

感弄猴人赐朱绂[1]

十二三年就试期，五湖烟月奈相违。

何如学取孙供奉，一笑君王便著绯[2]。

【注释】

［1］朱绂：红色的朝服。《唐会要》卷三十一载："贞观四年八月十四日诏曰：……三品已上服紫，四品、五品已上服绯。"

［2］供奉：官名，在皇帝身边供职的官员。唐代有侍御史内供奉、翰林供奉等。绯：红色。

【解读】

罗隐十次应进士考试，皆名落孙山，一肚子的辛酸和愤懑。据记载：黄巢叛乱，唐昭宗逃难，随驾的有一位是耍猴的技艺人。这位技艺人，驯猴出色，皇帝赐其朱绂，且封为供奉之职。诗人感慨无限，愤怒无限。多年埋头苦读，不如驯猴出色，满腹怨恨倾泻而出。唐朝政治混乱黑暗到这等地步，离亡国已经没有多远了。

皮日休

皮日休（约834—约883），字逸少，后改字袭美，又号“醉吟先生”“间气布衣”“鹿门子”等，襄阳（今湖北襄阳）人。咸通八年（867）以榜末及第，为苏州军事判官，回京任太常博士。黄巢起义，皮日休被卷入，为翰林学士。大约卒于黄巢兵败之际。流传至今诗歌约四百多首。

馆娃宫怀古[1]

绮阁飘香下太湖，乱兵侵晓上姑苏。
越王大有堪羞处，只把西施赚得吴。

【注释】

［1］馆娃宫：吴王夫差专门为西施修建，在苏州附近的灵岩山上。

【解读】

晚唐咏史诗好做翻案文章，于此诗可见一斑。咏吴越这段历史，或者谴责吴王夫差荒淫败国，或者钦佩越王勾践卧薪尝胆、终雪国耻。这首诗则另起一意。首句写越王献美女西施给夫差，败乱吴国国政，“绮阁飘香”里透露出荒淫意味。次句写越兵攻入姑苏，吴国灭亡。用“乱兵”一词，意味着越王是以下犯上的作乱。因为越国已经臣服吴国，攻打吴国相当于作乱。这样评价，是为了贬低越王勾践。结二句进一步点明：越王勾践依赖献西施而骗取吴国，是非常不光彩的，并不值得后人推崇。这样翻案，能够说明什么历史问题，或者能让人们对历史有什么更加深入的理解，好像都没有，纯粹是喜欢做翻案文章而已。

汴河怀古[1]

尽道隋亡为此河，至今千里赖通波[2]。
若无水殿龙舟事，共禹论功不较多[3]。

【注释】

［1］汴河：即隋炀帝令人开凿的大运河。

［2］“至今”句：大运河在唐代成为南北运输的大动脉。

［3］水殿龙舟事：指隋炀帝三次乘龙舟游玩江南之事。

【解读】

晚唐诗人，咏史喜欢做翻案文章。有时标新立异，仅仅是为了表明自己的与众不同，如杜牧的某些诗篇；有时立场不同，观点相异，不乏精到之论述。隋炀帝开凿大运河，是为了畅游江南，是出于个人穷奢极欲的享受目的，隋朝的灭亡与此关联甚大，后人都是用批判的眼光来看待这一历史事件的。诗人却从大运河所发挥的沟通南北的功能出发另作评价。大运河所起到的不仅仅是水路运输的作用，还连接了南北的文化，加强了南北的交流。所以，如果撇开隋炀帝的荒唐作为，大运河在当时的贡献真是“共禹论功不较多”。

黄　巢

黄巢（820—884），曹州冤句（今山东菏泽西南）人。豪爽任侠，擅长骑射，屡试进士不第。唐僖宗乾符二年（875），与王仙芝率众在长垣（今河南长垣）起义。王仙芝兵败被杀，黄巢出任义军首领。曾攻入长安，建国大齐，改元金统。后起义失败被杀。《全唐诗》录其诗三首，其中一首属伪托。

题菊花

飒飒西风满院栽，蕊寒香冷蝶难来[1]。
他年我若为青帝，报与桃花一处开[2]。

【注释】

[1] 飒飒：风声。

[2] 青帝：主持春天时令的天帝。

【解读】

黄巢有与唐王朝一争天下的雄心，胸襟气度不凡。他喜欢凌寒盛开、清高脱俗、冷香幽韵的菊花，此时没有狂蜂滥蝶的追逐，只有飒飒西风相伴。后二句充分流露出诗人的领袖意识，颇有蔑视一切、唯我独尊的气概。如果让诗人做主，他将令自己喜欢的菊花占尽春光，在烂漫的春天里与桃花一争高低。这是诗人内心志向的表现，在古代因此被称为“反诗”。

赋　菊

待到秋来九月八，我花开后百花杀。
冲天香阵透长安，满城尽带黄金甲。

【解读】

据说这首诗是黄巢落第后所作。诗人特别喜爱菊花，甚至以菊花自喻。诗人坚信自己有得志的一天，如同一直到秋天才盛开的菊花一样。而当菊花盛开之际，百花都已凋零，唯有菊花一枝独秀，凌寒傲放，占尽京城风光。那是何等的自豪，何等的高傲，何等的气度！黄巢一度率起义的部队攻入长安，倒确实做到了“冲天香阵透长安，满城尽带黄金甲”。

陆龟蒙

陆龟蒙（？—881），字鲁望，号天随子、江湖散人、甫里先生，吴郡（今苏州）人。曾应进士试不中，短期为张搏幕僚，后隐居松江甫里。朝廷以高士征召，辞而不就。去世后约二十年，被追赐为进士和右补阙。存诗六百零一首。

和袭美春夕酒醒[1]

几年无事傍江湖，醉倒黄公旧酒垆[2]。
觉后不知明月上，满身花影倩人扶。

【注释】

[1] 袭美：皮日休，字袭美。

[2] 黄公旧酒垆：据《世说新语·伤逝》载：“竹林七贤”中嵇康、阮籍经常在黄公垆一起喝酒。这里泛指酒家。

【解读】

陆龟蒙隐居江湖以终，他是真正摆脱了对仕途的向往的隐士，所以，他的闲适诗能够做到彻底的洒脱。“几年无事傍江湖，醉倒黄公旧酒垆”，是对自己隐逸生活的叙述和标榜，诗人达到了无事轻松、潇洒如意的地步，襟怀之脱略，自己也感到自豪。后二句一转，写醉后形态，“满身花影倩人扶”是全诗传神之笔，月光皎洁、花影凌乱，诗人醉倒其间，被人扶持而去。景色之清丽秀美，与高士之任纵洒脱，非常和谐地融合在一起。

怀宛陵旧游[1]

陵阳佳地昔年游，谢朓青山李白楼[2]。
惟有日斜溪上思，酒旗风影落春流。

【注释】

[1] 宛陵：今安徽宣城。

[2] 陵阳：黄山支脉，在宛陵境内。这里代指宛陵。谢朓青山李白楼：南朝诗人谢朓曾官宣城太守，在陵阳山麓建楼，称“谢公楼”或“北楼”。李白曾登临此楼赋诗。

【解读】

宛陵旧城，历史上有许多名人到过此地，最著名的就是谢朓与李白了。首二句是十分平常的叙述，写自己对此地所怀有的向往之情。后二句则变平常为深邃、悠远。来到此地，面对古迹，诗人不禁陷入沉思。夕阳斜照，酒旗倒映在春日的溪水之中，当年谢朓、李白畅游此地时，是否也是这等景致？面对这样清新秀丽的景色，诗人是否联想到谢朓、李白的清词丽句而生出艳羡之情？一切都在怀古的幽思之中。

新　沙[1]

渤澥声中涨小堤，官家知后海鸥知[2]。
蓬莱有路教人到，亦应年年税紫芝[3]。

【注释】

[1] 新沙：海边新淤起的陆地。

[2] 渤澥（xiè）：渤海。

[3] 蓬莱：传说为海上仙境。紫芝：紫色灵芝，据说为神仙种植服食。

【解读】

唐末政治黑暗，苛捐杂税逼迫得百姓难以喘息。诗人的隐居是为了避世，但他却无法忘怀世事。对朝廷的肆意盘剥、鱼肉百姓，诗人依然是满腔愤慨。诗人运用十分夸张的构思揭露朝廷征收租税的无孔不入。大海上新涨露出来的小岛，本应该是在海面上不断寻找歇脚之处的海鸥最先发现，岂知官府却赶到了海鸥前面，因为需要征收那里的租税。海上仙山，虚无缥缈，据说是神仙的居所，上面种植灵芝。诗人设想，假如有路可通仙境，恐怕官府对仙人也不能放过。搜刮到这种地步，已经没有任何人可以逃脱官府的魔爪。

秦韬玉

秦韬玉，字中明，一作仲明，京兆（今陕西西安）人。曾应进士试未中。僖宗逃亡至蜀，他依附宦官田令孜，从驾前行，以工部侍郎为田令孜神策军判官，中和二年（882）特赐进士及第，时有“巧宦”之称。存诗三十六首。

贫 女

蓬门未识绮罗香，拟托良媒益自伤[1]。
谁爱风流高格调，共怜时世俭梳妆[2]。
敢将十指夸偏巧，不把双眉斗画长[3]。
苦恨年年压金线，为他人作嫁衣裳[4]。

【注释】

[1]蓬门：茅屋之门，指穷苦人家。绮罗：绫罗绸缎。拟：打算。益：更加。

[2]风流：风采。俭：一说通“险”，险梳妆，就是指奇形怪状的穿着打扮。

[3]敢：敢于。斗：比赛。

[4]压金线：指刺绣活儿。

【解读】

这首诗写贫女老大不嫁的苦恨，用以喻托贫士才智不售的痛苦。女主人公出身贫寒，穿戴只有粗布衣裳，老大不能出嫁，也没有良媒可托付。因为芸芸众生，都只是爱好流行的时髦服饰，没有人欣赏她不同流俗的高雅格调。贫女能够自我夸耀的是十指的纤巧，女红的出众，而从来不与他人在画眉等妆饰方面一比高低。然而，年年劳累，针线活儿做了无数，却只是“为他人作嫁衣裳”，自己依然待字闺中。这首诗的隐喻含义，后人读得非常清楚。沈德潜《唐诗别裁》卷十六说:“语语为贫士写照。”也就是作者的自伤。诗人出身卑微，没有高贵的门第，所以就没有人荐引他进入仕途、进入朝廷。虽然诗人满腹经纶,才华出众,不与世俗同流合污,但就是不得统治者的赏识。只能依附于人，为他人捉刀献策。从诗人依附田令孜的作为来看，他并没有这么高尚的情操，也是急于出来做官的。诗歌只是他未得官职的牢骚与自我标榜。但他写出了广大没有政治出路贫士的共同痛苦。

韦　庄

韦庄（约836—约910），字端己，长安杜陵（今陕西西安东南）人。唐昭宗乾宁元年（894）进士。后入蜀依附王建，任掌书记。唐亡，王建称帝，以韦庄为宰相。有《浣花集》，《全唐诗》录其诗五卷，补遗一卷。

忆　昔

昔年曾向五陵游，子夜歌清月满楼[1]。
银烛树前长似昼，露桃花里不知愁。
西园公子名无忌，南国佳人号莫愁[2]。
今日离乱俱是梦，夕阳唯见水东流。

【注释】

[1]五陵：西汉五位皇帝的陵墓，具体为：高祖长陵、惠帝安陵、景帝阳陵、武帝茂陵、昭帝平陵。汉朝皇帝每建陵墓，都要将世族、富家、外戚搬迁到陵墓附近居住。后用来代指豪门贵族聚居的地方。

[2] 西园公子：泛指贵家子弟。三国魏曹氏有西园，曹丕、曹植兄弟等常于此宴游。曹植《公宴诗》说："清夜游西园，飞盖相追随。"无忌：古代男性喜用的名字，如战国"四公子"之一信陵君魏无忌。莫愁：泛指美女娇娃。莫愁原是古代洛阳女子。

【解读】

韦庄原来家住长安，后移居他乡。黄巢乱军攻入长安，韦庄正在京城应试，目睹京城的盛衰变化，写下这首诗。黄巢乱军入长安前，京城已经是畸形繁荣，并不是清平安乐世界。但是，诗人此时陷落于“忆昔”的特定心境，往昔就变得美好，成为眼前离乱衰变的对比。诗歌前六句都是在刻意渲染长安城往日的繁荣盛况。尤其是夜晚来临时，处处秦楼楚馆，遍地歌舞娱乐。银烛长照，夜晚如昼；露桃花丛，不知愁为何物。其间，有贵家公子、歌楼艳女，往来游乐。诗歌结尾两句回到现实，将往昔的繁盛一笔勾销，只剩下现实的冷落凄凉。“今日离乱俱是梦”，写往日的繁华如梦，同时写眼前的动乱似梦，令人难以相信。“夕阳唯见水东流”，以景物结束诗歌。现在只有气息奄奄的“夕阳”和一去不回的流水，冷清寂寞情景可见，与前文的描写形成强烈对比。

送日本国僧敬龙归

扶桑已在渺茫中，家在扶桑东更东[1]。
此去与师谁共到？一船明月一帆风。

【注释】

［1］扶桑：古代传说中海上的神树，是太阳升起的地方。《海内十洲记》载：“扶桑在碧海中，树长数千丈，一千余围，两干同根，更相依倚，日之所出。”后用来指日本国。《梁书·扶桑国传》：“扶桑在大汉国东二万余里。”

【解读】

唐代中日交往频繁，中日人士之间的诗文来往也较多，其中不乏名著，如李白的《哭晁卿衡》：“日本晁卿辞帝都，征帆一片绕蓬壶。明月不归沉碧海，白云愁色满苍梧。”韦庄这首诗同样出色，将送归时依依惜别之情渲染得淋漓尽致。唐代诗人基本上没有出海经历，对海外扶桑国只是听闻而已，扶桑与海外蓬莱等似乎一样遥远缥缈，以“扶桑”名其国，就可知对其了解的隔膜。现在听说友人要归国，便对其归程之渺茫辽阔产生忧虑。诗人用非常夸张的手段，想象友人家更在“扶桑”以东，留恋、惜别、担忧的诸多情绪都表现在这种夸张手法之中。后二句祝愿友人一路顺风，由清朗的明月与顺风陪送友人直到家乡。良好的祝愿里蕴含了诚挚的友情。

台　城[1]

江雨霏霏江草齐，六朝如梦鸟空啼[2]。
无情最是台城柳，依旧烟笼十里堤。

【注释】

[1] 台城：又称“苑城”，在今南京玄武湖边上。本是三国吴的后苑城，东晋成帝时改建，一直是朝廷台省（中央政府）的所在地。

[2] 霏霏：细雨蒙蒙的样子。

【解读】

凭吊六朝遗迹，在唐末时候，更渗透了一层异代同感同悲的哀伤。江南三月，春雨如丝，碧草如茵，鸟鸣莺啼，本应该是一幅相当秀丽旖旎的风光，然在心情凄苦落寞的诗人眼中，处处透露出空旷、荒凉。见到眼前的景物，六朝如梦般的一幕幕就在脑海之际幻现。人世已非，景物依旧，诗人因此埋怨“无情最是台城柳”，它仍然是碧绿一片，笼罩十里长堤。依依垂柳，成了台城昔日繁华、今日衰败的最好见证。

古离别

晴烟漠漠柳毵毵，不那离情酒半酣[1]。
更把玉鞭云外指，断肠春色在江南。

【注释】

[1] 毵（sān）毵：柳叶纷披下垂的样子。不那：同“不奈”，无奈。

【解读】

写依依惜别之情，这首诗写得韵味深长。“晴烟漠漠柳毵毵”是典型的送别场景：晴烟迷离，阻隔视线；柳条垂挂，折柳送别，俱增添惜别之意。离别的宴席，酒喝得也是令人无奈、伤心、断肠。玉鞭遥指，云外江南，那是行人的去处，也是居者心头的牵挂。诗歌中没有太多的惜别表达，所有的情义都在动作和景物之中。

秦妇吟

中和癸卯春三月，洛阳城外花如雪[1]。东西南北路人绝，绿杨悄悄香尘灭。路旁忽见如花人，独向绿杨阴下歇。凤侧鸾欹鬓脚斜，红攒黛敛眉心折[2]。借问女郎何处来？含颦欲语声先咽。回头敛袂谢行人，丧乱漂沦何堪说！三年陷贼留秦地，依稀记得秦中事。君能为妾解金鞍，妾亦与君停玉趾。

前年庚子腊月五，正闭金笼教鹦鹉[3]。斜开鸾镜懒梳头，闲凭雕栏慵不语。忽看门外起红尘，已见街中擂金鼓。居人走出半仓惶，朝士归来尚疑误。是时西面官军入，拟向潼关为警急[4]。皆言博野自相持，尽道贼军来未及[5]。须臾主父乘奔至，下马入门痴似醉[6]。适逢紫盖去蒙尘，已见白旗来匝地[7]。扶羸携幼竞相呼，上屋缘墙不知次[8]。南邻走入北邻藏，东邻走向西邻避。北邻诸妇咸相凑，户外崩腾如走兽。轰轰昆昆乾坤动，万马雷声从地涌[9]。火迸金星上九天，十二官街烟烘焖[10]。日轮西下寒光白，上帝无言空脉脉。阴云晕气若重围，宦者流星如血色[11]。紫气潜随帝座移，妖光暗射台星拆[12]。家家流血如泉沸，处处冤声声动地。舞伎歌姬尽暗捐，婴儿稚女皆生弃。

东邻有女眉新画，倾国倾城不知价。长戈拥得上戎车，回首香闺泪盈把。旋抽金线学缝旗，才上雕鞍教走马。有时马上见良人，不敢回眸空泪下。西邻有女真仙子，一寸横波剪秋水。妆成只对镜中春，年幼不知门外事。一夫跳跃上金阶，斜袒半肩欲相耻。牵衣不肯出朱门，红粉香脂刀下死。南邻有女不记姓，昨日良媒新纳聘。琉璃阶上不闻声，翡翠帘间空见影。忽看庭际刀刃鸣，身首支离在俄顷[13]。仰天掩面哭一声，女弟女兄同入井。北邻少妇行相促，旋拆云鬟拭眉绿。已闻击托坏高门，不觉攀缘上重屋。须臾四面火光来，欲下回梯梯又摧。烟中大叫犹求救，梁上悬尸已作灰。妾身幸得全刀锯，不敢踟蹰久回顾。旋梳蝉鬓逐军行，强展蛾眉出门去。旧里从兹不得归，六亲自此无寻处。一从陷贼经三载，终日惊忧心胆碎。夜卧千重剑戟围，朝餐一味人肝脍。鸳帏纵入岂成欢？宝货虽多非所爱。蓬头面垢眉犹赤，几转横波看不得[14]。衣裳颠倒言语异，面上夸功雕作字。柏台多士尽狐精，兰省诸郎皆鼠魅[15]。还将短发戴华簪，不脱朝衣缠绣被。翻持象笏作三公，倒佩金鱼为两史。朝闻奏对入朝堂，暮见喧呼来酒市。一朝五鼓人惊起，呼啸喧争如窃语。

夜来探马入皇城，昨日官军收赤水[16]。赤水去城一百里，朝若来兮暮应至。凶徒马上暗吞声，女伴闺中潜生喜。皆言冤愤此时销，必谓妖徒今日死。逡巡走马传声急，又道官军全阵入。大彭小彭相顾忧，二郎四郎抱鞍泣[17]。沉沉数日无消息，必谓军前已衔璧[18]。簸旗掉剑却来归，又道官军悉败绩。四面从兹多厄束，一斗黄金一升粟[19]。尚让厨中食木皮，黄巢机上刲人肉[20]。东南断绝无粮道，沟壑渐平人渐少。六军门外倚僵尸，七架营中填饿殍[21]。长安寂寂今何有？废市荒街麦苗秀。采樵斫尽杏园花，修寨诛残御沟柳。华轩绣毂皆销散，甲第朱门无一半。含元殿上狐兔行，花萼楼前荆棘满[22]。昔时繁盛皆埋没，举目凄凉无故物。内库烧为锦绣灰，天街踏尽公卿骨。

来时晓出城东陌，城外风烟如塞色。路旁时见游奕军，坡下寂无迎送客[23]。霸陵东望人烟绝，树锁骊山金翠灭[24]。大道俱成棘子林，行人夜宿墙匡月。明朝晓至三峰路，百万人家无一户[25]。破落田园但有蒿，摧残竹树皆无主。路旁试问金天神，金天无语愁于人[26]。庙前古柏有残枿，殿上金炉生暗尘[27]。一从狂寇陷中国，天地晦冥风雨黑。案前神水咒不成，壁上阴兵驱不得。闲日徒歆奠飨恩，危时不助神通力[28]。我今愧恧拙为神，且向山中深避匿[29]。寰中箫管不曾闻，筵上牺牲无处觅[30]。旋教魔鬼傍乡村，诛剥生灵过朝夕。

妾闻此语愁更愁，天遣时灾非自由。神在山中犹避难，何须责望东诸侯[31]！前年又出杨震关，举头云际见荆山[32]。如从地府到人间，顿觉时清天地闲。陕州主帅忠且贞，不动干戈唯守城[33]。蒲津主帅能戢兵，千里晏然无戈声[34]。朝携宝货无人问，夜插金钗唯独行。明朝又过新安东，

路上乞浆逢一翁[35]。苍苍面带苔藓色，隐隐身藏蓬荻中。问翁本是何乡曲？底是寒天霜露宿？老翁暂起欲陈辞，却坐支颐仰天哭。乡园本贯东畿县，岁岁耕桑临近甸[36]。岁种良田二百廛，年输户税三千万[37]。小姑惯织褐绝袍，中妇能炊红黍饭。千间仓兮万丝箱，黄巢过后犹残半。自从洛下屯师旅，日夜巡兵入村坞。匣中秋水拔青蛇，旗上高风吹白虎[38]。入门下马若旋风，罄室倾囊如卷土。家财既尽骨肉离，今日垂年一身苦。一身苦兮何足嗟，山中更有千万家。朝饥山上寻蓬子，夜宿霜中卧荻花！妾闻此老伤心语，竟日阑干泪如雨。出门惟见乱枭鸣，更欲东奔何处所[39]？仍闻汴路舟车绝，又道彭门自相杀[40]。野色徒销战士魂，河津半是冤人血。适闻有客金陵至，见说江南风景异。自从大寇犯中原，戎马不曾生四鄙。诛锄窃盗若神功，惠爱生灵如赤子。城壕固护教金汤，赋税如云送军垒。奈何四海尽滔滔，湛然一境平如砥[41]。避难徒为阙下人，怀安却羡江南鬼[42]。愿君举棹东复东，咏此长歌献相公。

【注释】

[1] 中和癸卯：唐僖宗中和三年（883）为癸卯年。

[2]凤侧鸾欹：形容该女子鬓发蓬乱，神情委顿。凤，古代女子所佩的凤钗。这里代指女子发型、发饰。鸾，此处代指该女子。眉心折：指眉头紧皱。

[3] 前年庚子：唐僖宗广明元年（880）为庚子年。这一年十二月五日，唐僖宗出奔，黄巢进入长安。

[4] 潼关：关名，以潼水得名，古称“桃林塞”，故址在今陕西潼关县东南，是唐京都长安的门户，历代为军事要地。

[5] 博野：县名，在今河北中部。广明元年（880）十二月一日，黄巢军至潼关，朝廷派遣博野等驻军向东增援，增援部队还没有到达，潼关已破。

[6] 主父：指自己的丈夫。本来是家中下人对男主人的称呼，这里用作妻子对丈夫的敬称。

[7] 紫盖：指帝王车驾。紫盖，紫色车盖，为帝王车驾的仪仗之一。蒙尘：指天子逃难。据记载：黄巢军入长安，宦官田令孜率五百神策军护驾，僖宗自金光门出逃，随行的只有数人，百官都不知道。匝地：遍地。

[8] 缘墙：沿墙攀爬。不知次：不知道做什么。次，次第，顺序。

[9] 轰轰昆昆：象声词。形容轰鸣震动的声响。

[10] 官街：都市里的大街。烘烔：烟火很多的样子。

[11] 宦者：星名，属天市垣，共四星。《后汉书·宦者传序》："宦者四星，在皇位之侧。"

[12] 紫气：紫色云气，传为帝王或圣贤出现时的祥瑞预兆。帝座：星名，属天市垣。古人以为帝座星对应人间帝王。《晋书·天文志》："帝座一星在天市中，光而润则天子吉。"台星：三台六星。古人以为对应朝廷达贵三公。拆：支离破碎。

[13] 支离：分离，分散。俄顷：片刻。

[14] 犹眉赤：讥讽黄巢乱军。西汉末年有赤眉军作乱，故称。

[15]柏台：御史台。西汉御史台府内多种植柏树，后称其为"柏台"。兰省：秘书省。唐高宗龙朔年间，曾将秘书省改为兰台，故唐时秘书省称"兰省""兰台""兰署"等。

[16] "夜来"二句：陈寅恪笺引《水经注·渭水》"径望仙宫东，又北与赤水会。"云："此二句与《旧唐书·僖宗纪》所记'(中和)二年二月，泾原大将唐弘夫大败贼将林言于兴平，俘斩万计'之事适合。"

[17] 大彭小彭：陈寅恪笺认为：当时俗称"奴"为"帮"，"帮"与"彭"音相近，"帮"可以写成"彭"。大彭小彭，就是大奴小奴，指家中的一切奴婢。此说过于牵强。或以为：大彭、小彭、二郎、四郎，都泛指黄巢军将士。这种说法比较合理，于诗意的读解也通顺。

[18] 衔璧：指投降。《左传·僖公六年》："楚子围许……蔡穆公将许僖公以见楚子于武城。许男面缚衔璧。"

[19] 厄束：困厄，艰难窘迫。

[20] 尚让：黄巢军大将，入长安后为宰相。刲：割。

[21] 饿殍：饿死的尸体。

[22] 含元殿：唐宫殿名，唐高宗时所建。花萼楼：唐时长安名楼，唐玄宗时所建，故址在今西安市兴庆公园内。

[23] 游奕军：游弋巡逻的士兵。

[24] 霸陵：县名，今陕西省长安东。汉文帝葬此。骊山：今陕西临潼，距长安六十里。

[25] 三峰：三座山峰，指华山之莲花峰、毛女峰、松桧峰。后人以“三峰”代指华州。

[26]金天神：唐玄宗先天二年(713)，封华岳神为金天王。此处代指神灵。

[27] 栣（niè）：树木新长出来的芽，同“蘖”。

[28] 歆：享用。指神灵享用人们的供品。奠飨：置办酒席以作祭奠。

[29] 恧（nǜ）：惭愧。

[30] 牺牲：用作祭祀的牛、羊、猪等物品。

[31] 东诸侯：唐朝东面的各带兵节度使，如淮南节度使高骈等。《旧唐书·高骈传》载：僖宗逃难至蜀，多次命令高骈出师，高骈观望迟疑。

[32] 杨震关：潼关。杨震，东汉大儒，华阴人，死葬潼关亭，故称。荆山：山名，在今河南灵宝县。相传黄帝采首山铜在此地铸鼎。

[33] 陕州主帅：指陕虢观察使王重盈。

[34] 蒲津主帅：指河中节度使王重荣。蒲津：指蒲州，河中节度使治所在蒲州。今山西省永济县。戢兵：弭兵，平定战乱。戢，停止，阻止。

[35] 新安：县名，在洛阳西面，今属河南。

[36] 东畿县：指东安县。东安县在唐代是东都洛阳的畿县。近甸：临近都城的地方。《说文·田部》：“甸，天子五百里内田也。”

[37] 廛：百亩田。《周礼·地官·遂人》：“夫一廛，田百亩也。”

[38] 秋水、青蛇：皆指宝剑。

[39] 枭：猫头鹰。

[40] 彭门：徐州。唐末时候，这里屡有军阀混战。

[41] 湛然：安静的样子，安然。砥：磨刀石。

[42] 阙下：宫阙之下，指京都。

【解读】

唐末黄巢动乱，给摇摇欲坠的大唐帝国以摧毁性的打击。乱军攻入京城长安，韦庄因应试正留在城中。三年以后（中和三年,883），韦庄将当时所见所闻写成长篇叙事诗《秦妇吟》。这首诗在当时流行很广泛，韦庄因此获得“《秦妇吟》秀才”的美称。

这首诗分为两部分。第一部分从开篇至“天街踏尽公卿骨”，写黄巢乱军进入长安后动荡混乱之情景。第一节为导题，通过路旁遇见秦妇、相互对话，引出几年前那一场动乱的叙述。第二节写黄巢乱军出入长安时，公卿、官员、百姓的惊乱和灾难。作为闺中女子，平日生活悠闲自在，无所事事，“斜开鸾镜懒梳头，闲凭雕栏慵不语”。一旦动乱发生，对这些养尊处优的生活者触动或改变特别大，他们的感受也就格外深切。黄巢乱军入城，城内惊慌一片。皇帝匆忙出逃，城中到处是投降的白旗。“南邻走入北邻藏，东邻走向西邻避。”慌乱中，不知道应该躲到哪里。或者扶老携幼，或者攀墙上屋，户外已经喧闹杂乱无比。“家家流血如泉沸，处处冤声声动地”是这一小段的总结，这样夸张性的写实叙述，写出这一场灾乱给现实社会带来的毁灭性冲击。第三节将叙述的重点转移到被掳掠的女子身上。每一场动乱之烧杀抢掠，一个重要的内容就是掳掠妇女，奸淫屠杀，动乱中的女子受罪更多。诗歌以铺陈排比的方式描写了“东邻”“西邻”“南邻”“北邻”女子的悲惨凄苦遭遇。“东邻”女子被乱军掳掠而去，不仅要做乱军的“慰安妇”，还要为他们做“缝旗”之类杂务；“西邻”女子坚贞不从乱军，结果“红粉香脂刀下死”；“南邻”女子为避免受辱，“女弟女兄同入井”，自尽身亡；“北邻”女子躲避攀墙上屋，在大火中被活活烧死。这一幅幅场景，是长安城内千百万女子悲惨遭遇的缩影。“秦妇”自身就是当时被掳掠去的女子之一，她既追溯了自己随同乱军奔波的不幸经历，又描述了乱军在长安的诸多情景。刻画生动，感受深切。第四节写官军败绩以及黄巢部队在长安的屠杀。被掳掠者，日夜盼望官军收复长安，想不到“官军悉败绩”。正是官军的无能无用，才让这一场动乱蔓延无边。黄巢乱军被围困在长安城中时，情况更为凄惨，粮食断绝，饿殍随处可见。“内库烧为锦绣灰，天街踏尽公卿骨”是第一部分的小结，是这首诗歌中非常著名的一联。

第二部分从“来时晓出城东陌”开始至篇末，写“秦妇”沿途逃难所见，将诗笔扩展开来，描写重心转向长安以外，转向官军的残暴行为。乱后灾象，惨不忍睹，动乱所及，“百万人家无一户”。这样的场景，甚至“金天无语愁于人”。或以为这里的无能躲避的神灵是讽刺朝廷或皇帝的。诗歌因此追究了动乱爆发及其扩散的原因。原因之一就是各地军阀拥兵自重，不愿为朝廷、为国家、为百姓出力。“秦妇”所见是动乱的一个侧面，诗歌又转为一位“老翁”所叙述，导引出动乱灾难的其他侧面，或者说是官军给百姓带来的灾难。“千间仓兮万丝箱，黄巢过后犹残半。自从洛下屯师旅，日夜巡兵入村坞。匣中秋水拔青蛇，旗上高风吹白虎。入门下马若旋风，罄室倾囊如卷土。家财既尽骨肉离，今日垂年一身苦。”官军其实就是盗匪，百姓遭此反复劫掠，再无生机。结尾写听闻的“江南”太平生活和自己的羡慕之情。读完这首诗，才能理解百姓“宁为太平犬，不做离乱人”的心态。

韦庄晚年依附四川军阀王建，王建在黄巢军乱时是官军杨复光部的将领之一。《秦妇吟》所揭露的，正包括王建部队在内。所以，韦庄晚年讳言这首诗，并且在《家诫》内特别嘱咐家人“不许垂《秦妇吟》幛子”（孙光宪《北梦琐言》）。他的弟弟韦蔼为他编辑《浣花集》，同样不敢将这首诗收入。清末人们才从敦煌千佛洞中发现这首诗的残抄本。1924 年，王国维据巴黎图书馆所藏天复五年（905）张龟写本和伦敦博物馆所藏贞明五年（919）安友盛写本，加以校订，恢复了原诗的完整面貌。

来 鹄

来鹄（？—883），即来鹏，《全唐诗》作“来鹄”。豫章（今江西南昌）人。唐懿宗咸通年间举进士不第，隐居山间。《全唐诗》存其诗二十九首。

云

千形万象竟还空，映水藏山片复重。
无限旱苗枯欲尽，悠悠闲处作奇峰。

【解读】

晚唐诗人，对现实社会有太多的愤激之情，在不同题材的诗歌中都得以表现。这是一首咏物诗。云，向来以其飘逸、千姿万态、自由自在而被人羡慕，这首诗却别出新意，将以往对云的赞美变为谴责。前二句描摹云的姿态变化，以及云雾遮掩山水时的别样景致。顺此口吻，应该落实到对云的赞美。后二句诗笔陡转，以田间“无限旱苗枯欲尽”来谴责云的悠悠自在和装模作样。这样的形象，可以对应现实社会中哪一类人物，读者尽可自由联想。

钱　珝

钱珝，字端文，钱起的曾孙。进士及第，唐昭宗乾宁初官至中书舍人。《全唐诗》存其诗二卷。

未展芭蕉

冷烛无烟绿蜡干，芳心犹卷怯春寒。
一缄书札藏何事？会被东风暗拆看。

【解读】

这首诗咏物细腻而富于想象力。未展的芭蕉像什么？像没有点燃的无烟绿蜡“冷烛”，这一比拟写出其形状、颜色，并可以让人联想其精美。诗人进而推想：芭蕉未展的原因是“怯春寒”。拟人手法的使用，读者能够有更多的想象，如春日里为情所困的少女。后两句用另一种比拟：曲卷的未展芭蕉，就像“一缄书札”。既然未展，就不知道书信的内容了。不知道内容，就有更大的好奇心去猜测。联系上文春心萌动少女的比拟，书札的内容可想而知。东风吹拂，芭蕉叶展，诗人以一个奇妙的设想结束诗歌：书札的内容，将会被东风偷看。这首诗咏物比拟贴切，隐喻巧妙，发人联想。

高　蟾

高蟾，河朔（今河北一带）人。唐僖宗乾符年间进士，曾官御史中丞。《全唐诗》存其诗一卷。

下第后上永崇高侍郎[1]

天上碧桃和露种，日边红杏倚云栽。
芙蓉生在秋江上，不向东风怨未开。

【注释】

［1］永崇：唐代坊名，在京城长安。高侍郎：未详，一作“马侍郎”。

【解读】

科举考试落第，怨恨之情难免。这首诗以新颖别致的比拟，抒写这种怨恨，就给人们留下深刻的印象。诗人将科举中第者比拟作“天上碧桃”“日边红杏”，既有艳羡，也有怨恨。将落第的自己比作“芙蓉生在秋江上”。芙蓉是清丽脱俗的，是清苦自任的，秋江上的环境则是凄寒孤寂的，几种比拟都表现出诗人的清高和愤懑。芙蓉既然是清高的，开放在秋江上也是一种自我选择，那么，当然“不向东风怨未开”。说“不怨”，事实上是极“怨”。这样的表达方式，符合儒家怨而不怒的诗教传统。

王　驾

王驾（851—？），河中（今山西永济县）人。曾进士及第，官至礼部员外郎。

社　日[1]

鹅湖山下稻粱肥，豚栅鸡栖半掩扉[2]。
桑柘影斜春社散，家家扶得醉人归。

【注释】

［1］古代祭拜土地与谷神的日子，春秋两季各有一次，称“春社”“秋社”。

［2］鹅湖山：在今江西铅山县北。豚栅（tún zhà）：猪圈。鸡栖：鸡窠。

【解读】

社日是农村辛劳耕作直到收获之后的一个轻松愉快的狂欢节，家家户户都趁机放松身心，彻底休息一下。诗人以喜悦的眼光观看着农人的丰收和欢庆，以欢快的笔调描绘了一幅社日农村的风俗画面。前两句写丰收的场景：稻粮丰硕，鸡豚满地。有了这样的丰收，农人才有了欢欣，有了轻松。后两句写这种狂欢之后的结果，“桑柘影斜春社散”，写整日持续欢乐，从时间角度入手；“家家扶得醉人归”，写乡村欢乐的普遍，从空间角度着眼。农村社日喧腾盛大的场面，从时间、空间两个角度得以充分展现。

雨　晴

雨前初见花间蕊，雨后全无叶底花。
蜂蝶纷纷过墙去，却疑春色在邻家。

【解读】

诗人善于捕捉生活中的细节，写出诗意的小片段。春日里一场过雨，诗人仔细观察，发现雨前的花蕊都被摧残，叶底再无花瓣。蜂蝶纷纷飞过，诗人怀疑邻家的花卉可能没有被摧落，依然是春色盎然，所以引得蜂蝶前往。或者是邻家善于养花，或者是诗人故意逗趣，表现出饶有兴趣的生活情态。

陈玉兰

陈玉兰，诗人王驾妻。《全唐诗》存其诗一首。

寄　夫

夫戍边关妾在吴，西风吹妾妾忧夫。
一行书信千行泪，寒到君边衣到无？

【解读】

女子思念丈夫，情真意切，文字不加修饰，从心底汩汩流出。王驾并没有戍边，但是，却有外出为官与妻子长期别离的时候。这首诗借寄征衣给丈夫这个题目，将自己对丈夫的思念和关切之情倾吐而出。丈夫远出守边，妻子在家思念，两地的牵挂永远不断。西风吹愁，愁的是远在边塞的丈夫。“一行书信千行泪”的夸张，写出妻子思念之切之深。“寒到君边衣到无”的问候，则表现出妻子的细腻体贴和关心。这一份情感，往往只存在于夫妻之间。如果是歌妓写思念，多数是逢场作戏的应酬话语了。

曹　松

曹松，字梦徵，舒州（今安徽舒城）人。早年隐居洪都西山，后依附建州刺史李频。唐昭宗天复元年（901）中进士举，年七十余，曾官秘书正字。《全唐诗》存其诗二卷。

己亥岁[1]

泽国江山入战图，生民何计乐樵苏[2]。
凭君莫话封侯事，一将功成万骨枯。

【注释】

［1］己亥岁：唐僖宗乾符六年（879）。该诗题下原注："僖宗广明元年"。应该是追忆去年之事而作。

［2］樵苏：指日常普通生活。樵，打柴；苏，割草。

【解读】

唐末时期，军阀割据，豪强兼并，且有黄巢叛乱等，大片国土，化作战场。诗人目睹"泽国江山入战图"，生灵涂炭，百姓遭殃，不禁追问：百姓怎样才能够安居乐业呢？这样的奢望在唐末时期完全不可能实现，诗人的追问是对现实的痛贬。诗人祈求不要再谈论"封侯事"，因为"一将功成万骨枯"。这样残酷、鲜血淋淋的事实，叫诗人极为痛心，诗人以极其精练概括的语言表达出来，成为流传千古的名句。唐僖宗乾符六年（879），镇海节度使高骈在淮南镇压黄巢乱军，以屠杀多而封赏。这首诗正是针对这样的事实而发议论。

章　碣

章碣，桐庐（今属浙江）人。《全唐诗》存其诗二十六首。

焚书坑[1]

竹帛烟销帝业虚，关河空锁祖龙居[2]。
坑灰未冷山东乱，刘项原来不读书[3]。

【注释】

[1] 焚书坑：据说是秦始皇焚书之处，故址在今陕西临潼东南的骊山上。

[2] 竹帛：书册。古代将文字书写在竹简、绢帛上，故称。祖龙：指秦始皇。《史记·秦始皇本纪》载：秦始皇三十六年，有神人对秦使者说："今年祖龙死。"

[3] 山东：太行山以东地区，战国末年六国地盘。

【解读】

秦始皇焚书坑儒，实行文化和思想专制，期望以此永保江山世代相传。诗人今日路过焚书坑，回顾这段历史，秦始皇的作为已经成为历史的一场闹剧或笑剧。诗人将焚书事件与秦朝的灭亡联系起来写，当焚书的烟雾消散时，秦朝已到"帝业虚"的崩溃边缘，专制帝王所为正与所欲相反。秦朝虽然有关河的险阻，依然逃离不了灭亡的命运，"关河空锁"，成为历史的嘲讽。焚书坑灰未冷，山东六国诸豪杰已经纷纷起兵，最后刘邦和项羽联合推翻了秦王朝。"刘项原来不读书"，一方面写焚书坑儒的无用，不读书的刘项依然能够率军灭秦；另一方面讥讽开国帝王，他们原来是不读书的市井无赖。这表明晚唐时期知识分子对历史思考的深入，实际上否定了君权天授、君王神圣等观念。

郑　谷

郑谷，字守愚，袁州宜春（今江西宜春）人。唐僖宗光启三年（887）进士。曾官右拾遗、都官郎中等。有《宜春集》，《全唐诗》录其诗四卷。

席上贻歌者

花月楼台近九衢，清歌一曲倒金壶[1]。
座中亦有江南客，莫向春风唱鹧鸪[2]。

【注释】

［1］九衢：四通八达的街道。

［2］鹧鸪：当时流行的歌曲名。据说鹧鸪鸣叫声类似“行不得也哥哥”，《鹧鸪曲》“效鹧鸪之声”，声调哀婉清怨。

【解读】

唐末时候，歌楼妓院畸形繁荣。达官贵人，富豪人家，处处灯火，夜夜笙歌。诗歌前两句写出这幅情景。这些歌舞楼台，都坐落在靠近“九衢”的交通要害处。明月夜，花开时，清歌一曲，金壶相倾，美酒娇娃，快乐无比。后两句诗意陡转，对这种畸形的繁华给予冷然的嘲讽。座中客人有飘零此地不得归乡者，听到《鹧鸪曲》将牵动乡愁，故郑重恳劝歌者“莫向春风唱鹧鸪”。唐末动乱时期，有多少“不得归去”的异乡流离者，他们哪里有心情醉酒欢歌？反过来，显示出“清歌一曲倒金壶”者的没有心肝，在这样的年月里，居然还能如此寻欢作乐。

淮上与友人别

扬子江头杨柳春，杨花愁杀渡江人。
数声风笛离亭晚，君向潇湘我向秦[1]。

【注释】

[1] 离亭：驿亭，古代设置在道路旁供行人歇息、住宿的地方。古人也常在此送别，古称“离亭”。潇湘：两条水流皆在湖南境内。秦：今陕西一带。

【解读】

送别友人，情深意长，全以周围景物烘托。扬子江头，各自乘舟将行，杨柳依依，杨花迷蒙。诗人以景物渲染出留恋惜别、黯淡凄迷的氛围。在“数声风笛”中，友人在离亭的话别看来已经持续了一整天，到了傍晚时刻，不得不起程，“君向潇湘我向秦”了。这风笛，吹的一定是离别怨曲，暮色笼罩，两人便在这悲苦的情景中各奔前程了。

崔道融

崔道融，荆州（今湖北江陵）人。早年游历各地，曾官永嘉令、右补阙等。有《东浮集》。《全唐诗》存其诗一卷。

溪上遇雨

坐看黑云衔猛雨，喷洒前山此独晴。
忽惊云雨在头上，却是山前晚照明。

【解读】

唐末一批诗人，对现实完全不抱期望，便遁回到个人生活的小天地里，自得其乐。崔道融的诗歌表现这种生活倾向。这首诗写溪边遇上一阵急雨，描摹简练精确。夏天的暴雨，黑云沉沉，来势凶猛，飘忽而去。一片黑云落在何处，何处就是一阵暴雨，附近地方却是晴天，这也是夏雨的特征。诗人抓住这几个特征，勾勒夏雨，将人们生活中时常能够体验到的自然情景，用诗的语言表述出来，读来亲切自然。

溪居即事

篱外谁家不系船，春风吹入钓鱼湾。
小童疑是有村客，急向柴门去却关[1]。

【注释】

[1] 却关：开门。却，去掉。

【解读】

乡村生活的一个小场景，被诗人描写得格外生动风趣。谁家系船不结实，船只随风漂移，一直进入了“钓鱼湾”。乡村里少有来客，儿童喜欢热闹，喜欢来客，看到船只后以为是来客，急忙去开门。这情景富有生活趣味。乡村儿童的天真烂漫、乡野间的淳朴真挚，都在这里得到表现。生活中无意的一件小事，被诗人捕捉为诗材，写成这么一首趣味盎然的诗篇，诗人是敏感而富于生活热情的。

聂夷中

聂夷中（约837—约884），字坦之，中都（今河南沁阳县东北）人。出身贫寒，咸通十二年（871）考中进士。因时局动乱，滞留长安，后补华阴尉。存诗三十二首。

伤田家

二月卖新丝，五月粜新谷[1]。
医得眼前疮，剜却心头肉。
我愿君王心，化作光明烛。
不照绮罗筵，只照逃亡屋[2]。

【注释】

[1]“二月”两句：二月、五月都未到卖丝粜谷的时节，农家为贫困所迫，只得廉价典卖未到手的新丝、新谷。粜（tiào）：卖谷。

[2]绮罗筵：穿戴绫罗锦缎的富贵人家的筵席。借指富贵人家。

【解读】

晚唐社会动荡不安，诗人们更多地关注社会下层的苦难。这首诗哀伤田家的贫困，揭露田家贫困的根源，表达自己的良好祝愿，希望能引起统治者的重视。田家男耕女织，本来应该可以丰衣足食。但是，繁重的租税逼迫他们“二月卖新丝，五月粜新谷”。未到丝与谷出售的时间而出卖，肯定是低价抛售。诗人用形象的比喻说：“医得眼前疮，剜却心头肉。”所得之可怜的钱财，固然可以应付眼前的租税，然田家今年的衣食有什么着落？开春耕种的生产资料又从何而来？更何况明年又有催逼的租税。这样恶性循环，田家必然日趋贫寒，最终走向破产，流离失所，逃难他乡。大量田家失去家园，又必将成为越来越严重的社会问题，酝酿着大规模的社会危机。从这样的立场出发，为国家、为朝廷深谋远虑，诗人推出自己的善良祝愿：但愿君王多关心社会底层贫苦田家的生活，使他们免于逃亡，而不要将目光仅仅停留在社会的上层。

韩 偓

韩偓（约842—约923），字致尧（一作致光），小字冬郎，自号玉山樵人，京兆万年（今陕西西安）人。唐昭宗龙纪元年（889）进士，曾官翰林学士、中书舍人等。天复初年，随同昭宗奔凤翔，官至兵部侍郎、翰林承旨。因不依附朱温被贬，南去依王审知。有《香奁集》，人称“香奁体”。后人辑其作品为《韩内翰别集》。

寒食夜

恻恻轻寒剪剪风，小梅飘雪杏花红[1]。
夜深斜搭秋千索，楼阁朦胧烟雨中。

【注释】

［1］恻恻：凄苦，伤痛。剪剪：形容寒风削面的感受。

【解读】

寒食时节，天气还冷，心情如果低落的话，就不会去注意即将到来的姹紫嫣红。诗歌一开始就对“恻恻轻寒剪剪风”非常敏感，伤怀愁苦之意见于言表。此时还是“小梅飘雪”，虽然杏花已红，但是并没有给人带来春天的欢乐。情绪低沉的原因何在？“夜深斜搭秋千索”透露个中消息。荡秋千，时常是古代女子的户外活动。韩偓《香奁集》中多次写到秋千，如《偶见》“秋千打困解罗裙”、《想得》“娇羞不肯上秋千”等，这些描写总是与一位女子相关。夜深的时候，还斜搭秋千索，是否在追念一位曾经在此荡秋千的女子？诗人不做明白表达，而以“楼阁朦胧烟雨中”作结。一切都是这么迷离，读者只能自己去补充诗意。韩偓“香奁体”就是这样一种作风，涉及艳情，含蓄朦胧。

鱼玄机

鱼玄机，字幼微，一字蕙兰，长安（今陕西西安）人。原为李亿妾，唐懿宗咸通年间出家为女道士，住长安咸宜观。因杀侍婢，被处死。有《鱼玄机诗》。

江陵愁望有寄[1]

枫叶千枝复万枝，江桥掩映暮帆迟。
忆君心似西江水，日夜东流无歇时。

【注释】

[1]江陵：今属湖北。

【解读】

唐代流传下来的女子诗歌非常少，女子写的情诗尤其少，鱼玄机这首是其中的佳作。鱼玄机先为小妾，再为女冠。唐代女冠身份类似妓女，与三教九流有不清不白的交往。鱼玄机的身份决定她较少受儒家伦理道德的束缚，在男女情爱方面表现出更为通达的态度。当她思念情人时，也不避讳地将这种情感表现在诗歌中。这首诗浅显明白，情意脉脉，且有民歌风味。民歌中喜欢用谐音法写爱情，以“枝”谐音“知”。《越人歌》说：“山有木兮木有枝，心悦君兮君不知。”诗歌开篇用此谐音法，倾诉纠缠不休的情思。因此遥望远方，希望情人归来。然而，“江桥掩映暮帆迟”，又到了黄昏时候，又是徒劳地眺望一天。诗人以眼前流水喻“忆君”心情，流淌不歇，永无尽期。

谭用之

谭用之，字藏用，唐末人。曾流寓长安、四川、湖南等地。存诗四十首，全是七律。

秋宿湘江遇雨

江上阴云锁梦魂，江边深夜舞刘琨[1]。
秋风万里芙蓉国，暮雨千家薜荔村[2]。
乡思不堪悲橘柚，旅游谁肯重王孙[3]？
渔人相见不相问，长笛一声归岛门。

【注释】

［1］舞刘琨：刘琨是晋朝著名将领。刘琨早年与祖狄友善，一起为司州主簿。夜里两人共被同寝，半夜闻荒鸡啼鸣，就起舞锻炼。后以此典写胸怀大志，发奋图强。

［2］芙蓉国：湖南有多种芙蓉（荷花），有“芙蓉国”之称。薜荔（bì lì）：常绿灌木。

［3］王孙：指游人。《楚辞·招隐士》：“王孙游兮不归，春草生兮萋萋。”这里是作者自指。

【解读】

这首诗写旅途的孤寂漂泊。诗人流寓各地，无处施展才华抱负，但雄心依然，壮志难忘。虽然免不了旅途失意的困顿、苦涩，但意气的慷慨激昂，为晚唐诗歌中所少见。首句写出今夜停泊湘江边之阴沉沉的低气压，乌云密布，骤雨将至，这与诗人心情的压抑是相映衬的。然江面的视野开阔，使不甘颓唐寂寞的诗人联想起了深夜闻鸡起舞、欲有所作为的刘琨。视野所及，是芙蓉国的万里秋风，是薜荔村的千家暮雨，辽阔的场面显示出诗人的开阔心胸，黯淡而不压抑。今人称湖南为“芙蓉国”，语本于此。颈联回到现实的悲慨，一是远离家乡，不堪乡思的折磨；二是无人赏识自己的才华，漂流各地，不得重用。末联写江上的渔人相逢，洒脱异常，彼此并不交谈，只是“长笛一声”归去。这幅画面中透露出诗人失意之后的一缕归隐念头。与前文的激扬比较，结句显然是一时的牢骚。一首诗歌中情绪起落如此之大，可见诗人精神的苦闷与内心的不甘。

杜荀鹤

杜荀鹤（约846—约907），字彦之，号九华山人，池州（今安徽石台县）人。出身寒微，热衷功名，屡试不第。因上颂德诗三十首取悦朱温，朱温送名至礼部，大顺二年（891）中进士第。后期投靠朱温。有《唐风集》。

春宫怨

早被婵娟误，欲妆临镜慵[1]。
承恩不在貌，教妾若为容？
风暖鸟声碎，日高花影重。
年年越溪女，相忆采芙蓉[2]。

【注释】

［1］婵娟：形容女子的美貌。慵：慵懒。

［2］越溪女：原指西施，这里代指被选入宫中的女子。越溪，即若耶溪，在近浙江绍兴东南。传说为西施浣纱之处。

【解读】

这首诗将宫怨与春天景物联系在一起写。宫女深居内宫，无聊寂寞，愁怨陪伴一生。追溯根源，都是自己的美貌惹的祸。当初被选入宫，就是因为容貌出众，所以说："早被婵娟误。"想到这些，宫女就没有了临镜梳妆的心情。古往今来的女子都特别在意自己的容貌，都喜欢梳妆打扮，宫女连梳妆的心情都没有了，其痛苦的深度可知。况且，进入宫中才发现：后宫美女无数，各施手段，争宠帝王。是否得到皇帝的恩顾，此时就不在容貌了，那么，对镜打扮了又有什么用呢？前四句写宫女临镜梳妆的复杂心态。临镜梳妆，是日常行为，也隐含着期待君恩之意。无数次期待的落空，有了此时的复杂想法。将这一段描写与诗人的遭遇联系起来看，其中就有诗人的自身怨言。自己就是被才华出众所害，得到皇帝的眷顾完全不在个人才华和能力，诗人还有什么努力的途径呢？换到这样的角度理解诗歌，诗歌的寓意更加深长。“风暖”二句，转写春天美好的景色，这一切都与深宫怨女无关。她们没有心情欣赏春景，春光反而牵涉出青春易逝的苦痛。她们只有回忆着家乡的风物，当年在家时自由自在的生活情景。急欲摆脱深宫寂寞愁怨的心态以追忆的方式得到表达，这是否是诗人不得志时叫喊归隐的一类老套？表述的方式是一致的。

送人游吴[1]

君到姑苏见，人家尽枕河。
古宫闲地少，水港小桥多[2]。
夜市卖菱藕，春船载绮罗[3]。
遥知未眠月，乡思在渔歌。

【注释】

[1] 吴：即诗中的姑苏，今苏州市。

[2] 古宫：吴国旧王宫。春秋时，苏州为吴国都城。

[3] 绮罗：穿着丝绸衣裳的游客。

【解读】

这首诗写姑苏特有的景色，水乡风光，宛在眼前。姑苏城内，河流纵横，河道旁人家鳞次栉比，错落有致。诗歌开篇就抓住了姑苏“人家尽枕河”的独特风貌，新奇别致。观察逐步深入，姑苏风貌也一一展现。姑苏历史悠久，人烟茂密，故少有“闲地”；水港交错，弯弯的小桥随处可见；夜市热闹，所卖的是水乡特产菱藕；河面上游船来往，所载的都是富贵游客。这四句详细的描述，写出了姑苏的繁华、秀丽。这首诗是送友人去姑苏的。送别的诗难免离别的凄苦，行人也难免对所去之地的陌生与不适。诗人尽量描绘姑苏的风光宜人，是对行者的最好安慰，在送别之作中独具一格。末联落实到自己对友人的相思，但变换到友人的角度描写。“遥知未眠月”写友人于月夜思念自己而不能入眠，“乡思在渔歌”写友人闻姑苏水乡渔歌而起乡思之情，其中也婉转地包含了对友人的思念。

山中寡妇

夫因兵死守蓬茅，麻苎衣衫鬓发焦[1]。
桑柘废来犹纳税，田园荒后尚征苗[2]。
时挑野菜和根煮，旋斫生柴带叶烧[3]。
任是深山更深处，也应无计避征徭。

【注释】

［1］蓬茅：蓬舍茅屋。麻苎（zhù）衣衫：用麻布缝制的粗糙衣服。苎：苎麻，皮可以制成丝布。鬓发焦：头发枯黄。

［2］柘（zhè）：柘树，又名“黄麻”，叶可养蚕。征苗：征收田赋。

［3］旋：随即。斫（zhuó）：用刀斧砍。

【解读】

唐末的租税、征徭之繁重，已经成为重大的社会问题，成为诗人反复关注的热点问题。诗人这里选择“山中寡妇”的独特视角，揭露沉重的赋税负担给千千万万百姓生活所带来的毁灭性的灾难，语意极其悲愤沉痛。唐末社会动荡不安，战乱频仍，这位农家妇女丈夫的性命就在动乱中被夺走，她本人只得逃入山中，躲避离乱，寻求一线生存下去的希望。山中的生活艰难困苦，茅舍遮身，衣着粗陋，岁月煎熬得这位妇女头发焦黄枯槁，面容苍老。诗中的女主人公显然年纪尚轻，却已经是这样一副面容憔悴的样子。颔联补充说明原因所在，原来是繁重的赋税剥夺了这位妇女的最后生活希望，无论收成如何，官家催逼的租税都是不能少的。被压榨得一无所有的寡妇，平日维持生计只得靠野菜连根煮食果腹，生柴带叶燃烧取暖。这位寡妇最终沉痛地认识到："任是深山更深处，也应无计避征徭。"或者说这是诗人高屋建瓴式的归纳概括。

乱后逢村叟

经乱衰翁居破村，村中何事不伤魂！
因供寨木无桑柘，为点乡兵绝子孙[1]。
还似平宁征赋税，未尝州县略安存[2]。
至今鸡犬皆星散，日暮西山独倚门。

【注释】

[1] 寨：用于军事防护的栅栏。桑柘：桑树和柘树。蚕食桑叶、柘叶，桑柘是农村生产的必需品。

[2] 安存：安抚体恤。

【解读】

不断的战争离乱带来了乡村的萧条衰败，乡村的萧条衰败又使国家失去了经济的来源与统治的基础，大唐帝国就这样无可挽回地走向灭亡。诗人是通过一位饱经战乱的衰朽老翁之口，说出这一切的。开篇概括提领一笔："经乱衰翁居破村，村中何事不伤魂！"给人们留下的深刻印象是村中的青壮劳力都已被军队征调，妇女童稚星散四方，只有衰惫不堪、行动不便的老翁留在这破村之中，等待着死期的来临。老翁于是向诗人诉说灾难之来由。因为战争的需要，桑柘树木被砍尽，子孙被征点而绝后。乡村既失去了生产的必需品，又没有了从事生产的劳力。何况，州县催缴租税，如同太平年代，没有丝毫减免，没有丝毫放松。杀鸡取卵，乡村的破落就不可避免了。"至今鸡犬皆星散"，乡村已经完全失去了生存的活力，残留此间的老翁，恐怕也是时日无多了。

再经胡县城[1]

去岁曾经此县城，县民无口不冤声。

今来县宰加朱绂，便是生灵血染成[2]。

【注释】

[1] 胡县城：在今安徽阜阳县西北。

[2] 朱绂（fú）：古代系在官印上的红色丝线。加朱绂，指升官。

【解读】

封建王朝末期，随着中央集权的破坏，中央政府失去对地方官吏的管束作用，吏治的败坏便如同毒瘤蔓延，越发不可遏制。诗人再经胡县城，不直接写吏治如何，而只是写县民的反映，更深刻具体地揭露了当地县宰的污浊残暴。诗人去年经过此地，“县民无口不冤声”，冤屈来自何处诗人并未明言，然一地的父母官县宰难辞其咎，或者干脆就是罪魁祸首。今年重经此地，县宰居然升官晋级，上司真是有眼无珠，或者干脆是一丘之貉。唐代是依据地方官吏的考评而对他们实行奖惩措施的，此地县宰有何政绩可供考评，所以诗人推测“便是生灵血染成”。惊心动魄的诗句，渗透了当地百姓的血泪。这样的县宰“加朱绂”之后，又将有多少百姓受其荼毒？这是诗歌留给读者思考的问题。

小　松

自小刺头深草里，而今渐觉出蓬蒿。

时人不识凌云木，直待凌云始道高。

【解读】

这首咏物诗寓意明确。古人诗歌，咏颂青松的坚贞、坚毅、挺拔、傲气者甚多，没有去描写小松的。诗人的构思与众不同，小松的形象说出了自己的处境和心志。“自小刺头”，非同寻常。虽然埋没在深草丛中，但是，材质和心志都不同一般。小松渐渐长高，从野草蓬蒿丛中挺拔而起，最终成长为凌云材料。世俗之人，当年不能认识小松的凌云之姿，直到小松成材，才从旁歌颂。诗人出身贫寒，屡次科举落第，自称“江湖苦吟士，天地最穷人”(《郊居即事投李给事》)。这如同小松埋没在深草丛中。得到朱温的赏识提拔后，渐出蓬蒿，表现出很好的发展态势，这就是诗人自傲自豪的。反过来，对当年压抑自己的环境和朝廷一肚子的怨气。

崔涂

崔涂，字礼山，江南人。唐僖宗文德元年（888）中进士第。《全唐诗》存其诗一卷。

孤雁

几行归塞尽，念尔独何之？
暮雨相呼失，寒塘欲下迟。
渚云低暗度，关月冷相随[1]。
未必逢矰缴，孤飞自可疑[2]。

【注释】

［1］渚：水中的小块陆地。是大雁喜欢的栖息之地。

［2］矰（zēng）：射鸟用的拴着丝绳的箭。缴（zhuó）：系箭的丝绳。

【解读】

失群的孤雁，象征流离失所的行者，古代诗人屡有咏叹。这首诗以描摹贴切著称。大雁是候鸟，天气寒冷的时候从塞外归来。失群的孤雁，孤零零地落在后面，诗人追问“念尔独何之”，充满关怀之意。“暮雨”二句写其失群和独处的环境。因为暮雨的侵袭，大雁惊慌失群，才落得孤独一身。因为孤独一身，面对“寒塘”的环境就不敢停留下来休息。迟，是迟疑，是孤雁的惊慌，是孤雁的恐惧。唐末动乱社会，独自飘零在外的游子就会有类似的经历和感受。“渚云”二句进一步描摹环境。乌云渐浓，冷月相逼，环境越发阴森恐怖，孤雁的惊惧也在不断加深。结尾二句转为诗人的关切。孤飞在外，虽然未必为矰缴所伤，但是，总是让人放心不下，总可能有诸多说不清的危险。诗人咏孤雁，不重写形重写神，传神之笔勾勒出唐末一大批人的相同处境。历史上对孤雁发生特别兴趣的，总是流离失所者，这首诗就能引发普遍的共鸣。

翁　宏

翁宏，字大举，桂州（今广西桂林）人。《全唐诗》存其诗三首。

春　残

又是春残也，如何出翠帏[1]。
落花人独立，微雨燕双飞。
寓目魂将断，经年梦亦非[2]。
那堪向愁夕，萧飒暮蝉辉[3]。

【注释】

[1] 翠帏：翠色门帘。

[2] 寓目：经眼，看见。经年：一年又一年。

[3] 萧飒：萧条，衰飒。

【解读】

这首诗写春残时节闺中女子的寂寞情怀，以“落花人独立，微雨燕双飞”二句著名。这两句诗也是被晏几道《临江仙》转用后知名的。到了春残时候，容易伤感的女子就不敢出门了，因为见到春日凋零的景象就会引发内心的诸多愁感。说是“如何出翠帏”，最终还是要步出闺门，然后引发这典型的场景：“落花人独立，微雨燕双飞。”落花时节独立，愈显孤单；微雨之中，双燕飞舞，反衬闺人独自的难堪。这种愁恨来自何处？闺人没有言明。诗人只是说：所见皆让人伤心魂断，多年以后都难以梦见了。可以猜测，应该是对一段旧情的眷恋。闺人在落花中独立，一直到黄昏时刻。暮色愈浓，愁意愈重，环境愈萧条衰飒。暮蝉鸣叫，更增一份凄凉之感。

无名氏

金缕衣

劝君莫惜金缕衣，劝君须惜少年时。

有花堪折直须折，莫待无花空折枝。

【解读】

这首诗流行于中唐时期，据说镇海节度使李琦非常喜欢这首诗，令侍妾杜秋娘在酒宴上演唱。这首诗劝人们珍惜好时光，要及时行乐。“莫惜金缕衣”，就是不要太吝啬钱财了，有钱就花，趁少年好时光寻找人生快乐。后二句是直接简单的比拟，非常具有说服力。历代读者，总是在不同环境中形成及时行乐的情绪，这首诗就容易引起普遍的共鸣。所以，流传非常广泛。